Knaur

Von Patricia Veryan sind außerdem erschienen:

... denn ich kämpfe um dein Herz
Doch es bleiben meine Träume
In den Armen einer Hexe
Spielball der Zeit
Und stell mir keine Fragen
Zweifle nie an meiner Liebe

Über die Autorin:

Patricia Veryan wurde in London geboren, siedelte nach dem Zweiten Weltkrieg nach Amerika über und lebt heute in Kirkland, Washington.

Patricia Veryan

Der zärtliche Spion

Roman

Aus dem Amerikanischen
von Traudl Weiser

Knaur

Die amerikanische Originalausgabe erschien 1996
unter dem Titel *Lanterns* bei St. Martin's Press, New York.

Besuchen Sie uns im Internet:
www.droemer-knaur.de

Deutsche Erstausgabe April 1999

Redaktion: Eva-Marion Biehl
Umschlaggestaltung: Agentur Zero, München
Umschlagillustration: © Gordon Johnson / via Agentur Schlück, Garbsen
Satz: Pinkuin Satz und Datentechnik
Druck und Bindung: brodard & taupin, La Flèche
Printed in France
ISBN 3-426-69027-6

2 4 5 3 1

Erstes Kapitel

SUSSEX, ENGLAND
HERBST 1818

»Nein, ich hab' nicht vergessen, was ich versprochen hab'.« Arthur Warrington spähte in die hereinbrechende Dämmerung und flüsterte: »Aber es ist noch nicht ganz dunkel. Außerdem erschreckt dich das Schloß doch nicht, Bruder, mächtiger Krieger, der du bist.«

Die beiden befanden sich auf verbotenem Territorium. Die Silhouette von *Lanterns* ragte düster und drohend vor ihnen auf und erstreckte sich bis zum Rand der Klippen. Arthur kletterte über eine niedrige, zerbröckelnde Mauer und hielt kurz inne, ehe er seine schmalen Schultern straffte und sein schwarzes Cape zurückwarf, um sein Schwert zu zücken. Sein Gefährte sprang auf die Mauer, und Arthur zischte: »Sie wird im Spukschloß gefangengehalten, klar doch. Und wir müssen sie befreien, verstehst du?« Sein Schwert verfing sich im Cape, und als es ihm schließlich gelang, es loszureißen, schwang er es in gewohnter Manier und befahl flüsternd: »Vorwärts!«

Bruder Tuck jedoch mißverstand diese Geste und stürzte sich statt dessen auf die herumwirbelnde Waffe. Nachdem ihm streng befohlen worden war, »nicht herumzuspielen«, setzte Bruder Tuck sich hin und schmollte.

»Komm schon«, drängte Arthur. »Du darfst mich jetzt nicht

im Stich lassen, Bruder. Ich bin zwar einer der tapfersten Geächteten, ich, Robin Hood, aber die verruchten Schergen des Sheriffs sind in der Übermacht!« Er warf einen Blick auf Bruder Tuck, der sich jetzt mit anmutigen Bewegungen die Schnurrhaare putzte. »Los, beeilen wir uns, sonst kriegen wir Ärger mit Etta, und Tante Dova wird bestimmt ...«
Der Satz sollte nie beendet werden. Arthur Warrington, beinahe fünf Jahre alt, erstarrte in entsetztem Schweigen, und Bruder Tuck, ein rotbraun-weißer Kater, schoß über die Mauer, ohne einen Gedanken an die arme Maid Marion zu vergeuden.
Irgendwo in der Ruine des Spukschlosses war eine Tür geöffnet und wieder geschlossen worden. Flüchtig waren die Umrisse zweier Gestalten im Licht aufgetaucht: Männer, die jetzt eine formlose Last über die niedrige Brücke zu einer vierspännigen Kutsche trugen, die dort im Schatten wartete.
Eine tiefe Stimme sagte barsch: »Du weißt, was du zu tun hast, Mac?«
»Aye, Sir.«
»Sei vorsichtig. Es darf keine Zeugen geben.«
Der zweite Mann, der wie Hamish, ihr ehemaliger Gärtner in London, redete, sagte: »Das weiß ich wohl, Sir. Keine Sorge!«
Ein leiser Laut war zu hören. Ein Stöhnen vielleicht.
Arthurs zitternde Knie gaben unter ihm nach. Er rutschte die Mauer hinunter, blieb dort hocken und spähte dann, trotz seines wild pochenden Herzens, über den Rand.
»Ganz gleich, was passiert: Sie darf nie gefunden werden. Hast du mich verstanden?«
»Aye, Sir.«

Die beiden gespenstischen Gestalten waren jetzt mit ihrer Last bei der Kutsche angekommen, von der nur die Umrisse zu erkennen waren, da keine Laterne brannte. Arthur sah, daß ein dritter Mann die Tür öffnete und das Bündel hineingeschoben wurde.
Die schottische Stimme brummte: »Diese kalte, düstere Ruine ist kein gutes Versteck für Sie, Sir. Mir macht das Leben im *Big Smoke* auch keinen Spaß, aber dort wären Sie besser aufgehoben. Wenn Ti Chiu anfängt rumzuschnüffeln ...«
»London ist mir zu laut«, unterbrach die erste Stimme ungehalten. »Und Ti Chiu kann dort in der Menge untertauchen, während er und sein Herr hier sofort auffallen würden wie bunte Hunde.«
Arthur duckte sich.
Die Kutschentür wurde zugeschlagen, die Pferde schnaubten und scharrten ungeduldig mit den Hufen über die Pflastersteine, und dann wurde ein Fenster heruntergelassen.
»Aber, wie wollen Sie es schaffen ...«
»Genug! Daniel – *fahr los!*«
Eine Peitsche knallte. Schwere Räder knirschten, Leder knarrte, und der Hufschlag wurde zu einem regelmäßigen, sich entfernenden Trommeln.
Arthur spitzte die Ohren, konnte jedoch nicht das leiseste Geräusch von Schritten hören. Als er es wagte, wieder über die Mauer zu spähen, war der Mann, der zurückgeblieben war, nirgends zu entdecken.
Es dauerte lange, ehe er den Mut aufbrachte, aus seinem Versteck zu kriechen, und erst als er schon halbwegs den Abhang hinaufgeklettert war, folgte er dem Beispiel des feigen Bruder Tuck und rannte nach Hause.

Das Austragshaus, ein viereckiges, geräumiges Gebäude, stand in der nordwestlichen Ecke des *Lanterns*-Besitzes. Obwohl mehr als eine Meile landeinwärts gelegen, bot es bei gutem Wetter einen ungehinderten Blick auf den Ärmelkanal und die französische Küste, da es auf einem Hügel stand. Im Vergleich zu dem Luxus und der Eleganz von Sir Lionel Warringtons Stadthaus in London war das Haus eine sehr bescheidene Bleibe, doch Miss Marietta Warrington, Sir Lionels älteste Tochter, besaß die Gabe, aus allem das Beste zu machen, und fand, daß es die Familie hätte schlimmer treffen können.

»Ganz gleich, was du sagst, es gibt absolut keinen Grund für die häufigen Besuche der beiden Männer«, bemerkte sie jetzt, als sie durch die Küche ging und die Teekanne vorsichtig auf das Tablett stellte. Das alte silberne Teeservice war – abgesehen von seiner Schönheit – ein Relikt aus ihrem früheren Leben und mußte ehrfürchtig behandelt werden. »Was könnte für Sir Gavin Coville hier schon von Interesse sein?« redete sie mit gedämpfter Stimme weiter. »Unser Heim ist bescheiden ...«

»Unser jetziges«, warf Fanny bedrückt ein und nahm warmes Teegebäck vom Backblech.

»... und er ist nicht der Typ Mann, der für die liebe Tante Dova ein zärtliches Interesse entwickeln könnte.«

Fanny stieß einen fröhlichen Schrei aus, schlug sich die Hand vor den Mund und sagte kichernd: »Sie ist jetzt da drin, weißt du. Und Sir Gavin gibt sich sehr höflich, aber ich kann es kaum erwarten, bis sie einen ihrer Tänze aufführt. Er hält sie ja jetzt schon für reif fürs Irrenhaus!«

Marietta, die ihre lebhafte jüngere Schwester sehr liebte, warf Fanny einen strengen Blick zu, mußte jedoch lächeln, als sie das Funkeln in den großen haselnußbraunen Augen sah. »Ihn verbinden doch bestimmt keine Gemeinsamkeiten mit unserem Vater, und er weiß sicher von Papas Verlusten an der Börse.«

»Wohl eher von seinen Verlusten an den Tischen im *White's and Watier's*«, sagte Fanny, verächtlich schnaubend. Als sie Mariettas Verärgerung über die despektierliche Bemerkung sah, fügte sie schnell hinzu: »Als nächstes behauptest du noch, unser Vermieter habe ein zärtliches Interesse an mir.«

Marietta eilte ins Eßzimmer, kam mit dem Teesieb zurück und meinte bissig, es läge ihr fern, so etwas zu behaupten, da Sir Gavin nur im Auftrag von Lord Temple and Cloud handele, der der Grundbesitzer – und somit ihr Vermieter – sei, sich jedoch nie auf *Lanterns* blicken ließe.

»Was er hoffentlich auch nie tun wird«, sagte Fanny. »In diesem gräßlichen alten Bau könnte er nicht wohnen und würde wahrscheinlich das Austragshaus für sich beanspruchen. Und wo bleiben wir dann?«

»Außerdem«, griff Marietta ihren Gedankengang wieder auf, »ist Sir Gavin etwa im Alter von Vater und Tante Dova und interessiert sich bestimmt nicht für eine verschrobene Witwe. Und selbst, wenn Mr. Blake Coville Gefallen an dir …«

»Ach, hör doch auf«, sagte Fanny. »Jeder Dummkopf kann sehen, warum Sir Gavin und sein Sohn zu Besuch kommen«, sie hielt ihrer Schwester die silberne Kuchenplatte vors Gesicht, »es sei denn, er ist blind wie ein Maulwurf.«

Marietta warf einen kritischen Blick auf ihr Spiegelbild in der auf Hochglanz polierten Platte. Es ist, dachte sie, ein recht hübsches, aber unauffälliges Gesicht, mit hohen, etwas zu breiten Wangenknochen und einer schmalen Nase. Der Mund? Nicht übel, mit der wohlgeformten, rosigen Unterlippe. Aber es war ein resoluter Mund, und das Kinn darunter zierte kein Grübchen, und es war ein bißchen zu stark ausgeprägt. Die grünen Augen mit den dichten schwarzen Wimpern waren zufriedenstellend, wie sie sich eingestehen mußte. Doch die krönende Zierde ist mein Haar. Die weichen, beinahe schwarzen Locken schimmerten wie Seide und betonten ihren hellen, klaren Teint.

»Hmmm«, meinte sie.

»Hmmm, also wirklich!« empörte sich Fanny, senkte den improvisierten Spiegel und legte kleine Kuchen und Kekse darauf. »Du wirst nie zugeben, daß du schön bist. Mr. Blake Covilles Augen leuchten jedesmal auf, wenn er dich sieht. Kein Wunder!«

Marietta stellte noch Tassen und Untertassen auf das Tablett. »Schönes Wunder«, widersprach sie. »Bis auf Jocelyn Vaughan und Alain Devenish, die sich aufs Land zurückgezogen haben ...«

»Wie wir«, warf Fanny mit einem Seufzer ein.

»Wie wir. Wo war ich stehengeblieben? Ach, ja – abgesehen von Vaughan und Devenish ist Blake Coville wohl der begehrteste Junggeselle von London.«

»Und sehr gutaussehend. Wer ist Jocelyn Vaughan?«

»Der Erbe von Lord Moulton und ein Cousin von Lucian St. Clair. Kannst du dich nicht daran erinnern, daß er schwer verwundet aus dem Krieg zurückkam und alle Ladies nach seiner Genesung vor Angst zitterten, er könnte Alicia Wyckham heiraten?«

Fanny füllte nur achselzuckend den Wasserkessel und stellte ihn auf den Herd.

»Ich habe kein Interesse an hochwohlgeborenen Gentlemen«, erklärte Fanny hochmütig. »Die sind alle dumm. Ich heirate einen Professor oder einen Künstler oder einen einfachen, bescheidenen Mann mit Grütze im Kopf. Aber ich mache mir deinetwegen Sorgen, Liebes. Trotz deines guten Aussehens ... hm ...«

»Ich bin vierundzwanzig und somit zu alt für einen der in Frage kommenden jungen Männer.« Marietta hob das Tablett hoch. »Aber du bist erst neunzehn«, fügte sie hinzu, »und trotz deines Geredes wirst du dich eines Tages in einen eleganten Mann von Welt verlieben.« Sie lachte über Fannys angewiderte Miene. »Hab keine Angst. Ich setze dich nicht unter Druck. Aber ich würde sehr gern unserem armen Papa helfen. Jemand muß ihn vor dieser abscheulichen Witwe retten!«

Fanny öffnete ihrer Schwester die Tür und sagte schaudernd: »Du meine Güte, ja! Wie egoistisch ich bin. Eine von uns beiden muß sich gut verheiraten, damit wir aus diesem Schlamassel rauskommen, wie Eric sagen würde. Bitte, schenk Blake Coville ein Lächeln, Liebes! Tu doch nicht so, als wäre dir dieser Gentleman gleichgültig.«

Marietta wandte sich ab, um die ihr plötzlich in die Wangen gestiegene Röte zu verbergen. »Du hast zu viele Liebesromane von Mrs. Meeke gelesen! Bring die Kuchen und das Teegebäck, Fan. Und denk daran, daß wir arm wie Kirchenmäuse sind und ich keine Mitgift besitze, die mich für einen Gentleman begehrenswert machen würde.«

Während sie über den Flur zum Wohnzimmer ging, weigerte sie sich, den Raum als wenig behaglich und einladend anzusehen. Wegen der Kühle des Spätnachmittags hatte sie Bridger gebeten, Feuer im Kamin anzuzünden, so daß jetzt beißender Qualm in der Luft hing. Sir Gavin fand die auf Hochglanz polierten Möbel wahrscheinlich schäbig, doch sie stammten zusammen mit den Teppichen und mehreren Kunstgegenständen eindeutig aus dem Haus eines Gentleman.

Bei einem flüchtigen Blick auf die im Wohnzimmer versammelten Gäste hätte sich der Betrachter wohl gewundert, daß sich nur drei Gentlemen erhoben, als Marietta und Fanny mit dem Teetablett eintraten. Doch bei näherem Hinsehen hätte er erkannt, warum die fünf übrigen Gäste so merkwürdig still waren. Tatsächlich hatten sie nie eine Bewegung gemacht, denn es waren lebensgroße, sorgfältig kostümierte Puppen mit erstaunlich lebendig wirkenden Gesichtern.

Die beiden Covilles hingegen waren äußerst lebendige, gutaussehende Männer, die, wenn sie Seite an Seite einen Raum betraten, jede Unterhaltung verstummen ließen. Mit achtundvierzig hatte Sir Gavin noch eine schlanke Figur und dunkelbraunes, dichtes, krauses Haar wie sein Sohn. Allein die grauen Schläfen betonten noch sein markantes Aussehen. Seine großen dunklen Augen hatte manche Lady schwärmerisch als »samten« bezeichnet, doch in ihnen lag ein gewitzter und intelligenter Ausdruck. Blake Coville hatte von seinem Vater die Figur und von seiner Mutter die dunkelblauen Augen und das Lächeln geerbt, das jetzt aufblitzte, als er Marietta das Tablett aus der Hand nahm und es zu einem niedrigen Tisch trug.

Er betrachtete sie bewundernd. Ihm war bewußt, daß sich die Warringtons – abgesehen von einem Diener – keine Angestellten leisten konnten und nur eine alte, antiquierte Kutsche und drei Pferde besaßen. Trotzdem brachten es die verschiedenen Familienmitglieder fertig, sowohl im Auftreten als auch hinsichtlich der Kleidung den äußeren Schein zu wahren. Miss Marietta sah heute nachmittag in einem Kleid aus blaßgelber Seide mit wunderschön besticktem Saum bezaubernd aus. Dem Diktat der Mode folgend, war der Rock etwas kürzer und gab den Blick auf wohlgeformte Fesseln frei (und Miss Warringtons Fesseln waren wirklich sehr wohlgeformt), während das Kleid am Hals hochgeschlossen war. Sollte diese Kreation, oder Miss Fannys hellgrünes Musselinkleid, selbst geschneidert sein – wie sein Vater glaubte –, dann konnte Blake nur annehmen, daß es in diesem Haushalt eine außerordentlich begabte Näherin gab.

Er fragte sich, woher die Damen die Zeit fürs Schneidern nahmen, da sie ständig zu arbeiten schienen. Kam man zufällig früh am Morgen zu Besuch, war Miss Marietta beim Staubwischen oder Flicken anzutreffen, oder sie ging der Putzfrau, die zweimal wöchentlich kam, zur Hand. Miss Fanny rollte wahrscheinlich in der Küche Teig aus oder putzte Gemüse; und Sir Lionel war in seiner Werkstatt im Keller mit einer seiner »Erfindungen« beschäftigt. Was die verwitwete Tante betraf, die bei den Warringtons lebte, so hatte Blake noch immer ein unbehagliches Gefühl, wenn er die mindestens fünfzigjährige Lady beim Umgraben im Gemüsegarten antraf, wo sie sich fröhlich mit den Erträgen ihrer Arbeit unterhielt. Mrs. Emma Cordova war sonderlich, daran bestand kein Zweifel.

»Sie hätten sich nicht so viel Mühe machen sollen, Miss Marietta«, sagte er jetzt mit seiner angenehmen Stimme. »Ungebetene Gäste müssen nicht noch bewirtet werden.«

Sir Lionel Warrington freute sich immer über Besuch und

lächelte strahlend. Bei seiner Hochzeit war er ein ansehnlicher Mann gewesen, doch die Jahre hatten ihren Tribut gefordert, und nachdem seine innig geliebte Frau Elsa bei Arthurs Geburt gestorben war, waren seine breiten Schultern rund, das dichte schwarze Haar dünner und die Taille rundlicher geworden. Er war jetzt achtundvierzig und sich auf unbehagliche Weise bewußt, daß er einen schwachen Charakter besaß und durch seine Spielsucht seine Familie in den Ruin getrieben hatte. In vieler Hinsicht war er zerstreut und hatte vergessen, die Studiengebühren für Arnold in Harrow und für Eric in Cambridge zu bezahlen. Aber er war sich auch bewußt, daß er trotz seiner Schwächen und Fehler geliebt wurde und selbst liebte. Deshalb hielt er sich für einen glücklichen Mann.

»Es ist uns stets eine Freude, Freunde zu Besuch zu haben, nicht wahr, meine Lieben?« sagte er herzlich.

Seine beiden Töchter nickten höflich.

Sir Gavin Coville lächelte dankbar und sagte zu den Schwestern, sie kämen wie strahlender Sonnenschein ins Zimmer. Seine abgeschmackten Galanterien amüsierten Marietta immer. Sie setzte sich an den Tisch und goß Tee ein, wobei ihr auffiel, daß Tante Dovas Haar heute noch zerzauster als gewöhnlich war, doch in ihrem violetten Samtkleid sah sie gut aus, und sie war höflich zu ihren Gästen.

Marietta betete insgeheim, daß es zu keinen Peinlichkeiten kommen würde, und sagte: »Ich hoffe, Sie fühlen sich stets bei uns willkommen, wenn Sie in dieser Gegend weilen.«

»Wie freundlich von Ihnen«, entgegnete Sir Gavin und nahm die Tasse, die Fanny ihm reichte. »Da es eine ungewöhnliche Stunde für einen Besuch ist, hoffe ich, daß wir Sie nicht zu sehr stören. Eine ... hm ... geschäftliche Angelegenheit hat uns in die Gegend geführt.« Seine Stimme verlor sich, und er unterdrückte einen Seufzer, faßte sich jedoch wieder und fügte hastig hinzu: »Und da wir in der Nähe waren, wollten wir uns erkundigen, wie es Ihnen geht.«

»Wir kommen gut zurecht, vielen Dank«, sagte Sir Lionel. »Vielleicht nicht so gut wie in früheren Zeiten, aber ... doch ganz gut.«

Mrs. Emma Cordova, in deren Augen der Schalk blitzte, vertraute der »Lady« neben ihr an: »Eigentlich sind sie gekommen, um sich *Lanterns* anzusehen.« An Sir Gavin gewandt, fügte sie hinzu: »Habe ich Sie schon Mrs. Butterfield vorgestellt, Sir? Wahrscheinlich kennen Sie ihren Sohn. Captain Butterfield ist ein äußerst reizender junger Mann.« Sie beugte sich vor und flüsterte hinter vorgehaltener Hand: »Ein schreckliches Klatschmaul, aber ein galanter Soldat.«

Sir Gavin sagte mit freundlichem Ernst, er kenne die Lady, doch nicht den Sohn.

Blake fand diese leblosen »Gäste« lächerlich und hatte Mühe, Haltung zu bewahren. Er kannte George Butterfield und sagte, Mrs. Cordova habe recht mit ihrer Behauptung, er neige zur Klatschsucht.

»Also, wissen Sie«, wandte Sir Lionel ein, »ich finde, daß Leute, die gern klatschen – trotz ihrer Fehler –, zumindest Interesse an anderen zeigen.«

Sir Gavin starrte seinen Sohn an, der nach einem weiteren Stück Teegebäck greifen wollte und sofort die Hand zurückzog. Er lächelte, doch dieses Lächeln erstarrte, als Mrs.

Cordova unverblümt fragte: »Und woher kommt Ihr plötzliches Interesse an *Lanterns*, Sir?«
»Emma!« murmelte Sir Lionel peinlich berührt.
»Schließlich gehört der Besitz meinem Stiefsohn, Ma'am«, erklärte Sir Gavin irritiert.
»Ja, jetzt ist er der Besitzer«, stimmte Mrs. Cordova zu. »Seinem armen Papa wäre es wohl nie in den Sinn gekommen, daß sein Titel einst auf seinen Sohn übergehen würde. Natürlich nicht, weil er gestorben ist, als er erst zwölf war. Ich meine nicht, daß Mr. Paisley mit zwölf Jahren gestorben ist, dann hätte er ja keinen Sohn, nicht wahr? Ich meine, er starb, als der *Junge* zwölf war.«
Sir Gavin korrigierte geduldig: »Er war elf, Ma'am. Vielleicht bringen Sie durcheinander, daß er zwölf war, als ich seine arme Mama geheiratet habe.«
»Ich bin nie durcheinander«, protestierte Mrs. Cordova. »Sonst wäre mir nicht aufgefallen, daß Sie während der vergangenen Monate ungewöhnlich oft nach *Lanterns* gekommen sind. Was hat das für einen Grund, Sir? Ist Lord Temple and Cloud endlich zurückgekommen und will sich um seinen Besitz kümmern?«
Ein grimmiger Ausdruck überschattete Blake Covilles Gesicht. Fanny warf ihrer Schwester einen schicksalsergebenen Blick zu, und Sir Lionel stöhnte leise.
Sir Gavin zeigte keine Verärgerung, sondern antwortete lächelnd: »Wer hat Ihnen denn das erzählt?«
Mrs. Cordova steckte eine der vielen herabhängenden Haarsträhnen unter ihre Haube, griff nach ihrer Teetasse und schwenkte sie in Richtung einer sehr üppigen Lady, die in einem Sessel am Kamin saß. »Mrs. Hughes-Dering«, stellte sie vor. »Alles, was in den Grafschaften von

Brighton bis Bath wissenswert ist, kann Monica Ihnen erzählen.«
»Ja, das stimmt«, sagte Sir Lionel, der die wirkliche und äußerst furchteinflößende Witwe kannte.
Blake, der noch immer grimmig aussah, sagte: »Dann kann uns diese Lady vielleicht Auskunft über den Aufenthaltsort meiner Stiefmutter geben, was mehr als …«
Sir Gavins Stimme klang wie ein Peitschenknall, als er seinem Sohn das Wort abschnitt. »Du vergißt dich, Blake!«
Danach herrschte verblüfftes Schweigen.
Blake wurde puterrot und murmelte eine Entschuldigung. Marietta und Fanny wechselten erstaunte Blicke. Die Vermietung des Austragshauses war im Jahr zuvor mit Sir Gavins Verwalter arrangiert worden. Erst Monate nach ihrem Einzug hatten sie die Covilles kennengelernt, doch in letzter Zeit häuften sich deren Besuche. Sir Gavin hatten sie immer nur als ausgeglichenen, freundlichen Mann erlebt. Doch jetzt war er sichtlich aufgewühlt, und ihn derart die Fassung verlieren zu sehen war schockierend.
Sir Gavin legte, tief in seine Sorgenlast verstrickt, eine Hand über seine Stirn und senkte den Kopf.
Mrs. Cordova stand auf, strich sich die Haarsträhnen aus dem Gesicht und breitete ihre Röcke aus. Mit dünner, aber nicht unmelodischer Stimme begann sie zu singen und tanzte langsam durch den Raum.
»O nein!« stöhnte Fanny, *sotto voce.* »Tante Dova hebt wieder ab!«
Blake Coville starrte die Tanzende mit offenem Mund verblüfft an.
»Es ist besser«, trällerte Mrs. Cordova, *»geliebt und diese Liebe verloren zu haben … als nie … geliebt zu haben …«*

Sir Gavin hob ruckartig den Kopf und starrte sie eindringlich an.
Sie machte vor ihm einen tiefen Knicks und murmelte: »Ist es nicht so, Sir?«
Er fragte angespannt: »Dann ... wissen Sie es also, Ma'am?«
Blake fuhr dazwischen: »Wie kann sie es wissen? Niemand weiß es!«
»Ah«, sagte Mrs. Cordova und schwebte zu ihrem Sessel zurück. »Aber niemand weiß, was ich weiß. Ich weiß ... Dinge ...«, sagte sie und fragte einen ihrer leblosen Freunde: »Habe ich nicht recht, Sir Frederick?«
Blake rückte seinen Stuhl näher zu Marietta und murmelte: »Sir Frederick? Meint sie damit Freddy Foster? Er hat tatsächlich eine erstaunliche Ähnlichkeit mit diesem Trottel ... ähm, sind sie etwa befreundet?«
»Das waren sie, ehe wir aus London fortzogen. Mr. Coville, ich bitte Sie, nicht zu streng zu urteilen ... ich meine ... Tante Cordova ist die Schwester meines Vaters und eine liebenswerte Person, aber ... es ist nur ... nun, seit dem Tod ihres Mannes ...«
»War sie nicht mit einem Spanier verheiratet?«
In dieser Frage lag nur leichte Neugier, aber Marietta fühlte sich sofort in die Verteidigung gedrängt und sagte: »Es war eine sehr glückliche Ehe, aber ihr Mann kehrte nach Spanien zurück, um gegen Bonaparte zu kämpfen, und fiel in der Schlacht von Salamanca. Von diesem Schock hat sich Tante Dova nie mehr ganz erholt.«
Coville warf seinem Vater, der sich ernst mit Sir Lionel unterhielt, einen Blick zu. »Hat die arme Lady damals angefangen, diese ... ähm ... Gebilde herzustellen?«

Marietta schüttelte den Kopf. »Nein, erst nachdem wir hierhergezogen sind. Tante Dova ist eine sehr warmherzige Frau und vermißt ihre Freunde entsetzlich. Also beschloß sie, sich Ersatz zu schaffen und so zu tun, als könne sie immer noch mit ihnen plaudern, gerade wie ...«
Ein Schmerzensschrei schnitt ihr das Wort ab, und sie sah bestürzt, daß sich Sir Gavin in einer Haltung tiefster Verzweiflung nach vorn beugte.
Blake eilte zu seinem Vater und tätschelte tröstend seine Schulter. »Bitte, Vater, reg dich nicht so auf. Wir hatten doch vereinbart, nicht über diese Angelegenheit zu sprechen.«
Sir Gavin betupfte sich mit einem Taschentuch die Augen und stammelte: »Ich ... ich weiß. Aber die Lady schien ... Das heißt, sie sagte, sie wisse ... etwas, doch Sir Lionel meint ...« Er schüttelte den Kopf, da er nicht zu Ende sprechen konnte.
Sir Lionel ging zur Anrichte und goß dem verzweifelten Mann ein Glas Brandy ein.
Von diesem Gefühlsausbruch schockiert, griff Fanny nach der Hand ihrer Schwester und sagte nervös: »Vielleicht sollten wir die Gentlemen allein lassen.«
»Nein, nein. Bitte, bleiben Sie. Ich wollte Sie nicht erschrecken.« Sir Gavin nippte von seinem Brandy und stellte das Glas ab. »Ich entschuldige mich für ... für diesen würdelosen Ausbruch. Aber ...« Ihm versagte die Stimme. »Sie können genausogut die ganze Geschichte erfahren«, redete er nach einer Weile weiter. »Es geht um ... meine liebe Frau. Sie ist entführt worden!«
Nachdem alle ihr Entsetzen und ihr Mitgefühl zum Ausdruck gebracht hatten, sagte Sir Lionel: »Ich kann es nicht

fassen, daß so etwas Schreckliches geschehen kann. Wie ist es denn passiert?«
Blake sagte bedrückt: »Das wissen wir nicht. Vor drei Wochen ist Lady Pamela mitten in der Nacht aus unserem Haus in London verschwunden.«
Marietta fragte fassungslos: »Aber jemand muß doch *etwas* gesehen oder gehört haben! Ist denn niemandem etwas aufgefallen ... eine Kutsche vor dem Haus, oder daß eine Tür geöffnet und wieder geschlossen wurde ... irgend etwas?«
Sir Gavin schüttelte den Kopf. »Ach! Leider nicht.«
»Im Herzen von *London?*« entrüstete sich Sir Lionel. »So ein Verbrechen kann doch nicht unbemerkt begangen worden sein.«
»Stimmt«, sagte Blake schroff. »Es sei denn, der Entführer ist ein Experte auf diesem Gebiet.«
Marietta fragte: »Wurde eine Lösegeldforderung gestellt? Haben Sie jemanden in Verdacht?«
»Nein, niemand hat Lösegeld von uns gefordert. Aber wir wissen ...«
Sein Vater hob Schweigen gebietend die Hand. »Es ist eine Sache, einen Verdacht zu haben, Miss Warrington. Aber ihn beweisen zu können ...« Achselzuckend fügte er hinzu: »Wir sind uns nicht sicher.«
»Nicht sicher?« rief Blake ungehalten. »Eine andere Erklärung gibt es doch nicht. Wer sonst könnte ins Haus eindringen, wissen, wo ihre Räume liegen, und sie entführen? Wer sonst hätte ein Motiv?«
»Tja, wer?« sagte Sir Gavin seufzend. »Bisher weiß niemand außerhalb der Familie vom Verschwinden meiner Frau. Aber Ihnen, meine Freunde, vertraue ich meine Sor-

gen an, weil ich hoffe, daß Ihre Tante mir helfen kann.« Er holte tief Luft, als wollte er sich wappnen. »Sehen Sie, die Sache ist so: Die Mutter meiner lieben Frau hat ihrem Enkel – also meinem Stiefsohn – eine erhebliche Erbschaft hinterlassen, die jedoch in einem Trust angelegt ist. Der junge Paisley war nicht ... ähm ... erfreut, als ich seine Mutter geheiratet habe. Ich habe mir alle Mühe mit ihm gegeben, aber" – er zuckte hilflos die Schultern – „vergeblich. Der Junge konnte mich nicht ausstehen und wollte woanders leben. Er forderte sein Erbe, doch meine Frau, die ihn innig liebt, durfte ihm erst nach Vollendung des fünfundzwanzigsten Lebensjahrs das Verfügungsrecht über den Trust einräumen. Vor fünfzehn Jahren ist er außer sich vor Wut aus dem Haus gestürmt. Damals war er achtzehn.«

Mrs. Cordova sang leise: »Aber er ist wieder nach Hause gekommen ... nach Hause gekommen.«

Alle starrten sie an.

Sir Lionel schürzte die Lippen und murmelte: »Beim Jupiter! Paisley ist also nicht nur ein paar Tage, sondern fünfzehn Jahre fortgeblieben? Dann muß er ja jetzt ... mal sehen ...«

»Dreiunddreißig sein«, ergänzte Blake. »Aber er hat ein hartes Leben geführt und sieht älter aus.«

»Das ist doch völlig unwichtig«, warf sein Vater schroff ein. »Es geht darum, daß sein Benehmen absolut inakzeptabel war. Er hat mich beleidigt, worüber man kein Wort zu verlieren bräuchte, aber meine Frau hat es fürchterlich aufgeregt. Lady Pamela ist seit ein paar Jahren krank, und ihre Nerven sind nicht ... Wie auch immer. Jedenfalls bekam sie einen hysterischen Anfall und sagte zu Paisley, sie würde ihm die Erbschaft erst überschreiben, wenn er sich bei mir entschuldige. Paisley ist ein ... hat einen ziemlich gewalttätigen Charakter. Er verlangte sein Recht und hat meine Frau so drangsaliert, daß ich ihn aus dem Haus weisen mußte.«

»Schönes Benehmen!« empörte sich Fanny, deren romantisches Herz von der dramatischen Erzählung tief bewegt war. »Wie kann ein Mann seine Mama so abscheulich behandeln?«

»Meinem Stiefbruder«, sagte Blake grimmig, »traue ich jede Schurkerei zu.«

Sir Gavin wandte müde ein: »Na, na, Blake. Was wissen wir schon?«

»Wir wissen, daß Lady Pamela in der Nacht darauf verschwunden und seitdem nicht mehr aufgetaucht ist.« Blake sprang auf und ging aufgeregt zum Kamin. »Er hat sie entführt, glaube mir! Und will sie jetzt zwingen, die Übertragungsurkunde zu unterzeichnen.«

Marietta sagte zögernd: »Aber er ist doch jetzt alt genug, um seine Erbschaft anzutreten?«

»Schon«, stimmte Sir Gavin zu. »Doch das Legat enthält eine Klausel. Paisleys Großmutter, die wußte, wie wild und undiszipliniert ihr Enkel war, hat verfügt, daß meine Frau die Erbschaft für den Bau eines Waisenhauses verwenden solle, falls Paisley Schande über die Familie bringe.«

Sir Lionel fragte mit großen Augen: »Hat Paisley denn der Familie Schande gemacht? Oh, ich bitte um Verzeihung! Ich sollte meine Nase nicht in Ihre Angelegenheiten stekken.«

»Das tun Sie nicht, Sir. Ich habe Sie doch um Ihre Hilfe gebeten«, sagte Sir Gavin. »Paisley ist eine Art Revolutionär. Weiß der Himmel, mit welchen Männern er in diesen fünfzehn Jahren Umgang hatte. Er ist in ein paar sehr zwielichtige Angelegenheiten verwickelt gewesen: in die Entführung einer jungen Lady vor ein paar Jahren; ein reicher französischer Adliger wurde zu Tode gehetzt, und es gab einen häßlichen Skandal in der Bretagne – um nur ein paar seiner Schandtaten aufzuführen.«

»Das ist ja die Höhe«, empörte sich Sir Lionel.

Fanny hauchte mit weit aufgerissenen Augen: »Er ist ja ein richtiges Monster!«

Marietta fragte: »Sie glauben also, daß Mr. Paisley – oder sollte ich Lord Temple and Cloud sagen? – Lady Pamela entführt hat, um sie zu zwingen, an seine Erbschaft zu kommen?«

Sir Gavin nickte traurig. »So sieht es aus, Miss Warrington.«

»Was für eine verruchte Tat!« rief Sir Lionel. »Niederträchtig und gemein. Sie müssen Ihre Frau finden, Sir!«

»Wir haben alles nur Erdenkliche unternommen«, sagte Blake. »Wir haben Männer losgeschickt, wir haben *Lanterns* vom Dach bis zum Keller durchsuchen lassen, aber ...«

»*Lanterns!*« rief Marietta erschrocken. »O nein! Glauben Sie etwa, er hat seine Mutter hier versteckt?«

»Wir sind ja in unseren vier Wänden nicht mehr sicher, wenn sich so ein Mann hier rumtreibt«, sagte Fanny und wurde blaß.

»Machen Sie sich bitte keine Sorgen, Ma'am«, sagte Blake beruhigend. »Er ist nicht in *Lanterns.* Weder er noch meine arme Stiefmutter. Nach ihrem Verschwinden haben wir die verfluchte alte Ruine praktisch auf den Kopf gestellt.«

Sir Lionel fragte: »Und was sagen die Behörden dazu? Ich

nehme doch an, die Bow Street und die örtlichen Constables gehen jeder Spur nach?«
Blake warf seinem Vater einen finsteren Blick zu. »So sollte es zumindest sein.«
»Nein!« protestierte Sir Gavin vehement. »Ich will *nicht*, daß der Name meiner Frau durch alle Zeitungen gezerrt wird! Nicht der *Hauch* eines Skandals darf auf den Namen unserer Familie fallen! Ich habe Privatdetektive mit der Suche beauftragt. Wir werden Lady Coville finden, das verspreche ich Ihnen!«
»Vielleicht«, murmelte Blake. »Vorausgesetzt, dein brutaler Stiefsohn hat die arme Frau nicht schon zu Tode geängstigt.«
Fanny stieß einen Entsetzensschrei aus.
Sir Gavin sagte zerknirscht: »Wir erschrecken die Ladies. Ich hätte diese entsetzliche Geschichte nicht erzählen dürfen. Aber ...« Er stand auf und wandte sich an Mrs. Cordova, die sorgfältig »Mrs. Hughs-Derings« Kleid zurechtzupfte. »Ma'am, Sie scheinen etwas über unsere Schwierigkeiten zu wissen. Sollten Sie uns irgend etwas zu sagen haben, stünden wir ewig in Ihrer Schuld.«
Sir Lionel sagte ermutigend: »Bitte, Emma. Wenn du wirklich etwas weißt, das Sir Gavin weiterhelfen könnte, mußt du es ihm sagen, meine Liebe.«
Mrs. Cordova kicherte und sagte schelmisch: »Was für ein gutaussehender Mann, nicht wahr, Monica? Soll ich ihm helfen? Willst du, daß ich ihm etwas erzähle? Von meinen Radieschen vielleicht? Ah, viele Leute wollen wissen, wie es mir gelingt, so prächtige Radieschen heranzuziehen. Mein verstorbener Mann hat von Zeit zu Zeit gern Radieschen gegessen.« Mit traurigem Gesicht wandte sie sich dann an

Sir Gavin: »Ich habe gehört, daß Sie Ihre Frau verloren haben. Sie haben mein ganzes Mitgefühl. Jemanden zu verlieren, den man liebt, ist furchtbar. Einfach furchtbar.«
Er blickte in ihre freundlichen, aber leeren Augen, schaute dann zu Sir Lionel. Der machte eine Geste der Hilflosigkeit. Sir Gavin nickte resigniert und sagte: »Wir haben Ihre Gastfreundschaft über die Maßen beansprucht, Sir. Jetzt lassen wir Sie in Ruhe.«
Mrs. Cordova eilte hinaus, um den Kutscher der Covilles zu verständigen.
Sir Gavin sah beim Abschied sehr traurig aus. In der großen, kalten Diele fragte er: »Warrington, glauben Sie, Ihre Schwester weiß wirklich etwas über den Aufenthaltsort meiner Frau?«
»Kann sein«, meinte Sir Lionel zögernd. »Das kann man nicht sagen. Die meiste Zeit ist Emma ziemlich vernünftig. Sie ist eine gute Frau und sehr warmherzig. Wie schade, daß sie Ihnen nicht helfen konnte.«
Marietta begleitete Blake hinaus. An der Tür sagte er: »Jetzt kennen Sie unsere dunklen Geheimnisse, Miss Warrington. Werden Sie mich abweisen, wenn ich das nächstemal komme?«
»Wie könnte ich, wo Sie doch mein ganzes Mitgefühl haben! Ich werde dafür beten, daß Ihre Stiefmutter heil und gesund zurückkehrt.«
Die beiden älteren Männer standen schon vor dem Haus. Blake nahm Mariettas Hand und hielt sie zurück. »Wie gut Sie zu mir sind. Darf ich Sie bitten, das Herrenhaus im Auge zu behalten und uns sofort zu verständigen, sollten Sie irgend etwas Ungewöhnliches bemerken?«
»Sehr gerne, Sir. Ich wünschte nur, wir könnten mehr für

Sie tun. Leider weiß ich nichts, was Ihnen weiterhelfen könnte.«

»Aber ich!« Eine kleine, schmutzige Gestalt sprang hinter dem dicken Vorhang hervor, der die zugige Diele vor kaltem Wind schützte. »Ich weiß *alles* darüber!« verkündete Arthur und sprang aufgeregt auf und ab. »Ich wollte es Bridger erzählen, aber der hat mir nicht zugehört und mir gesagt, ich darf euch nicht stören. Bruder Tuck und ich ... wir sahen, wie die Schurken die Lady aus dem Spukschloß des Sheriffs von Notting ...«

»Arthur, du Schlingel!« sagte Marietta und merkte erst jetzt, daß sie ihren kleinen Bruder ganz vergessen hatte. »Ich dachte, du wärst in deinem Zimmer! Bist du erst jetzt nach Hause gekommen?«

»Schon vor einer Ewigkeit! Ich habe mich hinter dem Vorhang versteckt und alles gehört, was ihr geredet habt, und ...«

»Wie konntest du nur heimlich lauschen!« schalt Marietta. »Marsch ins Bett, junger Mann! Sofort!«

Mrs. Cordova eilte herbei und nahm den Jungen bei der Hand. »Gib nicht ihm die Schuld, Marietta. Wir hätten uns um ihn kümmern müssen. Komm mit, du Spitzbube! Wie dreckig du bist. Bestimmt hattest du eine Menge Spaß. Nein, Schluß jetzt mit wilden Geschichten. Ab zum Waschen und dann ins Bett, mein Kerlchen.«

»Aber ich *habe* es gesehen«, jammerte er. »Und ich bin hungrig! Ich hab' seit Wochen nichts mehr gegessen!«

Blake beobachtete amüsiert, wie sich der Kleine widerstrebend wegführen ließ, und sagte: »Er hat eine lebhafte Phantasie, wie?«

»Zu lebhaft.« Marietta streckte die Hand aus. »Guten

Abend, Mr. Coville. Es tut mir wirklich leid, daß Sie so große Sorgen haben.«
Er hielt diese kleine und nicht sehr gut manikürte Hand in seiner und sagte: »Ich danke Ihnen. Und ... erlauben Sie mir, daß ich Sie wieder besuche? Vielleicht wollen Sie erfahren, ob ... ich meine, *falls* wir meine Stiefmutter finden?«
»O ja, sehr gern!«
Noch immer ihre Hand haltend, fügte er hinzu: »Und *sollte* sich Ihre Tante an etwas erinnern – an irgend etwas –, darf ich Sie bitten, mir eine Nachricht zu schicken? Wir sind zu Gast bei den Dales im *Downsdale Park*.«
Downsdale Park war wahrscheinlich der herrschaftlichste Landsitz der Gegend, und Lord und Lady Dale, beide äußerst hochmütig, verkehrten mit niemandem unter dem Rang eines Baronets. Wie schäbig muß ihm unser Haus vorkommen, dachte Marietta, aber sie sagte: »Natürlich. Wir benachrichtigen Sie sofort.«
Sie wollte ihm ihre Hand entziehen, aber er hielt sie noch einen Augenblick fest und schaute ihr auf eine Weise in die Augen, daß ihr der Atem stockte.
»Wie liebenswürdig Sie sind«, sagte er leise, neigte seinen lockigen Kopf und küßte ihre Finger. »Unser Verwalter hat uns einen unschätzbaren Dienst erwiesen, indem er Sir Lionels Interesse für diesen Landsitz weckte. *Adieu,* liebreizende Miss Warrington. Ich zähle die Stunden bis zu unserem nächsten Wiedersehen.«
Marietta war auf peinliche Weise bewußt, daß sie errötete. Schnell verabschiedete sie sich und schloß die Tür.
Ihr Vater mußte ein paarmal laut klopfen, ehe sie wieder so weit bei Sinnen war, daß sie ihn einließ.

Zweites Kapitel

Eine Brise brachte die Wäsche auf der Leine zum Flattern, und Marietta hatte Schwierigkeiten, den Stützpfahl aufzurichten.

Die Plackerei mit der Wäsche hatte sie den ganzen Vormittag gekostet, und der Gedanke, die Laken und Tücher könnten in den Schmutz fallen und müßten noch einmal gewaschen werden, war ihr unerträglich. Sie war mit dem Aufhängen spät dran, denn Mrs. Gillespie, die heute hätte kommen sollen, war nicht erschienen. Wahrscheinlich litt sie wieder einmal unter ihren »rheumatischen Spasmen«. Spasmen, dachte Marietta verärgert, die vom Gin ausgelöst wurden. Mrs. Gillespie war wirklich nicht gerade die zuverlässigste Hilfe, aber sie kam dienstags und donnerstags für einen mageren Lohn, und wenn sie nicht unter ihren »Spasmen« litt, arbeitete sie fleißig und zerbrach selten etwas.

Die Wäsche roch sauber, und wenn die Brise anhielt, sollte sie bis Sonnenuntergang trocken sein. Marietta dehnte ihre müden Glieder und straffte ihren schmerzenden Rükken. In der Nacht war sie aufgewacht und hatte mindestens eine Stunde lang nicht mehr einschlafen können, weil ihr die arme Lady Pamela Coville und deren verruchter Sohn nicht aus dem Sinn ging, doch ihre Gedanken waren oft zu Mr. Blake Coville abgeschweift.

Wie es schien, fühlte sie sich bei jeder Begegnung mehr zu diesem Gentleman hingezogen, obwohl ihr der gesunde Menschenverstand sagte, sie sollte ihn aus ihren Gedanken verbannen. Er war ein Beau, der begehrteste Junggeselle Londons. Reich, gutaussehend, wohlerzogen, der Erbe eines Baronets, freundlich und kultiviert. Mit anderen Worten, immer im Blickfeld der Argusaugen zahlloser Mütter heiratsfähiger Töchter. Wenn sie in seiner Nähe war, hatte sie das Gefühl, daß seine Gedanken nur ihr galten; tatsächlich bewunderte er sie so offensichtlich, daß Papa Hoffnung schöpfte, seine jungfräuliche Tochter könnte schließlich doch noch eine so gute Partie machen, daß die finanziellen Probleme der Familie endgültig gelöst wären. Armer, dummer Papa. Blake Coville war ein Gentleman im wahrsten Sinn des Wortes, und wahrscheinlich begegnete er jeder Lady mit aufmerksamer Höflichkeit. Da Miss Marietta Warrington zwar recht hübsch war, jedoch kein Vermögen besaß, standen ihre Chancen eher schlecht. Von wegen Vermögen! Sie mußte eine große Familie ernähren und besaß als Köder für einen Ehemann nicht einmal eine kleine Aussteuer.
Es widerstrebte ihr, sofort ins Haus zurückzugehen, ein paar Minuten Ruhe würden ihr guttun. Sie schlenderte umher und genoß die schöne Umgebung. Die Vorderseite des Austragshauses lag nach Südwesten, von dort aus hatte man einen herrlichen Ausblick auf den Ärmelkanal. Auf der Rückseite erstreckte sich der Garten mit angrenzenden Wiesen, durch die sich ein plätschernder Bach schlängelte. Dahinter erhoben sich die sanften, smaragdgrünen Höhen der Downs. In ihrem Gemüsegarten, den Tante Dova das »Futter-Feld« nannte, hatte sie wahre Wunder bewirkt. In

ordentlichen, von Unkraut befreiten Reihen gedieh das Gemüse prächtig. Die leuchtenden Farben der Rosen bildeten einen herrlichen Kontrast zu den schlichten Gänseblümchen und Ringelblumen, die ihre Blüten der Sonne entgegenreckten. Stiefmütterchen säumten die Beete. Der Nachmittag war warm. Vögel plätscherten und hüpften im Vogelbad umher, während Bruder Tuck unter einer Bank lauerte und so tat, als wäre er unsichtbar, bis er wieder einen seiner vergeblichen Angriffe startete.

Ein Schwarm Stare flog vorbei und schwang sich in luftige Höhen. Was für ein herrlicher Tag. Wären wir noch in London, dachte Marietta wehmütig, dann würde ich wahrscheinlich zum Richmond Park fahren und mich mit Tim Van Lindsay oder Freddy Foster oder … Aber das war Vergangenheit und vorbei. Auch die Gegenwart hatte viel zu bieten, wofür sie dankbar sein sollte. Sie lebten alle zusammen in einem hübschen Haus in einem sehr schönen Teil von Gottes sehr schöner Welt. Das meiste Geld aus dem Verkauf des Familienschmucks, des Hauses in London, der Kutschen und Pferde war an Papas Schuldner gegangen, doch sie hatte eine kleine Summe retten können, die ihr von der Bank bescheidene Zinsen einbrachte. Die Miete für das Haus war außerordentlich günstig. Ihr geliebter Bruder Eric hatte seine großen Ferien geopfert und war in Cambridge geblieben, um mit dem Unterricht für drei Studenten einen Teil seiner Studiengebühren zu finanzieren. Der erstaunlich hohe Betrag, den »Madame Olympia« mit ihrer Kristallkugel verdiente, die sie das »Mystische Zeitfenster« nannte, deckte Arnolds Studiengebühren in Harrow. Durch die Einhaltung eines sehr rigiden Haushaltsplans war der Wolf von der Schwelle ver-

trieben worden, doch für wie lange, wagte sich Marietta nicht vorzustellen.
Resolut straffte sie die Schultern und verdrängte die trüben Gedanken. Selbstmitleid würde ihnen das sorglose Leben in London nicht zurückbringen. Und gab es nicht viele arme Menschen, die zusammengepfercht in schmutzigen Slums lebten und die *Lanterns* und das Austragshaus für ein irdisches Paradies halten würden?
Die Sonne hatte den Zenit bereits weit überschritten, und sie hatte Arthur versprochen, nach seinem Mittagsschlaf mit ihm zu spielen. Leise huschte sie an der Seitentür vorbei und eilte zur Vorderfront des Hauses. Tante Dova würde sie bestimmt bitten, letzte Hand an »Lady Leith« zu legen, doch dafür hatte sie jetzt keine Zeit, denn sie mußte sich als Hexe verkleiden.
An der Hausecke blieb sie abrupt stehen und starrte sprachlos den jungen, strahläugigen Kavalier an, der neben zwei gesattelten Pferden am Fuß der Terrasse stand. Blake Coville, in einer eleganten, maßgeschneiderten Reitjacke und Lederhosen, riß sich den Hut vom Kopf und eilte ihr hoffnungsvoll lächelnd entgegen. »Ich weiß, daß Sie Wichtigeres zu tun haben, als mit mir auszureiten, Miss Warrington. Aber es ist ein so herrlicher Nachmittag und ... bitte, würden Sie sich eines einsamen Mannes erbarmen und sich zu einem Ausritt überreden lassen?«
Mariettas verräterisches Herz fing an, wie wild zu schlagen. Voller Entsetzen war sie sich ihres schlichten rosa Arbeitskleides und der zerknitterten Schürze, ihres erhitzten und unordentlichen Aussehens bewußt. Stammelnd erwiderte sie: »Oh! Wie freundlich von Ihnen ... aber leider ...«
»Sind Sie zu beschäftigt. Wie gut ich das weiß! Jedesmal,

wenn ich zu Besuch komme, arbeiten Sie. Es wird Ihnen guttun, für eine halbe Stunde Ihren Pflichten zu entfliehen. Und wenn auch meine Enttäuschung Sie nicht umstimmen kann, so denken Sie wenigstens an die arme Stute. Sie sehnt sich nach einem Ausritt.«

Mariettas Augen blitzten beim Anblick der »armen Stute« auf. Was für ein herrliches Tier. Sein kastanienbraunes Fell glänzte glatt und seidig in der Sonne. Und, oh, wie gern würde sie ausreiten. Sie unterdrückte einen Seufzer und sagte entschieden: »In diesem Haus müssen alle arbeiten, Mr. Coville. Unsere Lebensumstände gestatten uns leider kein ›Entfliehen‹.«

»Ja ... natürlich«, sagte er und sah ganz geknickt aus. »Wie gedankenlos von mir. Aber ... ich hatte gehofft, Sie könnten mir nur ein bißchen Ihrer kostbaren Zeit schenken. Ich wünsche Ihnen einen guten Tag, Ma'am.«

Mit einem zerknirschten Lächeln wandte er sich ab. Er war jung und sehr gutaussehend, und er war so freundlich gewesen, diese wunderschöne kleine Stute mitzubringen. Und bestimmt machte sich der arme Mann große Sorgen um seine Stiefmutter. Bestimmt wäre es herzlos, seine Bitte abzuschlagen, denn sie könnte ihn doch vielleicht für eine Weile von seinen Sorgen ablenken. Auf diese Weise ihr Gewissen geschickt überlistend, rief sie: »Warten Sie!«

Glücklicherweise war ihr Reitkleid noch modisch und paßte wie angegossen, obwohl ihr nicht entgangen war, daß es über der Brust ein bißchen spannte. »Du wirst drall, meine Liebe«, sagte sie zu ihrem Spiegelbild, als sie mit einer Hasenpfote ihre Nase puderte. »Ein bukolisches, rotwangiges und vollbusiges Mädchen vom Land!« Ohne von dieser Feststellung sonderlich beeindruckt zu sein,

schnappte sie sich Hut und Reitgerte und eilte die Treppe hinunter.
Coville stand bei den Pferden und plauderte mit Fanny, die ein schlichtes, unmodisches, pfirsichfarbenes Kleid trug und sich einen rosa Schal um die dichten schwarzen Locken geschlungen hatte. Marietta lächelte. Fanny hatte zweifellos keinen Gedanken an ihr Aussehen verschwendet, und wenn doch, so hielt sie sich sicher für einen Ausbund an Uneleganz. Sie hatte keine Ahnung, daß sie auch in einem alten Kleid vor jugendlicher Schönheit und Frische strahlte.
Coville wandte sich sofort Marietta zu, und Fanny warf ihrer Schwester einen schelmischen, wissenden Blick zu, während sie leichthin zu Mr. Coville sagte, wie überaus freundlich es von ihm sei, so eine zierliche hübsche Stute mitzubringen. »Sie wissen ja gar nicht, Sir«, redete sie weiter, »wie sehr meine Schwester lebhafte Pferde liebt. In London verging kaum ein Morgen, an dem sie nicht im Park mit dem einen oder anderen Beau ausritt, ehe im Haushalt jemand wach war.«
Coville grinste und verschränkte die Hände, um Marietta in den Sattel zu helfen. »Das werde ich mir merken«, sagte er und stieg auf seinen mächtigen Braunen.
Marietta beugte sich zu ihre Schwester hinunter und flüsterte: »Du frecher kleiner Schelm!«
»Ich hab's dir doch gesagt«, scherzte Fanny mit funkelnden Augen.
Marietta wendete die Stute mit sanfter Hand. Das Pferd tänzelte aufgeregt und warf den Kopf hoch. Coville beobachtete die beiden ängstlich, doch ehe er etwas sagen konnte, ertönte ein schriller Schrei.
»Etta!«

Marietta blickte zu dem Fenster im ersten Stock hinauf, aus dem sich Arthur, seinen kegelförmigen Zauberhut auf den dunklen Locken, lehnte. »Ach, du meine Güte!« rief Marietta zerknirscht aus.
»Du hast es *versprochen!*« jammerte der Junge.
»Ja, mein Schatz. Es tut mir so leid. Aber ich mache nur einen kurzen Ausritt und bin gleich wieder zurück.«
»Du hast gesagt, nach meinem Mittagsschlaf würde ich Merlin und du die böse Hexe sein, und wir würden auf dem Besenstiel in den finsteren Wald reiten und Kobolde jagen. Du hast es *versprochen,* Etta!«
»Kümmere dich nicht um ihn«, sagte Fanny schnell zu ihrer Schwester und rief dann ihrem Bruder zu: »Ich spiele die Hexe für dich, Arthur.«
Irgendwo im Haus ertönte ein schriller Schrei. »Fanny! Die Muffins!«
Fanny schnappte nach Luft und rannte los.
»Bereite schon alles vor, Arthur«, rief Marietta. »Ich bin ganz schnell wieder zu Hause.«
Der Junge machte ein aufsässiges Gesicht und verschwand aus dem Fensterrahmen.
»Ach, du meine Güte«, seufzte Marietta. »Ich habe es dem kleinen Kerl versprochen. Vielleicht ...«
Coville sagte fest: »Nein, Ma'am. Sie sind sonst immer den ganzen lieben, langen Tag für Arthur da. Wir bleiben nicht lange fort, und es wird ihm nicht weh tun, ein bißchen zu warten. Sie brauchen eine kleine Abwechslung von der Arbeit, Miss Marietta. Und ich brauche Ihre liebenswerte Gesellschaft.«
Er schenkte ihr ein blendendes Lächeln und ritt voran, die Zufahrt hinunter. Marietta zögerte und warf einen Blick

über die Schulter. Ihre Tante kam an die Tür und winkte ihr zu. Tante Dova konnte so gut mit dem Jungen umgehen und würde ihm über die Enttäuschung hinweghelfen. Marietta trieb die Stute in einen Kanter und folgte Coville. Wie sie so Seite an Seite durch den goldenen Nachmittag ritten, legte sich ihr schlechtes Gewissen.
Er schlug die Richtung zur Weald ein. Die Pferde trabten gemächlich dahin. Sie ritten an dem malerischen Cloud Village, an strohgedeckten Cottages und vereinzelt liegenden Farmen vorbei, wo ihnen die Landarbeiter zuwinkten. Während des Ritts plauderten sie über den tragischen Tod von Prinzessin Charlotte; über die Bemühungen der Herzöge königlichen Geblüts, standesgemäß zu heiraten und einen Thronerben zu zeugen, und über London und gemeinsame Bekannte. Als sie einen von mächtigen Buchen überschatteten Weg entlangritten, kam ein großer schwarzer Hengst über die Wiese galoppiert und trabte jenseits des Zauns neben ihnen her.
»Er will uns Gesellschaft leisten«, sagte Coville.
»Ja«, stimmte Marietta zu. »Aber nicht in diesem Tempo.«
Er grinste. »Ich dachte, der Trab sei die bevorzugte Gangart der Ladies in London.«
»Wohl eher eine uns *geziemende* Gangart. Aber wir sind ja nicht in London, nicht wahr?«
Coville erhaschte noch einen Blick auf ihr lachendes Gesicht, dann war sie schon in vollem Galopp davongestoben.
»He!« schrie er fröhlich und folgte ihr.
Pferdehals an Pferdehals ritten sie am Flußufer entlang, donnerten über eine Holzbrücke, überquerten eine Anhöhe und galoppierten hügelabwärts in ein üppig blühendes Tal. Die Schleifen an Mariettas Hut flatterten im Wind,

und die Röcke ihres Reitkleides bauschten sich. Auf einem Feld kauten braune und weiße Kühe gemächlich und blickten ihnen mit ihren samtenen Augen nach. Marietta duckte sich tiefer über den Pferdehals, sie genoß die aufregende Jagd und die temperamentvolle Geschmeidigkeit der kleinen Stute. Schließlich erreichten sie ein in Sonnenlicht getauchtes Feld, auf dem zwei Heuhaufen in goldener Würde zum Verweilen einluden.

Coville zügelte sein Pferd.

»Oh!« keuchte Marietta begeistert. »Das war großartig! Ich danke Ihnen.«

Er sah sie lächelnd an, bewunderte ihre geröteten Wangen und das Funkeln in den klaren grünen Augen. »Ich habe Ihnen zu danken, Ma'am. Wollen wir den Pferden ein bißchen Ruhe gönnen?« Er ritt durch das offene Gatter zu den Heuhaufen, stieg ab und hob Marietta aus dem Sattel. Sie setzte sich auf einen Heuballen, während er die Sattelgurte lockerte und die Zügel an einen Zaunpfahl band.

Dann warf er sich neben sie ins Heu und sagte: »Sie sind eine großartige Reiterin, Ma'am. Aber im Hyde Park wäre dieser Reitstil wohl nicht angebracht.«

»Er würde Schande über mich bringen, nicht wahr? Ach, wie schön es hier ist. Sehen Sie sich diese herrlichen Bäume dort drüben an. Wo sind wir, Sir? Hoffentlich vertreibt uns nicht ein Verwalter mit der Mistgabel.«

Blake lachte. »Keine Angst, ich verteidige Sie. Wir sind im Ashdown Forest. Und ich glaube, diese Farm gehört einem Freund Ihres Vaters – Mr. Innes Williard. Deshalb droht uns wohl keine Strafe wegen unbefugten Betretens dieser Wiese.«

Mariettas Lächeln schwand.

Er merkte ihren Stimmungswechsel und fragte: »Oder irre ich mich? Sind die beiden nicht befreundet? O Gott! Dem Wort eines Klatschmauls darf man eben nicht vertrauen!«
»Ich habe nicht gesagt, daß die beiden keine Freunde sind. Ich wüßte allerdings nicht, von welchem Interesse das für ein Klatschmaul sein könnte.«
»Wenn ein Gentleman eine gutaussehende und reiche Witwe zur Schwester hat, finden die Leute immer einen Grund zum Klatschen, Ma'am.«
»Danke, Sir«, sagte Marietta geziert. »Es stimmt, meine Tante sieht noch immer gut aus, aber ich wußte nicht, daß ihr Name in aller Munde ist.«
Coville lachte laut auf, sah Mariettas gerunzelte Stirn und zügelte seinen Übermut. »Bitte, verzeihen Sie mir. Ich bin mir sicher, daß Ihre Tante ... ähm, ihre Verehrer hat, aber ich habe von Mrs. Isolde Maitland gesprochen, die – wie ich gehört habe – ihre Bewunderung für einen gewissen ... Nachbarn öffentlich bekundet hat.«
Marietta kniff die Lippen zusammen. Wie für jeden Mann mit einem Adelstitel, dachte sie und sagte kühl: »Für meinen Vater, so ist es.«
Blake stützte sich auf einen Ellbogen, blickte zu ihr hoch und sagte, noch immer mit einem fröhlichen Funkeln in den Augen: »Aha! Und Sie mögen die Lady nicht.«
»Das habe ich nicht gesagt!«
»Aber gedacht. Plötzlich sind Sie ganz steif und förmlich geworden. Wollen Sie nicht, daß Sir Lionel wieder heiratet?«
»Nein! Ich meine ... ach, darum geht es doch gar nicht.«
»Dann ist die schöne Witwe wohl auf der Jagd nach einer guten Partie? Oder vielleicht eine Xanthippe?«

»Hätte es die Lady auf eine gute Partie abgesehen, käme mein Vater nicht in Frage.« Marietta griff gereizt nach ihrer Reitgerte. »Können wir jetzt zurückreiten? Ich muß ...«
»Hoppla«, sagte er scherzhaft. »Ich bin zu Tode betrübt. Ich habe Ihnen mit meinem dummen Gerede die gute Laune verdorben. Ich werde Ihre Gunst zurückgewinnen, indem ich Ihnen meine Dienste anbiete.«
Sie starrte ihn verständnislos an.
»Es ist mir Ernst, Miss Marietta. Sie werden Hilfe brauchen. Eine schöne, zu allem entschlossene und kluge Lady kann sehr gefährlich sein, wissen Sie.«
»Nein, das weiß ich nicht«, entgegnete sie scharf. »Das liegt wohl eher in Ihrem Erfahrungsbereich, Sir.«
Er nickte unbekümmert. »O ja, das stimmt. Ich habe darin genügend Erfahrung, um Ihnen ein guter Verbündeter zu sein.« Er beugte sich näher zu ihr hin und flüsterte verschwörerisch: »Ich werde Ihnen ein paar Hinweise geben, wie Sie die heimtückischen Machenschaften der Witwe durchkreuzen können. Es sei denn«, fügte er schmunzelnd hinzu, »Ihr Vater ist von rasender Leidenschaft für die Lady ergriffen.«
Als sich Marietta ihren schüchternen und sanften Vater in rasender Leidenschaft vorstellte, mußte sie lachen.
Coville stieß einen Seufzer der Erleichterung aus. »Ich glaube, Sie haben mir verziehen!«
»Und ich glaube, daß Sie sehr frech sind«, konterte sie mit gespielter Strenge. »Und Sie haben mich dazu gebracht, über etwas zu sprechen, worüber ich hätte schweigen sollen.«
»Sie sind viel zu gütig und liebenswert, um etwas Ungehöriges zu tun. Und ich sehne mich danach, das Gespräch

auf ein Thema zu bringen, das mich wirklich interessiert. Erzählen Sie mir etwas von der schönsten und faszinierendsten Lady, der ich je begegnet bin. Erzählen Sie mir von Ihren Neigungen, Abneigungen, Freunden und Feinden. Wo Sie aufgewachsen sind, ob Ihnen das Landleben gefällt, oder ob Sie London vermissen, und ob es noch andere Warringtons in dieser Gegend gibt. Was Sie von *Lanterns* halten, wer ...«

»Gnade!« rief Marietta amüsiert und gerührt zugleich. »Wie kann ich so viele Fragen auf einmal beantworten?«

»Dann beantworten Sie mir heute eine, und ich stelle Ihnen morgen, wenn ich Sie zum Ausreiten abhole, die nächste und übermorgen wieder eine und so weiter.«

Er lag, den Kopf auf den Ellbogen gestützt, auf der Seite, die langen Beine ausgestreckt – eine Pose anmutiger Eleganz. Trotz des schelmischen Lächelns in den blauen Augen kam er Marietta sehr ernsthaft vor, aber war sie wirklich die schönste und faszinierendste Frau, der er je begegnet war? Sie bezweifelte es zwar, hörte es aber gern, denn es war schon lange her, daß ihr ein Gentleman solche Komplimente gemacht hatte. Anscheinend hatte sie ihre Schönheit und Faszination eingebüßt, nachdem ihr Vater sein Vermögen verloren hatte. Mr. Coville war ein geschickter Schmeichler, aber er gab ihr das Gefühl, wieder hübsch und begehrenswert zu sein, und sie war zu sehr Frau, um diese Aufmerksamkeiten nicht zu genießen. Sie sagte leichthin: »Wie darf ich das verstehen, Sir? Sagten Sie nicht, Ihr Aufenthalt hier sei nur von kurzer Dauer?«

Er seufzte. »Ja, leider. Aber ich werde den Weg nach *Lanterns* so oft wie möglich reiten, ungeachtet der ... Probleme, die wir gegenwärtig haben. Vielleicht sollten wir meine Liste ein bißchen verkürzen. Beantworten Sie mir die erste und die letzte Frage. Was für Neigungen haben Sie, und was halten Sie von *Lanterns?*«

»Hmm«, sagte sie und runzelte nachdenklich die Stirn. »Für mich kommt natürlich zuerst meine Familie. Meine beiden Brüder, Eric und Arnold, kennen Sie nicht, denn Eric ist in Cambridge und Arnold ist gerade abgereist, um den Rest des Sommers bei Freunden zu verbringen. Was die zweite Frage betrifft: Ich kenne *Lanterns* nicht, ich habe es bisher nur aus der Ferne gesehen. Die Ruine sieht so mächtig und düster aus und macht den Eindruck, als könnte sie jeden Augenblick die Klippen hinunterstürzen.«

»Ein Teil des Burggrabens ist schon abgestürzt. Und Sie haben sich der Ruine nie auch nur genähert?«

»Du lieber Himmel, nein! Die Geschichten über Gespenster könnten doch wahr sein, und ich möchte lieber keinem begegnen.«

»Wirklich? Ich würde gerne einmal ein Gespenst sehen! Sagen Sie mir die Wahrheit: Sind Sie nicht doch ein bißchen neugierig? Ich dachte, jeder Bewohner der Grafschaft hätte da schon rumgeschnüffelt. Haben Sie dort noch keine Schatzgräber gesehen?«

»Nein! Gibt es dort denn einen vergrabenen Schatz? Wie aufregend! Erzählen Sie mir doch die Geschichte.«

»So aufregend ist sie nicht. Denn wäre auch nur ein Hauch von Wahrheit an dieser Legende, hätte man den Schatz längst gefunden. Einer der Ahnen meiner Stiefmutter hat ihn angeblich von den Kreuzzügen mit nach Hause gebracht.«

»Und was ist das für ein Schatz? Eine Truhe randvoll mit Edelsteinen?«

»Nein. Es ist angeblich ein Gemälde, das …«

»Ach ja!« rief Marietta aus und klatschte triumphierend in die Hände. »Entschuldigen Sie bitte, aber jetzt kann ich mich erinnern. Es trägt den Titel *Saladins Seufzer*, nicht wahr?«

»Sehr gut. Wie es heißt, handelt es sich dabei um kein großes Kunstwerk. Aber es soll ganz in Gold und Edelsteinen gearbeitet und ein Vermögen wert sein.«

»Kein Wunder, daß jeder versucht hat, es zu finden. Warum nennt man es *Saladins Seufzer?*«

»Weiß Gott. Sollte dieser Schurke, mein Stiefbruder, je hier auftauchen, können Sie ihn ja fragen. Er weiß wahrscheinlich alles darüber, weil es einer seiner Vorfahren war, der dieses Ding als Belohnung bekommen hat.«

Marietta sagte: »Wir sollten uns auf den Heimweg machen, Mr. Coville. Ich fürchte, mein kleiner Bruder denkt sonst, ich hätte ihn vergessen.«

Blake seufzte. »Ich frage mich, warum schöne, junge Ladies immer abscheuliche kleine Brüder am Hals haben …«

»Das klingt, als hätten Sie unter dieser Erfahrung schon oft gelitten, Sir«, sagte sie fröhlich. »Aber ich versichere Ihnen, daß ich meinen kleinen Bruder nie im Stich lassen würde, obwohl …« Sie verstummte, neigte den Kopf zur Seite und lauschte dem fernen Schlagen einer Kirchturmuhr. »*Drei?*« rief sie erschrocken mit weit aufgerissenen Augen. »Das kann doch nicht sein, oder?«

Blake zog seine Taschenuhr heraus und nickte. »Es stimmt. Die Zeit vergeht mit Ihnen wie im Flug. Aber die Sonne geht erst in ein paar Stunden unter. Wir können also noch bis zum Wald reiten und …

»Nein! Ich muß sofort nach Hause. Ich hatte keine Ahnung, daß wir schon so lange unterwegs sind. Und, sehen Sie nur, der Himmel wird ganz dunstig. Wenn der Nebel vom Meer hereinweht ... ach, du meine Güte! Das wird mir Arthur nie verzeihen!«

Coville half ihr in den Sattel und sagte freundlich: »Machen Sie nicht so viel Wirbel um ihn, Miss Marietta. Natürlich lieben Sie Ihren Bruder, aber er ist schließlich ein kleiner Junge. Und wie alle kleinen Jungen hat er wahrscheinlich bereits neue Pläne geschmiedet und ist glücklich und zufrieden.«

Mr. Coville hatte nur bis zu einem gewissen Grade recht. Arthur hatte das Merlin-Spiel inzwischen aufgegeben, aber er war keineswegs glücklich und zufrieden.

»Etta ist halt ein Mädchen«, klagte er Bruder Tuck sein Leid. »Eric hat gesagt, sie sind alle gleich. Weißt du noch? Das war, als ihm seine Ewiggeliebte seine Haarlocke zurückgegeben hat, aber nicht in dem Medaillon, das er ihr geschenkt hat, sondern mit einem Bindfaden zusammengebunden.« Er nahm seinen Zaubererhut ab und betrachtete ihn traurig. »Etta hat versprochen, schnell wieder zurück zu sein. Jetzt ist sie schon seit Stunden fort.« Er zog das lange, mit Mond und Sternen bestickte Gewand aus und sagte: »Wir haben doch lange genug auf sie gewartet, Bruder, meinst du nicht auch?«

Bruder Tuck schaute kurz, ein Hinterbein in die Luft gereckt, in das bekümmerte Gesicht des Jungen, gab jedoch keinen Kommentar ab, sondern putzte weiter sein Hinterteil.

»Fanny hat gesagt, sie würde mit mir spielen«, redete Arthur weiter, »aber sie ist lieber zu Papa in den Keller gegangen. Und Tante Dova hat mich auch vergessen und sitzt in ihrem Wohnwagen.« Er stieß einen tiefen Seufzer aus. »So sind sie eben. Sie sind alt, und ich bin nur ein kleiner Junge und zähle überhaupt nicht. Sie hören mir nicht mal zu, wenn ich ihnen was *wirklich* Wichtiges erzähle. Wenn ich wichtig für sie wäre, würden sie mir zuhören. Und sie hätten Zeit, mit mir zu spielen. Aber ich bin ihnen gleichgültig. Dann laufe ich eben weg und suche mir einen Freund zum Spielen.«

Er öffnete den Schrank und zerrte seinen Ausreißer-Sack hervor. Als erstes stopfte er seinen Merlin-Mantel hinein. Dann Robin Hoods Wams und Umhang, sein Bilderbuch, die schwarze Piratenflagge mit dem weißen Totenkopf und die schwarze Augenklappe. Es folgte das Kettenhemd, das Tante Dova aus ein paar langen Ketten gefertigt hatte, die sie in einem verfallenen Kuhstall gefunden hatten. Hinzu kamen sein Nachthemd und die Bettschuhe, die ihm Fanny zu Weihnachten gestrickt hatte, und für den Fall, daß es regnen sollte, noch sein Sonntagshut. Das Schwert, Bogen und Pfeile und die Holzpistole ragten oben heraus, aber darüber konnte er sich nun kein Kopfzerbrechen machen. Aus der Speisekammer holte er sich einen Brocken Käse und einen halben Laib Brot. Sein Blick fiel auf ein Tablett mit Marmeladentörtchen – verbotene Früchte. Etwas unschlüssig strich er darum herum, beinahe hoffte er, Fanny möge kommen und ihn ertappen, aber er hörte sie unten im Keller mit Papa lachen. Er kam sich vernachlässigt und unerwünscht vor und stapfte wütend nach oben.

Als er sich den Ausreißer-Sack über die Schulter werfen wollte, fiel ihm der Helm ein. Eric hatte ihn aus einem alten Kochtopf zurechtgehämmert, und Tante Dova hatte in einer Truhe auf dem Speicher ein paar lange Federn gefun-

den und an den Helm gesteckt. Als er ihn zuoberst auf den Sack legte und ihn hochhob, kam er ihm viel schwerer vor als letztes Jahr, als er sich auf den Weg nach London zu Harry Rogers, dem Gärtnerjungen, gemacht hatte. Wahrscheinlich liegt das an dem Kettenhemd, dachte er. Das habe ich letztes Jahr noch nicht gehabt. Aber jetzt war er größer und stärker und sollte es bis London schaffen, anstatt von Etta und Papa wieder heimgeholt zu werden. Mit erheblicher Mühe gelang es ihm, den Sack zu schultern.
Nachdem er sich wieder aufgerichtet hatte, mußte er sich eingestehen, daß der Sack mit dem Kettenhemd darin einfach zu schwer war. Wenn er ihn nicht einmal bis zur Tür tragen konnte, kam er damit wohl auch nicht die Treppe hinunter. Er überlegte sorgfältig, doch es war Bruder Tuck, der ihm die Lösung zeigte: indem er sich auf den Rücken rollte und streckte, bedeutete er ihm, er solle das Kettenhemd doch anziehen, dann wäre der Sack leichter.
»Das ist eine ganz fabelhafte Idee«, sagte Arthur strahlend. »Dann kann ich auch noch meinen Speer mitnehmen.«
Es war schwierig, das Kettenhemd anzulegen, doch nach ein paar Verrenkungen und unter lautem Gestöhn war es geschafft. Er beschloß, auch noch den schweren Helm aufzusetzen, und als er sich im Drehspiegel in Ettas Schlafkammer betrachtete, kam er sich so groß und stark vor, daß sich seine Stimmung erheblich verbesserte.
Bruder Tuck kam hereingerast, sprang unters Bett, spielte Verrückter Kater.
»Du bist ein guter Verrückter Kater, Bruder«, lobte ihn Arthur. »Aber heute mußt du Sir Gawain sein, weil ich Sir Lancelot bin.« Da kam ihm eine Idee, ein wahrhaft edelmütiger Gedanke. »Sir Gawain, wißt Ihr, was wir tun wer-

den? Wir begehen eine Heldentat – wie die alten Ritter es früher getan haben – und gehen in die Annalen ein. *Dann* werden sie an uns denken. Dann wird ihnen alles leid tun, und sie werden um uns trauern.«

Eifrig holte er das Seil aus dem Schrank, mit dem er Etta an den Baum gefesselt hatte, nachdem sie vom Drachen gefangen worden war. Er legte ein paar Schlingen um den Sack, schaffte einen recht passablen Knoten, hievte den Sack aufs Fensterbrett und ließ ihn am Seil hinunter. Nachdem er auch diese Hürde genommen hatte, ging er die Treppe hinunter und laut rasselnd durch die Diele. In diesem Haus schienen alle stocktaub zu sein.

Das vom Sack niedergedrückte Farnkraut konnte er nicht mehr ganz aufrichten, aber er entschuldigte sich höflich und machte sich, mit Bruder Tuck auf den Fersen, auf den Weg. Manchmal kam er ein bißchen ins Wanken oder stolperte über seine Lanze, aber er stapfte tapfer und unbeirrbar voran.

Bei der dritten Rast war er ziemlich erschöpft und machte ein Nickerchen. Als er die Augen wieder aufschlug, war zu seiner Überraschung die Sonne bereits im Nebel verschwunden. Er aß etwas Käse und Brot und beobachtete, wie die Umrisse von *Lanterns* im Nebel verschwammen.

»Oh, Sir Gawain«, flüsterte er entzückt. »Wir werden die großartigste Heldentat begehen, die je begangen wurde. Dann werden sie alle *froh* sein, wenn sie mit uns spielen dürfen! Sogar Papa!«

Drittes Kapitel

»Meine Liebe!« Mrs. Cordova kam in dem Augenblick durch die Hintertür ins Haus, als ihre Nichte die Diele betrat. »Hattest du einen schönen Nachmittag? Ist Mr. Coville schon wieder fortgeritten? Du hättest ihn einladen sollen, zum Dinner zu bleiben. Dein Vater hätte sich über seine Gesellschaft sicher gefreut.«

»Er plaudert gerade mit Papa. Aber ich glaube, er hat es eilig, nach *Downsdale Park* zurückzureiten.«

»Verflixt, verflixt, verflixt!« Mrs. Cordova schüttelte die voluminöse schwarze Satinrobe aus, die sie in der Hand hielt, und inspizierte sie besorgt. »Ich wußte doch, daß sich ein paar Pailletten gelöst haben. Bestimmt macht sich der arme Junge große Sorgen um seine Stiefmama. Konntest du ihn ein wenig aufheitern?«

»Das war nicht nötig. Ich glaube, er kann seine Gefühle gut kontrollieren, denn wir haben kaum von der Lady gesprochen. Wo ist ...«

»Was nur beweist, wie klug du bist, Etta. Du wirst einem Mann eine gute Frau sein. Nicht wahr, Warrington?« fügte sie hinzu, als ihr Schwager zur Haustür hereinkam.

»Wie wahr, wie wahr«, strahlte Sir Lionel Marietta an und legte den Arm um sie. »Schlaues Mädelchen! Du hast den jungen Coville betört. Er konnte gar nicht genug Worte des Lobes für dich finden. Was natürlich nur zu verständlich

ist. Aber du mußt versuchen, ihn hier in der Gegend zu halten. In London wird er sehr von den Ladies umschwärmt, wie du weißt … er könnte dich vergessen. Und das dürfen wir doch nicht zulassen, oder?«
Marietta dämpfte sanft die Euphorie ihres Vaters. »Papa, du weißt, daß ich kein Backfisch mehr bin, und ich habe keine Mitgift, die ich in eine Ehe einbringen könnte. Vielleicht solltest du dich nicht zu sehr …«
»Pah! Unsinn! Du bist die hübscheste junge Lady in ganz Sussex und wärst eine Zierde für das Heim eines jeden Gentleman. Außerdem ist Sir Gavin reich wie Krösus – oder war es Midas? Na, egal. Dieser junge Mann braucht keine Frau mit Mitgift. Er ist ganz hingerissen von dir. Mit ein bißchen Glück bist du noch vor Ende des Jahres Mrs. Blake Coville.«
Eine rosige Zukunft vor Augen, zu der ein schönes Haus in London, Dienstboten, Kutschen und Pferde gehörten, tätschelte Sir Lionel seiner Tochter liebevoll den Rücken, schenkte seiner Schwägerin ein strahlendes Lächeln und ging fröhlich summend in seine Werkstatt hinunter.
Mrs. Cordova, die ihre Nichte beobachtet hatte, fragte: »Du magst Mr. Coville doch, Liebes, nicht wahr?«
»Ja, sehr. Wer könnte ihn nicht mögen?«
»Genug, um ihn zu heiraten?«
Marietta zögerte und sagte dann: »Weißt du, Tante, ich glaube, diese Möglichkeit werde ich nie in Betracht ziehen müssen. Nun sag mir bitte, wo ist Arthur?«
»Du meine Güte, ich habe keine Ahnung. Wahrscheinlich bei Fanny. Ich muß schnell die losen Pailletten festnähen. Ich hatte ganz vergessen, daß Mrs. Stroud für heute nachmittag eine spiritistische Sitzung mit Madame Olympia

vereinbart hatte.« Sie kicherte. »Glücklicherweise war ich vor ihr im Wohnwagen. Glaubst du, sie haben einen Verdacht, daß ich hinter der Wahrsagerin stecke, Etta?«

»Nein, es ist in deinem Wohnwagen doch immer sehr dunkel und mysteriös. In deiner Robe, mit dem Turban, der dikken Schminke und mit diesem komischen Akzent würde nicht einmal *ich* dich erkennen!«

»Trotzdem bin ich froh, daß wir die Geschichte von der berühmten griechischen Hellseherin verbreitet haben, die manchmal aus London kommt, um sich auf dem Land auszuruhen, und der wir erlaubt haben, auf unserem Grundstück einen Wohnwagen aufzustellen, um ein bißchen Geld zu verdienen. Sie ist ... nicht völlig an den Haaren herbeigezogen, meinst du nicht auch?«

»Ich hoffe sehr, daß deine ›Klienten‹ weiterhin daran glauben, Tantchen«, sagte Marietta lächelnd. »Sonst könnte es wegen der Ratschläge, die du manchen erteilst, großen Ärger geben – sollte die Wahrheit jemals ans Licht kommen.«

»Aber Etta!« protestierte Mrs. Cordova pikiert. »Ich *bin* ein Medium! Ich erzähle meinen Klienten nur, was mir das Mystische Zeitfenster enthüllt. Oder was ihnen guttut. Ich tue niemandem weh und betrüge auch niemanden.«

»Nein, Liebste, natürlich nicht. Du hilfst der Wahrheit nur ein wenig nach. Und bietest den Menschen für ihr Geld eine gute, dramatische Vorstellung, die allen gefällt. Jetzt muß ich aber Arthur suchen. Er wartet doch auf mich.«

»Er muß bei Fanny sein. Mrs. Hughes-Dering, wissen Sie, wo Arthur ist?«

Ohne auf Mrs. Hughes-Derings »Antwort« zu warten, ging Marietta in den Keller. Sir Lionels Werkstatt war mit allen möglichen Dingen vollgestopft und für einen kleinen

Jungen ein fast magischer Ort. Trotz unzähliger Ermahnungen, nichts anzufassen, gab es überall Versuchungen, die für ein neugieriges Köpfchen und zwei erstaunlich flinke kleine Händchen einfach unwiderstehlich waren. Arthurs letzter Besuch in der Werkstatt hatte mit einer Katastrophe geendet. Die Erinnerung an die versengten Haare und Brauen ihres Vaters und sein Wutgeschrei, der Junge würde das Haus niederbrennen, ließ Marietta den Schritt beschleunigen. Doch ihre Befürchtungen erwiesen sich als grundlos. Fanny war da und betrachtete fasziniert die neueste Erfindung ihres Vaters, eine noch nicht perfekte Apparatur gegen Flöhe oder Kopfläuse. Sie erzählte ihrer Schwester fröhlich, wie böse Bruder Tuck reagiert hatte, als sie es an ihm hatten ausprobieren wollen. Und Arthur sei wohl in seinem Zimmer.

Mariettas Vorahnung, daß etwas nicht stimmte, übertrug sich auf ihre Tante, und sie gingen beide gemeinsam nach oben. In Arthurs Zimmer sah Marietta ihre Befürchtungen bestätigt. »Sieh dir diese Unordnung an!« rief sie. »Sein Ausreißer-Sack ist weg, Tante Dova! Armer kleiner Junge. Wie konnte ich ihn nur so im Stich lassen! Sieh nur, wie sich der Nebel verdichtet. Ich muß ihn finden, ehe es dunkel wird!«

»Ach je! Ach je!« stöhnte Mrs. Cordova und begleitete Marietta zu ihrer Schlafkammer. »Ich muß es deinem Vater sagen, und er wird wieder einen seiner Wutanfälle kriegen!«

»Warte damit. Vielleicht habe ich Glück und finde Arthur, ehe Papa ihn vermißt.«

»Du möchtest doch nicht *damit* nach draußen gehen? Um Himmels willen, Kind. Darin siehst du wie eine Schießbudenfigur aus.«

Marietta stimmte ihrer Tante zu, schlüpfte aber trotzdem in den schwarzen Umhang und setzte sich den Hexenhut auf; denn vielleicht würde Arthur ihr ja verzeihen, wenn sie auf dem Heimweg Kobold-Fangen spielten. »Wer soll mich denn sehen?" sagte sie. »Außer uns lebt doch niemand auf dem Grundstück. Und Mr. Coville ist jetzt schon auf halbem Weg nach *Downsdale Park.*«

»Ich mache mir solche Sorgen! Du weißt doch gar nicht, in welche Richtung er gegangen ist. Und in diesem Nebel ...«

»Er wird wahrscheinlich wieder nach London unterwegs sein. Und wenn er müde wird, läßt er Sachen fallen. Das wird mich auf seine Spur führen. Bist du so lieb und holst die Wäsche rein?«

Mrs. Cordova erklärte sich gerne dazu bereit, diese Arbeit zu übernehmen. Die Stücke, die ihr runterfielen, schüttelte sie aus und versteckte sie ganz unten im Stapel. Nachdem sie den Wäschekorb ins Haus getragen hatte, machte sie sich auf die Suche nach Nadel und Faden, um die Pailletten an der Robe der Großen Griechischen Prophetin festzunähen. Dazu setzte sie sich aufs Sofa im Wohnzimmer neben ihren Freund »Captain Miles Cameron« und fragte mitfühlend: »Sagen Sie, lieber Junge, sind Sie nicht recht froh, daß der Krieg endlich vorüber ist ...?«

Der hochgewachsene Mann, der durch die massive Tür von *Lanterns* geschlüpft war, blieb ein paar Minuten wachsam und unbeweglich stehen. So verschmolz er mit den dunklen Schatten des nebligen Nachmittags. Als er schließlich aus dem Türbogen trat, waren seine Bewegungen geschmeidig und katzenartig. Er trug Reithosen, doch keine Sporen klirrten, und kein Kies knirschte, als er die ausgetretenen Stufen hinabzuschweben schien. Er wandte sich von der Brücke, die früher eine Zugbrücke gewesen war, ab und folgte dem mit Unkraut überwucherten Graben. Früher war das der Burggraben gewesen, doch im Verlauf der Jahrhunderte hatte das Meer die Klippen ausgehöhlt und die Mauer einstürzen lassen. Jetzt trennte nur noch ein niedriger Steinwall den Graben vom Klippenrand.

Der Mann stützte seine langen, schmalen Hände auf den Wall und blickte lange hinab auf die tief unten von trägen Wellen umspülten Felsen. Das Meer war heute ruhig. Auch das Haus war ruhig. Die Ärzte hatten ihm Ruhe verordnet. Ärzte! Doch wenigstens war es ihnen bei der letzten Operation endlich gelungen, die Musketenkugel aus seinem Rücken zu entfernen. Er beobachtete eine über den Strand fliegende Möwe und fragte sich, warum sie nicht bei ihren Artgenossen auf einer Boje oder einem Pfahl saß. Ein Einzelgänger, dachte er bitter, so wie ich es die meiste Zeit meines Lebens gewesen bin. Sein Gewerbe brachte es mit sich, daß er nur wenige Freunde hatte. Doch Feinde, da konnte er Mac nur zustimmen, hatte er mehr als genug!

Die Möwe ließ sich im Tiefflug in einiger Entfernung auf der Mauer nieder und betrachtete den Mann mit ihren kleinen glänzenden Augen.

Der Mann hob amüsiert eine Hand an die Schläfe und salutierte. »Guten Tag, Sir. Oder Madam? Wie schön, daß Sie vorbeischauen. Darf ich mich vorstellen: Mein Name ist Diccon. Aber vielleicht wollen Sie Mr. Fox besuchen?«

Die Möwe kreischte und beobachtete ihn wachsam.

»Keine Angst! Sie dürfen die Mauer gern mit mir teilen. Was? Sie wollen schon wieder fortfliegen? Ich könnte Ihnen etwas Brot anbieten, wenn Sie doch zum Tee bleiben möchten.«
Die Möwe zeigte kein Interesse an der Einladung, sondern breitete schwungvoll ihre stolzen Flügel aus und verschwand im Nebel, der in immer dichteren Schwaden vom Ärmelkanal übers Land trieb.
Diccon wandte sich wieder seinen Gedanken zu. Es war eine merkwürdige Straße, der er durchs Leben folgte. Eine Straße, auf der er viele Schläge hatte einstecken müssen und die in den letzten Jahren immer einsamer geworden war. Doch niemand hatte ihn dazu gezwungen. Er war seinen Neigungen gefolgt, und die Jahre waren gewiß nicht langweilig gewesen. Doch was konnte er vorweisen? In einem Alter, in dem die meisten Männer verheiratet waren und Kinder hatten, stand er an einem kühlen Herbstnachmittag hier allein, und nicht einmal eine Möwe wollte ihm Gesellschaft leisten. Und sein Rücken erinnerte ihn daran, daß er ins Haus gehen und Feuer im Kamin machen sollte. Er hörte einen fernen, vertrauten Ruf und lächelte. Natürlich war da noch Mr. Fox, der ihn schalt, weil er in Selbstmitleid schwelgte. Er würde hineingehen und …
Er spürte mehr, daß jemand hinter ihm war, als daß er ihn hörte. Wäre er in alter Form gewesen, hätte er den Eindringling ein paar Sekunden früher bemerkt. Und diese winzige Zeitspanne hatte eine verheerende Wirkung. Noch ehe er sich umdrehen konnte, traf ihn ein so gewaltiger Schlag in den Rücken, daß er einen Schmerzensschrei ausstieß. Doch da er immer ein gefährliches Leben geführt hatte, reagierte er sofort, ging in die Hocke, wirbelte her-

um und sah eine verschwommene, bizarr anmutende Gestalt mit wehenden Federn auf dem Hut und zum Angriff erhobener Lanze. Außer sich vor Wut packte er die Lanze und schleuderte den Angreifer zur Seite, wo er gegen die Mauer krachte und reglos liegenblieb.
Es war ein erstaunlich leichter Sieg gewesen, doch Diccon ging kein Risiko ein, sondern näherte sich mit vorgehaltener Lanze der Gestalt. Allmählich sah er wieder klar und entdeckte verblüfft, daß die »Lanze« ein Besenstiel war. Mit einem entsetzten Keuchen sah er, daß vor ihm ein kleiner Junge lag, der einen zerbeulten Kochtopf mit langen Federn auf dem Kopf trug. Eine große, rotbraun-weiß gefleckte Katze sprang auf die Mauer, erstarrte, als sie ihn sah, und raste davon.
»Aaah! Sie *Monster!* Sie *Scheusal!* Was haben Sie getan?«
Leicht wankend stellte sich Diccon dem neuen Angreifer. Eine Hexe in einem langen schwarzen Umhang und mit spitzem Hut stürzte sich auf ihn. »*Madre de Dios!*« keuchte er und bangte um seinen Verstand.
Die Hexe warf sich neben dem Jungen auf die Knie. »Arthur!« schluchzte sie. »Ach, mein Schatz! Was hat er dir nur angetan?« Sie nahm dem Jungen vorsichtig den Helm ab, und darunter kam ein sehr kleines, blasses Gesicht mit geschlossenen Augen zum Vorschein. Sanft strich sie ihm die dunklen Locken aus der Stirn und fauchte den Mann, der neben ihr auf ein Knie sank, wie eine Tigerin an. »*Wagen* Sie nicht, ihn anzurühren!« In ihrer Stimme klang ein hysterischer Unterton, und Tränen strömten ihr über die Wangen, als sie nach seinen Händen schlug. »Sie haben ihn *getötet!* Sie *Mörder!* Sie *Ungeheuer!*«
Diccon verbarg sein Entsetzen und sagte kühl: »Machen

Sie sich nicht lächerlich. Und zerren Sie nicht an dem Jungen herum. Vielleicht ist er verletzt.«
Wieder schlug sie so heftig nach ihm, daß er ihre Hände mit eisernem Griff festhalten mußte. »Hören Sie auf, oder ich muß Ihnen eine Ohrfeige verpassen!«
In dem Nebel der einsetzenden Dämmerung und durch den Tränenschleier vor ihren Augen konnte Marietta den Mann nicht deutlich sehen und erkannte nur ein hageres Gesicht, widerspenstiges hellbraunes Haar und durchdringende, sehr helle Augen. Sie unterdrückte einen weiteren Schluchzer und rang um ihre Fassung.
Die tiefe, kalte Stimme sagte: »So ist es besser. Ich glaube, der Junge ist nur vom Schreck betäubt. Aber wir müssen ihn nach Hause schaffen. Wer sind Sie? Wohnen Sie in der Nähe?«
»Er ist ... mein Bruder.« Marietta sah zu, wie der Mann Arthur den Puls fühlte und die klägliche kleine Gestalt mit kundiger Hand abtastete. »Wie konnten Sie ... ihn nur so ... so schlagen?« empörte sich Marietta.
»Ich glaube nicht, daß er sich etwas gebrochen hat. Sie müssen doch gesehen haben, daß er mich von hinten angegriffen hat.«
»Aber ... er ist nur ein *Kind!*«
»Ja. Da er jedoch über mir stand, sah er mit diesem verdammten riesigen Helm auf dem Kopf wie ein Mann aus. Ich dachte ... ach, ist doch egal.« Diccon zog unbeholfen seine Jacke aus und deckte sie über den Jungen. »Ich spanne ein Pferd ein. Wie weit ist es bis zu Ihnen nach Hause?«
»Weniger als zwei Meilen.«
Er sagte unbestimmt: »Das schafft auch Mr. Fox«, und ging mit gesenktem Kopf und unsicher davon. Über die Schul-

ter rief er zurück: »Zerren Sie nicht an ihm rum. Es ist besser für ihn, wenn er ruhig liegenbleibt.«

»Es wäre noch besser für ihn, wenn Sie ihn nicht niedergeschlagen hätten«, konterte sie wütend.

Keine Antwort. Er verschwand hinter einer Tür. Marietta kauerte über ihrem Bruder, hielt seine kleine Hand und betete.

Das »Ungeheuer« kehrte nach kurzer Zeit zurück, aber nicht mit einem Pferdegespann, sondern mit einem kleinen, struppigen Esel, der vor einen Karren gespannt war. Mariettas Verdacht, daß dieser Mann ein mittelloser Landstreicher war, dem *Lanterns* als Unterschlupf diente, verstärkte sich.

Er ließ die Zügel schleifen und beugte sich über den Jungen.

»Ich hebe ihn hoch, vielen Dank«, sagte Marietta voller Abscheu.

Wieder mußte er ihre Hände beiseite schieben, wobei er eisig sagte: »Madam, da ich einen unehrenhaften Sieg errungen habe, werde ich nicht zulassen, daß Sie mein Opfer fallen lassen und mir dann die Schuld für weitere Verletzungen geben.«

»Ich bin durchaus in der Lage, meinen Bruder zu tragen, und möchte nicht, daß Sie ihn anfassen mit Ihren ...«

»Mörderhänden? Sie werden diese Hände zu spüren bekommen, wenn Sie nicht aufhören, sich so lächerlich zu benehmen. Aus dem Weg!«

Er hatte die Stimme nicht erhoben, doch der stählerne Unterton darin überzeugte Marietta, daß er durchaus fähig war, ihr gegenüber handgreiflich zu werden, und sie wich widerstrebend zurück.

Er bückte sich und schob dem Jungen einen Arm unter die Schultern.
Arthur stöhnte und öffnete blinzelnd die Augen. Verwirrt murmelte er: »Ich habe den Schurken ... erschlagen, Etta. Aber jetzt tut mir alles so weh. Muß ich sterben?«
»Nein, nein, Schatz«, sagte sie mit einem Kloß in der Kehle.
»Du hast eine Schlacht gewonnen, aber den Krieg verloren, alter Knabe«, sagte Diccon in einem Ton, der Marietta überraschte. »Wir bringen dich jetzt zusammen mit den anderen Verwundeten nach Hause.«
»Auf einer ... Lafette?« hauchte Arthur.
»Genau. Jetzt hebe ich dich auf, und wenn es weh tut, dann schreist du. Auch Soldaten schreien manchmal.«
Der Junge verzog grinsend den Mund: »Sie haben geschrien«, sagte er. »Sehr laut.«
»Hmm«, machte Diccon und hob ihn auf den Karren.
Arthur wimmerte.
Der Esel stieß einen ohrenbetäubenden Schrei aus.
Marietta schnappte nach Luft, und Arthur klammerte sich mit angstvoll geweiteten Augen an Diccons Jacke.
Diccon sagte: »Das ist Mr. Fox. Obwohl er nur ein Esel ist, macht er sich Sorgen um dich.«
»Ooooh«, flüsterte Arthur. »Sie haben einen Esel.«
»Ja. Und wenn es dir bessergeht, darfst du auf ihm reiten, wenn du willst.«
»Sollten Sie sich je wieder in unsere Nähe wagen, wird mein Papa Ihnen seine Pistolen schicken«, zischte Marietta. »Was er wahrscheinlich sowieso tun wird.«
Diccons gelangweilter Blick glitt von der Spitze ihres Hutes bis zum Saum ihres Umhangs. »Ich frage mich«, sagte

er gedehnt, »ob aus Ihrem Mund je ein vernünftiges Wort kommt, Madam Hexe. Sagen Sie mir lieber, bei wem Sie wohnen.«
Marietta, die ihre Verkleidung ganz vergessen hatte, errötete. Wütend sagte sie: »Wir wohnen nicht bei jemandem. Wie ich Ihnen schon sagte, liegt unser Haus zwei Meilen nordwestlich von hier. Es ist ...«
Ungläubig unterbrach er sie: »Das *Austragshaus?* Verdammt will ich sein.«
»Anstatt zu fluchen, sollten Sie vielleicht Ihren Esel in Bewegung setzen.«
Er bot ihr seine Hand. »Wenn Sie endlich auf den Karren steigen, können wir losfahren.«
Marietta übersah seine Hand, hatte aber Mühe, mit ihrem wallenden Umhang auf den Karren zu klettern. Verärgert, daß sich diesem Monster dabei ein recht freizügiger Blick auf ihre Beine bot, kam sie schließlich atemlos neben Arthur zu knien. »Wir fahren jetzt nach Hause, Schatz«, murmelte sie. »Sei tapfer. Bald geht es dir wieder besser.«
»Es geht ihm schon besser«, sagte Diccon, kletterte auf den Kutschbock, schnalzte mit der Zunge und trieb Mr. Fox an. »Seine Attacke war großartig. Ich möchte nur wissen, warum er mich angegriffen hat.«
Arthur flüsterte: »Er hat einen Esel!«

Sir Lionel blieb auf dem Treppenabsatz stehen und starrte sprachlos auf den brutalen Schurken hinunter, der seinen Sohn angegriffen hatte und der jetzt in der Diele saß. Obwohl Sir Lionel ein sanftmütiger Mann war, trieb es ihm jetzt die Zornesröte in die wohlgepolsterten Wangen. »Ich wundere mich über Ihre Frechheit, Sir«, schnarrte er, wäh-

rend er die Treppe hinunterging. »Ich muß sagen, es erstaunt und empört mich, daß Sie noch in meinem Haus sind, nachdem Sie meinen Sohn ...«
Diccon stand auf und unterbrach die Tirade. »Wie geht es dem Jungen? Ist er schwer verletzt?«
»Er wird bald wieder auf den Beinen sein«, antwortete Sir Lionel und ärgerte sich, daß er auf den herrischen Ton so prompt reagiert hatte und zudem noch zu diesem ungehobelten Individuum aufblicken mußte. Gereizt fügte er hinzu: »Was er Ihnen am wenigsten zu verdanken hat. Sie können sich glücklich schätzen, daß ich Sie nicht zum Duell ...«
»Hat Arthur Ihnen erzählt, was passiert ist?«
Sir Lionel blies die Wangen auf und sagte ernüchtert: »Ja. Sonst würde ich ...«
»Ja, natürlich würden Sie, wie es sich für einen guten Vater geziemt. Jetzt will ich Sie nicht länger mit meiner Anwesenheit belästigen. Ich wollte mich nur vergewissern, daß der Junge ...«
»Guten Tag, Sir!«
Diccon runzelte die Stirn, nickte dann und wandte sich zur Tür.
»Einen Augenblick, bitte.«
Eine hochgewachsene Lady kam die Treppe hinuntergelaufen.
Diccon sah besorgt, daß die Lady in ihrer Hast über ihre wallenden Gewänder zu stolpern drohte.
»Paß auf!« schrie Sir Lionel.
Diccon war mit einem großen Schritt an der Treppe und konnte gerade noch einen Sturz verhindern, obwohl ihn Größe und Gewicht der Lady ins Wanken brachten.
»Danke!« keuchte sie, nachdem sie ihr Gleichgewicht wie-

dergefunden hatte. »Nicht, daß ich Ihnen zu Dank verpflichtet wäre, nachdem Sie so grausam zu meinem Liebling Arthur waren. Aber ... Oh, ich sehe ja jetzt erst, daß Arthur Sie verletzt hat! Haben Sie ihn deshalb niedergeschlagen?«
Diccon betrachtete die Lady neugierig und fragte sich, ob sie die Mutter der schönen Hexe war, die er nach Hause gefahren hatte. Gewiß, sie vernachlässigte sich ein wenig und hatte eine merkwürdige Art, sich zu kleiden. Aber sie mußte einmal eine Schönheit gewesen sein. Verblüfft stellte er fest, daß ihre großen dunklen Augen ihn unverwandt anstarrten. Plötzlich hatte er das beunruhigende Gefühl, durchschaut zu werden. Er antwortete: »Ich ... habe ihn für jemand anderen gehalten. Darf ich fragen, ob es zu den Gewohnheiten des Jungen zählt, Fremde hinterrücks anzugreifen?«
»Arthur hat eine sehr lebhafte Phantasie und verbringt die meiste Zeit in seiner Scheinwelt. Was nicht schlimm ist, wenn man bedenkt, in welchem Zustand sich die reale Welt befindet ... Aber bisher hat er noch nie jemanden angegriffen.«
»Hat er Ihnen erzählt, warum er es jetzt auf einmal tut?«
»Nein. Zählt es zu Ihren Gewohnheiten, hinterrücks von Fremden angegriffen zu werden, Mr. ...«
Diccon stand ganz ruhig da, ohne ihrem durchdringenden Blick auszuweichen. »Mein Name ist Mallory Diccon ...«
Sir Lionel fuhr gereizt dazwischen: »Es ist mir gleichgültig, wie Sie heißen, und ich sehe keinen Grund für diese Unterhaltung.« Er ging zur Haustür und riß sie auf. »Ich gebe Ihnen den Rat, diese Gegend so schnell wie möglich zu verlassen, Sir. Lord Temple and Cloud, dem dieser Be-

sitz gehört, ist auf dem Weg hierher und wird zweifellos die Hunde auf jeden Landstreicher hetzen, der sich auf seinem Grund und Boden herumtreibt.«

Diccon verneigte sich und ging.

»Da hab' ich mich von hinten an ihn rangeschlichen«, erzählte Arthur, noch immer blaß, aber mit strahlenden Augen, als er am nächsten Morgen auf dem Sofa im Wohnzimmer lag. »Und dann bin ich auf meinem getreuen Streitroß in den Kampf geritten.«

»Du mußt ihn in vollem Galopp getroffen haben«, sagte Marietta und staubte vorsichtig die Kaminuhr ab. »Du hättest ihn über den Klippenrand stoßen können, weißt du. Hast du daran nicht gedacht?«

»Ich dachte, er wär' ein böser Mann. Und ich wollte die Lady retten. Die, von der ihr geredet habt.«

Marietta kam zu der Einsicht, daß Mr. Diccons Gegenschlag zwar übertrieben gewalttätig, aber bis zu einem gewissen Grad berechtigt gewesen war.

Arthur sah ihre mißbilligend gerunzelte Stirn und erklärte: »Der Aufprall wäre nicht so mächtig gewesen, hätte ich mein getreues Streitroß zügeln können. Aber wir sind hügelabwärts geritten ... Hätte ich ihn über die Klippen gestoßen, wäre er dann mausetot gewesen?«

»Ich fürchte, ja.« Marietta legte das Staubtuch beiseite und setzte sich neben ihren Bruder aufs Sofa. »Und das wäre ganz schrecklich gewesen, Arthur. Eine Tat, die du dein Leben lang nicht hättest vergessen können. Wenn man jemandem das Leben nimmt, bringt es über viele Menschen Kummer und Schmerz. Und so etwas möchtest du doch nicht, oder?«

»Aber angenommen, er ist ein böser Mann«, wandte er

ernst ein. »Ein *sehr* böser Mann. Angenommen, er hätte jemanden verletzt? Jemanden, den du liebhast? Wäre es dann nicht richtig, ihn totzumachen?«

»Aber er ist kein böser Mann, Schatz. Er ist nur ein Landstreicher, der sich Lord Temple and Clouds Haus leiht, weil er selbst keins hat. Aber ich weiß schon, was du meinst. Deshalb haben wir die Wache und die Constables und Bow Street. Die tragen dafür Sorge, daß Menschen, die schlimme Dinge tun, bestraft werden.«

»Oh. Aber hier gibt's doch keine Wache und keine Bow Street, Etta.«

»Aber Constable Davis im Dorf.« Einer plötzlichen Vorahnung zukünftiger peinlicher Situationen nachgebend, fügte sie hinzu: »Auch wenn wir den Beweis hätten, daß jemand etwas Böses getan hat, würden wir zuerst innerhalb der Familie darüber sprechen, bevor wir Constable Davis damit belästigen. Und, vor allem, Schatz – wir verletzen nie jemanden vorsätzlich, *nie*. Versprichst du mir, in Zukunft vorsichtiger zu sein?«

Er ließ den Kopf hängen und nickte.

Marietta streichelte zärtlich seine Locken. Er war ein empfindsamer, einsamer kleiner Junge, der zu oft in seiner »Scheinwelt« lebte, wie Tante Dova gesagt hatte. Er hatte schon einen hohen Preis für seine tollkühne Tat gezahlt, und sie wollte ihn nicht noch zusätzlich mit Schuldgefühlen belasten. »Hast du dir vorgestellt, Mr. Diccon sei der Sheriff von Nottingham?« fragte sie sanft.

Arthur seufzte. »Davon haben Ladies wohl keine Ahnung. Robin Hood trägt doch kein Kettenhemd. Es war Sir Lancelot, der im Turnier gegen den Schwarzen Ritter gekämpft hat.«

»Ich verstehe. Dann glaubst du gar nicht wirklich, daß Mr. Diccon ein böser Mann ist, wie?«

Er überlegte, sah sie dann aus seinen engelhaften, blauen Augen an und sagte einfach: »Er hat einen Esel.«

Fanny kam ins Zimmer. »Ich backe dir einen Pfefferkuchenmann, mein verwundeter Held«, sagte sie und gab ihrem Bruder ein Blech und einen Holzspan. »Möchtest du das Gesicht einritzen?«

Arthur machte sich voll Eifer daran, dem Pfefferkuchenmann mit großer Hingabe einen grinsenden Mund und zwei große Augen zu verpassen.

Fanny sagte lächelnd zu ihrer Schwester: »Dem Kleinen geht es ja schon wieder recht gut. Kommt Mr. Coville heute zu Besuch? Ich dachte, er wollte am frühen Morgen mit dir ausreiten?«

Das hatte Marietta auch gedacht, sie sagte jedoch, sie hätten keine feste Vereinbarung getroffen.

»Weißt du, was ich glaube?« sagte Fanny. »Dein getreuer Verehrer ist ein Bond-Street-Beau und somit der Ansicht, daß sich kein zivilisierter Mensch vor Mittag erhebt.«

Mrs. Cordova kam durch die Diele getrippelt. Sie hatte die Haustür weit offengelassen und brachte einen Schwall warmer Luft und Sonnenschein mit herein. Aufgeregt schwenkte sie ein sperriges Paket. »Seht nur, was ich auf der Terrasse gefunden habe«, japste sie völlig außer Atem.

»Aha!« rief Fanny aus. »Ich habe mich geirrt. Der getreue Verehrer ist schon da!«

»Aber ich habe keinen getreuen Verehrer«, sagte Mrs. Cordova verwirrt. »Oder doch?« Nach einem Blick in die amüsierten Gesichter ihrer beiden Nichten mußte sie lachen. »Ach, ich verstehe. Ihr ungezogenen Mädchen! Aber

dieses Paket ist nicht für dich, Marietta. Es ist an ›Master Arthur Warrington‹ adressiert.«
Arthur stieß einen Freudenschrei aus und griff nach dem Paket. Als er das braune Papier entfernt hatte, war er plötzlich sehr ruhig und starrte nur noch staunend auf das Geschenk: es war ein kleiner Schwertgürtel aus Leder mit einer Scheide, in der ein wunderschön geschnitztes Holzschwert steckte, dessen Griff ein großer Rubin aus Glas zierte.
»Oooh!« hauchte er und sprang vom Sofa. »Schnell! Schnell! Hilf mir, ihn umzubinden, Etta.«
»Was? Über dein Nachthemd?« fragte sie lachend.
»Ich will nur sehen, ob der Gürtel paßt«, sagte Arthur aufgeregt.
Fanny suchte in dem Packpapier und sagte neckend: »Es liegt zwar keine Karte dabei, aber ich nehme an, Mr. Coville glaubt, daß der direkteste Weg zum Herzen einer Maid über ihren kleinen Bruder führt. Warum errötest du denn, Etta?«
Mrs. Cordova hatte ein Stück Packpapier aufgehoben. Es in ihrer Hand wendend, sagte sie: »Ich glaube, du irrst dich, Fanny.«
Marietta warf ihr einen scharfen Blick zu.
»Das Geschenk ist vom Schwarzen Ritter«, rief Arthur und zog das Schwert. »Und der Gürtel paßt genau. Oh, ist das nicht ganz großartig?«
Marietta runzelte nur die Stirn.
Mrs. Cordova meinte: »Unter den gegebenen Umständen finde ich das sehr nett von ihm.«
»Er hätte lieber ein Buch oder Spielzeug schicken sollen anstatt einer Kriegswaffe«, wandte Fanny ein.

»Juhu!« rief Arthur, hüpfte umher und schwenkte begeistert das Schwert. »Ich muß mich schnell anziehen.«
Mrs. Cordova brachte den Jungen zur Treppe, warf einen Blick zur Haustür hinaus und eilte ins Wohnzimmer zurück. »Du wirst dich sicher auch umziehen wollen, Etta. Mr. Coville reitet gerade durchs Tor. Du meine Güte, was für ein stattlicher Mann!«
Fanny eilte hinzu, um rasch einen Blick auf den »stattlichen Mann« zu werfen, schloß die Haustür und rief: »Nur ein Pferd, Etta. Du brauchst dein Reitkleid nicht anzuziehen.«
Marietta floh in ihr Zimmer. Sie zog ein apfelgrün-weißes Musselinkleid an, zupfte ihr Haar zurecht, fuhr sich mit der Hasenpfote über die glänzende Nase und hoffte, ihr Vater würde nicht zuviel Aufhebens um den Besuch machen.
Blake Coville wartete in der Diele. Seine gutsitzende Reitjacke war blau, das Hemd schneeweiß und die Moleskin-Hose schmiegte sich eng an seine muskulösen Beine. Er bot einen Anblick, der jedes weibliche Herz zum Flattern brachte, und Marietta bildete keine Ausnahme, als er ihre Hand nahm und bewundernd sagte: »Wie bezaubernd Sie aussehen, Miss Warrington. Ihr Vater hat mir die Erlaubnis erteilt, Sie zu einem Spaziergang einzuladen. Darf ich um Ihre Zustimmung bitten?«
Sir Lionel nickte, übers ganze Gesicht strahlend, seiner Tochter ermutigend zu, und als Marietta sagte, sie wolle ihren Hut und Sonnenschirm holen, verkündete er triumphierend, er habe schon nach den Sachen geschickt. Mrs. Gillespie kam kurzatmig und mit gerötetem Gesicht von der Hintertreppe her und reichte Marietta den zierlichen Hut und den Sonnenschirm. Von so viel Aufhebens pein-

lich berührt, mied Marietta Mr. Covilles Blick und band hastig die Schleife des Huts unterm Kinn.
Die Luft draußen war schon warm. Die beiden folgten dem Kiesweg zur Rückseite des Hauses und spazierten durch den Garten zu den Wiesen.
Coville nahm Marietta den Sonnenschirm ab und hielt ihn ihr über den Kopf. »Sie zürnen mir doch nicht, weil ich den Spaziergang vorgeschlagen habe?« fragte er. »Eigentlich wollte ich mit Ihnen ausreiten, aber ... leider! bleibt mir keine Zeit.«
Enttäuscht fragte sie: »Kehren Sie nach London zurück, Sir?«
Er nickte und sagte mit einem Seufzer: »Unser Verwalter hat einen Boten mit einer dringenden Nachricht geschickt. Ein ausländischer Herrscher ist in Carlton House eingetroffen. Es geht um eine Angelegenheit von entscheidender Bedeutung für Britanniens Interessen, und da mein Vater ein weitgereister Mann ist und den Scheich persönlich kennt ...« Er zuckte bedauernd mit den Schultern.
»Ihr Vater wurde gebeten, an den Verhandlungen teilzunehmen? Wie stolz müssen Sie sein, der Sohn eines so bedeutenden Gentleman zu sein.«
»Ja. Das bin ich natürlich. Aber ausgerechnet jetzt aus Sussex abreisen zu müssen ...« – er seufzte wieder –, »widerspricht absolut meinen eigenen Wünschen, Miss Marietta.« Er bot ihr den Arm. »Darf ich Sie mit Vornamen ansprechen?«
Marietta, die sich bewußt war, daß ihr Blicke aus den Fenstern des Hauses folgten, legte ihre Hand auf seinen Arm und sagte: »Vielleicht, wenn wir unter uns sind, Mr. Coville.«

Er tätschelte ihre Hand. »Dann nennen Sie mich bitte Blake. Ja, ich bin etwas kühn, aber Sie haben mich mit Ihrer Schönheit bezaubert, und ich bewundere Sie sehr. Ich kann nur hoffen ...« Er sah sie besorgt an. »Es hat keinen Sinn, darum herumzureden ... ich kann nur hoffen, daß mein Stiefbruder nicht gerade jetzt nach *Lanterns* zurückkehrt. Versprechen Sie mir, vorsichtig zu sein, Ma'am?«
»Du meine Güte«, entgegnete Marietta lächelnd. »Ich lebe im friedlichen Sussex, Mr. Coville. Und nicht an Bord eines Segelschiffs der Ostindischen Kompanie, das von portugiesischen Piraten verfolgt wird.«
»Ich weiß. Darf ich Sie aber trotzdem um etwas bitten, damit ich unbesorgt sein kann?«
Paisley muß wirklich ein böser Mann sein, dachte Marietta. Erfreut, daß Mr. Coville sich so besorgt um ihre Sicherheit zeigte, fragte sie: »Und das wäre?«
»Sollten Sie zufällig erfahren, daß Paisley, mein Stiefbruder, nach *Lanterns* gekommen ist, werden Sie mich dann umgehend verständigen? Ich habe Ihrem Vater entsprechende Anweisungen gegeben. Dann komme ich sofort, das verspreche ich Ihnen.«
Marietta protestierte erstaunt: »Also, wirklich! Sie sind sehr freundlich, aber Seine Lordschaft wird doch sicherlich keine Bedrohung für mich oder meine Familie darstellen?«
Wieder trat dieser erschreckend grimmige Ausdruck in Blake Covilles Augen. Er sagte leise: »Paisley ist der gefährlichste Mann, der mir je begegnet ist. Im Umkreis von zehn Meilen ist keine Lady vor ihm sicher. Und Sie, Ma'am, leben hier auf seinem Grund und Boden. Ich weiß, Sie halten meine Besorgnis für übertrieben. Sie ist es jedoch keineswegs. Außerdem müssen Sie sich vor Schatzgräbern hüten.

Sollten Sie jemanden um *Lanterns* herumschleichen sehen …«
Marietta zuckte zusammen.
Er blieb stehen und sah sie durchdringend an. »Was ist? Haben Sie jemanden gesehen, der sich unbefugt in *Lanterns* aufhält?«
Mr. Diccon hatte Arthur nicht verletzen wollen und war hinterher so sanft mit dem Jungen umgegangen. Und Arthur war außer sich vor Freude über das Schwert. Irgendwie brachte sie es nicht übers Herz, den Eindringling zu verraten. »Nach allem, was Sie uns erzählt haben«, sagte sie, »hätte ich schreckliche Angst, auch nur in die Nähe dieses alten Gebäudes zu gehen.« Coville schien nicht überzeugt zu sein, und sie fügte hinzu: »Außerdem wird Ihr Stiefbruder doch nicht in einer alten Ruine wohnen wollen, oder?«
»Man weiß nie, was er im Schilde führt. Ich könnte es nicht ertragen, würde Ihnen oder Ihrer Familie etwas zustoßen.«
Er drückte ihre Hand und sagte ernst: »Während meiner Abwesenheit wird mir Ihr schönes Gesicht ständig vor Augen sein. Und ich werde die Stunden bis zu meiner Rückkehr zählen.«
Wie froh bin ich, dachte Marietta mit glühenden Wangen, daß mir dieses Benehmen nicht zu Kopfe steigt. Würde ich mir erlauben, Mr. Covilles Worte so zu deuten, wie Papa oder Fanny es bestimmt täten, würde ich wahrhaftig glauben, daß Mr. Blake Coville sein Herz an ein mittelloses Mädchen verloren hat, das für eine große Familie verantwortlich ist.

Viertes Kapitel

»Ich weiß, daß ich dir zu langsam bin«, sagte Diccon und striegelte Mr. Fox stetig weiter. »Aber ich habe schon Orpheus versorgt, und dir scheint nicht klar zu sein, daß ich solche Arbeiten eigentlich gar nicht machen sollte. Denn wären die Dinge, wie sie sein sollten, müßte jemand *mich* bedienen!«

Mr. Fox schnaubte sanft, drehte den Kopf und drückte ihn so fest gegen Diccons Brust, daß dieser ins Wanken geriet und fluchte. Der Esel sah ihn ängstlich an. Diccon zog ihn liebevoll am Ohr und sagte beschwichtigend: »Ist schon gut. Reg dich nicht auf. Ich bin nur noch ein bißchen wakkelig auf den Beinen.«

Beruhigt ließ sich Mr. Fox weiterstriegeln.

Es war ein herrlicher Morgen. Der Himmel hob sich tiefblau von den weißen, majestätisch dahinziehenden Wolken ab. Die Luft war schwer vom Duft der Blüten und dem Geruch des Seetangs. Vögel hüpften zwitschernd umher, Bienen summten, und Diccon murrte: »Hör dir diesen himmlischen Frieden an! Dieser Ort ist wie ein verdammtes Grab. Ja, ich weiß, so soll es auch sein. Aber gestern nachmittag war hier der Teufel los.« Er lachte leise und hielt mit dem Striegeln inne. »Wir wußten gar nichts von diesem kleinen Bengel und seiner Familie im Austragshaus, nicht wahr, Mr. Fox? Wie gut, daß wir dahintergekommen sind. In Zukunft müssen wir vorsichtiger sein, vor allem, wenn Yves zurückkehrt. Kannst du dir vorstellen, was passiert, sollte dem Schelm diese reizende Hexe unter die Augen kommen?«

Diccon ließ die Striegelbürste sinken, lehnte sich an seinen Esel und sagte mit einem belustigten Funkeln in den Augen: »Hast du je so eine kleine Schönheit gesehen? Aber was für ein Zankteufel! Wahrscheinlich ist sie deshalb unverheiratet. Kein Mann möchte ein zänkisches Weib zur Frau. Vielleicht ist sie ja verlobt – möge Gott dem armen Burschen beistehen! Wir sind glücklich mit unserem Junggesellendasein, nicht wahr, Mr. Fox? Obwohl es schön wäre, einen kleinen Spitzbuben wie Arthur im Haus zu haben. Wenn wir ein richtiges Haus hätten. Und eine sanfte Lady, der man vertrauen und die man lieben kann und die sich um uns kümmern würde.« Er hing eine Weile wehmütigen Gedanken nach, dann schnaubte er höhnisch: »Ach, wer würde uns schon nehmen? Einen arg mitgenommenen Junggesellen, dem die zwei wesentlichen Voraussetzungen fehlen: gutes Aussehen und Vermögen. Und – oh, ich bitte um Verzeihung, aber Tatsachen sind Tatsachen – einen Esel.«

Mr. Fox warf den Kopf hoch und stieß einen ohrenbetäubenden Schrei aus. Diccon lachte. »Habe ich dich beleidigt? Nun gut, ich bin fertig mit dem Striegeln. Ich mache mich jetzt auf den Weg und stöbere ein wenig am alten Flügel herum. Es könnte ja sein, daß dort wirklich *Saladins Seufzer* versteckt ist. Wenn wir das Gemälde finden würden, mein Freund … ah, dann sähe alles ganz anders aus!«

Er brachte den kleinen Esel nach draußen zum Grasen und kehrte ins Haus zurück. Eine Heerschar von Handwerkern und ein Vermögen wären nötig gewesen, um *Lanterns* zu restaurieren. Doch MacDougall hatte es mit typisch schottischem Fleiß geschafft, wenigstens die Küche im »neuen« Flügel so weit herzurichten, daß der riesige Raum einigermaßen bewohnbar war. Diccon füllte den Kaffeetopf an der Wasserpumpe und stellte ihn zum Erhitzen auf den Herd. Als erstes müßte für fließendes Wasser gesorgt werden, dachte er und begann seinen Rundgang.

In dem breiten, düsteren Gang herrschte Totenstille; und die Kälte der Steinplatten drang durch seine Stiefelsohlen. Am Ende des Gangs führte eine schwere gewundene Treppe zur Galerie im ersten Stock, unter der sich die weiträumige Halle erstreckte, die den alten mit dem neuen Flügel verband. Er durchquerte sie leise und angespannt lauschend, ob irgendein Geräusch die Stille durchbrach. Am Ende der Halle öffnete sich eine eisenbeschlagene Tür zu drei breiten, ausgetretenen Stufen, die zum ältesten Trakt von *Lanterns* hinunterführten. Dort war es noch finsterer, denn auf dieser Ebene gab es keine Fenster. Nur durch den Treppenschacht und aus einem der Räume, aus dessen Außenwand ein Felsblock gebrochen war, fiel trübes Licht in diesen Gebäudekomplex. Der Steinboden hier war uneben, und der Geruch nach Moder und Verfall hing drückend in der Luft.

Je weiter er vordrang, um so verheerender war der Zustand der Ruine. In der ehemaligen Großen Halle blieb er stehen und betrachtete traurig die Überreste der früheren Pracht. In einer Ecke lehnte eine rostige Rüstung, und an den Wänden hingen Breitschwerter, eine Armbrust, eine Keule und eine mächtige Streitaxt. Ein dichtes Netz von Spinnweben bedeckte die Waffen und ließ ihre einstige grimmige Würde nur noch erahnen. Drei Truhen und eine sehr lange Tafel mit Bänken waren wie durch ein Wunder der Zerstörung entgangen und lagen jetzt unter einer dicken Staubschicht. An der nach Süden gelegenen Mauer der Halle bot eine schmale Treppe Zugang zu einer von massiven Pfeilern gestützten Empore, die Musikanten und Minnesängern einst als Bühne gedient hatte.

Hier hatte im zwölften Jahrhundert der mächtige Simon, Lord Cloud, inmitten seiner Ritter, Vasallen, Soldaten, Knechte, Mägde und hübschen Damen in prunkvollen Gewändern hofgehalten. Wie es hieß, hatte dieser Edelmann das Gemälde *Saladins Seufzer* von dem Dritten Kreuzzug als Hochzeitsgeschenk für seine Braut mit nach Hause gebracht. Außerdem besagte die Legende, daß das mit Juwelen besetzte Gemälde versteckt worden war, als *Lanterns* während des Krieges im Jahre 1216 vom französischen Kronprinzen Louis mit seinen Truppen gestürmt worden war. In diesem verzweifelten Kampf war ein Teil des Hauses niedergebrannt und Lord Simon und der Knappe, der das Gemälde versteckt hatte, ums Leben gekommen. Wenn dieser Schatz tatsächlich existiert hatte, so war er danach nie wieder aufgetaucht, doch die Legende war über Jahrhunderte hinweg weitererzählt worden. Sollte sie tatsächlich einen wahren Kern haben, so konnte das Gemälde nur hier versteckt sein …

Das Geräusch war nicht lauter als ein Flüstern, aber Diccon hörte es und spürte, daß er nicht mehr allein war. Ohne zu zögern, eilte er lautlos zum Haupteingang zurück und spähte nach draußen. Eine rotbraun-weiße Katze schlüpfte durch ein Loch in der Mauer in die Ruine. Der Ritter, der ihr folgen wollte, machte mit seinem Kettenhemd und dem

herunterpolternden Helm einen Höllenlärm. Nachdem er sich den Helm wieder aufgesetzt hatte, gelang es ihm, ein Bein durch das Loch zu stecken.
Diccon knurrte: »Vorwärts! Gebt Euch zu erkennen!«
Ein Schreckensschrei. Die Katze schoß durch das Loch zurück ins Freie und floh. Der Ritter wich zurück und duckte sich hinter eine Urne aus Stein, über die die Federn jedoch verräterisch hinausragten.
Diccon unterdrückte ein Lachen und rief: »Nur Sir Lancelot wird Zutritt gewährt! Seid Ihr der edle Ritter, dann zeigt Euer Schwert!«
Eine zitternde Stimme sagte: »Ich bin es.« Neben den Federn tauchte ein kleines Holzschwert auf.
Diccon trat aus dem Türbogen. »Willkommen, Herr Ritter. Was führt Euch her?«
Arthur tauchte mit großen Augen hinter der Urne auf. »Ich bin ein edler Ritter«, erklärte er, »und bin gekommen, um mich dafür zu entschuldigen, daß ich meine Lanze gegen Euch erhoben habe, ohne Euch vorher den Fehdehandschuh hinzuwerfen.«
Diccon konnte sich nur noch mit Mühe beherrschen, verbeugte sich aber höflich.
»Und um Euren Esel zu sehen«, fügte Arthur hinzu und trat einen Schritt vor.
Ein Blick in das hoffnungsvolle kleine Gesicht zeigte Diccon, daß Sir Lancelot bestimmt ohne Erlaubnis hierhergekommen war. Aber er konnte ihm einen Besuch bei Mr. Fox nicht abschlagen. »Hier entlang«, sagte Diccon mit einladender Geste.
Arthur trat zu ihm, spähte durch die Tür in die Ruine und wich zurück. »Da drin ist es aber schrecklich dunkel.«

»Wir können auch den Burggraben entlang zur Küchentür gehen, wenn du willst.«
»Oooh«, hauchte Arthur ehrfurchtsvoll. »Das ist ein Burggraben? Er ist ja ganz ausgetrocknet.«
»So sieht es vielleicht ein Pirat. Aber für einen Ritter der Tafelrunde ist er randvoll mit Wasser. Jede gute Burg sollte einen Wassergraben haben, findest du nicht?«
Arthur nickte beeindruckt und kam wieder näher. »Wir haben hinter der Scheune auch einen«, verkündete er stolz. »Darin lebt ein Drache. Habt Ihr auch einen Drachen, Mr. Diccon?«
»Ihr solltet mich Sir … ähm … Gawain nennen. Mein Drache hat sich leider in die Lüfte erhoben und ist davongeflogen. Wahrscheinlich sucht er nach Beute. Dabei fällt mir ein … ich habe sogar eine Küche. Und ich glaube, dort liegt noch ein Stück Kümmelbrot herum. Würdet Ihr mir die Ehre erweisen, mit mir die Tafel zu teilen, Sir Lancelot?«
»Na gut«, stimmte Arthur fröhlich zu. »Aber mir wäre ein Stück Kuchen lieber, wenn es Euch nichts ausmacht.«

»Eine Schande ist es!« Mrs. Gillespie setzte das Bügeleisen ab und reichte Marietta das gefaltete Tischtuch. »Das muß geflickt werden, Miss. Der Gutsherr sollte die Soldaten holen und die Schurken vertreiben.« Sie verschränkte die Arme vor der Brust, schob das Kinn vor und fügte geheimniskrämerisch hinzu: »Falls das überhaupt Wesen von Fleisch und Blut sind!«
»Was denn sonst?« fragte Marietta lächelnd. Sie saß am Küchentisch und flickte einen Stapel Wäsche. »Ach nein, Sie glauben doch nicht etwa die Gespenstergeschichten, die über *Lanterns* erzählt werden?«

»O doch. Lachen Sie ruhig darüber.« Mrs. Gillespie nickte grimmig und griff wieder nach dem Bügeleisen. »Aber der Meinige hat in dunklen Nächten Lichter in der Ruine herumhuschen sehen.«
Marietta hatte Mr. Gillespie gelegentlich vom »Mittagessen« in der Taverne *Seven Seas* nach Hause gehen sehen und konnte sich lebhaft vorstellen, daß unter gewissen Umständen seiner Phantasie wohl keine Grenzen mehr gesetzt waren.
Die Skepsis zeigte sich wohl auf ihrem Gesicht, denn Mrs. Gillespie senkte ihre Stimme und fügte unheilvoll hinzu: »Und man hat Stöhnen und Heulen gehört und Schatten kriechen und schleichen gesehen. Und jetzt lebt dort ein Fremder! Ein sehr seltsamer Fremder! Sehr groß ist er, und knochendürr, und Augen hat er wie Eissplitter, die im Dunkeln glühen, sagte der Meinige. *Und* Cobbler Higgett! Bewegt sich wie ein Schatten – macht kein Geräusch!« Sie erschauderte. »Das gibt einem doch zu denken. Vielleicht hat die arme Mrs. South doch recht.«
Marietta schnitt den Faden ab und faltete den Kopfkissenbezug. Das war typisch für die Leute vom Land und ihre abergläubische Natur, dachte sie. Trotz ihrer Freundlichkeit und Großzügigkeit waren sie oft erschreckend engstirnig.
»Fragen Sie doch diese Wahrsagedame, die da hinten im Wohnwagen lebt«, sagte Mrs. Gillespie, verärgert, weil Miss Warrington den Köder nicht geschluckt hatte. »Die hat doch das Zweite Gesicht. Sie muß es doch wissen!«
Marietta lächelte in sich hinein. »Was könnte Madame Olympia denn wissen?«
»Was mit dem armen Kerl, Sam South, passiert ist. Habe ich das nicht erzählt? Es hieß, er habe als Matrose ange-

heuert, aber Mrs. South hat geträumt, er sei in einem Käfig im Keller von *Lanterns* eingesperrt und würde von Dämonen und Hexen gequält. Hinter seiner unsterblichen Seele waren sie her!«

Marietta sagte fassungslos: »Aber ... das war doch nur ein Traum!«

»Vielleicht war es das, Miss, und vielleicht war es eine Vorahnung. Eine Woche später wurde Samuels Schal, den ihm seine Ma gestrickt hatte, dort gefunden. Und wie ist er dort hingekommen? Das möchte ich gern wissen!«

Marietta runzelte die Stirn und konnte sich eines unguten Gefühls nicht erwehren. »Dann sollte Constable Davis mit ein paar Männern diese schreckliche Ruine durchsuchen!«

»Aye, und das hat er auch getan, Miss. Vor zwei Monaten, als Sie in London waren. Das war, als man den Schal gefunden hat. Dann haben sie weiter nach dem Jungen gesucht, und als sie in den Keller zurückkommen ... ist der Schal verschwunden!« Ihre Stimme senkte sich dramatisch. »Einfach verschwunden – wie von Zauberhand!«

»Oh! Tja, auch wenn es so war, verstehe ich nicht, was das alles mit dem Mann zu tun hat, der jetzt dort lebt.«

Mrs. Gillespie stellte das Bügeleisen auf die Herdplatte und warf einen ängstlichen Blick zur Tür. »Er ist zurückgekommen!« zischte sie. »Der Gottseibeiuns, das ist er! Er ist zurückgekommen, um sich weitere Seelen zu holen.«

Bei dem Gedanken, daß Mr. Diccon für den Teufel gehalten wurde, mußte Marietta lachen. Fröhlich sagte sie: »Was für ein Unsinn! Ich bin dem Gentleman begegnet, und ich kann Ihnen versichern, daß er ebensowenig ein Dämon ist wie mein Papa.«

Mrs. Gillespie wechselte zornig die Bügeleisen. »Vielleicht

haben Sie recht, Miss. Aber *mein* kleiner Junge dürfte sich dort nicht allein rumtreiben. Nein, wirklich nicht!«

Marietta stand auf und sagte mit einem kühlen Unterton in der Stimme: »Sollten Sie damit Mr. Arthur meinen ... der Junge ist im Garten und malt mit seinen Buntstiften.«

Mrs. Gillespie warf ihr nur einen spöttischen Blick zu.

Marietta eilte in den strahlenden Morgen hinaus. Arthurs Skizzenbuch lag auf der Decke, die sie in der Sonne ausgebreitet hatte. Die Brise blätterte die Seiten um und bewegte die Schaukel am Maulbeerbaum, aber der Junge war nirgends zu sehen. Obwohl es töricht war, auf Mrs. Gillespies unheilvolles Gerede zu achten, stieg Marietta die Treppe hoch und ging in Arthurs Zimmer. Fünf Minuten später machte sie sich besorgt auf den Weg und wünschte, Tante Dova und Fanny wären nicht ins Dorf gegangen.

Er war doch nicht wieder zur Ruine gelaufen – nicht nach dem, was gestern passiert war! Aber sie erinnerte sich an das Leuchten in Arthurs Augen, als er heute morgen das Schwert betrachtet hatte. Und mit welch ehrfurchtsvoller Stimme er gesagt hatte: »Er hat einen Esel!« Marietta beschleunigte den Schritt.

In Sichtweite von *Lanterns* blieb sie stehen und ließ den Blick über das von Unkraut überwucherte Grundstück und das weitläufige Gebäude schweifen. Nirgends war eine Spur von ihrem Bruder oder überhaupt ein Zeichen von Leben zu entdecken. Mrs. Gillespies Aberglaube war natürlich Unsinn, doch diese Stille ging ihr auf die Nerven, und sie hatte keine Lust, da hinunterzugehen. Statt dessen rief sie Arthurs Namen. Ihre klare Stimme warf ein kurzes Echo zurück, das die Stille, die danach einkehrte, noch unheimlicher wirken ließ. Wenn ihr Bruder hier war, mußte er sie doch gehört haben! Aber das Haus war alt und hatte bestimmt dicke Mauern, die jeden Ton verschluckten. Widerstrebend stapfte sie den Abhang hinunter.

Gestern abend hatte sie vor lauter Angst um ihren Bruder dem Haus wenig Aufmerksamkeit geschenkt. Jetzt betrachtete sie das langgestreckte Gebäude neugierig. Der Flügel am Rand der Klippen war aus Steinquadern erbaut und schätzungsweise ein paar Jahrhunderte vor dem neueren Anbau errichtet worden. Ursprünglich war das nach Westen ausgerichtete Gebäude rechteckig gewesen und hatte ein spitzes Dach gehabt, das am südlichen Ende mit einem Giebel abschloß. Hohe, schmale Fenster waren im ersten Stock in die Mauern eingelassen. Der neuere Flügel war sehr weitläufig und wirkte durch die Ziegelmauern und Holzverkleidungen recht anziehend. Er hatte wie das alte Gebäude zwei Stockwerke und ein Giebeldach. Der einstöckige Bau dazwischen verband beide Gebäude und diente wohl als Haupteingang. Zu der in einen Steinbogen eingelassenen, etwas zurückgesetzten Haustür gelangte man über eine niedrige Brücke, die wahrscheinlich früher eine Zugbrücke gewesen war. Mehrere Fenster in der Vorderfront waren mit Brettern vernagelt.

Überrascht bemerkte sie einen ehemaligen Burggraben, der jetzt völlig von Unkraut überwuchert war und zu dem Trittsteine hinunterführten. Ungefähr hundert Meter östlich des Rittergutes waren die verfallenen Überreste einer riesigen Scheune und mehrerer Nebengebäude zu sehen.

In Marietta stieg Empörung über die schändliche Vernachlässigung dieses einmal sehr schönen alten Gebäudes auf. Der ursprüngliche Bau war natürlich hoffnungsvoll verfallen und drohte über die Klippen zu stürzen, so wie der südliche Teil der Burgmauer, aber um den neueren Flügel war es jammerschade.

Über ihr ragte der Giebel des Nordflügels auf. Plötzlich hatte sie das ungute Gefühl, beobachtet zu werden. Verstohlen blickte sie um sich. Die hohen Malvensträucher neben der verfallenen Scheune bewegten sich auf verdächtige Weise. Schaudernd hörte sie Mrs. Gillespies Worte: »Er ist der Gottseibeiuns … zurückgekommen, um noch mehr Seelen zu holen!« Unwirsch versuchte sie, ihre vibrierenden Nerven zu beruhigen: »Sei nicht albern, Marietta Warrington! Die Malvensträucher haben sich im Wind bewegt!«

Sie verließ den Fahrweg, der über die niedrige Brücke und den Burggraben zum Hauptportal führte, und stieg statt dessen die Trittsteine hinunter in den Graben, dem sie zur Rückseite des Gebäudes folgte. Dort klopfte sie an eine Tür, die wohl einst als Dienstboteneingang gedient hatte. Als keine Antwort kam, drückte sie auf die Klinke und stieß die Tür auf. Erstaunlicherweise quietschte sie nicht. Sie betrat einen Raum, der früher wohl die Spülküche mit anschließender Speisekammer gewesen war. Dann gelangte sie in eine geräumige Küche, die erstaunlich sauber und ordentlich war. Voller Unbehagen sah sie, daß im Herd Feuer brannte. Wieder rief sie, und wieder kam keine Antwort. Eigentlich hätte sie sofort wieder kehrtmachen müssen, doch nun war sie neugierig geworden und ging weiter. Sie warf einen Blick in die dunklen, leeren Zimmer und war überrascht über die exzellente Handwerksarbeit, die ihre Konstruktion erkennen ließ. Sie hatte gerade die große Eingangshalle durchquert, als sie merkte, daß sie nicht allein im Haus war. Angespannt lauschte sie. Die geschlossene Tür vor ihr mußte in den alten Flügel führen, und dahinter ertönte das gedämpfte Geräusch von Schritten, die sich schnell näherten. Jemand kam stolpernd zu Fall, keuchende Atemzüge waren zu hören und dann ein markerschütternder Schrei.

Marietta stockte der Atem. Schon zur Flucht gewandt, blieb sie wie erstarrt stehen. Angenommen, der Verfolgte war ihr Bruder? Sie biß sich auf die Unterlippe und hielt verzweifelt nach einer Waffe Ausschau. Da stand nur ein Notenständer aus massiven Holz. Es blieb ihr gerade noch Zeit, ihn zu greifen und sich an die Wand neben der Tür zu drücken, ehe sie aufgestoßen wurde. Wieder ertönte ein durchdringender Schrei, und Arthur raste mit zurückgeworfenem Kopf an ihr vorbei. Schwerere Schritte folgten.

Eine männliche Stimme brüllte: »Du entkommst mir nicht, Schurke! Bleib stehen, oder …«

Ein Schatten fiel auf den staubigen Boden – der Schatten einer furchteinflößenden Gestalt, die ein mächtiges zweischneidiges Schwert schwang.

Mariettas Entsetzen schlug um in Wut. Mit aller Kraft schlug sie mit dem Notenständer nach der mörderischen Kreatur, die hinter ihrem Bruder zur Tür hereinstürzte. Mit voller Wucht gegen die Brust getroffen, taumelte der Verfolger rückwärts, stolperte über die Stufen, fiel mit einem dumpfen Aufprall hin und blieb mit dem Gesicht nach unten reglos liegen.

Wieder ertönte ein Schrei. »*Etta!* Was hast du getan?«

Keuchend rief Marietta: »Ist … ist schon gut, Schatz. Dir droht keine Gefahr mehr, aber … Nein! Bleib, wo du bist! Halt dich von ihm fern!«

Der Junge stieß ihre ausgestreckte Hand beiseite, lief zu der niedergestreckten Gestalt, kniete neben ihr nieder und zerrte an einem Arm. »Sir Gawain! Steht auf! *Bitte,* erhebt Euch.«
Ein fürchterlicher Verdacht überkam Marietta. Zitternd wankte sie die Stufen hinunter. »Arthur ... was machst du denn hier? Hat dieser Mann ...«
Der Junge sah sie mit Tränen in den Augen vorwurfsvoll an. »*Er* ist mein Freund! Wir haben gespielt. Er war Sir Gawain, aber jetzt ist er der Schwarze Ritter, und er kann das viel besser als Fanny. Er hat nichts Böses getan, Etta. Und jetzt hast du ihn totgemacht!«
Der Raum fing an zu schwanken. Plötzlich war ihr eiskalt, aber sie bekämpfte den Schwächeanfall und beugte sich über ihr Opfer. Der Mann trug weder Jacke noch Wams. Das weiße Hemd war beim Sturz zerrissen. Sie entdeckte auf dem feinen Leinen einen dunkelroten Fleck. Ihr wurde übel vor Angst bei dem Gedanken, daß er in sein Schwert gestürzt sein könnte. Geistesabwesend sagte sie: »Arthur, du ... du mußt mir helfen, Lieber.«
»Ja. Aber warum hast du das getan?«
»Ich dachte ... das ist jetzt unwichtig. Sieh zu, daß du die Küche findest. Dort steht ein Krug mit Wasser. Bring ihn mir, so schnell wie du kannst.«
Der Junge lief schluchzend davon.
Marietta kniete sich neben den verletzten Mann, griff nach seinem Handgelenk und suchte den Puls. Sie hätte vor Erleichterung weinen können, als sie das schnelle, aber kräftige Schlagen spürte. Sanft legte sie die Hand zurück und versuchte vergeblich, den schlanken, aber doch schweren Körper umzudrehen. Sie zog den Riß in seinem Hemd aus-

einander und schnappte keuchend nach Luft. Er hatte ganz offensichtlich erst vor kurzem eine Verletzung erlitten, und die frischvernarbte Wunde war bei dem schweren Sturz etwas aufgebrochen und blutete stark. Doch nicht darüber war sie so entsetzt, sondern über die lange Narbe, die sich über seine linke Schulter zog, und die hufeisenförmige Druckstelle an seiner rechten Seite, über der eine kreisförmige, verheilte Wunde war, die offensichtlich von einer Kugel herrührte.

»Was ist meinem Diccon passiert? *Tiens!* 'at man ihn wieder angeschossen?«

Die Stimme an ihrem Ohr ließ sie vor Schreck zusammenzucken. Mit einem unterdrückten Schrei fuhr sie herum. Neben ihr stand ein kleiner, dunkelhäutiger Mann. »Oh, mein Gott! Haben Sie mich erschreckt!« keuchte sie.

Seine dunklen Augen weiteten sich vor Bewunderung, als er in das – wie er später beschrieb – »Gesicht eines himmlischen Engels« blickte. Er riß sich die Strickmütze vom Kopf, sagte: »Guten Tag, Mademoiselle«, und wiederholte seine Frage.

Der Mann war ganz eindeutig Franzose. Die Wasserstiefel und der dicke, forsch um den Hals geschlungene Schal deuteten darauf hin, daß er Fischer war. »Sind Sie sein Freund?« fragte Marietta hoffnungsvoll, und als der Mann die Lippen spitzte und vergnügt nickte, fügte sie hinzu: »Dem Himmel sei Dank, daß Sie gekommen sind! Würden Sie mir bitte helfen? Wenn wir ihn ein wenig anheben, kann ich ihm das Hemd ausziehen und einen Verband daraus machen.«

»Aaiee! Da 'aben ihm die Ärzte die Musketenkugel aus dem Rücken geschnitten«, sagte er, als die beiden es geschafft hatten, Diccon das Hemd auszuziehen. Marietta hob den Kopf und starrte ihn verdutzt an. »Ich, ich bin Yves«, sagte der Mann, als würde das alles erklären. Das Hemd in Streifen reißend, redete er weiter. »Ist mein Diccon gestürzt und 'at sich dabei wieder verletzt? Wir alle 'aben ihm gesagt, es sei zu früh, 'ier'er zu kommen. Aber wie Sie ja wissen, ist er so stur wie Mr. Fox.«

»Eine Musketenkugel?« wiederholte Marietta. »War er denn im Krieg?«

»Aber ja. In der großen Schlacht.« Grinsend fügte er hinzu: »Aber das Leben meines Diccon ist eine einzige große Schlacht, hein? Das wissen Sie doch bestimmt ...« Er verstummte und warf ihr einen beklommenen Blick zu. »Sie *sind* doch Diccons *chère ...*«

Marietta protestierte mit hochroten Wangen: »Das bin ich ganz gewiß *nicht!*«

In diesem Augenblick kam Arthur zurück. Mit beiden Händen hielt er den Wasserkrug umklammert. Er war sehr blaß, seine Augen waren angstvoll aufgerissen und sein Gesicht tränenüberströmt. Er warf dem Franzosen einen gleichgültigen Blick zu und fragte: »Ist Sir Gawain noch immer nicht aufgewacht? Ist er tot? Du hast ja ein ganz rotes Gesicht, Etta.«

Marietta senkte schnell den Kopf und konzentrierte sich darauf, die Wunde sanft zu säubern. Sie sagte, sie sei sich ganz sicher, daß Mr. Diccon bald wieder gesund werden würde. Vor allem jetzt, wo sein Freund gekommen sei, um ihm zu helfen.

»Aber Yves kann nicht 'ierbleiben, Mademoiselle.« Der kleine Franzose stützte Diccons Kopf mit seiner Schulter und fügte besorgt hinzu: »*Par grâce!* Sehen Sie den Schnitt

'ier über seiner Schläfe? Und ach 'errje! Diese Beule! 'offentlich ist sein Kopf noch 'eil.«
Mariettas Hand zitterte. »Das hoffe ich doch sehr«, stammelte sie. »Wir können ihn auf keinen Fall hierlassen. Er braucht Pflege. Ich muß nach der Kutsche meines Vaters schicken und ihn in unser Haus bringen.«
»Aber nein, Mademoiselle. Da kann Yves 'elfen. An das große Pferd wage ich mich nicht ran, aber Mr. Fox kann den Karren ziehen. Yves füttert den Rest, solange er kann.«
In ihrer Sorge um Mr. Diccon hörte Marietta nur mit halbem Ohr zu. Kurz darauf kam der Franzose mit Mr. Fox und dem Karren zurück, und den beiden gelang es mit Mühe, den noch immer bewußtlosen Verwundeten darauf zu betten. Mr. Fox, der die Prozedur beobachtete, stieß einen jämmerlichen Schrei aus und ließ dann betrübt den Kopf hängen.
Yves sagte teilnahmsvoll: »Er macht sich Sorgen um seinen 'errn.« Er nahm einen Zettel aus seiner Tasche, überflog ihn und schob das Papier dann dem Esel ins Maul. Der zerkaute den Zettel und schien getröstet.
Arthur kletterte auf den Karren, um neben »Sir Gawain« zu sitzen. Yves half Marietta auf den Kutschbock. »Mademoiselle, machen Sie sich bitte keine Sorgen«, sagte er freundlich. »Dieser Diccon war schon oft dem Tode nahe. Auch dieses Mal wird er nicht sterben.«
Marietta zwang sich zu einem Lächeln, dankte Yves und trieb Mr. Fox den Hang hinauf. Als sie einen Blick über die Schulter zurückwarf, sah sie, daß Yves einen prächtigen Grauschimmel aus der Scheune führte. Ihre Sorgen einen Augenblick vergessend, murmelte sie: »Oh, was für ein schönes Tier!«

Arthur sagte: »Das ist Sir Gawains Schlachtroß.«
Sie sagte ungläubig: »Bist du sicher, Schatz? Es scheint ein sehr wertvolles Pferd zu sein.«
»Er sagt, der Schimmel sei ein übellauniger Schurke. Er heißt Scheusal.«
Marietta konnte sich nicht vorstellen, daß jemand einem so schönen Pferd einen so häßlichen Namen gab, sagte aber nichts. Arthur hatte, wohl wegen des frühen Todes seiner Mutter, erst spät zu sprechen angefangen und gebrauchte noch oft falsche Ausdrücke, die andere Fünfjährige längst beherrschten. Natürlich würde er den Rückstand bald aufholen, denn er war ein kluges Kerlchen. Wahrscheinlich irrte er sich, was das Pferd betraf, oder seine Phantasie ging wieder mit ihm durch, und es gehörte jemand anderem. Gewiß besaß kein armer Landstreicher ein so prächtiges Tier.

Diccon hatte das Bewußtsein noch nicht wiedererlangt, als Marietta vor den Ställen des Austragshauses vorfuhr. Lem Bridger, ihr stämmiger Diener und Faktotum, war gerade dabei, mit der Sense das Gras zu mähen. Es war eine Arbeit, die er verabscheute, und er hörte nur zu gern damit auf. Der ehemalige Matrose der Kriegsmarine legte sich Diccons schlaffen Körper vorsichtig über die Schulter und trug ihn in ein Zimmer im Erdgeschoß, das in besseren Zeiten zu den Räumlichkeiten der Wirtschafterin gehört hatte.
Marietta gab Arthur ein Nachthemd von Eric und schickte ihn damit zu Bridger. Sie war gerade in der Küche, um heißes Wasser zu holen, als Bridger hereinkam und verkündete, er habe Mr. Diccon das Nachthemd angezogen und er

läge nun bequem im Bett. Auf ihre ängstliche Frage, ob der Verletzte wieder bei Bewußtsein sei, schüttelte Bridger den Kopf und fragte, ob er nach Eastbourne reiten und Mr. Wantage holen solle. Marietta hielt nicht viel von dem Apotheker, der sehr hochnäsig war und ihrer Meinung nach wenig Mitgefühl für seine Mitmenschen hatte. Wenn möglich, konsultierte sie lieber Dr. Avebury in Brighton, doch der vielbeschäftigte Arzt würde nicht den ganzen Weg bis nach *Lanterns* reiten, und Mr. Diccon die weite Strecke zu transportieren würde seinen Zustand bestimmt verschlechtern.

Marietta ging mit Bridger zur Hintertür und fragte, wo ihr Vater sei. Sir Lionel, teilte ihr der Diener mit einem Augenzwinkern mit, sei mit Mrs. Maitland zu einer Ausfahrt aufgebrochen.

Es war eine typische Laune des Schicksals, dachte Marietta, daß die gutaussehende Witwe zu Besuch kam, wenn ihr Vater allein und schutzlos war. Schüchtern im Umgang mit Frauen und nicht im entferntesten daran interessiert, sich wieder zu verheiraten, wußte Sir Lionel sehr wohl, daß Mrs. Maitland fest entschlossen war, die neue Lady Warrington zu werden. Gewöhnlich ergriff er die Flucht, wenn die Witwe überraschend zu Besuch kam, aber seine gute Erziehung gebot Höflichkeit, und ohne die Unterstützung seiner Familie war er den Ränken der aufdringlichen Lady hilflos ausgeliefert. Marietta konnte nur beten, daß er die Ausfahrt überstehen würde, ohne der listenreichen Witwe einen Heiratsantrag zu machen.

Auf der Treppe von der Spülküche zu den Ställen hinunter erklärte Bridger, er würde Spicy, ihre zwölf Jahre alte Braune, satteln, die ein erstaunliches Tempo vorlegen könnte, wenn man sie mit fester Hand führte. Dann verstummte er und starrte Mr. Fox an.

Marietta sagte: »Ich spanne den Esel aus, wenn ich mich um Mr. Diccon gekümmert habe. Warum schauen Sie denn so?«

»Nun, von einem Gentleman würde man doch etwas anderes erwarten, nicht wahr? Hat Mr. Diccon denn kein Pferd?«

»Warum glauben Sie, daß er ein Gentleman ist?«

»Die Kleidung, Miss. Feinstes Linnen. Das paßt doch nicht zu diesem Karren!«

Sie wies ihn ziemlich ungehalten darauf hin, daß viele verarmte Gentlemen ihren Stolz bewahrten und daß es im Augenblick wohl Wichtigeres gäbe als Mr. Diccons Herkunft, nämlich ihm so schnell wie möglich Hilfe zu bringen. Bridger nickte kleinlaut und lief zu den Ställen.

Marietta fühlte ihrem noch immer ohnmächtigen Opfer den Puls, der regelmäßig schlug. Sie beschloß, den Verband nicht selber zu wechseln. Sie stand am Bett und betrachtete Mr. Diccon besorgt. Er war kein gutaussehender Mann, doch sein schmales Gesicht drückte Stolz aus und wirkte anziehend. Er hatte eine hohe Stirn, buschige Brauen, dichtes, gelocktes, braunes Haar und einen klaren, im Augenblick sehr blassen Teint. Die Wangen waren eingefallen, und tiefe Falten verliefen an der schmalen Nase entlang zu den Mundwinkeln. Das ausgeprägte Kinn zeugte von Willensstärke. Es war das Gesicht eines Mannes, dem das Leben keine Schicksalsschläge erspart hat. Aber im Schlaf wirkte er jünger, und da war ein müder Zug um seine Mundwinkel, der ihn weniger furchteinflößend und skrupellos aussehen ließ.

»Hier bist du also!« rief Sir Lionel in einem Zustand höchster Aufregung im Flur. »Wenn du *wüßtest,* was ich mit Mrs. Maitland durchgemacht habe! Wie konntet ihr mich alle allein lassen …« Er verstummte, als er ins Zimmer trat. Schockiert sagte er: »Was, zum Teufel … Warum ist dieser gräßliche Kerl schon wieder in meinem Haus? Hast du völlig den Verstand verloren?«
Marietta erklärte ihrem Vater hastig, was passiert war, und sein Zorn verrauchte. »Hm«, sagte er und betrachtete stirnrunzelnd den bewußtlosen Mann. »Du hast keinen Grund, dir Vorwürfe zu machen, Kind. Jeder hätte denselben Gedanken gehabt. Der Junge ist schuld. Nach dem, was gestern passiert ist, hatte er kein Recht, sich dort rumzutreiben. Ich frage mich manchmal, ob Tante Dova ihm nur die Rumtreiberei beibringt. Sobald der Bursche zu sich kommt, muß er von hier verschwinden. Man sollte ihn von Rechts wegen aus der Gegend vertreiben. Landstreicher haben hier nichts verloren.«
»Aber Papa, der arme Mann hat zweimal durch uns Schaden erlitten. Wenn du *wüßtest,* wir hart ich zugeschlagen habe.«
Sir Lionel grinste: »Mit deinem Handarbeitsbeutel?«
»Mit einem Notenständer. Aber er war wohl aus Mahagoni«, fügte sie nachdenklich hinzu. »Und soweit ich mich erinnere, war er mit wunderschönen Schnitzereien versehen.«
»Ob aus Mahagoni oder sonst was, das tut doch nichts zur Sache. Der Kerl ist zweifellos ein mittelloser Schurke und …«
»Und hat bei Waterloo gekämpft. Er hat überall Narben, der arme Mensch.«

Sir Lionel hob beeindruckt die Brauen. »Tatsächlich? Beim Jupiter, wenn er einer von Wellingtons prächtigen Burschen war …« Etwas verspätet kamen ihm Bedenken. »Woher weißt du von seinen Wunden? Verdammt, er trägt eines von meinen Nachthemden, Etta! Hast du etwa …«

»Nein, nein, Papa. Das ist Erics Nachthemd, und Bridger hat Mr. Diccon ausgezogen und ins Bett gesteckt.«

»Woher weiß Bridger, daß er in Waterloo gekämpft hat? Bestimmt hat der Kerl damit geprahlt. Was ich ihm nicht verdenken könnte.«

»Nicht Mr. Diccon hat es erzählt, sondern sein Freund. Ich hatte gehofft, er würde bleiben und Mr. Diccon pflegen, aber Monsieur Yves mußte …«

Ihr Vater unterbrach sie barsch. »Ein Franzose?«

»Ja, Sir. Aber er scheint ein anständiger Mann zu sein. Und er besitzt ein prächtiges graues Pferd. Arthur dachte, es gehörte Mr. Diccon, und er sagte, es heiße Scheusal, aber ich bezweifle …«

»Orpheus«, berichtigte Diccon mit schwacher Stimme.

»Dem Himmel sei Dank!« rief Marietta und beugte sich über ihn. »Wie geht es Ihnen, Sir?«

Diccons Kopf drohte zu zerplatzen, und sein Rücken schmerzte höllisch, aber er flüsterte: »Noch bin ich nicht tot … was Sie sich vielleicht wünschen. Ihre Familie ist sehr … gewalttätig.«

»Das ist nicht wahr«, protestierte Sir Lionel. »Meine Tochter hat Sie für ein Ungeheuer gehalten, das den Jungen bedroht. Ein ehrbarer Irrtum.«

»Das ist … Ansichtssache.«

Marietta legte ihre kühle Hand auf Diccons Stirn. »Es tut

mir aufrichtig leid«, sagte sie. »Arthur wird mir nie verzeihen.«
»Wie ich höre, haben Sie etliche Wunden«, sagte Sir Lionel. »Ihr Freund, Yves, sagte ...«
Diccon richtete sich abrupt auf, ließ sich jedoch sofort wieder stöhnend in die Kissen fallen. »*Yves* ist hier?«
Sir Lionel nickte: »Er hat gesagt, Sie hätten in Waterloo gekämpft. Stimmt das, Sir?«
»Ja. Aber ...«
»Beim Jupiter! Ich versichere Sie meiner größten Hochachtung! Welcher Dienstgrad?«
Diccon sagte ungehalten: »Was? Oh ... Major. Hatte Yves eine ... Nachricht für mich?«
Marietta sagte: »Schonen Sie sich. Das Sprechen tut Ihnen nicht gut. Ihr Freund sagte etwas wie: Er würde den Rest füttern, was auch immer das ...«
»*Was?*« Diccon stützte sich mühsam auf einen Ellbogen. »Er kann sie nicht dort lassen!« keuchte er aufgebracht. »Ich muß aufstehen ... und ...«
»Na, na«, sagte Sir Lionel und drückte Diccon wieder in die Kissen. »Regen Sie sich nicht so auf, armer Kamerad.«
Obwohl Marietta die patriotische Einstellung ihres Vaters kannte, war sie doch über sein völlig verändertes Verhalten erstaunt. Es hatte beinahe den Anschein, als hätte er eben entdeckt, daß Major Diccon ein lieber, alter Freund war.
»Bridger kann Ihrem Franzosen unverzüglich eine Nachricht von Ihnen überbringen«, redete Sir Lionel weiter. »Aha, habe ich Sie endlich, Sie alter Gauner. Natürlich habe ich in den mondlosen Nächten Ihr Gesicht nicht gesehen,

aber Ihr prächtiger Grauschimmel ist mir ein paarmal aufgefallen. Sagen Sie ... wann kann ich mit meiner Lieferung rechnen? Mein Keller ist fast leer.«

Mit einem überwältigenden Gefühl von Erleichterung dachte Marietta: Der Gottseibeiuns, von wegen! Kein finsterer Geselle als ein Schmuggler ist er!

Fünftes Kapitel

Marietta schaffte es gerade noch, das sich blähende und in der Mitte durchhängende Bettlaken mit einer Wäscheklammer an der Leine zu befestigen. Es wäre schön, dachte sie, wenn Mrs. Gillespie diese Woche dreimal kommen könnte. Die Anwesenheit eines Kranken im Haus erforderte zusätzliche Wäsche, und sie hatte Hilfe dringend nötig. Noch dringender war jedoch, daß sie sich um den Stapel von Rechnungen kümmerte, der in der Schublade des Küchentisches lag. Ihr verzweifelter Kampf, die sich anhäufenden Schulden zu bezahlen, war nervenaufreibend, aber irgendwie hatte sie es bisher immer geschafft. Bis jetzt. Gestern abend jedoch hatte ihr Vater ihr einen schlimmen Schrecken eingejagt.

Er hatte mit Major Diccon Schach gespielt, und als dieser ihn lachend darauf hinwies, daß er leichtfertig den Verlust seiner Dame riskiere, hatte ihr Vater geantwortet, manchmal seien Risiken gerechtfertigt. »Ein Mann wägt seine Chancen ab«, hatte er jovial gesagt, »und wenn sie vielversprechend sind, erhöht er seinen Einsatz, wie es sich für einen Sportsmann gehört. Wer nichts wagt, der nichts gewinnt, eh? Erst letzten Monat habe ich ...« Er war verstummt, hatte Marietta einen schuldbewußten Blick zugeworfen, den Finger an die Nase gelegt und damit Diccon grinsend bedeutet: »Kein Wort darüber!« Marietta hatte es eiskalt überlaufen, denn das hatte ganz nach einer seiner verheerenden Wetten oder dem Glücksspiel geklungen, das sie um Haus und Hof gebracht hatte und sie zu diesem Leben in schäbiger Armut zwang, weit weg von London und dem luxuriösen Leben, das sie dort geführt hatten.

Nicht, daß es ihr wirklich etwas ausmachte, auf dem Land zu leben. Um die Wahrheit zu sagen, hatten die ewigen Gesellschaften, der Klatsch und die Jagd nach Vergnügen angefangen sie zu langweilen, auch wenn es ihr damals nicht bewußt gewesen war. Hier gab es statt Häuserschluchten und überfüllten, schmutzigen Straßen üppige Felder, Bäume, grüne, sanfte Hügel und klare Luft. Und es blieb keine Zeit für Langeweile. Sie hatten alle Hände voll zu tun und sanken abends todmüde ins Bett, stolz auf das vollbrachte Tageswerk. Allerdings bestand geringe Hoffnung, daß ihre kleine Schwester in dieser ruhigen Gegend von Sussex einen annehmbaren Ehemann finden würde. Und sollte Papa sie noch tiefer in Schulden gestürzt haben, wußte nur der Himmel, wie sie ihre Familie vor dem Schuldturm bewahren sollte.

Ihr wurde bewußt, daß sie noch immer das Laken festhielt. Seufzend ließ sie es los, ging zur Hecke und spähte darüber in den Garten.

Major Diccon schlief auf der Liege, die Bridger unter einen Apfelbaum gestellt hatte. Vor drei Tagen hatte der Apotheker eine Gehirnerschütterung diagnostiziert und für mindestens eine Woche absolute Bettruhe angeordnet. Diccon hatte darüber gespottet und gesagt, er werde ihnen auf gar keinen Fall zur Last fallen, doch sein Versuch aufzustehen war kläglich gescheitert, und widerstrebend hatte er sich wieder ins Bett packen lassen. Da sich Marietta für seinen Zustand verantwortlich fühlte, hatte sie darauf bestanden, er müsse ihr erlauben, den angerichteten Schaden wiedergutmachen zu dürfen. Fanny hatte sich beschwert, daß sie auch ohne die Pflege eines Kranken genug zu tun hätten. Doch weder Papa noch Tante Dova hatten Einwände erhoben. Und was sie betraf, die genug Erfahrung mit der Pflege männlicher Familienmitglieder hatte, so war sie angenehm überrascht, in Mr. Diccon einen geduldigen und anspruchslosen Patienten zu finden. Arthur wich selten von der Seite des Kranken und beschwatzte ihn ständig, ihm von fremden Ländern zu erzählen. Der Major sprach langsam und sparte mit Worten, doch in seinen Geschichten lag ein so drolliger Humor, sie waren so spannend, daß der kleine Junge kichernd zuhörte und auch die anderen fasziniert lauschten. Manchmal begann Sir Lionel mit Diccon angeregte Diskussionen über den einen oder anderen Aspekt einer Geschichte, und dann beklagte sich Arthur bei Marietta, Papa habe »Sir Gawain gestohlen«.

Auch Tante Dova unterhielt sich gern mit dem Patienten und bezog ihn in Unterhaltungen mit ihren »Freunden« ein, was stets in fröhlichem Gelächter endete. Diccon zeigte im Umgang mit der Lady keine Spur von Herablassung, sondern schien sie tatsächlich faszinierend zu finden. Erst gestern, während einer dieser merkwürdigen Plaudereien, in der Diccon für »Sir Freddy Foster« sprach, war Mrs. Cordova in schallendes Gelächter ausgebrochen und hatte fröhlich gesagt: »Oh, aber Major Diccon ist Freddy, wie er leibt und lebt, Etta! Absolut verblüffend!« Fanny hatte entgegnet: »Vielleicht sind die beiden gute

Freunde. Ist das so, Sir?« Diccon hatte träge gelächelt und gemurmelt: »Das würde mein Ansehen doch beträchtlich erhöhen, oder?«

Marietta drehte sich erschrocken um, als sie ihren Namen hörte, und sah Fanny auf sich zukommen. Es war ihr peinlich, dabei ertappt worden zu sein, wie sie den Schlafenden betrachtet hatte. Aber Fanny meinte nur, sie sei gekommen, um ihr bei der Wäsche zu helfen und um ein bißchen Ruhe vor Arthur zu haben. »Er redet ständig vom Major. Der Kleine ist wie verhext!«

Marietta sagte lächelnd: »Er scheint Mr. Diccon ins Herz geschlossen zu haben. Ganz im Gegensatz zu dir.«

»Es tut mir leid, daß er verletzt wurde«, sagte Fanny schulterzuckend, »aber ich bin wirklich froh, wenn er nicht mehr da ist. Mir ist er zu ... zu verschlagen.«

Marietta, die das Ende eines Lakens festhielt, fragte: »Wie meinst du das?«

Fanny sagte: »Ist dir nicht aufgefallen, daß er jedesmal ausweicht, wenn die Sprache auf seine Vergangenheit kommt? Nie bekommt man eine direkte Antwort von ihm. Die Sache mit Freddy Foster, zum Beispiel. Ich habe Mr. Diccon gefragt, ob er ihn kennt, und anstatt mit Nein oder Ja zu antworten, hat er die Frage völlig umgangen. Ich sage dir, dieser Mann hat etwas zu verbergen!«

Da Marietta den Verdacht hegte, daß dieses »Geheimnis« etwas mit Fässern und Ballen geschmuggelter Ware zu tun hatte, enthielt sie sich eines Kommentars. Fanny zerrte verärgert ein Handtuch aus dem Korb und fuhr ihre Schwester an: »Oh, lächle nur, aber ich an deiner Stelle würde ihm keine Hoffnungen machen, denn Papa wird Diccon nie als Bewerber um deine Hand akzeptieren.«

Marietta war fassungslos. »Als ... was? Fanny, das kann doch nicht dein Ernst sein! Der Mann hat mich doch noch nie auf diese Weise angesehen.«
»Nur, wenn du es nicht merkst. Dann kann er kaum den Blick von dir wenden, und manchmal hat er einen richtig feurigen Ausdruck in seinen eiskalten Augen. Ich leugne nicht, daß er durchaus charmant sein kann. Liebes, bedenke jedoch, daß er nicht viel mehr als ein mittelloser Landstreicher ist! Er ist nichts für dich, und das weißt du!«
Marietta lachte. »Also, wirklich! Wie kannst du nur so töricht sein? Du mußt mich doch nicht gleich mit Mr. Diccon verloben, nur weil es mir leid tut, daß ich ihn so schändlich behandelt habe.«
»Und wie hat er ein kleines Kind behandelt?«
»Du weißt, daß das ohne Absicht geschah. Stell dir doch vor, was in ihm vorgegangen sein muß, als Arthur ihm den Besenstiel in den Rücken gerammt hat. Und ich hätte den armen Kerl nur wegen meiner törichten Verdächtigungen beinah getötet! Aber er hat mir deswegen nie auch nur einen Vorwurf gemacht.«
Fanny schnaubte höhnisch. »Vielleicht behagt ihm deine Pflege so sehr, daß er sie nicht aufs Spiel setzen will.«
»Du bist herzlos.«
»Tut mir leid, Etta, aber es gefällt mir einfach nicht, daß dich ein so gewöhnlicher Mann, der viele Jahre älter ist als du, so ... so fasziniert.«
Das stimmte. Marietta fand Diccon faszinierend. Langsam sagte sie: »Ich gebe zu, daß ich ihn für ganz und gar nicht gewöhnlich halte. Hast du nicht das Gefühl, daß er einen sehr starken und dominanten Charakter hat? Und trotzdem spielt er mit Arthur. Ich wüßte gern mehr über ihn.

Außerdem glaube ich nicht, daß er mehr als ein oder zwei Jahre älter als Blake Coville ist.«

»Mr. Blake Coville hat dir doch so gut wie einen Antrag gemacht. Mr. Innes Williard ist völlig in dich vernarrt, und du wirst ihn nicht mehr lange hinhalten können. Diese beiden sind hundertmal einem Mann vorzuziehen, der ein absolutes Rätsel ist. Und wenn dieser Major einen so starken und dominanten Charakter hat, warum besitzt er dann nur einen Esel?«

Marietta wies Fanny darauf hin, daß der Major auch ein prächtiges Pferd besitze, worauf ihre Schwester den Kopf in den Nacken warf und beleidigt abschwirrte. Während Marietta einen Polsterbezug ausschüttelte, fragte sie sich, warum sie über Fannys Bemerkung so wütend gewesen war und ob sie, hätte sie je die Wahl zwischen Major Diccon und Innes Williard …

»Hier sind Sie also, meine Hübsche!«

Einer der Gentlemen, über die sie sich Gedanken gemacht hatte, stand hinter ihr. Beim Klang seiner derben Stimme drehte sie sich abrupt um. »Mr. Williard!« Höflich schüttelte sie seine Hand. »Entschuldigen Sie bitte. War denn niemand im Haus?«

»Pah, ich halte nicht viel von Förmlichkeiten, Miss Marietta.« Ein Grinsen lag auf seinem geröteten Gesicht, und er musterte sie mit einem unverschämten, gierigen Blick. »Es macht mir nichts aus, Sie im Arbeitskleid mit Schürze zu sehen. Ich denke, unsere Beziehungen erlauben es mir, Ihre Gesellschaft zu suchen, auch wenn mir niemand die Tür öffnet.«

Marietta versuchte vergeblich, ihm ihre Hand zu entziehen und wünschte, er würde nicht so dicht vor ihr stehen.

Wie gewöhnlich war er nach der letzten Mode gekleidet, doch die Kleidungsstücke paßten ihm nie richtig, und trotz der goldenen Uhrenkette und des mit einem Rubin verzierten schweren Siegelrings an seiner plumpen Hand mangelte es ihm völlig an der schlichten Eleganz, die der Major in einer einfachen Jacke und Reithosen besaß. Marietta befürchtete, daß Fanny recht haben könnte und Williard ihr einen Antrag machen wollte. Er stand Tante Dova im Alter näher als ihr, und obwohl vielen Ladies seine rauhe Art gefiel, mochte sie weder seine laute Stimme noch sein aggressives Benehmen.
Sie sagte: »Ich glaube nicht, daß es meinem Vater gefallen würde, daß ich hier mit Ihnen allein bin. Wenn Sie bitte so freundlich wären, meine Hand loszulassen ...«
Statt dessen verstärkte er den Druck seiner Finger und näherte mit einem unangenehmen Glitzern in den Augen sein Gesicht dem ihren. »Ihrem Vater macht es nichts aus, wenn ich eine Weile mit Ihnen allein bin«, stieß er fast keuchend hervor. »Er hat wohl gedacht, er könnte mir aus dem Weg gehen, aber er braucht sich keine Sorgen zu machen. Ich will ihn nicht drängen, seine Schulden zu bezahlen. Was ist schon Geld? Und wenn es in der Familie bleibt, meine Liebe ...«
Marietta riß sich los und ging zur Hintertür. Ihr Vater war doch sicher nicht so unklug gewesen, sich von diesem Mann Geld zu leihen? »Finanzielle Angelegenheiten müssen Sie mit Sir Lionel besprechen«, sagte sie.
Mit einer für einen so stämmigen Mann erstaunlichen Behendigkeit holte Williard sie ein und versperrte ihr den Fluchtweg. »Komm schon, Schätzchen«, sagte er schmeichlerisch. »Zier dich nicht. Du bist kein unerfahrenes Mäd-

chen, und ich habe mich in der Welt umgesehen! Du weißt, was ich für dich empfinde, und ich dachte, dir würde eine Doppelhochzeit gefallen. Sir Lionel und meine hübsche Schwester, und du und …«

Außer sich vor Wut fiel ihm Marietta ins Wort. »Sie vergessen sich, Sir! Sollten Sie in dieser Angelegenheit mit meinem Vater gesprochen haben, so hat er das mir gegenüber mit keinem Wort erwähnt. Noch habe ich Ihnen je Grund zu der Annahme gegeben, daß mir ein Antrag von Ihnen willkommen wäre, und schon gar nicht auf diese unverschämte Weise. Geben Sie den Weg frei!«

Er mochte es nicht, wenn ihm Widerstand geleistet wurde, und runzelte böse die Brauen. Mariettas Wangen waren gerötet, ihre Augen funkelten vor Zorn, und sie stand hocherhobenen Hauptes da. In ihrer Wut fand er sie noch begehrenswerter, aber er war auch nicht wenig verärgert, denn mit einer solchen Abfuhr hatte er nicht gerechnet. Isolde hatte ihn in der Annahme unterstützt, daß Marietta mit Freude die ihr gebotene Chance ergreifen würde. Doch Miss Warrington schien im Augenblick alles andere als Freude zu empfinden. Voller Groll sagte er: »Mir ist nicht an einer Mitgift gelegen. Ich weiß, daß dein Vater finanziell ruiniert ist. Solltest du dich schämen, daß du nichts in die Ehe einbringst, so …«

»Hören Sie bitte auf, Sir! Hätten Sie auf korrekte Weise bei meinem Vater um meine Hand …«

»Sprich nicht in diesem Ton mit mir, Mädchen!« Er packte ihr Handgelenk. »Ich erweise dir die Ehre, dir meinen Namen anzubieten, und du wagst es, die Nase darüber zu rümpfen? Diese hochnäsige Tour mag vielleicht bei den dämlichen Beaus in London gewirkt haben, aber mich kannst du nicht täuschen. Dein Vater hat an mich fünftausend Guineen verloren und hat um Zahlungsaufschub gebettelt. Ich bin ein geduldiger Mann und wäre deinetwegen sogar bereit, diese Schulden zu vergessen, aber stell meine Geduld nicht zu lange auf die Probe, sonst ...«

»... ist es jammerschade um Ihre Geduld gewesen.«

Mit einem unterdrückten Fluch fuhr Williard herum und sah sich dem Mann gegenüber, der die Frechheit zu dieser höhnischen Bemerkung besaß.

Marietta, die vor Entsetzen über die Enthüllung, die Williard ihr gerade gemacht hatte, wie erstarrt gewesen war, entriß ihm mit einem Seufzer der Erleichterung ihre Hand. Doch die Erleichterung machte sofort tiefer Besorgnis Platz. Major Diccon betrachtete Williard voller Hochmut und Verachtung, aber er war noch immer von der Verletzung geschwächt. Sollte Mr. Williard in Wut geraten, wie es seine Art war, wäre ihm der Major körperlich unterlegen.

»Wer, zum Teufel, sind Sie? Und was haben Sie hier zu suchen?« brüllte Williard mit hochrotem Gesicht.

Diccon sagte eisig: »Ich bin Gast im Hause von Sir Lionel Warrington. Was Sie nicht von sich behaupten können, wie mir scheint.« Mit einem leicht spöttischen Lächeln musterte er Williard von Kopf bis Fuß und fügte hinzu: »Ich glaube, Sie müssen Miss Warringtons Bitte, den Weg freizugeben, überhört haben.« Seine Stimme wurde zu einem gefährlichen Schnurren: »Treten Sie beiseite!«

Wutschnaubend und die Reitpeitsche schwingend, stapfte Williard auf Diccon zu. Diccons Augen verengten sich, und er richtete sich auf. Erschrocken stammelte Marietta: »Ich danke Ihnen ... Major Diccon. Sicher möchte Mr. Williard jetzt gehen.«

Sie wußte nicht, was Williard in Diccons Gesicht lesen konnte, aber die Wut schwand aus seinen Augen, er senkte den Kopf und brummte: »Ach, Sie sind Major? Für mich sind Sie ein impertinenter, eingebildeter Kerl, wer immer Sie auch sein mögen. Doch in Gegenwart der Lady werde ich Sie nicht züchtigen.« Er wandte sich ab und stapfte zum Tor in der Hecke. Über die Schulter rief er großmäulig: »Dafür wird Ihr Vater Ihnen nicht danken, das verspreche ich Ihnen, Miss Marietta!« Diccon machte einen kleinen Schritt auf ihn zu, und Williard brachte sich schnell hinter dem Tor in Sicherheit. Von dort aus drohte er: »Setz auch nur einen Fuß auf meinen Grund, du unverschämter Kerl, dann machen dich meine Männer fertig, das schwöre ich dir. Ganz gleich, ob du Major bist oder nicht!« Das Gartentor fiel hinter ihm zu.

Vom Haus her kam begeisterter Beifall. Mrs. Cordova stand in der Tür zur Spülküche und sagte mit einem strahlenden Lächeln: »Das haben Sie gut gemacht, Major. Diesem Widerling haben Sie mächtig Angst eingejagt. Nicht wahr, Etta?«

Marietta sagte: »Um ehrlich zu sein, eine Minute lang, Sir, habe ich fast befürchtet, er würde Sie angreifen.«

Diccon lächelte sein träges Lächeln. »Dann muß ich wohl dankbar sein, daß es mir gelungen ist, ihn zu bluffen. Er ist ein kräftiger Kerl. Hoffentlich habe ich mich nicht in etwas eingemischt, das mich nichts angeht.«

In Mariettas Ohr hallten die Worte wider: »Fünf ... tausend ... Guineen ...« Mühsam stammelte sie: »Oh! Ich meine ... nein! Ich danke Ihnen für Ihre Freundlichkeit.«

Er verneigte sich ernst, den Blick nicht von ihrem besorgten Gesicht wendend.

Mrs. Cordova sagte: »Und ich danke Ihnen auch, Sir. Diesen Mann habe ich nie gemocht! Dabei fällt mir ein ... Sie haben Besuch – ein Mann mit einem Pferd. Er wollte nicht ins Haus kommen und wartet auf der Terrasse. Der Mann wartet, verstehen Sie? Das Pferd wahrscheinlich auch, aber ...« Mit einem hellen Lachen fügte sie hinzu: »Du meine Güte, wie verwirrend das alles ist! Er sagte, sein Name sei Monsieur Yves und etwas mache ihm große Sorgen.«

»Das hat er gesagt?« fragte Diccon scharf.

»O nein.« Mrs. Cordova raffte ihre Röcke und drehte auf der Treppe eine gewagte Pirouette. »Ich weiß es einfach. Das passiert mir oft.« Mit geistesabwesender Stimme murmelte sie: »Ich weiß viel mehr Dinge über die Menschen, als sie ahnen. Sie müssen sich von mir aus der Hand lesen lassen, Major.«

»Mit Vergnügen, Ma'am.« Mrs. Cordova schenkte ihm ein strahlendes Lächeln und lief die Treppe hinunter. Er fügte hastig hinzu: »Aber im Augenblick bitte ich um Ihre Erlaubnis, Ihren Gemüsegarten plündern zu dürfen.« Nachdem ihm die Bitte gewährt wurde, verneigte er sich leicht und verschwand im Gemüsegarten.

»Er hat eine Karotte genommen«, sagte Marietta. »Hast du das Pferd gesehen? Ist es nicht ein wunderschönes Tier?«

»Und kostspielig«, ergänzte Mrs. Cordova und nickte. »Es würde mich interessieren, wie der Major zu so einer herrlichen Kreatur gekommen ist.« Nach einer weiteren Pirouette murmelte sie: »Ich glaube, die meisten Menschen begegnen unserem Major mit größter Vorsicht. Ich frage mich, warum er nicht will, daß ich ihm aus der Hand lese.«

Yves' struppiges kleines Pony und Orpheus waren am Gartentor angebunden, und als die beiden Männer die Zufahrt hinuntergingen, blieb Yves plötzlich stehen und sagte verärgert: »'allo? 'allo? Wärst du vielleicht so gnädig, meiner Wenigkeit dein Ohr zu leihen, anstatt dauernd an diese *très belle* Mademoiselle zu denken? Oder interessiert dich nicht, was ich dir zu erzählen 'abe?«
Diccon errötete leicht. »Ich wäre ein schöner Narr, wenn ich mir da Hoffnungen machen würde. Entschuldige bitte, daß ich mit den Gedanken woanders war. Also erzähl ... bist du mit den Lieferungen fertig?«
Yves verdrehte verzweifelt die Augen. »'abe ich das nicht gerade gesagt? Ich bringe dir dein Pferd, weil wir 'eute nacht auslaufen.«
»Heute nacht? Wir haben Vollmond, du Dummkopf!«
»Ich wäre ein noch größerer Dummkopf, wenn wir 'ierblieben.«
Der Grauschimmel wieherte leise zur Begrüßung und stupste seinen Herrn an. Diccon streichelte liebevoll den seidigen Hals, nahm die Karotte aus seiner Tasche und reichte sie Orpheus auf der flachen Hand.
Yves, der diese innige Begrüßung beobachtete, sagte schließlich: »Sie kommen, *mon ami*. Zwei, deren Gedächtnis weit zurückreicht und die Yves nicht mögen, und noch viel weniger Diccon.«
»Es sind nicht die einzigen«, sagte Diccon schulterzuckend. »Es gibt bestimmt ein paar Dutzend Männer, die mir den Tod wünschen. Wie du siehst, lebe ich immer noch.«
»Ah, und wenn ich dir sage, daß diese beiden vor einer Woche mitten in der Nacht von einem kleinen französischen Fischerdorf losgesegelt sind? Und wenn ich dir außerdem

sage, daß der eine sehr groß und sehr weiß ist – wie Teig? Und der andere …« Yves breitete die Arme aus. »…ein wandelnder chinesischer Berg.«
Diccon erstarrte und trat von den samtweichen Nüstern zurück, die seinen Nacken liebkosten. »*Monteil?*«
»*Mais oui!*« Yves nickte heftig. »Derselbe Monsieur Imre Monteil, der geschworen hat, dich zu töten. Und Ti Chiu, der Koloß! Wenn du noch einen Funken Verstand 'ast, verschwindest du von 'ier so schnell wie möglich.«
»Unsinn! Monteil würde es nie wagen, einen Fuß nach England zu setzen. Und wenn doch, so sucht er mich bestimmt nicht hier.«
»'ast du vergessen, daß dieser Teufel wie Wasser und Tinte ist mit Claude Sanguinet? Der 'at überall seine Spione, und wenn er jemanden finden will … 'ör mal, *mon ami!* An diesem Ort zu bleiben …« Yves machte eine weitausholende, dramatische Geste, die jede nur vorstellbare Situation einschloß. »*Ce n'est pas la peine!*«
»Für dich vielleicht nicht, aber für mich ist es nötig«, wandte Diccon ein. »Du machst dir zu viele Sorgen. Außerdem kann ich hier nicht weg, bevor ich nicht Nachricht aus Italien habe.«
»Ach, mach doch, was du willst. Was kann Yves noch für dich tun? Und dein schöner Orpheus?«
»Ich bringe ihn nach *Lanterns.*« Diccon unterdrückte einen Seufzer. »Es wird sowieso Zeit, daß ich dorthin zurückkehre.«
»*Mais non!* Du solltest nicht allein sein! Und wie willst du denn mit den Tieren zurechtkommen? Und wenn …«
»Herrgott, mußt du denn immer so mit Kanonen auf Spatzen schießen? MacDougall kommt in den nächsten Tagen

zurück. Und ich habe mich gut erholt. Ich danke dir, daß du dich um die Tiere gekümmert hast. Wann kann ich mit der nächsten Lieferung rechnen?«

»'ier'er? Gar nicht mehr. Der Schweizer weiß, daß ich mit dir zusammenarbeite, und wegen unseres ... ähm, Komplotts 'at er viel Geld verloren – und er liebt sein Geld. Ich 'abe noch keine Lust zu sterben. *Non merci!*«

Yves schüttelte seinem Freund die Hand und sagte bekümmert: »*Au revoir,* mein Diccon. Ich kann nur immer wieder sagen, daß du so ein von dir selbst zu sehr überzeugter Dickschädel bist. Du kannst es nicht allein gegen alle aufnehmen, *mon ami.* 'iß die Fahne, wenn sich Monteil wieder in seinem Versteck verkriecht. Oder, noch besser, wenn ihn der Teufel 'olt.«

Diccon war verärgert, aber er wußte, daß er diesen drolligen, aber halsstarrigen Franzosen nicht umstimmen konnte. Er versprach ihm, die »Fahne zu hissen«, und sah Yves nach, wie er in halsbrecherischem Galopp auf seinem Pony den Hügel hinunterritt. Er war ein feuriger kleiner Kampfhahn, ein typischer Südländer, der aus jeder Situation ein Drama machte, aber im Kampf ein teuflisch guter Mann war.

Diccon hörte leichte Schritte hinter sich und fuhr herum. Marietta, die eine große Blechschüssel in den Händen hielt, rief: »Du meine Güte, sind Sie schreckhaft!«

Die Sonnenstrahlen, die durch den Goldregenbaum fielen, warfen einen hellen Schimmer auf ihr dunkles Haar und vertieften noch das Grün ihrer Augen. Schreck zeichnete ihre feinen Gesichtszüge, die ihm beinah überirdisch schön schienen. Er hatte ihr Angst eingejagt. Dummkopf! dachte er und lächelte.

»Ich tue Ihnen nichts«, sagte sie. »Ich bin nur gekommen, um mir Ihr Pferd anzusehen. Orpheus ist ein so prächtiges Tier.«

»Ja. Ähm ... das ist er.«

In seinem schillernden Leben hat er es mit Menschen aller Klassen und Couleur zu tun gehabt, und oft hatte ihn nur seine Redegewandtheit und Schlagfertigkeit aus gefährlichen Situationen gerettet. Sein gewitzter Geist hatte ihn nie im Stich gelassen. Bis jetzt. Die Nähe dieser schlanken jungen Frau verwirrte ihn derart, daß er vergeblich nach charmanten, schmeichelhaften Worten suchte. Er gewann seine Fassung so weit wieder, daß er schnell nach ihrer ausgestreckten Hand griff, als sie auf Orpheus zuging. »Berühren Sie ihn erst, wenn ich Sie vorgestellt habe, Ma'am. Fremden gegenüber vergißt er manchmal seine guten Manieren.«

Noch immer ihre kleine Hand in seiner haltend, atmete er ihren leichten, süßen Duft ein und merkte, daß seine Hand verräterisch zitterte. Orpheus warf den Kopf hoch und sah Marietta mit rollenden Augen an.

»Benimm dich, alter Gauner«, sagte Diccon. »Miss Warrington ist eine Freundin." Orpheus blähte die Nüstern, schnaubte und beruhigte sich so weit, daß Marietta seinen Hals streicheln durfte.

Ihr war der Ausdruck ehrfürchtiger Scheu in Diccons Augen nicht entgangen, und sie spürte das Zittern seiner Hand, die ihre so zart umschloß, als wäre sie aus zerbrechlichem Kristall. Wie jede Frau seit Anbeginn der Zeiten wußte Marietta, wann sie bewundert wurde. In diesem Augenblick war das ein schönes Gefühl, vor allem, weil Diccon ihr zwar nahe, aber nicht aufdringlich war. Behut-

sam ließ er ihre Hand los, als hätte er Angst, sie könnte zerbrechen. Innerlich lächelnd dachte sie, daß dieser hochgewachsene, schüchterne keine Ähnlichkeit mit dem bedrohlich wirkenden Mann hatte, der die Machtprobe mit Innes Williard gewonnen hatte, oder mit dem brüsken Fremden, der sie erst vor ein paar Tagen gefragt hatte, ob »je ein vernünftiges Wort« über ihre Lippen kommen würde. Sie sagte leichthin: »Du bist ein prächtiger Kerl, Orpheus. Was hättest du getan, wenn dein Herr gesagt hätte, ich sei eine Feindin?«
Diccon lächelte. »Das werden Sie nie erfahren, Ma'am, weil ich Orpheus nie eine solche Lüge auftischen würde.«
»Da habe ich aber Glück gehabt! Reist Ihr Freund ab, Major? Möchten Sie Orpheus in unseren Stall bringen und abschirren lassen?«
»Nein, nein! Ich möchte Ihnen nicht ... ich meine, es ist höchste Zeit, daß ich ... äh, nach Hause zurückkehre.« Er band Orpheus los und griff nach der Schüssel, die Marietta abgestellt hatte. »Lassen Sie mich die Schüssel tragen. Sie ist zu schwer für Sie.« Er betrachtete den Inhalt und kräuselte die Nase. »Heiliger Strohsack! Was ist das für ein Zeug?«
»Hühnerfutter. Aber Sie können nicht gleichzeitig die Schüssel tragen und Orpheus führen. Ob er sich von mir führen läßt?«
»Ja, solange ich in der Nähe bin.«
Marietta nahm die Zügel, und auf dem Weg zur Scheune sagte sie bewundernd: »Wie schön er sich bewegt! Erlauben Sie mir, ihn zu reiten? Ich liebe temperamentvolle Pferde. Warum sehen Sie mich so entsetzt an? Ich sitze gut im Sattel, das versichere ich Ihnen.«

»Dann muß ich Orpheus beibringen, einen Damensattel auf seinem Rücken zu dulden, Miss Warrington.«
»Ist das wieder ein höfliches Ausweichmanöver, Major?«
Als er sie erstaunt ansah, fügte sie lachend hinzu: »Oh, ich bin mir durchaus bewußt, wie geschickt Sie Fragen ausweichen, die Sie nicht beantworten wollen. Aber ich will Sie damit nicht aufziehen. Und was Ihre Rückkehr nach *Lanterns* betrifft ... das kommt nicht in Frage. Erst müssen Sie wieder völlig gesund sein. Es sei denn, Sie haben jemanden, der Ihnen hilft.«
»Das ist sehr freundlich von Ihnen, aber es geht mir schon viel besser. Und mein Diener kommt in ein paar Tagen zurück.«
Sein Diener? Marietta zeigte ihr Erstaunen nicht, beschloß jedoch im stillen, daß der Major bis dahin im Austragshaus bleiben mußte. Und für Orpheus war Platz genug im Stall.
»Bridger wird Ihren Grauschimmel gern versorgen, denn wir haben nur drei Pferde.« Sie merkte den bedauernden Unterton in ihrer Stimme und fügte hastig hinzu: »Aber sagen Sie, warum haben Sie ihm den Namen Orpheus gegeben?«
»Weil er wie der griechische Sänger und Dichter die Musik liebt.«
Marietta tätschelte die schimmernde Flanke des prächtigen Pferdes. »Bestimmt kann er auch singen?«
»Nein, eigentlich nicht. Er kann den Ton nicht halten. Aber ... auf gewisse Weise folgt er doch einer Melodie.«
»Das müssen Sie mir näher erklären, Major.«
Mit der Kühnheit der Schüchternen sagte er: »Kommen Sie nach *Lanterns* und besuchen Sie mich. Dann zeige ich es Ihnen. Ein Bild ist mehr wert als tausend Worte, heißt es doch.«

»Das Bild, wie Sie Mr. Williard in die Flucht geschlagen haben, war Tausende von Worten wert.« Ihr Lächeln schwand, und ein Anflug von Besorgnis überschattete ihr Gesicht. »Sie haben doch bestimmt gehört ...«

»Ich wollte nicht lauschen, aber er hat so laut gesprochen, und ich dachte, Sie wären ... äh ...«

»Dankbar für Ihr Eingreifen? Ja, das war ich. Ihre Hilfe kam zum richtigen Zeitpunkt. Wäre mein Bruder Eric dagewesen, hätte er dasselbe getan.«

»Ist er im Ausland, Miss Warrington?«

»Nein. In Cambridge. Wir hatten gehofft, daß er während der Sommerferien nach Hause kommt, aber er gibt zwei Studenten, die fürs Examen lernen, Nachhilfeunterricht. Arthur vergöttert seinen Bruder und war schrecklich enttäuscht. Aber Eric versucht, sich einen Teil seiner Studiengebühren zu verdienen.«

»Er muß ein großartiger junger Mann sein.«

»Ja, das ist er. Und voller Lebenslust. Er ist für jeden Streich zu haben, je übermütiger, desto besser. Bestimmt hätte er die Sommerferien lieber mit seinen Freunden verbracht, als in Cambridge zu unterrichten.«

Als sie bei der Scheune ankamen, lief ihnen eine aufgeregte kleine Schar Hühner gackernd und flügelschlagend entgegen.

»Würden Sie bitte Orpheus anbinden«, sagte Marietta. »Ich verteile das Futter, und Sie werden sehen, wie schlecht die Tischmanieren unserer Hühner sind.«

Fünf Minuten später floh Diccon aus dem Hühnerhof und lehnte sich gegen den Zaun, um sich Stroh und Federn von der Reithose zu bürsten. »Die sind ja bösartig«, sagte er völlig außer Atem und inspizierte seinen Handrücken.

»Ich dachte, dieses große rote Biest springt mir an die Gurgel.«
Marietta mußte kichern, als sie daran dachte, wie Diccon inmitten der flatternden Schar kleine Futterschalen verteilt hatte. »Das war Gentleman Jackson«, sagte sie. »Es tut mir leid, daß er nach Ihnen gehackt hat. Er war wohl ungeduldig.«
»Ungeduldig! Er war geradezu blutrünstig! Jackson hätte sich nie so benommen.«
Marietta schloß das Tor und fragte: »Kennen Sie den berühmten Boxer? Eric würde alles dafür geben, ihn kennenzulernen.«
»Die meisten jungen Burschen bewundern Jackson. Er ist ein großartiger Mann. Aber ich verstehe nicht, warum Ihr Gockel auf mich losgegangen ist. Ich habe doch alles so gemacht, wie Sie es mir gezeigt haben.«
Marietta jubelte innerlich. Wieder hatte sie einen Teil von Diccons Geheimnis gelüftet. Er war nicht nur ein Schmuggler, sondern kannte auch den berühmten Box-Champion. Sie erklärte: »Der Hahn wurde angriffslustig, weil er Ihre … ähm, Ihre Lockrufe mißverstanden hat.«
Diccon grinste und band Orpheus los. »Als ich putt, putt, putt gerufen habe, sind die Hühner über mich hergefallen, wie Marschall Neys Kavallerie. Sagen Sie mir jetzt bitte, wo ich meinen Freund hinbringen soll?«
Ehe Marietta antworten konnte, kam Arthur auf Mr. Fox' angetrabt. Der Junge war ganz rot im Gesicht und stammelte atemlos: »Ich muß … mit Sir Gawain reden. A-allein!«
»Arthur …« Marietta kannte die Anzeichen.
»Oh, bitte, laß uns allein, Etta! Es ist … es ist ein Gespräch unter Männern.«

»Das ist die beste Art, um die Neugier einer Lady zu wekken«, sagte Diccon ernst. »Außerdem ist es nicht sehr höflich. Sir Lancelot, Ihr müßt Eure Schwester um Verzeihung und um Erlaubnis bitten, Euch mit mir entfernen zu dürfen.« Er warf Marietta einen hoffnungsvollen Blick zu und sagte noch: »Nur für eine Weile.«

Sechstes Kapitel

»Das ist eine bodenlose Unverschämtheit, Sir!« trompetete Lord Ignatius Dale mit hervorquellenden dunklen Augen und gesträubtem Bart. »Ich sage es noch einmal – eine bodenlose Unverschämtheit!«

Die Wut des kleinen runden Peers wurde nur noch übertroffen von Diccons Gelassenheit, der dem Adeligen auf der Terrasse von *Downsdale Park* gegenüberstand und gedehnt sagte: »Das ist nicht nötig, Mylord. Ich habe Ihre Worte bereits beim erstenmal gehört. Ich habe Master Warrington hereingebracht, damit er sich bei Ihnen dafür entschuldigt, daß er unberechtigt Ihren Grund und Boden betreten hat, und ...«

»Nicht *nötig?*« bellte Seine Lordschaft. »Nicht ... habe ich richtig verstanden, *nicht* nötig, Sir? Was, frage ich mich, Mr. Wer-auch-immer-Sie-sind, würden Sie denn für *nötig* erachten? Dieser unerzogene Bengel, der sich hinter Ihrem Rücken versteckt, Sir, kommt mit diesem verfluchten räudigen Esel in meinen Park geritten, zertrampelt meine schönen Blumenbeete und frißt meine Pfingstrosen! Meine *Pfingstrosen!* Die meine Frau abgöttisch liebt! Haben Sie mich gehört?«

»Wie wohl die ganze Grafschaft, Sir. Aber ...«

»Hä? Der Teufel soll Sie holen, Sir. Wie können Sie es *wagen,* Sir?« Mit puterrotem Gesicht brüllte Seine Lordschaft: »Ich sagte, meine Frau *vergöttert* diese Blumen! Die arme Seele hat einen Nervenzusammenbruch erlitten und mußte sich zu Bett begeben. Der Schock, wie dieser verdammte *Esel* durchs Fenster des Frühstückssalons hereinstierte, während sie ihre Eier aß, war zuviel. Die ganze Terrasse hat dieses verdammte räudige Vieh verdreckt! Aber er hat sich nicht damit begnügt, meine *Pfingstrosen* zu fressen und Mylady in Depressionen zu stürzen, nein, dieses verdammte …«

Diccon hob Einhalt gebietend die Hand. »Hüten Sie in Gegenwart eines Kindes Ihre Zunge, Sir.«

»Herrgott noch mal, dem Bengel werden schon nicht gleich die Ohren abfallen!« Dale hob drohend die Fäuste. »Sein blödes Vieh hat meine Papiere gefressen, Sie elender …!« Er schielte zu Arthur, der mit völlig verschrecktem Gesicht dastand.

»Wollen Sie damit sagen, daß Mr. Fox im Haus war, Mylord?«

»Wer, verdammt noch mal, ist Mr. Fox?«

»Mein Esel ist nach Charles James Fox benannt, unserem berühmten Lord der Admiralität und späteren Schatzkanzler. Weil er aussieht wie er. Vor allem«, fügte Diccon versonnen hinzu, »wenn er seinen Hut aufhat.«

Lord Dale warf einen Blick auf den Esel, entdeckte die Ähnlichkeit mit dem großen Staatsmann und hätte beinahe gelächelt. »Ich sehe nur«, schnauzte er Diccon an, »daß Sie reif fürs Irrenhaus sind, Sir. Sie und dieser Bengel! Ein Gentleman sollte unbesorgt auf dem Tisch seiner Terrasse Briefe liegenlassen können. Ein *Gentleman* sollte sich nicht auf seinem eigenen Grund und Boden mit gewöhnlichen Eindringlingen, Eseln und triefnäsigen Bengeln herumschlagen müssen. Und sich noch obendrein von ihnen beleidigen lassen!«

»Ich gebe zu, daß Mr. Fox manchmal gern Papier zu sich nimmt. Es tut mir leid, daß es dieses Mal Ihre Briefe waren. Aber ich sehe nicht, daß er Sie beleidigt hat, noch braucht Master Warrington ein Taschentuch, um sich die Nase zu putzen. Und was meinen gesellschaftlichen Rang betrifft – wäre es Ihnen lieber, von jemandem beleidigt zu werden, der einen Titel vor seinem Namen hat? Ganz gleich, ob er sich von seiner Persönlichkeit her das Recht *verdient* hat, mit Mylord angesprochen zu werden?«

Dale starrte ihn finster an. »Sieh an. Sie sind ja ein verdammter Revolutionär! Ich lasse Sie einsperren!«

»Das wird Ihnen Ihre Briefe nicht wiederbringen, oder?«

»Nein. Dabei waren es wichtige Regierungsdokumente, die ich noch nicht gelesen hatte. Beim Jupiter, würde es etwas nützen, ließe ich diesem verdammten Esel den Bauch aufschlitzen und …«

Arthur stieß einen Entsetzensschrei aus. »Es war nicht seine Schuld, Sir! Ich bin nur hergekommen, weil ich dachte, Alan A'Dale würde hier wohnen. Mr. Fox hat nicht gewußt, daß Ihre Briefe wichtig sind, und es tut mir *sehr* leid, daß er sie gefressen hat, Lord, bitte, schlitzen Sie ihm nicht den Bauch auf.«

Dale starrte zähneknirschend den verängstigten Jungen an. Der Esel schrie jetzt ohrenbetäubend, Hunde bellten, und im Haus war ein gedämpfter Schrei zu hören.

Diccon sagte: »Du hast dich auf sehr artige Weise entschuldigt, Arthur. Geh jetzt zurück zu Mr. Fox. Das Geschrei dieses Mannes regt ihn auf.«

Arthur floh.

Diccon wandte sich wieder dem wütenden Peer zu. »Jetzt hören Sie mal, Dale ...«
»Bleiben Sie, wo Sie sind!« wütete Seine Lordschaft. »Männer ... werft ihn über die Mauer!«

»Und dann«, sagte Arthur, der auf einem Küchenstuhl kniete und zusah, wie Tante Dova ein Pflaster auf Diccons Finger klebte, »kam eine Lady raus, die war ganz steif, wie eine Steinfigur, aber Diccon hat sich vor ihr verneigt, wie Sir Gawain es getan hätte, und er hat mit ihr geredet, und dann war sie nicht mehr so steif, und die beiden sind in den Garten gegangen, haben sich die Blumen angeschaut, und ich habe mich mit Mr. Fox davongeschlichen und gewartet.«
Marietta, die aus dem Eßzimmer kam, wo sie den Tisch fürs Mittagessen gedeckt hatte, rief: »Du meine Güte! Ist es Ihnen tatsächlich gelungen, die hochwohlgeborene Lady Dale versöhnlich zu stimmen, Major?«
»Nachdem Sie zwei Ihrer Diener niedergeschlagen hatten?« Fanny holte eine köstlich duftende Hammelpastete aus dem Ofen und fügte hinzu: »Sie müssen mit Engelszungen geredet haben, Sir.«
Diccon war sich durchaus bewußt, daß ihn dieses sehr hübsche Mädchen weder mochte noch ihm traute. Er sagte mit einem schiefen Lächeln: »Und wenn ich Ihnen sagen würde, daß Ihre Pastete köstlich duftet, würden Sie dann denken, ich wollte nur Ihre Freundschaft gewinnen?«
»O nein!« sagte Fanny kalt. »Ich würde denken, daß sich meine Meinung über Sie wieder einmal bestätigt.«
Er seufzte. »Und das würde mich wahrscheinlich an den Galgen bringen.«

Mrs. Cordova schüttelte den Kopf und ging.
»Niemand hier würde das wollen, Sir«, sagte Marietta. »Im Gegenteil, wir alle sind Ihnen zu Dank verpflichtet.« Sie ignorierte Fannys zornigen Blick und redete weiter. »Sie können es bestimmt kaum erwarten, dieses Haus endlich wieder zu verlassen. Unsere Familie hat sie von einer Katastrophe in die nächste gestürzt.«
Diccon fiel es schwer, Marietta nicht anzustarren. Ihre dunklen Locken zierte ein Band aus orangefarbenem Samt. Sie hatte sich umgezogen und trug jetzt ein ebenfalls orangefarbenes Musselinkleid, dessen Ausschnitt mit einer schneeweißen Rüsche gesäumt war. Wie sehr er sich wünschte, zeichnen zu können! Er murmelte: »Im Gegenteil, Ma'am. Ich habe mich noch nie in meinem Leben irgendwo so wohl gefühlt.«
»Dann scheinen Sie ja Gefallen an Gewalttätigkeiten zu finden«, meinte Fanny bissig.
Unerschütterlich sagte Marietta: »Sollte das wirklich der Fall sein, Major, so müssen wir Sie leider enttäuschen. Solange Sie in unserem Haus weilen, werden wir dafür sorgen, daß Sie Ruhe und Frieden um sich haben.«
Diccon lächelte sie verträumt an und sprang dann auf, als Mrs. Cordova völlig außer Atem »Captain Miles Cameron« ins angrenzende Eßzimmer schleppte.
»Also wirklich, Dova!« protestierte Sir Lionel, der hinzukam, als sie die Puppe auf den Stuhl setzte, den Diccon zurechtgerückt hatte. »Nicht bei Tisch! Was soll denn unser Gast denken?«
»Oh, der Major kennt meinen Freund.« Scheinbar unbekümmert um den scharfen Blick, den ihr Diccon zuwarf, fügte Dova hinzu: »Ich habe Miles zum Mittagessen ein-

geladen, weil er uns Neues zu berichten hat. Er hat es mir zwar schon erzählt, aber ich bin ja so vergeßlich. Sprich jetzt bitte das Tischgebet, Warrington, damit wir essen können. Ich bin wahrlich am Verhungern!«

Während der Mahlzeit vergaß Dova »Captain Camerons« Neuigkeiten und plauderte über Lord und Lady Dale, die beide – wie sie mit fröhlicher Offenheit verkündete – »nichtswürdige Leute« seien.

Marietta bat ihren Vater leise, ihr nach dem Mittagessen ein paar Minuten seiner Zeit zu opfern. Sir Lionel nickte zwar lächelnd, fühlte sich jedoch sichtlich unwohl in seiner Haut und stürzte sich in einen Monolog über die Fehler und Schwächen des Prinzregenten. Glucksend vor Vergnügen ließ er sich über den zunehmenden Leibesumfang des „armen, alten Prinny« aus. »Er kann nicht einmal mehr ein Korsett tragen, geschweige denn ein Pferd besteigen.«

Fanny kicherte, aber Mrs. Cordova war schockiert und schalt ihren Schwager: »Warrington! Das ist wohl kaum ein Thema, das bei Tisch und in Anwesenheit junger Mädchen erörtert werden sollte!«

»Pah!« meinte Sir Lionel leichthin. »Meine Mädchen sind nicht zimperlich. Und schließlich sind wir im Kreis der Familie. Na ja«, sagte er grinsend zu Diccon, »beinahe.«

»Dabei fällt mir ein«, sagte Mrs. Cordova. »Miles hat neulich unseren lieben Eric getroffen.«

»Ach, wirklich?« fragte Marietta und sah ihre Tante gespannt an. »War Miles denn in Cambridge?«

Fanny fragte ebenso eifrig: »Wie geht es Eric?«

Diccon erstaunte es nicht mehr, daß Marietta und Fanny den oft rätselhaften Bemerkungen ihrer Tante ungeteilte

Aufmerksamkeit schenkten, wohl aus liebevoller Nachsicht der alten Dame gegenüber, wie er glaubte.

»Es geht ihm gut«, entgegnete Mrs. Cordova. »Aber Miles war nicht in Cambridge, Liebes. Er hat Eric in London getroffen.«

»Aber Dova«, sagte Sir Lionel geduldig. »Du weißt doch, daß mein Sohn auf der Universität ist. Cameron muß sich irren.«

»O nein!« widersprach Dova und griff nach einem reifen Pfirsich.

Fanny sagte: »Eric hat vielleicht einen Ausflug nach London gemacht. Der arme Liebling hat etwas Abwechslung wohl dringend nötig gehabt.«

»Du machst ein Gesicht wie sieben Tage Regenwetter, Etta«, sagte Sir Lionel. »Ein junger Kerl muß von Zeit zu Zeit über die Stränge schlagen! Das haben wir beide auch getan, wie, Major? Sind Sie übrigens ein Cambridge-Mann?«

»Nein, Sir«, sagte Diccon. »Ich habe mein Studium in Eton beendet.«

»Danach sind Sie wohl direkt zum Militär gegangen, wie? Na, das ist für einen jungen Burschen ein gutes Leben. Eines Tages werde ich ja die Geschichte erfahren, wie es dazu gekommen ist, daß ein Eton-Absolvent und Major jetzt Schmuggler ist.«

Diccon lächelte. »Ich glaube, da gibt es nicht mehr viel zu erzählen, was Sie nicht schon längst erraten hätten.«

Fanny sagte: »Und wir sollten Major Diccon nicht drängen, uns etwas zu erzählen, was er lieber geheimhalten möchte, Papa.«

Marietta sah Diccon peinlich berührt an, doch dessen Gesichtsausdruck war nicht zu deuten.

Sir Lionel rief betroffen: »Geheimnisse? Beim Jupiter! Ich wollte meine Nase wirklich nicht in Ihre Angelegenheiten stecken!«

»Das haben Sie auch nicht getan, Sir. Miss Fanny hat natürlich recht. Es gibt in meinem Leben Geheimnisse« – Diccon zwinkerte verschwörerisch – »... und *Geheimnisse.*«

Sir Lionel lachte erleichtert. »Was sind Sie doch für ein Gauner. Sie haben bestimmt ein paar Geschichten auf Lager – natürlich nicht in Anwesenheit der Ladies.«

»Hast du das gehört, Miles?« Mrs. Cordova stieß »Cameron« mit dem Ellbogen an. »Wie unfreundlich diese Gentlemen sind. Wollen immer alles für sich behalten.« Sie lehnte sich zu Diccon und sagte: »Ich war unartig, Major. Neulich habe ich mir – während Sie schliefen – Ihre Handfläche angesehen. Jetzt werde ich Madame Olympia noch bitten, in ihr Mystisches Zeitfenster zu schauen, und dann kenne ich *alle* Ihre Geheimnisse, ich warne Sie!«

Diccon stöhnte. »Dann, Ma'am, bin ich völlig in Ihren Händen!«

»Dummkopf!« sagte sie selbstgefällig. »Das sind Sie doch längst!«

»Er ist feuerrot geworden.« Sir Lionel kicherte. »Hast du es gesehen? Dieser junge Spund hat eine schillernde Vergangenheit, darauf gehe ich jede Wette ein! Und ich will nicht, daß deine Tante darin herumschnüffelt.«

»Kann sein.« Schon seit zehn Minuten war Marietta bei ihrem Vater in der Werkstatt und versuchte, das Gespräch in die richtige Bahn zu lenken. »Aber ich möchte ...«

»Er hat ein Auge auf dich geworfen, Kind.« Sir Lionel

griff nach einem etwas dreißig Zentimeter langen Holzstock, der eine entfernte Ähnlichkeit mit einer Feuerzange hatte. »Das ist nicht zu übersehen. Du mußt dir den Kerl vom Hals halten, meine Liebe. Oh, ich weiß, du glaubst, wir stünden in seiner Schuld. Und ich weiß seinen Stil und seine geschliffenen Manieren durchaus zu schätzen. Ich mag ihn, und er stammt zweifellos aus einem guten Stall. Aber er hat keine Zukunft, Etta. Ich kann nicht zulassen, daß sich ein Juwel wie du an einen Habenichts vergeudet.«

»Wie kannst du so etwas sagen, Papa? Ich kenne Major Diccon doch kaum.«

»Eben.« Er spannte die flachen Griffe seines Geräts und schnappte spielerisch mit der Zange nach ihr. »Fanny traut ihm nicht. Was hältst du von meiner Fliegenklatsche? Ich wette, die Leute werden sich darum reißen!«

Es war eindeutig, daß er nicht zum springenden Punkt kommen wollte. Marietta verschränkte die Finger und sagte wild entschlossen: »Papa, Mr. Innes Williard war heute morgen hier, und ...«

»Donnerwetter!« Sir Lionels Augen funkelten. »Noch einer deiner Verehrer, und ein ehrenhafter obendrein, der ...«

»Ehrenhaft! Er hat sich mir auf so schamlose Weise aufgedrängt, daß Major Diccon ...«

»Was? Ich hoffe doch, daß Diccon seine Befugnisse nicht überschritten hat. Sollte er sich anmaßen, meine Gäste zu beleidigen, dann muß er sofort aus meinem Haus verschwinden!«

Mit vor Ärger geröteten Wangen protestierte Marietta: »Du hast mir nicht zugehört, Papa! Mr. Williard hat mich beleidigt. Der Major kam mir zu Hilfe, so wie du oder Eric es getan hätte.«

»Ja, natürlich, sollte Williard tatsächlich ...« In die Ecke getrieben und aufgebracht stapfte Sir Lionel zu einer Kiste, die mit Holz- und Metallstücken vollgestopft war. Während er darin herumkramte, sagte er: »Seine Schwester ist eine sehr aufdringliche Frau, aber dafür kann er nichts. Williard wollte dich bestimmt nicht beleidigen. Du bist immer viel zu schnell eingeschnappt, Miss. Du bist ein sehr hübsches Mädchen, aber du solltest dir auf dein Aussehen nicht zuviel einbilden. Wenn dir der junge Coville keinen Antrag macht, ist Innes Williard doch ein guter Ersatz. Viele Ladies haben für ihn ihr Taschentuch fallen lassen und wären überglücklich, würde er ihnen auch nur einen Blick gönnen.«

»Dieses Glück gönne ich ihnen von Herzen, Sir! Ich finde ihn abstoßend und ...«

»Abstoßend!« Sir Lionel knallte heftiger, als er beabsichtigt hatte, eine Metallstange auf die Werkbank. »Was für hochtrabendes Geschwätz! Williard ist ein Freund der Familie und ein guter Nachbar! Er ist angesehen, sieht gut aus, er hat die Taschen voller Geld und ...«

»Und er ist ein ungehobelter Flegel, widerlicher Trampel, der von mir verlangt hat, ich sollte nett zu ihm sein, weil wir bei ihm mit fünftausend Guineen in der Kreide stünden!« Auf diese Worte wurde Sir Lionel blaß und senkte gramgebeugt den Blick. Marietta griff nach seinem Arm: »Papa! Ist das wahr? Ich schaffe es mit Müh und Not, die Rechnungen zu bezahlen und ein bißchen Geld für die Studiengebühren zurückzulegen ...«

»Und ich tue nichts? Wirfst du mir das vor?« Von Schuldgefühlen gepeinigt, entzog er sich ihrem Griff und polterte los: »Ich habe meine Clubs aufgegeben. Ich gehe nicht mehr zu meinem Schneider, sondern laufe in Lumpen herum. Ich habe meine Kutschen und Pferde geopfert. Und ... und beklage ich mich jemals, wenn ihr Damen Kleider und Schnittmuster kauft und ... und euch nach der neuesten Mode kleidet und euch mit allem Chichi herausputzt? Nein!«

»Aber liebster Papa, du hast doch gesagt, wir müßten den Schein wahren. Wir nähen und flicken unsere Kleider, um die Kosten niedrig zu halten!«

»Oh, aye, gebt nur mir an allem die Schuld! Ich werfe dir nicht vor, daß du diesen Kerl ins Haus gebracht hast, der unsere Speisekammer leer frißt und mir eine horrende Rechnung vom Apotheker beschert. Abgesehen von der Tatsache, daß Diccon mit seinem tückischen Charakter beinahe meinen Sohn getötet hätte!«

»Du weißt, welche Vorwürfe er sich deswegen macht. Außerdem hat Arthur diese Attacke provoziert. Und es ist meine Schuld, daß der Major danach noch einmal verletzt wurde. Es ist doch unsere Ehrenpflicht, den Schaden, den wir angerichtet haben, wiedergutzumachen, Sir! Du kannst doch nicht wollen ...«

»Ach, jetzt appellierst du an meine Ehre?« Sir Lionel sank auf einen Stuhl und bedeckte mit der Hand seine Augen. »Daß ich es noch erleben muß, daß meine eigene Tochter sich gegen mich wendet!«

Marietta ging neben ihm auf die Knie. »Niemals, liebster Papa! Niemals! Du weißt, wie sehr wir alle dich lieben.«

»Warum ... solltet ihr mich lieben ...«, sagte er mit brüchiger Stimme. »Du hast absolut recht, ich bin ein Schurke! Ich wollte doch nur einmal gewinnen, Etta! Williard ist ein schlechter Kartenspieler, und ich habe nur noch selten Gelegenheit zu spielen. Die Einsätze waren niedrig … Ich weiß nicht, wie es passiert ist.« Seine Stimme brach. Er griff nach ihrer Hand, preßte sie an seine Wange und sagte schluchzend: »Ich verdiene deine … Loyalität nicht. Ohne mich wärt ihr besser dran … ich wünschte mir, ich wäre tot!«

Er war ein schwacher und dummer Mann, aber er war ein liebevoller Ehemann gewesen, und in besseren Zeiten war ihm für seine Kinder das Beste gerade gut genug gewesen. Der Tod seiner geliebten Frau so bald nach Arthurs Geburt hatte ihn so sehr erschüttert, daß er alle Kraft und alles Selbstbewußtsein verloren hatte. Aber er war ein freundlicher, sanfter Mann und hatte es immer gut gemeint. Und sie liebte ihn.

Marietta unterdrückte einen Seufzer, küßte und tröstete ihn. Und wußte, ihr blieb nur die Hoffnung, daß Blake Coville um ihre Hand anhielt.

Am Abend war Wind aufgekommen und hatte in der Nacht so an Heftigkeit zugenommen, daß er jetzt in den Kaminen heulte und die Vorhänge blähte. Seit langem darin geübt, auf ungewöhnliche Geräusche zu reagieren, war Diccon beim ersten Knarren einer Diele wach geworden. Irgendwo schlug eine Tür zu, und in Mrs. Cordovas Schlafkammer, die direkt über seinem Zimmer lag, wurde ein Fensterflügel zugedrückt. Dann war, bis auf das Heulen des Sturms, alles still, aber er konnte nicht wieder einschlafen.

Ständig sah er Marietta in ihrem zierlichen, orangefarbenen Kleid vor sich, die Schleife in ihren weichen Locken, den Ausdruck des Entsetzens in den großen, grünen Augen, als Mrs. Cordova verkündet hatte, Eric Warrington sei nicht in Cambridge, sondern in London. Sir Lionel hatte Marietta vorgeworfen, ein »Gesicht wie sieben Tage Regenwetter« zu machen, doch sie hatte wohl allen Grund für ihre Besorgnis. Alle drei Ladies arbeiteten hart, obwohl sie unverkennbar an ein luxuriöses Leben gewöhnt gewesen waren. Wenn Marietta nicht Staub wischte, kehrte, Möbel polierte oder nähte und flickte, half sie ihrer Tante, Kostüme für die Puppen anzufertigen, oder kümmerte sich um Arthur. Sie mußte den ganzen Haushalt organisieren und sich mit Händlern und Gläubigern herumschlagen. Miss Marietta, die alles Glück und alle Reichtümer dieser Welt verdient hätte, mußte genug ertragen. Sollte ihr Bruder dem Vater nachschlagen …

Diccon runzelte mißbilligend die Stirn. Sir Lionel schien ein liebevoller Vater zu sein, aber er war ein schwacher Mensch. Nachdem er mit seiner Spielsucht die Familie in den finanziellen Ruin getrieben hatte, legte er die schwere Bürde der Verantwortung jetzt auf die zarten Schultern seiner ältesten Tochter und würde womöglich noch so weit gehen, Marietta in eine lieblose Ehe zu drängen, um dem Schuldturm zu entgehen. Der Gedanke, daß ein so hinreißendes Geschöpf wie Marietta an einen Rohling wie Innes Williard quasi verkauft werden sollte, war Diccon unerträglich.

Er wälzte sich ruhelos im Bett. Sein Gewerbe und seine angeborene Schüchternheit hatten ihn vor dem Ruf eines Frauenhelden bewahrt, obwohl er dem schönen Geschlecht sehr zugetan war. Als verbitterter Siebzehnjähriger hatte er tief und über das tragische Ende hinaus geliebt. Jahre nach Graces Tod hatte eine verführerische Comtesse über ihren »entzückenden Jungen« gelacht und ihn geneckt, aber seine Leidenschaft gestillt und ihn Zärtlichkeit gelehrt. Dann hatte ihm die arme Danielle erklärt, er sei ein zu guter Schüler gewesen und sie könne nicht mehr ohne ihn leben. Seine Einwände, sie sei eine verheiratete Lady und ihre Affäre verlange äußerste Diskretion, hatte sie beiseite gewischt und einen Skandal provoziert, so daß er sich mit ihrem Mann hatte duellieren müssen. Mit diesem Duell hatte er in Mayfair in ein Hornissennest gestochen und sich den Zorn von Whitehall zugezogen. Er lächelte wehmütig. Was war die Comtesse für eine Frau gewesen! Yvette in der Normandie hingegen war jung, unkompliziert und anspruchslos gewesen, hatte keine zwei Gedanken in ihrem hübschen Köpfchen gehabt, aber vor *joie de vivre* nur so gesprüht. In Spanien hatte ihn die stolze Dolores hingebungsvoll geliebt – bis ein reicher Tuchhändler sie unter seine Fittiche genommen hatte.

Er war in sie alle vernarrt gewesen, aber geliebt hatte er nur Grace. Die wahre Liebe war ihm nicht mehr begegnet – bis jetzt, wo er keinen Anspruch mehr darauf erheben konnte und völlig machtlos zusehen mußte, wie die Lady, die sein Herz gestohlen hatte, litt. Er sollte dieses Haus sofort verlassen, doch wenn sein Aufenthalt hier für ihn die einzige Möglichkeit war, in ihrer Nähe zu sein, wie sollte er es dann ertragen, wegzugehen? Doch je länger er blieb, ihren Mut, ihre schier unerschöpfliche Lebenskraft, ihre Freundlichkeit und Schönheit bewunderte, um so schwerer würde ihm ein Abschied fallen. Ja, er mußte vernünftig sein. Morgen würde er nach *Lanterns* zurückkehren. Oder

vielleicht übermorgen? Seine Kehle war staubtrocken. Er stand auf und schlüpfte in seinen Morgenmantel, den Yves ihm in weiser Voraussicht zusammen mit anderen Kleidungsstücken gebracht hatte.
Eine brennende Kerze in der Hand, ging Diccon den Gang entlang, leise und auf Zehenspitzen, obwohl das Heulen des Sturms jedes andere Geräusch übertönte. Im Wohnzimmer brannte noch Licht. Er blieb stehen und näherte sich dann noch behutsamer der nur angelehnten Tür. Vorsichtig spähte er hinein.
Marietta saß am Tisch, vor sich einen Stapel Blätter, die wie Rechnungen aussahen, und machte sich Notizen. Er wich zurück, als sie aufstand und zur Anrichte ging. Mit einem Ingwerglas in der Hand ging sie wieder zum Tisch und schüttelte Geldscheine und Münzen aus dem Glas. Die Bestandsaufnahme ihrer Mittel war offensichtlich enttäuschend, denn sie stützte in müder Verzweiflung den Kopf in die Hände. Dieser Anblick griff ihm ans Herz, aber er durfte nicht zu ihr gehen und sie trösten. Er war ein Fremder, der nur eine kurze Zeit ihr Leben teilte. Wie gedemütigt sie wäre, wüßte sie, daß er sie beobachtete.
Innerlich kochend vor Wut, daß Marietta mitten in der Nacht allein vor einem Stapel Rechnungen sitzen und ihre kärglichen Mittel zählen mußte, ging er in sein Zimmer zurück. Wahrscheinlich versuchte sie, die letzten Pennies zusammenzukratzen, um die Studiengebühren für einen Bruder aufzubringen, der nicht auf der Universität war, sondern in London »auch mal über die Stränge schlagen mußte«, wie Sir Lionel es formuliert hatte. »Dem ›armen Liebling‹ würde ich den Marsch blasen«, murmelte Diccon grimmig.

Er setzte sich aufs Bett und wartete. Eine halbe Stunde später hörte er die Treppe knarren. Er ließ jedoch noch eine halbe Stunde verstreichen, ehe er sich wieder in den Gang hinauswagte.
Jetzt brannte kein Licht mehr im Wohnzimmer, und die Tür stand weit offen. Er tastete sich im Dunkeln zur Anrichte und nahm das Ingwerglas vom Regal …

»Es geht doch darum«, keuchte Capitan Rodolfo, während er Diccon half, »Mrs. Hughes-Dering« auf den Eselskarren zu heben, »daß niemand daran interessiert ist, eine Postkutsche zu überfallen, wenn niemand drinsitzt.«
Diccon mußte zugeben, daß dieser Einwand nicht ganz von der Hand zu weisen war, meinte jedoch: »Wir haben doch schon Freddy Foster und …«
»Sir Frederick«, korrigierte Capitan Rodolfo und rückte die Maske zurecht, die ihm über die Augen gerutscht war. »Nicht ›Freddy‹. Wir *kennen* ihn doch nicht!«
»Entschuldige, das hatte ich glatt vergessen. Wie viele Passagiere brauchen wir denn noch?«
Der schneidige Capitan antwortete zögernd: »So ein berühmter Wegelagerer würde doch keine Kutsche mit weniger als drei Passagieren überfallen, oder?«
»Wahrscheinlich nicht. Also holen wir noch Lady Dora Leith. Ihr Anblick würde das Herz jeden Wegelagerers höher schlagen lassen.«
Der Capitan meinte zweifelnd: »Ich weiß nicht, ob Etta mit ihr schon fertig ist. Wir könnten Miles Cameron mitnehmen.«
»Ja, aber Capitan Rodolfo hatte eine Schwäche für Ladies, vergiß das nicht!«

»Ach, wirklich?« fragte der tollkühne Wegelagerer erstaunt. »Warum?«
»Tja, weil er Spanier war, deswegen. Ein Südländer.« Diese Erklärung rief nur einen verwirrten Blick hervor, deshalb fügte Diccon mit einem schiefen Lächeln hinzu: »Südländische Gentlemen sind von Damen ganz besonders angetan. Capitan Rodolfo hat die Ladies immer geküßt, ehe er ihnen die Diamanten stahl.«
»*Igitt!*« empörte sich Arthur. »Wie ekelhaft! Dann will ich nicht Capitan Rodolfo sein. Aber wer sonst? Ich weiß nicht, ob Robin Hood Postkutschen überfallen hat.«
»Ich glaube, die gab es damals noch gar nicht, alter Knabe. Wie wär's mit Dancing Master? Er war eine Zeitlang sehr erfolgreich, und soweit ich weiß, ist er nie am Galgen geendet.«
Arthur war skeptisch. Er wäre lieber, sagte er mit schaurigem Gelüst, ein verruchter Bursche, der seinen Häschern ein höhnisches Lachen entgegenschleuderte, bevor er an dem berüchtigten Galgen Tyburn Tree aufgeknüpft wurde. Diccon schlug noch ein paar andere Kandidaten vor, doch Devil Dice wurde als »zu neu« verschmäht, und die Vorliebe des Honslow Horrors, seinen Opfern ein Auge auszuschießen, fand wenig Gefallen, obwohl seine berühmte Stute, Black Bess, für ihn sprach. Auch Dick Turpin, der seine Verbrecherkarriere allzu unglamourös als Fleischergeselle begonnen hatte, stieß auf Ablehnung. Diccon war sich nicht so sicher wie sein Mitverschwörer, daß Mrs. Cordova »überhaupt nichts dagegen hatte«, wenn sie sich ihre »Freunde« ausliehen. Er wandte jedoch ein, daß die Zeit dränge und ihr Plan endlich in die Tat umgesetzt werden müsse. Das sah Athur ein, und er nahm seine Maske

ab und verkündete: »Ich verkleide mich als Dancing Master. Und Sie sind der Kutscher.«
Nachdem die Entscheidung gefallen war, trugen die beiden »Lady Dora Leith« zur Eselskarren-Postkutsche.
Es war ein heiterer, nur etwas bewölkter Morgen. Der Umhang des Dancing Master flatterte im Wind, als er neben Diccon auf den Kutschbock kletterte. Lem Bridger hatte Marietta und Fanny nach Cloud Village gefahren, wo die beiden die Rechnung beim Händler bezahlen und Kerzen, Hühnerfutter, Hafer und andere im Haushalt unentbehrliche Dinge kaufen wollten. Mrs. Cordova hatte eigentlich zu Hause bleiben wollen, doch dann war ihr plötzlich eingefallen, daß sie eine Verabredung hatte, und sie war in Madame Olympias Wohnwagen geeilt. Arthur hatte die günstige Gelegenheit genutzt, um die »Unglückskutsche« mit Passagieren zu füllen.
Der Wegelagerer legte die Richtung fest, Bruder Tuck schloß sich der Expedition an und wurde zum Postkutschenwächter ernannt, und zusammen mit Mr. Fox, der mit einer alten Einkaufsliste als Delikatesse bestochen worden war, machten sich die Verschwörer auf den Weg.
Ein paar Minuten später kam Sir Lionel aus seiner Werkstatt herauf und suchte jemanden, der seine neue Fliegenklatsche ausprobieren sollte. Im Haus herrschte diese seltsame Stille, die auf die Abwesenheit jeden menschlichen Lebens hinweist. Sir Lionel rief ein paarmal, bis ihm einfiel, daß Marietta ihm erzählt hatte, sie wolle zusammen mit Fanny zum Einkaufen ins Dorf fahren. Er nahm an, daß die beiden Dova mitgenommen hatten. Major Diccon war wahrscheinlich mit Arthur unterwegs, der seinen neuen Freund völlig in Beschlag nahm. Es war nett von dem

Burschen, daß er so geduldig mit dem Kind war. Sir Lionel tappte niedergeschlagen ins Wohnzimmer. Er war ganz allein. Ganz ... allein! Der Gedanke heiterte ihn plötzlich auf. Das war seine Chance, beim Jupiter! Er lief mit bemerkenswerter Behendigkeit die Treppe hinauf und kam zehn Minuten später, mit Reithose und -jacke angetan, wieder herunter.

Erst gestern, als er Orpheus bewundert hatte, hatte ihm der Major angeboten, mit ihm auszureiten; er würde ihm den prachtvollen Grauschimmel überlassen und sich mit einer ihrer Stuten bescheiden. Sir Lionel hatte sich selbst immer geschmeichelt, ein schneidiger Reiter zu sein, wenn er mit seinem prächtigen schwarzen Hengst durch den Hyde Park galoppiert war. Moonlight war vom Temperament her natürlich nicht mit Orpheus zu vergleichen – aber ein schönes Tier und noch vital für seine neunzehn Jahre. Wie jeder Mann wollte sich Sir Lionel nicht lächerlich machen und war insgeheim erleichtert gewesen, als Marietta dem Major einen Ausritt strikt verboten hatte. Aber der Major *hatte* ihm angeboten, Orpheus zu reiten, und wenn damit eine Einladung zu einem *gemeinsamen* Ausritt gemeint gewesen war, so hatte er es nicht *gesagt*. Jedenfalls nicht wortwörtlich.

Der Hengst rollte mit den Augen und stampfte mit den Hufen, während er gesattelt wurde, benahm sich jedoch ansonsten recht manierlich. Sir Lionel stieg auf einen Schemel und schwang sich von dort aus in den Sattel. Der Hengst warf den Kopf hoch, schnaubte und ließ sich nur schwer zügeln. Sir Lionels Pulsschlag beschleunigte sich, als er die ungebändigte Kraft des Pferdes spürte. Er mußte sich ein paarmal am Sattelknauf festhalten, als Orpheus stieg, aber zumindest blieb er im Sattel, und es sah ihn ja niemand. Dann gelang es ihm, Orpheus in einen leichten Trab zu zwingen, der jedoch bald in einen kaum verhaltenen Galopp überging. Oh, diese geschmeidigen Bewegungen, dieser stolz gewölbte Hals! Was für ein prächtiges Tier, dachte Sir Lionel. Vielleicht konnte er es nach dem Hügel und wenn sie aus den Bäumen raus waren, wagen, diese seidigen Flanken leicht mit den Sporen zu berühren …

Ein entgegenkommender Reiter und ein Schrei ließen ihn erschreckt die Zügel fester packen, und das Herz rutschte ihm in die Hose. Diese Stimme kannte er, und in Panik schoß ihm durch den Kopf: »Verdammt, hat sie mich schon wieder abgefangen!«

Diesmal tat er der Witwe unrecht. Mrs. Isolde Maitland war eine gutaussehende Frau. Sie hatte eine fabelhafte Figur, schweres, kastanienbraunes Haar und feingeschnittene Gesichtszüge. Ihre haselnußbraunen Augen waren groß und strahlend, aber so kühn sie in die Welt schauten, so kurzsichtig waren sie. Den Rat ihres Bruders, ihre Brille lieber aufzusetzen, als in einer Schublade zu verstecken, hatte sie stets in den Wind geschlagen. Mrs. Maitland hatte Sir Lionel nicht zwischen den Bäumen heranreiten gesehen, und als er plötzlich vor ihr aufgetaucht war, hatte sie einen Schrei ausgestoßen. Doch blitzschnell erkannte sie die einmalige Gelegenheit und sagte mit einem atemlosen kleinen Lachen: »Du meine Güte, Sir. Wie haben Sie mich erschreckt, Sie kühner Bursche! Ich brauche dich nicht mehr, Murphy. Sir Lionel wird mich beschützen.« Mit einer energischen Handbewegung entließ sie ihren Diener, der blöde grinsend davonritt.

»Ich darf mich doch bei Ihnen in Sicherheit wiegen?« fügte sie geziert hinzu.
Sir Lionel sagte mit dumpfer Stimme: »Sie sind weit weg von zu Hause, Ma'am.«
»Können Sie sich nicht denken, warum ich so oft in diese Richtung reite?« gurrte sie und drängte ihre braune Stute näher an ihn heran.
Orpheus schnaubte und bockte, und Sir Lionel klammerte sich verzweifelt an den Sattelknauf. »Kommen Sie besser ... nicht näher ...«, keuchte er und lenkte die Situation nur mühsam an einer Katastrophe vorbei. »Der Hengst ... der Hengst ist recht schwierig in seinem Temperament.«
»Aber doch nicht für einen vollendeten vorzüglichen Reiter wie Sie«, sagte Mrs. Maitland und betrachtete dann mit zusammengekniffenen Augen den Grauschimmel. »Was für ein großes Tier! Und wie gut Sie hoch zu Roß aussehen, lieber Sir Lionel! Wäre ich jedoch Ihre Lady, es würde mir angst machen, Sie auf einem solchen Untier zu sehen. Ich habe schon immer um die Menschen gebangt, die ich ... liebe.«
Sir Lionel wand sich innerlich vor Qual und suchte Zuflucht im Schweigen.
Ungerührt redete sie weiter: »Ich hatte ja keine Ahnung, daß Sie morgens gern ausreiten. Darf ich fragen, ob Sie mir großzügigerweise in Zukunft die Freude machen würden, dieses Vergnügen mit mir zu teilen?«
»Oh, das Pferd ... es gehört nicht mir, Ma'am«, stammelte Sir Lionel und ließ Orpheus antraben. »Er gehört einem Herrn, der bei uns wohnt. Vorübergehend, meine ich.«
»Ah ja. Mein lieber Bruder hat mir von Ihrem ... ähm, Gast erzählt. Kein sehr charmanter Mann, wie mir scheint.

Der arme Innes war sehr verletzt über die barbarische Behandlung, die ihm in Ihrem Haus widerfahren ist. Und wenn man die Umstände bedenkt … Aber ich habe ihm gesagt, daß Sie das niemals gestattet hätten. Sir Lionel Warrington, habe ich gesagt, ist ein Ehrenmann und würde niemals zulassen, daß sein Busenfreund beleidigt wird. Vor allem, da sich unsere beiden Familien doch wahrscheinlich … näherkommen werden.«
Wie um ihren Worten Nachdruck zu verleihen, neigte sie sich zu ihm. »Ich will Ihnen nicht schmeicheln, Sir, aber … ich bin nur ein törichtes Mädchen mit wenig Willenskraft. Deshalb gestehe ich Ihnen, wie sehr ich Sie bewundere. Es bricht mir das Herz, mit ansehen zu müssen, wie ein einsamer Gentleman ohne eine Frau an seiner Seite einer großen Familie vorsteht. Wirklich, Sie sind ein Mann, der alle anderen in den Schatten stellt, der aus der Schar von Männern hervorsticht und das Herz eines jeden Mädchens schneller schlagen läßt. Ja, ich gestehe es, obwohl es mir die Röte in die Wangen treibt. Mein lieber Bruder meint, ich darf Ihnen meine Gefühle nicht offenbaren, weil Sie mich dann vielleicht für … leichtfertig halten. Aber ich habe ihm geantwortet: Sir Lionel ist ein Mann von Welt und weiß, wie es im Herzen einer Lady aussieht. Ich habe keine Angst, mich ihm anzuvertrauen, habe ich gesagt. Und außerdem …«
Und sie redete weiter. Schlug die Augen züchtig zu ihm auf, daß es ihn schauderte. Der kleinste Fehler seinerseits, und sie würde behaupten, er habe ihr einen Antrag gemacht. Und sie würde ihm keine sanfte und liebende Frau sein, wie es seine liebste Elsa gewesen war. Isolde Maitland war eiskalt und hatte es nur auf seinen Adelstitel abgesehen. Er

konnte ihr natürlich auch frank und frei raten, ihr Augenmerk auf einen anderen armen Kerl zu richten. Nur, verdammt noch mal, er schuldete Innes fünftausend Guineen. Könnte er dieser Megäre nur entfliehen! Wäre er nur zu Hause geblieben! Dort hätte sie ihn nie derart in die Enge treiben können!

Siebentes Kapitel

»Gebt mir nur etwas Zeit, einen guten Hinterhalt ausfindig zu machen«, sagte der Dancing Master. »Und dann kommt Ihr, und ich springe raus, ein ruchloser Schurke, schwenke meine große Steinschloßpistole und brülle so laut ich kann, daß Euch das Blut in den Andern gefriert. ›Halt! Rückt mit der Beute raus!‹« Arthur schob den »Wächter« von seinem Schoß, kletterte vom Eselskarren, probte einmal den fürchterlichen Schrei und fragte ängstlich: »Ihr habt doch etwas, das Ihr rausrücken könnt, oder?«

Diccon hatte Bridger gebeten, ein paar Einkäufe im Dorf zu erledigen, und bestätigte, daß er ein paar »Wertsachen« in der Kutsche versteckt habe. »Aber du solltest nicht so laut brüllen, schurkischer Dancing Master« mahnte Diccon. »Mr. Fox ist sehr empfindlich, und wir dürfen ihn nicht erschrecken.«

Der Dancing Master nickte und entfernte sich hüpfend und schlenkernd. Diccon sah ihm belustigt hinterher. Master Arthur Warrington war ein feiner kleiner Kerl. Flüchtig sah er sich zusammen mit Marietta in den bezaubernd hergerichteten Räumen von *Lanterns* wohnen, inmitten vieler spielender Kinder.

Ein entfernter Schrei riß ihn aus seinen Tagträumen. Er vergaß seine Pflichten. Der Wächter schlief fest. Grinsend

klatschte er die Zügel auf Mr. Fox' Rücken, und die »Postkutsche« polterte den Hang hinauf.
Hinter der nächsten Wegbiegung wartete der Dancing Master voller Aufregung in seinem Versteck, die Pistole fest umklammert, die Maske vorm Gesicht. Der Hufschlag verwirrte ihn, da er den Weg herunter- anstatt heraufzukommen schien. Doch ihm bleib keine Zeit zum Überlegen.
Mit einem Schrei sprang er aus seinem Hinterhalt und brüllte: »Halt! Rück mit der Beute raus!« Worauf mehrere Dinge auf einmal passierten.
Zwei Reiter tauchten von Norden her in der Wegbiegung auf, im gleichen Moment, als die »Postkutsche« aus südlicher Richtung kam.
Orpheus, den die langsame Gangart und der ungeschickt auf seinem Rücken herumhopsende Reiter nervös machten, wieherte vor Schreck, bäumte sich auf und schlug mit den Vorderhufen.
Diccon sprang vom Kutschbock auf und schrie: »Aus dem Weg, Junge!«
Arthur warf sich in den Graben.
Bruder Tuck schreckte aus seinem Schlaf, wie eine gespannte Feder schoß er laut fauchend unter Mr. Fox' Nase hindurch.
Der kleine Esel erschrak, stieß einen ohrenbetäubenden Schrei aus und bockte, worauf Diccon auf den Kutschbock zurückgeschleudert wurde.
Verzweifelt bemüht, ihre verängstigte Stute zu bändigen, die der sich wild aufbäumende Orpheus völlig aus der Fassung brachte, kreischte Mrs. Maitland: »Warrington, zügeln Sie Ihr Untier!« Dann warf sie einen Blick auf den Eselskarren. »Das ist doch … Dora Leith?«

Diccon zerrte an den Zügeln, doch die spitzen Schreie der Lady störten Mr. Fox noch mehr. Er versuchte auszubrechen, der Karren schwankte heftig, und »Lady Leith« wurde heruntergeschleudert.
Arthur hatte recht gehabt. Marietta hatte die »Lady« erst notdürftig zusammengesteckt, so daß der Sturz fatale Folgen hatte.
Mrs. Maitland war keine zimperliche Person, aber sie hatte das neueste Mitglied von Mrs. Cordovas »Freundeskreis«, noch nicht gesehen und glaubte, Zeugin einer Enthauptung zu sein. Ihr gellender Schrei ließ Orpheus scheuen, er machte einen Satz, und Sir Lionel flog in hohem Bogen aus dem Sattel. Glücklicherweise dämpfte seine rundliche Gestalt den Sturz der Witwe ab, die ohnmächtig aus dem Sattel rutschte.
Marietta und Fanny waren Innes Williard im Dorf begegnet, und der Gentleman hatte darauf bestanden, der Kutsche mit seinem Diener auf dem Heimweg das Geleit zu geben. An der Wegbiegung angekommen, sahen sie Sir Lionel mit der Witwe in den Armen im Gras liegen.
»Papa!« rief Marietta und öffnete die Kutschentür.
»Was machst du denn da?« keuchte Fanny.
Mr. Williard donnerte: »Lassen Sie meine Schwester los, Sir!«
Marietta lief zu ihrem Vater, beugte sich über ihn und fragte ängstlich: »Bist du verletzt, Papa? Was ist denn passiert?«
»Sir Lionel hat wie ein wahrer Kavalier Mrs. Maitland gerettet, als sie ohnmächtig wurde und vom Pferd fiel«, sagte Diccon mit mühsam unterdrücktem Gelächter.
»Sie reden schon wieder Unsinn!« Mr. Williard stieg vom

Pferd und warf seinem Diener die Zügel zu. »Meine Schwester ist noch nie in Ohnmacht gefallen. Und wenn es jetzt passiert ist«, donnerte er und sank neben der Witwe auf ein Knie, »dann muß es dafür einen verdammt guten Grund geben!«

Mrs. Maitland kam wieder zu sich, stöhnte: »Oh, oh, oh ...«, warf ihrem Bruder die Arme um den Hals und wimmerte: »Die arme Frau ... sie hat den Kopf verloren!«

»So wie du, wie mir scheint«, schnauzte ihr Bruder sie an. Doch dann fiel sein Blick auf die kopflose Gestalt im Graben, und er wich entsetzt zurück.

»Nein, nein. Bitte, regen Sie sich nicht auf, Ma'am«, sagte Marietta, während sie sich hinkniete und nach Mrs. Maitlands Hand griff. »Das ist nur eine der neuesten Puppen meiner Tante – nicht die wirkliche Lady Leith.«

»Wie jeder sofort sieht, der nicht halbblind ist«, knurrte Williard und warf seiner Schwester einen bösen Blick zu. Mit der Erkenntnis, daß sie einem Irrtum aufgesessen war, kam Wut in Mrs. Maitland auf, und sie schrie Diccon an: »Was sind Sie doch für ein Scheusal! Sie haben mir mit Absicht einen Schrecken eingejagt!«

»Ein gemeiner und heimtückischer Trick, um eine hilflose Lady zu erschrecken«, röhrte Williard.

»Unsinn«, sagte Diccon kühl. »Ich bedauere, daß sich die Lady erschreckt hat, aber das Ganze war eine Verkettung unglücklicher Umstände.«

»Wären Sie bitte so freundlich, sich ... von meinem Schoß zu erheben, Ma'am?« ertönte da Sir Lionels klägliche Stimme.

Williard zog seine Schwester hoch. Diccon sprang vom Karren und half Sir Lionel auf die Füße.

»Es war nicht die Schuld des Majors«, stammelte Arthur, umklammerte seine »Pistole« und sah sehr verängstigt aus. »Wir haben nur Wegelagerer gespielt ...«

Williard dröhnte: »Ich ziehe Sie für das schändliche Benehmen Ihres Sohnes zur Verantwortung, Warrington! Sie können nur hoffen, daß sich meine Schwester nicht ernstlich verletzt hat. Und was Sie betrifft, Major, Herrgott noch mal, hat ein erwachsener Mann denn wirklich nichts Besseres zu tun, als mit kleinen Kindern zu spielen?«

»Ihnen käme das sicher nicht in den Sinn«, sagte Diccon gedehnt.

»Hol mich doch der Teufel!« rief da Mr. Williards Diener aus, der Diccon mit zusammengekniffenen Augen gemustert hatte. »Sie kamen mir doch gleich bekannt vor! Wir haben bei Waterloo in derselben Kompanie gekämpft. Erinnern Sie sich noch an mich, Sergeant?«

Mariettas Blick schnellte zu Diccons ausdruckslosem Gesicht.

Fanny, die neben ihr stand, murmelte: »*Sergeant?*«

Innes Williard lachte bellend. »*Sergeant,* aha! Wußte ich doch, daß Sie kein Offizier sind! Und mit welcher Lüge wollen Sie sich da rauswinden?«

Diccon ignorierte ihn und streckte seine Hand aus. »Natürlich erinnere ich mich an Sie, Skipton. Wie ich mich freue, daß Sie überlebt haben. Von unserer Kompanie sind nicht viele übriggeblieben.«

Der Diener warf seinem Herrn einen unbehaglichen Blick zu und sagte: »Ich bitte um Verzeihung, Sir. Ich hätte nicht sprechen dürfen.«

»Das hast du gut gemacht«, sagte Williard breit grinsend.

»Und jetzt möchte ich hören, was unser angeblicher Major dazu zu sagen hat.«
Marietta warf ein: »Jedem Gentleman, der in dieser schrecklichen Schlacht gekämpft hat, gebührt doch Ehre, ganz gleich, in welchem Rang. Statt hier rumzustehen, sollten wir lieber meinen Vater nach Hause bringen, Maj... ähm, Mr. ...«
»Major ist korrekt, Ma'am«, sagte Diccon, um dessen Augen sich Lachfältchen kräuselten.
»Lassen Sie sich nicht in die Irre führen, Miss Marietta«, höhnte Williard und half seiner Schwester in den Sattel. »Gleich wird er behaupten, auf dem Schlachtfeld zum Offizier befördert worden zu sein.«
»Neigen Sie zu Phantastereien?« Diccon hob die Brauen. »Vom Sergeant zum ... Major? O Gott! Das zeigt deutlich, daß Sie nie in der Armee gedient haben!« Er wandte sich zu Sir Lionel: »Das war ein schlimmer Sturz, Sir. Sie müssen in der Kutsche nach Hause fahren.«
Sir Lionel warf einen sehnsüchtigen Blick auf Orpheus. »Aber ich ...«
Marietta griff nach seinem Arm. »Hier entlang, Papa«, sagte sie bestimmt und führte ihn zur Kutsche.
»Ich möchte, daß dich unser Hausarzt untersucht, Isolde«, sagte Williard und fügte rachsüchtig hinzu: »Sie hören von mir, Warrington. Und nicht nur in dieser Sache, darauf gebe ich Ihnen mein Wort!«

Sir Lionel saß in seinem Lieblingssessel in der Bibliothek, starrte in den Kamin und haderte mit seinem Schicksal. Marietta war nach oben gegangen, um Arthur zu seinem Mittagsschlaf zu überreden. Dova saß im Wohnzimmer und kümmerte sich um ihre geköpfte »Freundin«. Fanny deckte den Tisch fürs Mittagessen, und Diccon versorgte im Stall seinen Grauschimmel. Also saß der Herr des Hauses wie gewöhnlich von allen verlassen da: Niemandem konnte er sich anvertrauen, niemand hatte Mitleid mit ihm. So war das seit dem Tod seiner geliebten Elsa immer gewesen. Ganz allein mußte er zurechtkommen. Dabei bestand das ganze Leben nur aus verdammten Fallstricken. Innes Williard würde zweifelsohne Schwierigkeiten wegen seiner Spielschulden machen. Und höchstwahrscheinlich würde Diccon gleich hereinkommen und behaupten, dieses ausgekochte Luder von Pferd habe ein verstauchtes Sprunggelenk oder sonst was. Weiß Gott, er hatte bestimmt niemandem schaden wollen, als er mit dem Hengst einen kleinen Ausritt gewagt hatte, aber ...

Ein leises Klirren ließ ihn aufblicken. Neben seinem Sessel stand der Major – oder was auch immer er war.

»Bei King George! Was schleichen Sie hier so rum, Mann! Ich habe Sie erst gehört, als Ihre Sporen klirrten. Wollen Sie nach dem Mittagessen etwa ausreiten?«

»Nein. Vorher, Sir. Ich habe Ihre Gastfreundschaft schon im Übermaß strapaziert.«

»Papperlapapp! Setzen Sie sich! Mir ist es doch gleichgültig, ob Sie Major oder gemeiner Soldat waren. Ihretwegen ist mein Keller immer gut bestückt, und ich wäre ein Narr, würde ich nicht begreifen, daß in Ihrem Gewerbe gewisse ... äh, Täuschungsmanöver notwendig sind. Aber ich muß Sie um Verzeihung bitten, daß ich mir Ihr Pferd ausgeliehen habe, ohne um Ihre Erlaubnis zu fragen.«

Diccon setzte sich in den angewiesenen Sessel und sagte: »Niemand ist zu Schaden gekommen. Allerdings erlaube ich selten jemandem, Orpheus zu reiten. Er kann ein ganz durchtriebenes Biest sein.«

»Wo wir gerade beim Thema sind«, sagte Marietta, die gerade ins Zimmer kam. »Wie ist es dir nur gelungen, unseren Chinesischen Fonds zu verdoppeln, Papa?«

Diccon, der bei ihrem Eintritt aufgestanden war, zog sich rücksichtsvoll in Richtung Tür zurück.

Sir Lionel fragte verständnislos: »Wie meinst du das?«

»Wieviel ist zweiundvierzig minus zwölf?« fragte sie, stellte sich Diccon in den Weg und sah ihn durchdringend an.

»Ich ... ähm«, murmelte er.

Sie nickte. »Zu schwierig für Sie, Sir?«

»Wenn Sie nicht zwölf von zweiundvierzig abziehen können, sind Sie nicht einmal Sergeant«, sagte Sir Lionel lachend. »Dreißig, natürlich, meine Liebe.«

»Nein, fünfundsechzig.« Sie streckte den Arm aus und versperrte Diccon den Weg. »O nein, Sie entkommen mir nicht, Sir! Papa, Major Diccon hat seine Finger in unser Ingwerglas gesteckt!«

Sir Lionel war schockiert. Er beugte sich in seinem Sessel vor und protestierte: »Das ist eine Beschuldigung, die man nicht leichtfertig machen sollte, Marietta!«

»Du bist der Richter«, entschied sie. »Und in Anbetracht des Tatbestandes darf der Beschuldigte den Gerichtssaal nicht verlassen! Setzen ... Sie ... sich, Sir!«

Marietta drängte Diccon förmlich von der Tür weg. Der ließ sich in den Sessel fallen und erklärte, er wisse nichts von einem Chinesischen Fonds.

»Wir bewahren unseren Notgroschen in unserem chinesischen Ingwerglas im Wohnzimmer auf«, sagte Marietta. »Gestern abend waren es zweiundvierzig Guineen. Heute

habe ich zwölf Guineen herausgenommen, um ein paar Rechnungen zu bezahlen. Und als ich jetzt das Wechselgeld zurücklegen wollte, war das Glas viel schwerer ... es enthält fünfundsechzig Guineen, zwei Pence und drei Farthings!«
Sir Lionel runzelte die Stirn. »Ich finde es peinlich, daß du über unsere finanzielle Situation in Gegenwart unseres Gastes sprichst. Vielleicht hat Tante ...«
»Tante Dova hat sich zehn Shilling aus der Haushaltskasse geliehen und keine Silbermünze reingelegt. Wenn du also nichts beigesteuert hast, Papa ...«
Der schüttelte den Kopf, und Vater und Tochter sahen den Beschuldigten an.
Diccon sagte: »Das ist einfach lächerlich. Wie könnte ich etwas über Ihr geheimes Versteck wissen?«
»Weil Sie sich wie ein Schatten durchs Haus bewegen«, sagte Marietta, »und wahrscheinlich gesehen haben, wie eine von uns Geld aus dem Glas genommen hat.«
»Mein Gott, Sir!« verkündete Sir Lionel. »Sollten Sie glauben, daß wir von unseren Gästen Geld für Unterbringung und Verpflegung nehmen, so empfinde ich das als persönliche Beleidigung.«
»Ich werde doch hier beleidigt«, protestierte Diccon, bemüht, empört zu klingen. »Sie beschuldigen und verurteilen mich ohne den geringsten Beweis. Bestimmt war Miss Marietta gestern abend müde und hat sich verzählt. Es gehört absolut nicht zu meinen Gewohnheiten, meine Freunde zu bespitzeln, noch mich in ihre finanziellen Angelegenheiten einzumischen. Dabei fällt mir ein, daß ich in Ihrer Schuld stehe. Ich verlange, daß Sie mir die Rechnung des Apothekers geben, damit ich ihn für seine Dienste bezahlen kann.«

Das führte zu einer hitzigen Debatte zwischen Diccon und Marietta, die erst beendet wurde, als Mrs. Cordova hereinkam und zu Tisch bat. Sir Lionel dachte nicht daran, diesen unverhofften Glücksfall weiter in Frage zu stellen, und bot mit übertriebener Galanterie seiner Schwägerin den Arm. Diccon folgte sofort seinem Beispiel und geleitete Marietta ins Eßzimmer. Als sich ihre Blicke begegneten, wandte er schuldbewußt den Kopf ab. Sie flüsterte ihm mit einem Zwinkern zu: »Sie sind ganz schön hinterhältig, Major. Kein Wunder, daß Sie es plötzlich so eilig haben, uns zu verlassen.«
Erleichtert entgegnete er: »Unglücklicherweise muß ich Ihrem Haus wirklich den Rücken kehren, Miss Warrington. Sie waren sehr gastfreundlich, aber ich muß mich nun um ... ähm ... dringende Angelegenheiten kümmern. Ich ... ähm ... hatte jedoch gehofft, daß Sie mich vielleicht nach *Lanterns* begleiten.«
Marietta warf einen Blick zum Fenster hinaus. Der Herbst stand in voller Pracht. Es würde nicht mehr viele dieser schönen, goldenen Nachmittage geben. »Ich wünschte, das könnte ich«, sagte sie. »Aber ich war den ganzen Vormittag unterwegs, und auf mich wartet so viel Flickarbeit.«
»Die Sie an grauen und verregneten Tagen erledigen können«, wandte er ein. »Bitte kommen Sie mit. Schließlich sind Sie mir einen Gefallen schuldig, weil Sie mich beschuldigt haben, ein ... ähm ... Spitzel zu sein.«
Marietta blickte erstaunt zu ihm hoch. Diccon war offensichtlich ihr gegenüber viel unbefangener, denn seine hellen Augen funkelten amüsiert. Wieder wurde ihr bewußt, daß er ein sehr attraktiver Mann war. »Wenn ich Ihnen

überhaupt etwas schulde, Sir«, sagte sie, »dann ist es Dank für Ihre Geduld mit Arthur. Ich weiß, daß kleine Jungen eine Plage für jeden Junggesellen sind.«
»Wie wahr. Dieser Schlingel ruiniert noch meinen Ruf. Ihnen bleibt also keine Wahl, Ma'am. Sie müssen mich aus den Fängen dieses listigen Schmeichlers retten, weil ich Wachs in seinen Händen bin!«
Marietta lachte. »Ich begleite Sie nur unter der Bedingung, daß Sie mir erlauben, Ihren prächtigen Grauschimmel zu reiten.«
Mrs. Cordova rief ungeduldig aus dem Eßzimmer: »Wollt ihr zwei nicht endlich zu Tisch kommen?«

Orpheus scheute, als ihm der ungewohnte Damensattel aufgelegt wurde. Er hatte wohl das Gefühl, heute schon genug mitgemacht zu haben, und schnappte mit gefletschten Zähnen nach Diccons Hand. Dafür bekam er einen heftigen Schlag auf die Nüstern, und der scharfe Unterton in Diccons Stimme sagte ihm, daß er sich zu fügen habe. Diccon löste jedoch die Gurte wieder und sagte entschuldigend, es sei Unsinn gewesen zu glauben, Orpheus könne von einer Lady geritten werden.
Marietta protestierte entrüstet: »Aber Sie haben es mir versprochen! Außerdem bin ich keine unerfahrene Reiterin. Kommen Sie, Sir, Sie müssen mir zumindest die Chance geben, es zu beweisen.«
Diccon zögerte, aber Marietta schmeichelte, bis der Major schließlich nachgab, die Gurte wieder festzurrte und sie in den Sattel hob, während Bridger die Zügel hielt.
Orpheus gab sich plötzlich lammfromm, und die beiden ritten Seite an Seite den Hang hinunter, wobei Diccon die

Stute dicht neben dem feinnervigen Hengst hielt, um im Notfall eingreifen zu können.
Eine leichte Brise wiegte die Gräser, die Luft war warm, und hinter der Silhouette von *Lanterns* glitzerte das blaue Wasser des Ärmelkanals wie mit Diamanten übersät.
»Was für ein herrlicher Nachmittag!« rief Marietta glücklich aus.
»Ja, er könnte nicht schöner sein«, stimmte Diccon zu, und als Marietta ihm ein bezauberndes Lächeln schenkte, dachte er: Mein Gott, ist diese Frau schön! Er schaffte es jedoch, in einem eher beiläufigen Ton zu fragen: »Aber Sie wären lieber in London, nicht wahr?«
»Manchmal schon. Ich vermisse das Haus, in dem ich geboren wurde, die Feste und Gesellschaften und meine Freunde.« Mit einem wehmütigen Lächeln fügte sie hinzu: »Wohl mehr, als manche von ihnen mich vermissen. Wie heißt es so schön: ›Erst in der Not zeigen sich die wahren Freunde.‹ Nur wenige kommen uns noch besuchen.«
»Mit den falschen Freunden verliert man nicht viel. Aber bestimmt haben Sie manche bittere Enttäuschung erlebt, Ma'am?«
»Ein paar. Bei den meisten war ich mir ziemlich sicher, wie sie reagieren würden. Ach, du meine Güte! Das klingt wohl schrecklich hart und zynisch, wie?«
Schulterzuckend meinte er: »Eher vernünftig und realistisch. Die Menschen zu verklären kann katastrophale Folgen haben.«
»Ja. Wir alle haben unsere Schwächen. Wie sehr wir auch versuchen, sie zu verbergen, die wenigsten Menschen können wir täuschen.« Kichernd fügte sie hinzu: »Was ich manchmal bedauere.«

»Andererseits haben manche Menschen so gute Züge, daß sie ohne ihre kleinen Schwächen doch schier unerträglich wären.«
Als sie ihm einen Blick zuwarf, wandte er den Kopf ab. »Sie glauben wohl, ich hätte nach diesem Kompliment gefischt?« fragte sie schelmisch.
»Haben Sie das? Da muß ich Sie leider enttäuschen. Ich hatte dabei eher an mich gedacht.«
Marietta lachte laut heraus. »Auf jeden Fall trifft es auf Ihr Pferd zu, Sir. Orpheus hat einen seidenweichen Trab. Meine Lieblingsstute ...« Ihre Stimme verebbte, denn der Gedanke an ihre geliebte kleine weiße Stute versetzte ihr einen Stich.
»Sie mußten sie in der Stadt zurücklassen, nicht wahr?« fragte er, als er den Schatten in ihren Augen sah. »Werden Sie sie zurückkaufen, wenn Sie nach London zurückkehren?«
Marietta starrte ihn verständnislos an.
Unschuldig fügte er hinzu: »Sie werden doch sicher versuchen, Ihren früheren Lebensstandard zurückzugewinnen, oder?«
»Sie meinen, indem ich einen der sagenhaft reichen Prinzen oder Herrscher heirate, die vor der Haustür meines Vaters Schlange stehen?«
»Genau. Mit Ihrer Schönheit und etwas Zuversicht werden Sie in kürzester Zeit Einzug in einen Palast in der Curzon Street halten und eine Säule der Londoner Gesellschaft werden.«
»Was für ein schönes Bild!« sagte sie fröhlich. »Damit gingen die Träume meines Vaters in Erfüllung, Fanny könnte in die Gesellschaft eingeführt werden, und ich würde alle meine Freunde wiedersehen.«

»Würde Ihnen das gefallen?«
Marietta wurde plötzlich nachdenklich. Er beobachtete ihr Gesicht und fand sie einfach bezaubernd.
Dann sagte sie: »Ja, ich wünschte es mir für meine Familie. Aber ... wissen Sie, ich würde mich hierher zurücksehnen. Die Gegend ist so schön und friedvoll. Sogar die alte Ruine *Lanterns.*«
»Sie finden das alte Herrenhaus nicht abstoßend?«
»Nein, keineswegs. Bestimmt war es einmal ein schönes Heim für glückliche Menschen. Obwohl ich gestehen muß, daß ich mich allein nicht in das Gebäude wage. Nicht einmal bei Tag. Wie bringen Sie nur den Mut auf, die Nächte dort zu verbringen?«
Sein Mund zuckte, als er antwortete: »Ich habe eben Nerven aus Stahl. Mr. Fox jedoch teilt Ihre Ängste und verlangt von mir, daß ich seinen Huf halte, wenn die Sonne untergeht.«
»Nein, im Ernst ... haben Sie nachts noch nie merkwürdige Lichter gesehen? Oder die ...«
»... die Geister? O ja.«
»Du meine Güte! Machen Sie sich etwa wieder lustig über mich? Über *Lanterns* gibt es so viele Geschichten, daß Tante Dova meint, wo Rauch sei, sei auch Feuer.«
»Was ich ihr nicht verdenken kann.« Er schürzte die Lippen und sagte in verschwörerischem Ton: »Das habe ich noch niemandem erzählt, Miss Marietta, aber um Mitternacht trabt ein Ritter in schwarzer Rüstung heulend und eine Streitaxt schwingend durch die Gänge und ...«
»Ich kann mir nicht vorstellen, daß ein Ritter, in voller Rüstung und mit einer Streitaxt bewaffnet, ohne sein Pferd irgendwohin ›traben‹ kann«, unterbrach sie ihn fröhlich.

»Ah, aber Gespensteräxte wiegen nicht viel. Und außerdem waren die Ritter zu jener Zeit stämmige Kerle.«
»Hmm. Und warum heult er und schwingt seine Axt?«
»Soviel ich weiß, ist seine Herzallerliebste mit einem Minnesänger durchgebrannt, und der Ritter möchte den Schurken ... ähm ... zerstückeln.«
»Wenn der Ritter so blutrünstig ist, hat die Lady wohl die richtige Wahl getroffen.«
»Wahrscheinlich hat sie es bitter bereut. Das Leben mit einem fahrenden Minnesänger muß seine Schattenseiten gehabt haben.«
»Es sei denn, sie hat Musik und Poesie geliebt.«
Er sah sie scharf an. »Lieben Sie Musik?«
»O ja! Das tut doch jeder.«
Das Lächeln in seinen Augen wich einem grimmigen Ausdruck. Barsch antwortete er: »Nein, Miss Warrington. Das tut ganz bestimmt nicht jeder.«
Sie ritten nun in den Hof von *Lanterns* ein. Diccon stieg ab und streckte Marietta die Arme entgegen, um sie vom Sattel zu heben.
Als sie sich zu ihm hinunterbeugte, machte Orpheus plötzlich einen Satz und warf Marietta – wie zuvor Sir Lionel – aus dem Sattel. Sie stieß überrascht einen Schrei aus, aber dann wurde sie aufgefangen und festgehalten. »Dem Himmel sei Dank!« stammelte sie atemlos. »Sie ... waren ...« Sie verstummte. Er hielt sie noch immer in den Armen und schaute ihr in die Augen. Jetzt sah sie, was Fanny mit der Bemerkung gemeint hatte, der Blick, mit dem er sie ansehe, sei alles andere als kühl, sondern lodere wie eine silberne Flamme. Sie empfand weder Angst noch Ärger. Der Ausdruck glühender Leidenschaft wich tiefer Zärtlichkeit.

Einen atemlosen Augenblick lang glaubte sie, er würde ihr seine Liebe gestehen. Doch dann verschleierte sich sein Blick, er ließ sie los und fragte höflich, ob alles in Ordnung sei. »Ich hätte Sie nie diesen Teufelsbraten reiten lassen dürfen.«

»Jeden Augenblick habe ich genossen«, widersprach sie, noch immer leicht mitgenommen, sich aber wieder rasch fassend. »Ich bin jedoch sehr froh, daß Sie meinen Sturz abgefangen haben, Major. Nein, satteln Sie Orpheus nicht ab, denn ich kann nicht lange bleiben.«

»Ich weiß. Es war sehr freundlich von Ihnen, mich zu begleiten. Aber Sie reiten auf der Stute nach Hause, Ma'am.«

Diccons energischer Gesichtsausdruck sagte ihr, daß es sinnlos war, ihm zu widersprechen. Nicht, daß sie die Absicht gehabt hätte. Seine strenge, fürsorgliche Art vermittelte ihr ein seltsames Gefühl des Wohlbehagens. Dieser Mann beschützte die Menschen, die ihm am Herzen lagen. Sie verspürte einen Anflug von Neid auf die Frau, die er einmal heiraten würde.

Er vertauschte mit geübten Handgriffen die Sättel und fragte, ob er ihr eine Tasse Tee oder ein Glas Fruchtlikör anbieten dürfe, ehe sie sich auf den Heimweg mache. »Ich könnte Ihnen das Getränke nach draußen bringen«, fügte er aus Rücksicht auf die Anstandsregeln hinzu.

Marietta fragte neugierig: »Haben Sie wirklich Fruchtlikör?«

In seinen Augen tanzten Lichter, aber er antwortete ernst: »Sagen wir mal, ich habe welchen vorrätig.«

»Ach, wie dumm von mir! Ich hatte ganz vergessen, in welchem ... äh ... Gewerbe Sie tätig sind.«

Er legte den Zeigefinger auf die Lippen. »Vorsicht, Miss

Warrington. Die Wände hier haben Ohren, und Sie möchten doch sicher nicht ... Was ist denn?«

Marietta überlief ein Frösteln, als sie zum Haus deutete. »Ich könnte schwören ... ach, wahrscheinlich ist es albern, aber ... ich bin mir sicher, jemand hat uns durch das Fenster im ersten Stock beobachtet.«

Diccon ließ den Blick forschend über die Fenster schweifen und fragte dann: »Hat er eine Rüstung getragen, Ma'am?«

»Nein. Bitte, machen Sie sich nicht über mich lustig. Ich *habe* jemanden gesehen!«

»Das kann nur ein armer Waterloo-Veteran sein, der einen Kanten Brot sucht. Würden Sie jetzt bitte aufsitzen, Miss Warrington, ich ...«

»Ich denke nicht daran! Und wenn es nun ein Dieb ist ... oder ein echter Wegelagerer? Nein, Sie brauchen nicht so tapfer und edel zu sein. Ich bleibe, bis Sie sich vergewissert haben, daß kein unerwünschter Eindringling in Ihrem Haus ist.«

Er blickte mit diesem etwas schiefen, humorvollen Lächeln auf sie hinunter, das anfing, ihr sehr zu gefallen. »Geben Sie mir Ihr Wort«, sagte er, »daß Sie – sollten Sie Kampflärm hören oder ich in fünf Minuten nicht zurück sein – sofort nach Hause reiten.«

Marietta nickte und sah ihm nach, wie er behende den Burggraben durchquerte und zum Haupteingang lief. Dort blieb er kurz stehen. Eine Pistole mit langem, schimmerndem Lauf lag plötzlich in seiner Hand. Er öffnete vorsichtig die Tür und verschmolz lautlos mit den Schatten.

Sofort spürte Diccon, daß jemand im Haus war. Sein Instinkt hatte ihn immer vor Gefahren gewarnt. Reglos blieb er hinter der Tür stehen, bis sich seine Augen an das Halbdunkel gewöhnt hatten. Waren es mehrere Eindringlinge, so befanden sie sich nicht in diesem Raum – sie hätten ihn längst angegriffen, als sich seine Silhouette gegen das hellere Licht draußen abgehoben hatte. Er glitt leise durch die Halle und blieb angespannt lauschend, die Pistole schußbereit, am Fuß der Treppe stehen.

Ein leises Knarren.

Jemand huschte über die Galerie. Er hätte Marietta nicht mit hierhernehmen dürfen. Wenn der Eindringling Ti Chiu war ... Schnell warf er einen Blick über die Schulter, aber die Halle war leer.

Er hob die Pistole, zielte und rief: »Noch ein Schritt und ich schieße!«

Sofort kam eine entrüstete Antwort: »Höt, tröt! Ist das etwa der Dank dafür, daß ich auf diesem elenden Schipper über die Meere gedümpelt bin?«

»Mac!« Diccon sicherte die Pistole sorgfältig, lief die Treppe hoch und schüttelte seinem getreuen Diener und Faktotum die Hand. »Willkommen zu Hause! Schnell, sag mir – ist alles erledigt? Und niemand weiß davon?«

»Aye, ganz, wie Sie gewünscht haben. Obwohl ich vor jedem Gericht schwören würde, daß ich nichts mit dieser niederträchtigen Sache zu tun habe.«

»Schon gut, du alter Brummbär. Ich danke dir! O Mann, was bin ich froh, daß du endlich wieder zu Hause bist!«

»Zu Hause?« brummte der Schotte. »Ein schönes Zuhause ist das! Wissen Sie, daß Sie Besuch hatten? Als ich zur Küchentür reinkam, ist jemand zur Vordertür rausgelaufen. Ihre Sachen sind durchwühlt worden, und das Zimmer ist in einem entsetzlichen Zustand. Kommen Sie. Sehen Sie's sich selbst an.«

Diccon folgte dem Schotten und murmelte: »Wahrscheinlich nur ein Landstreicher.«
»Pah!« MacDougall stieß die Tür zu dem geräumigen Schlafzimmer auf. Das durch die Fenster hereinströmende Licht zeigte ein heilloses Durcheinander, das von einer brutalen Hand angerichtet worden war. »Oder wollen Sie mir sagen, daß Sie das Zimmer in diesem Zustand zurückgelassen haben?« fragte der Schotte und schnappte nach Luft, als er das Gesicht seines Herrn im hellen Licht sah. »Heiliger Strohsack! Wie haben Sie sich verändert!«
»Ach, ich hatte einen kleinen Unfall, aber ...«
»Das meine ich nicht. Diesen Ausdruck in Ihren Augen habe ich nicht mehr gesehen, seit ...«
»Ach, was«, entgegnete Diccon errötend. »Laß uns nachsehen, was der Halunke mitgenommen hat. Und dann erzählst du mir von Italien. Aber beeil dich. Unten wartet eine Lady auf mich.«
»Ach, wirklich?« fragte der Diener spöttisch. »Hab' ich mir so was Ähnliches doch gedacht.«

Die Zeit verstrich, und Marietta wurde immer ängstlicher und nervöser. Bestimmt waren jetzt schon fünf Minuten vergangen? Aus dem Haus waren weder Kampflärm noch irgendwelche bedrohlichen Geräusche zu hören, doch die Stille wirkte unheilschwanger. Sie behielt das noch immer offenstehende Portal, durch das ein breiter Lichtstreifen ins halbdunkle Innere des Raumes fiel, ständig im Auge. Diccon sollte längst zurück sein. Wäre alles in Ordnung, würde er sie doch nicht voller Sorge warten lassen. Wie von einem Magneten angezogen, näherte sie sich vorsichtig der Haustür, stets bereit, bei dem leisesten Ton oder

Anzeichen von Gefahr davonzulaufen, wie sie es versprochen hatte.
Der Ton, den sie schließlich hörte, ließ sie abrupt stehenbleiben und wie erstarrt lauschen. Damit hatte sie am allerwenigsten gerechnet: der melodische Klang einer meisterhaft gespielten Geige drang nach draußen. Verblüfft ging sie weiter, die Musik wurde lauter und schwoll zu einer aufbrausenden, stolzen Melodie an. Marietta war so fasziniert, daß sie den sich nähernden Hufschlag nicht hörte, bis er dicht hinter ihr war. Mit einem Angstschrei fuhr sie herum. Orpheus trabte schnaubend und mit angelegten Ohren an ihr vorbei. Seine Hufe schlugen hohl auf die eisernen Planken der Zugbrücke.
Marietta schnappte erleichtert nach Luft, schloß für einen Moment die Augen und preßte die Hand auf ihr wild pochendes Herz. Dann sah sie, daß der große Graue auf der Treppe zur Haustür stand und den Kopf in die Eingangshalle steckte. Sie lief hinterher, die Musik steigerte sich zu einem Crescendo und verklang. Diccon kam zur Tür, legte die Geige in den Kasten und sah sie zaghaft lächelnd an.
Marietta klatschte voll Bewunderung in die Hände, er verneigte sich und tätschelte Orpheus' Hals, der die Nüstern an seinem Arm rieb. »Ich habe Ihnen doch erzählt, daß er einer Melodie folgt«, sagte Diccon und lehnte den Geigenkasten gegen die Wand.
»Ja! Sie haben großartig gespielt, Major. Wo haben Sie das nur gelernt? Warum haben Sie nie erzählt, daß Sie Musiker sind? Und wie konnten Sie nur so grausam sein, mich hier draußen warten zu lassen, ohne mir zu sagen, daß alles in Ordnung ist?« Ängstlich fügte sie hinzu: »Es ist doch alles in Ordnung, oder?«

Diccon packte Orpheus am Zügel, und sie gingen den Graben entlang zum Nordflügel. »Um Ihre letzte Frage zuerst zu beantworten, Miss Warrington: Sie hatten recht. Es ist jemand im Haus.«
»Mit dem Sie eine Weile geplaudert haben, wie? Wer ist es? Die vermißte Lady Coville?«
Ihr war, als würde ihm kurz der Atem stocken. Dann sagte er: »Es ist allerdings etwas schwierig, mit ihr zu plaudern, weil die Lady ihren Kopf unter dem Arm trägt. Wie dem auch sei …«
»Teufel!« sagte sie fröhlich lachend. »Als nächstes werden Sie behaupten, Sie hätten sich mit Saladin unterhalten.«
»Oh, mehrmals. Er will mir allerdings das Versteck nicht verraten, dieser Spielverderber.«
»Dann kennen Sie also die Legende von dem mit Juwelen besetzten Gemälde?«
»Aber natürlich. Warum glauben Sie wohl, habe ich mich hier einquartiert?«
»Ich dachte wegen der für Schmuggler günstigen Lage von *Lanterns* zum Strand. Würden Sie jetzt bitte meine anderen Fragen beantworten, oder wollen Sie mich wieder einmal mit Ausflüchten abspeisen?«
Er lächelte und sagte: »Mein Großvater war Geiger und hat angefangen, mich zu unterrichten, als ich drei Jahre alt war.«
»So früh schon? Das war sicher schwer für Sie.«
»Keineswegs. Es hat mir sehr viel Freude gemacht. Mein Großvater hat eine kleine Geige für mich bauen lassen. Ich habe sie immer noch, für den Fall, daß ich eines Tages meinem Sohn …« Er verstummte abrupt, und plötzlich war sein Blick wieder abweisend und kalt.

»Sie spielen so großartig, daß ich hoffe, Sie werden mir und meiner Familie die Ehre eines Gastspiels in unserem Haus erweisen.« Zögernd fügte sie hinzu: »Es sei denn, Sie empfinden meine Bitte als aufdringlich.«
Diccons Miene hellte sich auf. »Im Gegenteil, ich freue mich darüber. Amateur-Musiker lieben Auftritte vor einem dankbaren Publikum.«
»Ihr Spiel eben hat aber nicht amateurhaft geklungen. Wie heißt das Stück?«
»*Der Ehrenwerte*. Ich habe es für Sir John Moore komponiert, einen der ehrenwertesten Gentlemen, die ich kenne.«
Marietta blieb stehen und legte ihm spontan die Hand auf den Arm. »*Sie* haben diese wunderschöne Musik komponiert?«
Er nickte. Ihre offenkundige Bewunderung ließ ihn erröten.
»Wie … wundervoll! Was für eine außerordentliche Begabung! Leben Sie *deshalb* ganz allein in *Lanterns?* Um in Ruhe komponieren zu können? Oh, ich muß alle Ihre Kompositionen kennenlernen!«
»Das haben Sie schon, Ma'am. Denn dieses ist mein einziges Konzertstück.«
Bestürzt fragte sie: »Aber … warum? Wie konnten Sie Ihr Talent vergeuden und eine militärische Laufbahn einschlagen? Sie hätten Unterricht bei einem berühmten Komponisten nehmen oder eine der großen Musikschulen besuchen müssen, wie … wie diese Universität in … in Paris.«
»Sie meinen etwa die Sorbonne?«
»Ja. Genau.«
Kurz bedeckten seine langen Fingern die kleine Hand, die auf seinem Arm lag, und er sagte mit rauher Stimme: »Wie freundlich Sie sind. Ich danke Ihnen. Natürlich war es mein

Traum, Musiker zu werden. Doch das Leben hat so eine Art, Träume platzen zu lassen. Leider.« Er schwieg eine Weile, wie in Erinnerungen versunken. Dann fuhr er fröhlich fort: »Halten Sie mich jedoch bitte nicht für einen Versager. Ich habe ein paar Freunde, für die ich manchmal spielen darf. Mr. Fox ist ein geduldiger Zuhörer und Orpheus ein wahrer *afficionado.*« Ihre Blicke begegneten sich, und er fügte schüchtern hinzu: »Da ich annehmen darf, daß Ihnen meine Musik gefallen hat, werte ich das als ganz persönlichen Triumph.«

»Sie hätten mir keine größere Freude machen können, Major. Wollen Sie mir jetzt nicht endlich sagen, wer im Haus ist?«

Er war so in ihren Anblick vertieft, daß er verwirrt fragte: »Was? Ach so! Mein Diener ist zurückgekehrt. MacDougall ist mir Freund und Diener zugleich. Sie müssen ihn kennenlernen. Er serviert uns den Tee im Garten.«

Amüsiert darüber, wie sehr Diccon bemüht war, die Etikette zu wahren, sagte sie: »Das klingt nett! Aber was würde Lord Temple and Cloud dazu sagen, wenn er uns unberechtigterweise auf seinem Grund und Boden anträfe?«

»Oh, er hätte bestimmt nichts dagegen einzuwenden.«

»Das ist leicht gesagt, Sir. Angenommen, er käme in diesem Augenblick angeritten. Was würden Sie ihm dann sagen?«

»Wahrscheinlich wäre ich vor Erstaunen zunächst sprachlos. Meines Wissens hat der Lord seit über einem Jahrzehnt keinen Fuß mehr hierher gesetzt.«

»Ich habe gehört, daß er im Ausland gelebt hat, kürzlich jedoch nach London zurückgekehrt ist und daß in Bälde mit seiner Ankunft in *Lanterns* zu rechnen ist.«

»Ach, tatsächlich?« Er musterte sie nachdenklich und fragte dann: »Wie gefällt Ihnen der bescheidene Rahmen unserer Teeparty, Ma'am?«
Auf dem von Unkraut überwucherten Rasen war eine Dekke ausgebreitet, und ein stämmiger, ziemlich mürrisch aussehender Mann in sauberer, brauner Kleidung – Marietta schätzte ihn auf Ende Vierzig – stellte ein beladenes Tablett auf einen Stuhl.
»Oh, wie reizend«, sagte Marietta, die die dickwandigen Becher, die blecherne Teekanne und der angeschlagene Teller mit Brot, Butter und Marmelade wenig störte.
Diccon meinte mit einem schiefen Lächeln: »Der Rahmen entspricht leider nicht einer vornehmen Teeparty, aber ich glaube, der Tee wird Ihnen schmecken.«
»Wahrscheinlich Schmuggelware«, murmelte Marietta.
»Keine Angst, ich lebe schon so lange in Sussex, daß ich es mir abgewöhnt habe, Fragen zu stellen.«
»Dann können Sie Ihren Tee mit engelsreinem Gewissen genießen. Komm her, Mac! Miss Warrington, das ist Micah MacDougall. Sir Lionel Warrington und seine Familie wohnen im Austragshaus, Mac. Und, sage mir – da du doch stets alle Klatschgeschichten kennst –, ist Lord Temple and Cloud in London?«
Nachdem sich MacDougall steif vor der schönen Lady, die ihn so bezaubernd anlächelte, verneigt hatte, sah er Diccon gleichmütig an und sagte: »Meines Wissens nach, Major, ist der Lord nicht in London.«
Marietta sagte: »Dann befindet er sich vielleicht schon auf dem Weg hierher?«
»Nein, Miss Warrington. Ich glaube, Lord Temple and Cloud kommt nicht mehr nach *Lanterns.* Ich versorge jetzt

die Pferde, Sir.« Mit einem knappen Neigen des Kopfes entfernte sich der Schotte.
Marietta saß auf der Decke und sah ihm neugierig nach: »Wie kann er das wissen? Dienstbotengeschwätz?«
»Zweifellos. Es breitet sich wie Buschfeuer aus, und gewöhnlich kann man sich darauf verlassen.«
Vielleicht, dachte Marietta, aber es paßt nicht zu dem, was Sir Gavin Coville und sein Sohn erzählt hatten.
Diccon saß neben ihr, und sie goß Tee ein, bestrich Butterbrote mit Pflaumenmus und fand es wunderbar. Ihre unbefangene Unterhaltung drehte sich um Musik, die Gemälde des brillanten Malers Joseph Turner und ihre gegensätzlichen Ansichten darüber, ob ein Dampfschiff ohne Segel den Atlantik überqueren könne, was Marietta für unmöglich hielt. Nach einer kurzen, einträchtigen Schweigepause fragte sie ihn, ob er wirklich nach *Lanterns* gekommen sei, um das legendäre Gemälde *Saladins Seufzer* zu finden, und was er darüber wisse.
»Nicht viel«, räumte er ein. »Natürlich würde ich das hübsche Ding gern finden, aber was ich darüber weiß, beruht nur zu einem Prozent auf Tatsachen und zu neunundneunzig Prozent auf Vermutungen. Wenn man bedenkt, wie sich in London Gerüchte verbreiten und innerhalb von ein paar Stunden verfälscht und ausgeschmückt werden, können Sie sich vorstellen, welche ausufernden Dimensionen eine Legende über sechs Jahrhunderte hinweg annehmen kann.«
»Aber die Legende besagt doch, das Gemälde bestehe hauptsächlich aus Edelsteinen und habe einen Rahmen aus massivem Gold. Stimmt das?«
Er nickte. »Lord Simon Cloud hat es angeblich während des Dritten Kreuzzugs Saladin geraubt, nach *Lanterns* ge-

bracht und hier vor den Franzosen versteckt. Es heißt, Saladin habe Geheimagenten geschickt, um das Bild aufzuspüren und wieder in seinen Besitz zu bringen.«
Marietta goß Tee nach und wandte ein: »Ich frage mich, warum sich dieser sagenhaft reiche Sultan die Mühe gemacht haben soll, ein so kleines Gemälde wieder in seinen Besitz zu bringen.«
»Weil es ein seiner Obhut anvertrauter Nationalschatz war, Ma'am. Er stand in dem Ruf, ein stolzer und ehrenwerter Gentleman zu sein, und betrachtete es als Schande, das in ihn gesetzte Vertrauen enttäuscht zu haben. Deshalb heißt das Gemälde *Saladins Seufzer.*«
Marietta trank ihren Tee aus. Sie schwieg eine Weile träge und zufrieden und dachte über den mächtigen Sultan und seinen verlorenen Schatz nach. Diccon holte sie aus ihren Tagträumen zurück, als er eine Biene aus ihrem Haar verscheuchte. »Ich frage mich«, sagte sie, »ob man das Bild je finden wird.«
»Wenn ja, wird der Finder ein sehr reicher Mann sein. Seine Kinder und Enkel können noch von diesem Reichtum zehren.« Grinsend fügte er hinzu: »Wenn er wegen des Bildes nicht ermordet wird! Ein derartiges Objekt zieht unweigerlich eine Armee von Halsabschneidern an, die es ihm stehlen wollen.«
»Müssen Sie denn meine romantischen Vorstellungen so zerstören? Aber es ist höchste Zeit für mich, nach Hause zu reiten, Major.« Lächelnd streckte sie ihm die Hand hin, und er sprang auf, um ihr galant auf die Füße zu helfen. Sie fragte: »Wollen Sie wirklich nicht noch ein paar Tage bei uns bleiben? Hier mangelt es Ihnen doch an Bequemlichkeit.«

Er dankte ihr und sagte, MacDougall könne auch aus einem zugefrorenen Graben einen angenehmen Aufenthaltsort machen, und auf ihn warte Arbeit. Er bestand jedoch darauf, sie nach Hause zu begleiten. Der Ritt verlief recht schweigsam, und Diccon vermutete, daß Marietta in Gedanken bei *Saladins Seufzer* war.

Marietta aber dachte an Sir Gavin Coville und dessen Sohn. Sollten deren Vermutungen zutreffen und sich Lord Temple and Cloud tatsächlich auf dem Weg nach *Lanterns* befinden, so würde Major Diccon in große Schwierigkeiten geraten. Das unbefugte Eindringen in das Haus eines Peers wurde im günstigsten Fall mit Deportation bestraft. Und sollte Seine Lordschaft von Diccons Schmuggleraktivitäten erfahren, drohte ihm die Todesstrafe. Sie warf einen verstohlenen Blick auf den neben ihr reitenden Mann, hinter dessen lässiger Anmut sie eine schwer zu zügelnde Kraft spürte. In seinem Gewerbe hatte er zweifellos gelernt, unter den gefährlichsten Umständen zu überleben. Yves hatte gesagt, der Major sei schon oft dem Tode nahe gewesen. Sie hoffte inständig, das Glück würde ihm auch weiterhin hold sein.

Vor den Ställen des Austragshauses angekommen, sprang Diccon aus dem Sattel und hob Marietta vom Pferd.

Eine vertraute Stimme rief ihren Namen. Ihr Herz machte einen Sprung, und als sie sich umdrehte, sah sie Blake Coville mit großen Schritten über den Hof kommen.

Der freudige Ausdruck in seinen Augen wich einem ungläubigen Erstaunen. Er starrte Diccon an und schrie: »*Du!* Ich dachte, du wärst noch im Kloster deines Freundes!«

Marietta sah, daß Diccons Gesicht und Haltung wieder diese unerträgliche Arroganz ausstrahlte, die sie von ihrer ersten Begegnung kannte. Er sagte eisig: »Das könnte dir so passen!«

»Sie ... kennen sich?« fragte Marietta.

»Zu meinem Bedauern, Ma'am«, sagte Diccon. »Wahrscheinlich hätte ich ...«

»Darf ich Ihnen meinen Stiefbruder vorstellen«, geiferte Coville voller Feindseligkeit. »Den *un*ehrenwerten Mallory Diccon Paisley, Lord Temple and Cloud!«

Achtes Kapitel

Marietta hatte einen Augenblick lang den Eindruck, als wäre alles erstarrt. Im sanften Licht des Spätnachmittags standen alle wie Statuen da: Coville leicht geduckt mit wutverzerrtem Gesicht; Diccon sehr gerade, stolz erhobenen Hauptes hielt er ihrem schockierten Blick gleichmütig stand; Tante Dova stand vage lächelnd auf der Treppe.

Als Marietta ihre Stimme wiederfand, stammelte sie leise: »Das ist nicht wahr! Das kann nicht wahr sein! Sie hätten uns doch nicht … Sie könnten uns doch nie so belügen?«

»Und ob er das kann!« schleuderte Coville seinem Stiefbruder ins Gesicht. »Wo ist sie, du erbarmungsloser Schurke? Was hast du mit Lady Pamela gemacht?«

Diccon ignorierte ihn und wandte sich statt dessen zu Marietta: »Miss Warrington, ich habe Sie nicht belogen, ich habe nur …«

»Sprich, verdammt noch mal!« brüllte Coville.

Diccon warf ihm aus schmalen, eiskalt funkelnden Augen einen Blick zu und sagte leise, aber drohend: »Du kannst nur hoffen, daß ich das nicht tue.«

Coville wich zurück, machte zu Mariettas Überraschung auf dem Absatz kehrt und lief an Mrs. Cordova vorbei ins Haus.

»Jetzt holt er sich wohl Mut«, sagte Diccon verächtlich. »Miss Warrington, wenn ich Ihnen nicht alles über mich erzählt habe, so geschah das ...«
Marietta kam sich betrogen und dumm vor, sie war zutiefst gekränkt. »Sie haben uns von Anfang an *absichtlich* hinters Licht geführt!« fiel sie ihm ins Wort. »Sie wußten sehr wohl, wer ich war und wo ich wohne!«
»Nein.«
»Sie sagten, Ihr Name sei Diccon.«
»Das stimmt. Ihr Vater ließ mir nicht die Zeit, mich mit meinem vollen Namen vorzustellen, und ...«
»Und später haben Sie es einfach versäumt, wie? Warum? Damit Sie sich über uns lustig machen konnten? Sie waren Gast in unserem Haus und haben uns vorgegaukelt, ein armer Schmuggler zu sein, während Sie doch wußten, daß es *Ihr* Haus ist. Hat es Ihnen Spaß gemacht, uns zu hintergehen, Major? Ach, ich darf nicht vergessen, daß ja auch Ihr Rang eine Lüge ist! Mr. Williards Diener hat sie Sergeant genannt, und ich war so vertrauensselig und dumm, zu glauben ...«
»Nein!« Er packte sie am Arm und sagte verzweifelt: »Hören Sie mir zu! Marietta, Sie *müssen* mir zuhören! Ich war ...«
Sie entzog sich seinem Griff. »*Wagen* Sie nicht, mich anzufassen! Wollen Sie etwa auch leugnen, daß Sie mir erst *heute nachmittag* erzählt haben, der Lord habe seit Jahren keinen Fuß mehr nach *Lanterns* gesetzt?«
»Nein, aber ...«
»Leugnen Sie, daß Ihr ererbter Titel Lord Temple and Cloud lautet?«
Hitzig fuhr er sie an: »Hören Sie doch endlich auf, mir Be-

schuldigungen ins Gesicht zu schleudern, und hören Sie mir ...«
»Treten Sie zurück, Ma'am!«
Mrs. Cordova war verschwunden. Blake Coville stand auf der Treppe und zielte mit einer langläufigen Duell-Pistole auf Diccons Rücken.
Marietta schrie entsetzt: »Nein! Um Himmels willen – schießen Sie nicht!«
Ohne sich nach Coville umzudrehen, sagte Diccon: »Keine Angst, Miss Marietta, das ist nur Prahlerei. Er wird es nicht wagen, auf mich zu schießen.«
»Sei dir da nicht so sicher«, rief Coville grimmig. »Wenn du mir nicht sagst, was du mit Lady Pamela gemacht hast, habe ich das gute Recht ...«
»... mir in den Rücken zu schießen? In Anwesenheit der Damen?« Diccon drehte sich um und ging langsam auf Coville zu. »Du bist sehr freigebig mit unbewiesenen Anschuldigungen. Jetzt zeig, ob du den Mumm hast, einem Mann in die Augen zu sehen, während du auf ihn schießt.«
Coville preßte die Lippen zusammen und zielte.
Marietta, die ihn wie gebannt angestarrt hatte, rannte plötzlich los und war sich mit einem Aufschrei dazwischen. Überrascht fuhr Coville zusammen, dabei löste sich ein Schuß aus der Pistole.
Im selben Augenblick, als der Schuß die Stille zerriß, stieß Diccon Marietta beiseite. Die Kugel brannte ein Loch in seinen Ärmel. Mit einem Satz war er auf der Treppe, schlug Coville die Pistole aus der Hand und versetzte ihm gleichzeitig mit dem Handrücken einen Schlag ins Gesicht. Diccon fauchte: »Mörderischer Aasgeier!« Dann war er mit ein paar Schritten bei Marietta, half ihr auf die Beine, pack-

te sie an den Schultern und schüttelte sie heftig. Mit zusammengebissenen Zähnen knurrte er: »Machen – Sie – *nie* wieder – so etwas Dummes! Sind Sie verletzt?«
Ihre Stimme war vor Schrecken und Wut schrill, als sie antwortete: »Nein, dank Ihrer idiotischen Heldentat nicht! Sie werfen *mir* Dummheit vor, dabei gehen *Sie* direkt auf eine geladene Waffe zu!«
»Was, um Himmels willen, ist denn hier los?« Sir Lionel kam, von seiner Schwägerin und Fanny gefolgt, aus der Küche gestürzt. »Ein Kampf in Anwesenheit von Damen? Haben Sie Ihre guten Manieren vergessen, Gentlemen?«
Fanny lief zu ihrer Schwester, warf die Arme um sie und fragte: »Bist du verletzt, Liebes?«
Marietta schüttelte den Kopf und klammerte sich, plötzlich zitternd, an sie.
Ohne Diccons Antwort abzuwarten, schrie Sir Lionel: »Ich muß Sie bitten, mein Haus sofort zu verlassen, Major!«
Coville rappelte sich auf und sagte: »Hüten Sie sich, diesem Mann Befehle zu erteilen, Sir. Seine Lordschaft könnte Ihren Mietvertrag kündigen.«
Sir Lionel starrte Coville verständnislos an.
Mrs. Cordova tänzelte die Treppe hinunter und trällerte: »Unser Diccon ist ein Baron; er trägt einen alten, stolzen Namen. Unser Diccon, lieber Bruder, ist Lord Temple and Cloud.«
»W... was?« keuchte Sir Lionel mit vorquellenden Augen.
»Und Seine Lordschaft ist im Begriff zu gehen«, sagte Marietta.
Diccon warf einen letzten Blick auf ihr wütendes Gesicht, stieg wortlos auf sein Pferd und ritt davon.

»Ich habe dem Mann nie getraut«, verkündete Fanny vehement. »Nie!«
Marietta, die diese Bemerkung schon nicht mehr hören konnte, schwieg.
»Weil du Angst vor ihm hast«, sagte Mrs. Cordova mit einem wissenden Lächeln. »Du ähnelst mir in gewisser Hinsicht, meine Liebe. Du spürst, daß dieser Mann gefährlich ist.«
Die drei Damen hatten es sich vor dem warmen lodernden Kaminfeuer im Wohnzimmer gemütlich gemacht. Blake Coville und Sir Lionel saßen noch bei Käse und Wein im Eßzimmer. Blake hatte seinen Ausbruch mit seiner Sorge um Lady Pamela Coville entschuldigt und beschämt eingeräumt, daß er die Pistole nicht in Anwesenheit von Ladies hätte zücken sollen. Er wiederholte ständig, daß er nicht habe schießen wollen, doch als Marietta sich dazwischengeworfen habe, sei er erschrocken zusammengezuckt, und der Abzug seiner Hairtrigger reagiere auf den leisesten Druck. Sein Verhalten sei verwerflich gewesen, und er sei sich bewußt, daß es leicht hätte zu einer Tragödie führen können. Allein der Gedanke daran hatte ihm die Tränen in die Augen getrieben, als er sich völlig zerknirscht bei Marietta entschuldigte. Ihm war verziehen worden, und er hatte gern die Einladung zum Abendessen angenommen.
Marietta war verhätschelt und als wahre Heldin dieses unglückseligen Zwischenfalls gepriesen worden. Und als die Damen allein waren, gratulierten Dova und Fanny ihr, weil Mr. Blake zu ihr zurückgekehrt war, offensichtlich verliebter denn je. Aber obwohl sich Mariettas Nerven inzwischen beruhigt hatten, war sie deprimiert und unglücklich. Die

Worte ihrer Tante ärgerten sie. »Warum ihr beide Angst vor dem Major habt, ist mir ein Rätsel. Gewiß, er hat uns nicht die Wahrheit gesagt – was schwer zu verzeihen ist. Aber ich bezweifle sehr, daß er uns je hat schaden wollen.«
»Hast du vergessen, daß er Arthur verletzt hat?« fragte Fanny dickköpfig.
»Du weißt, daß das keine Absicht war. Und unser kleiner Bruder ist richtig aufgeblüht, seit er hier ist. Was sollen wir dem kleinen Kerl nur erzählen? Er wird Diccon sehr vermissen.«
Mrs. Cordova nickte. »Ja. Das kannst du nicht abstreiten, Fanny.«
»Vielleicht nicht«, sagte Fanny. »Aber ich bin sehr froh, daß Mr. Coville wieder hier ist, damit Etta diesen bösartigen, hinterhältigen Mann vergißt.«
»Dieser ›bösartige Mann‹«, sagte Marietta, »hat mir das Leben gerettet. Hätte er mich nicht beiseite gestoßen, als Mr. Coville geschossen hat, wäre ich wahrscheinlich getroffen worden.«
Das hatte Fanny nicht gewußt. Bestürzt sagte sie: »Dann muß ich mich bei ihm entschuldigen und ihm tausendmal danken. Aber … ach, Liebes! Wie soll ich einen Mann mögen, der seine arme Mama entführt hat?«
»Ich glaube keine Sekunde, daß er so etwas getan haben soll«, entgegnete Marietta.
»Du meinst also, Sir Gavin und Blake Coville lügen?«
»Wohl eher, daß sie sich irren.«
Fanny seufzte und sagte zweifelnd: »Aber überleg doch, was für Flunkereien uns der Major erzählt hat und wie geschickt er jeder Frage ausweicht, die ihm nicht paßt.«
»Er gebraucht Ausflüchte, ja«, räumte Marietta ein. »Ich

gebe zu, daß er viele Fehler hat. Aber ich glaube nicht, daß er einen Mord begangen hat. Was meinst du, Tante?«

Mrs. Cordova schürzte die Lippen, flüsterte »Captain Cameron« etwas ins Ohr und sagte dann ernst: »Meine Liebe, für mich steht außer Zweifel, daß der Major getötet hat. O ja, unser edler Landlord hat getötet!«

»Tante!« rief Marietta entsetzt. »Ich dachte, du magst ihn.«

»Das tue ich doch, Kind! Ich mag ihn sogar sehr. Aber Fanny hat recht: Er ist ein sehr gefährlicher Mann – auch wenn das nur sein Stiefbruder behauptet.«

»Ihre drei Schußwunden und die Musketenkugel, die jahrelang in Ihrem Rücken steckte, reichen Ihnen wohl noch nicht?« MacDougalls schottischer Akzent war breiter als gewöhnlich, als er den Teller mit Spiegeleiern und saftigen Schinkenscheiben auf den Küchentisch knallte. »Dazu kommen Messerstechereien und Prügeleien, und Sie wurden von einem bockenden Pferd beinahe zu Tode getrampelt.« Eine Schale mit gebuttertem Toast und ein Topf Mus landeten klirrend auf dem Tisch. Dann griff er nach dem Kaffeetopf, der auf dem Ofen zischte. »Und wofür das alles? Was haben Sie mit all dem Elend erreicht? Wollen Sie nicht endlich aufhören, dem Schicksal eine Nase zu drehen?«

Diccon griff nach dem Pflaumenmus und war in Gedanken bei einer ganz bestimmten idyllischen Teeparty. »Was schlägst du denn vor?« fragte er geistesabwesend.

»Ich schlage vor«, knurrte MacDougall und goß den Kaffee so heftig in den Becher, daß er überschwappte, »Sie kehren dem ganzen undankbaren Pack den Rücken! Sollen die doch verrecken! Und ich schlage vor, wir gehen nach Lon-

don zurück, werfen diese Parasiten aus Ihrem schönen Haus, und Sie nehmen den Platz in der Gesellschaft ein, der Ihnen rechtmäßig zusteht ...«
»Du weißt, wie ich darüber denke«, unterbrach Diccon ihn leicht gereizt. »Und was das Stadthaus betrifft, so sind mir die Hände gebunden. Ich kann meinen Anspruch darauf nicht geltend machen, ohne sofort verhaftet zu werden.«
»Wovor ich Sie gewarnt hatte«, sagte der Schotte grimmig. »Was sollen wir also tun? Hier auf den Schweizer und sein Monster warten, damit sie uns abschlachten? Die wissen, daß Sie hier sind, Mann! Der Halunke, der hier eingedrungen ist, war einer von Monteils Spionen. Ein gewöhnlicher Einbrecher hätte doch etwas gestohlen.«
»Wahrscheinlich bist du ihm in die Quere gekommen. Nein, Mac«, Diccon schwenkte die Gabel, um MacDougalls empörte Antwort abzuwehren. »Ich bleibe hier. *Lanterns* ist mein Erbe und wurde viel zu lange vernachlässigt. Dieses schöne Fleckchen Erde ...«
»Und diese Schönheit oben am Hügel«, murmelte MacDougall.
Diccon ignorierte den Seitenhieb und redete weiter: »... soll wieder ein ansehnliches Haus zieren.«
MacDougall warf sarkastisch ein: »Wofür Sie gedenken, Ihr stattliches Vermögen auszugeben, wie?«
»Das ich nicht besitze, das willst du doch damit sagen, du unverschämter Kerl.«
»Oje! Das hätte ich mir wohl besser verkniffen«, murmelte der Schotte reumütig. »Manchmal neige ich dazu, den mir angestammten Platz zu vergessen. Ich bitte um Vergebung, My...«
»*Wage* nicht, mir diesen verdammten Titel an den Kopf zu

werfen! Und was deinen ›angestammten Platz‹ betrifft ... spiel mir hier ja nicht den demütigen Diener vor.«
MacDougall schepperte gekränkt mit Tellern und Tassen, während Diccon weiter frühstückte.
Die beiden waren schon lange Weggefährten. Manchmal hatten sie Seite an Seite gekämpft, und wenn der Schotte Diccon zu gefährlicheren Abenteuern nicht hatte begleiten dürfen, so war er immer an seine Seite geeilt, wenn Diccon verletzt davon zurückkehrte. Und wie alle altgedienten Dienstboten nahm sich MacDougall manchmal das Recht heraus, seinem Herrn die Meinung zu sagen. Doch keiner wußte besser als Diccon, daß der Mut des Schotten nie wankte und seine Loyalität grenzenlos war. Was jetzt ein Problem darstellte. Seit er mit achtzehn Fähnrich geworden war, hatte ihm der doppelt so alte Mac als Bursche gedient. Somit war Mac jetzt über fünfzig und noch immer gesund und munter, aber Diccon wußte, daß die Situation, in der er sich befand, sehr gefährlich werden konnte.
»Außerdem«, sagte er und hielt dem Schotten seinen Becher zum Nachfüllen hin, »könnten die Geschäfte bald besser laufen.«
»*Geschäfte!*« schnaubte MacDougall und griff nach dem Kaffeetopf.
Diccon sagte ruhig: »Nur, weil ich das Landleben gewählt habe, mußt du nicht dasselbe tun. Dir gefällt es in der Stadt, Mac. Ich kenne viele Gentlemen, die dich zu gern in ihre Dienste nehmen würden. Ein Wort von dir genügt, und ich schicke sofort ein paar Briefe los.«
MacDougall, der ihn mit finster gerunzelter Stirn angesehen hatte, knallte den Kaffeetopf auf den Tisch, sog zi-

schend Luft durch die Zähne und stapfte wortlos aus der Küche.

Diccon hörte förmlich das Pfeifen des Dudelsacks, das diesen königlichen Abgang begleitete. »Puh!« stöhnte er.

Der Schotte hatte wahrscheinlich den Grund erraten, warum er nicht von hier weg wollte, und hielt ihn deshalb für einen Wirrkopf. Er seufzte. Was er auch war. Wer hätte gedacht, daß er nach so vielen gefährlichen Jahren nach *Lanterns* zurückkehren und ausgerechnet hier der Lady seiner Träume begegnen würde? Und daß das Schicksal so grausam sein würde, ihr jeden Grund zu geben, ihn abzuweisen und ihm zu mißtrauen? Daß kein Mann in London ihre Freundlichkeit, ihren Mut und ihre Schönheit erkannt hatte, zeigte, wie dumm und hohlköpfig diese Kerle waren. Doch jeden Tag konnte ein reicher und angesehener Mann, der ihr alles bieten konnte, um ihre Hand anhalten. Er würde sie verehren und ihr das Paradies zu Füßen legen. Und nichts Geringeres hatte sie verdient, dachte er unglücklich.

Die vergangenen zwei Tage waren endlos und trübselig gewesen. Er vermißte Marietta so sehr, daß sein Herz schmerzte. Auch den Jungen vermißte er. Er war nicht in die Nähe des Austragshauses gegangen, hatte aber oft sehnsüchtig in die Richtung geschaut. Sehr oft. Und er hatte noch nicht einmal Mrs. Gillespie oder Bruder Tuck gesehen. Das regnerische Wetter hatte noch zu seinem Trübsinn beigetragen. Um sich abzulenken, hatte er Haus und Boden inspiziert und Pläne für Restaurierungsarbeiten gemacht, doch in Gedanken war er immer bei Marietta gewesen. Was tat sie in diesem Augenblick? Half sie Mrs. Cordova, »Lady Leith'« Kopf wieder zu befestigen? Sang sie mit ihrer sanften, hübschen Stimme, während sie staubwischte? Machte sie sich Sorgen um diese verdammten Rechnungen? Dachte sie je an ihn? Und wenn, waren ihre Gedanken dann voller Verachtung oder …

»Sie wollen mich doch nur mal wieder aus dem Weg räumen, weil's gefährlich wird!« knurrte MacDougall, der mit grimmigem, hochrotem Gesicht in die Küche gepoltert kam. »Ganz allein wollen Sie hier bleiben, sich in Sehnsucht nach dem hübschen Mädchen da oben verzehren und darauf warten, daß Monteil und sein Monster auftauchen und Ihnen den Garaus machen!«

»Der Teufel soll dich holen, Mac!« schimpfte Diccon schuldbewußt. »Ich …«

»Das könnte Ihnen so passen!« brüllte Mac und schlug mit der Faust auf den Tisch, daß das Geschirr wackelte. »Wenn Sie es sich in Ihren gottverdammten Dickschädel gesetzt haben, hierzubleiben, bleibe ich auch. Versuchen Sie nicht, den alten MacDougall loszuwerden!« Und wieder begleitete ihn das unhörbare Orgeln von Dudelsackpfeifen, als er zur Tür marschierte. Dort drehte er sich noch einmal um und fügte aufsässig hinzu: »Euer Lordschaft!«

Diccon schlüpfte kopfschüttelnd in seine Jacke. Er hatte es zumindest versucht. »Störrischer Esel«, murmelte er voller Zuneigung und ging nach draußen zu seinen weniger streitlustigen vierbeinigen Freunden.

Der Himmel war mit grauen Regenwolken verhangen, doch es nieselte nur noch leicht. Orpheus graste auf der Koppel hinter den Ställen. Er kam zum Zaun getrabt, um seinen Herrn zu begrüßen, und galoppierte dann mit wehender Mähne davon. Der Esel stand schmollend in der Ecke der alten Scheune, wo das Dach noch intakt war. Diccon gab ihm den Brief, den Mac am Tag zuvor von der

Dorfpost mitgebracht hatte. Mr. Fox schloß die Augen und verzehrte den Leckerbissen mit Genuß. Diccon griff nach dem Striegel und machte sich an die Arbeit, wobei er wie immer mit dem Esel plauderte.

»Weißt du überhaupt, was du gefressen hast? Das war eine Nachricht von Smollet, der mir ein kleines Geschäft vorschlägt, und ich sag's dir ganz offen, es schmeckt mir gar nicht. Manchmal glaube ich, ich habe meine Bestimmung verfehlt. Ich hätte einen ehrbaren Beruf ergreifen sollen. Pfaffe oder Diplomat oder ...«

Ein Trillern riß ihn aus seinen Überlegungen. Mr. Fox schnaubte und beäugte den rotbraun-weißen Eindringling, der sich an den Stiefeln seines Herrn rieb.

»Nanu!« sagte Diccon, legte den Striegel weg und nahm seinen Besucher hoch. »Ich dachte, Kater mögen keinen Regen.«

Bruder Tuck schnurrte und rieb seine Schnurrhaare an den Fingern, die ihn so liebevoll hinter den Ohren kraulten.

»Warum sind Sie weggelaufen?« fragte eine kleine Stimme vorwurfsvoll hinter Diccon. Er drehte sich um und sah einen völlig durchnäßten Geächteten vor sich. Aber Robin Hood wies man nicht darauf hin, daß sein Wams durchnäßt war und die Federn auf seinem Hut herabhingen.

»Miss Marietta hat dir doch bestimmt gesagt, warum«, wich er vorsichtig aus.

»Freunde gehen nicht einfach weg, ohne sich zu verabschieden, auch wenn sie dringende Arbeiten zu erledigen haben«, sagte Robin. »Ich habe Sie vermißt.«

»Das tut mir furchtbar leid, alter Knabe. Ich bin sehr froh, daß du mich besuchen kommst. Hoffentlich hast du vorher um Erlaubnis gebeten.«

»Geächtete bitten nie um Erlaubnis, deshalb werden sie ja geächtet. Außerdem verwechselt Tante Dova immer ihre Rollen. Gestern sollte sie Königin Guinevere sein und war statt dessen Merlin. Was soll ich denn damit anfangen?«
»Bestimmt hat sie ihr Bestes getan. Aber wir dürfen deiner … deiner Familie keine Sorgen bereiten. Ich bringe dich besser zurück.«
Das kleine Gesicht fiel in sich zusammen.
»Bald«, setzte Diccon hastig hinzu. »Denn vorher trinken wir heiße Schokolade, weil mir kalt ist. Und außerdem wurden wir bei unserem Postkutschenüberfall gestört, nicht wahr?«
»Ja. Und der Dancing Master hat keine Beute gemacht.«
»Richtig. Die ist noch in meinem Besitz. Komm mit, dann gebe ich sie dir. Oder willst du auf dem Heimweg Dancing Master sein?«
Arthur dachte darüber nach und sagte dann, er habe seine Wegelagerermaske nicht dabei.
»Ach, dann machen wir dir eine«, sagte Diccon.
»Und was ist mit Bruder Tuck? Ich glaube, er möchte gern ein Schälchen Milch.«
»Wir stehlen dem Herrn der Speisekammer etwas Milch.«
»In Ordnung.« Eine kleine Hand schmiegte sich vertrauensvoll in seine. »Ist er ein fürchterlicher Herr?«
»Schrecklich! Wahrhaftig zum Fürchten mit seiner donnernden Stimme und den großen Stiefeln. Bei jedem Schritt wackelt der Fußboden.«
Arthur seufzte zufrieden. »Gut. Ich *wußte*, Ihr würdet alles wieder in Ordnung bringen, Sir Gawain.«
Lieben und geliebt werden, dachte Diccon, machte das Leben nicht einfacher.

MacDougalls poltriges Gehabe war gewissen Auseinandersetzungen mit seinem Herrn vorbehalten. Mit höflicher Ehrerbietung hängte er Robin Hoods Wams vor den Küchenherd, wickelte den Jungen in eine Decke, stellte Bruder Tuck ein Schälchen Milch hin und machte heiße Schokolade. Er fand an Arthurs ehrfurchtsvollem und braven Verhalten nichts Ungewöhnliches und wäre wohl überrascht gewesen, hätte er gewußt, daß der Junge ihn für einen ungestümen Gesellen hielt.
Es war ein fröhliches Zusammensein. Diccon konnte Arthur natürlich nicht die Fragen stellen, die ihm auf der Zunge brannten, aber der kleine Junge plauderte unbefangen über alles, was im Austragshaus passierte, und so erfuhr er Neuigkeiten über seine Angebetete. Wie es schien, war Marietta ständig beschäftigt und dachte »eine Menge großer Gedanken«, weil sie manchmal auf Fragen nicht antwortete. Die Witwe Maitland war zu Besuch gekommen und in Papas Werkstatt hinuntergegangen, wo sie plötzlich zu schreien angefangen hatte.
Diccon wechselte einen erstaunten Blick mit MacDougall. »Weißt du, warum sie geschrien hat?«
Arthur erzählte mit einem spitzbübischen Grinsen, die Witwe habe Papas neueste Erfindung ausprobiert, und – er bog sich vor Lachen –: »Es hat sich in ihrem Haar verfangen!«
Diccon konnte sich die Szene gut vorstellen und stimmte in Arthurs fröhliches Gelächter ein. MacDougall fand soviel Gefallen an dem Jungen, daß er seinen Dudelsack holte. Als der erste jaulende Ton erklang, griff Arthur ängstlich nach Diccons Hand, aber der Schotte war ein bemerkenswert guter Dudelsackpfeifer, und das improvisier-

te Konzert endete damit, daß alle drei durch das Haus marschierten. Diccon begleitete MacDougall auf der Geige, und Arthur trommelte auf einem Eimer. Sie machten, wie der Junge ausgelassen sagte, »einen tollen Krach«.

Es war höchste Zeit, den Jungen nach Hause zu bringen, und als Diccon die herabhängenden Mundwinkel sah, bat er MacDougall, Orpheus zu satteln. Er dachte, er würde dem Jungen eine Freude machen, wenn er ihn vor sich auf dem Sattel reiten ließ, aber Arthur zupfte ihn am Ärmel und bat, zu Fuß gehen zu dürfen. »Dann dauert's länger«, sagte er.

Es nieselte noch immer, als sich die beiden auf den Weg machten. Arthur verschwand fast in einer Seemannsjacke, die Diccon trug, wenn er mit Yves und seiner Mannschaft zum Schiff unterwegs war. Bruder Tuck knabberte auf der Hintertreppe an seiner Pfote und gönnte den beiden keinen Blick. Arthur hatte mit den langen Ärmeln zu kämpfen, erzählte jedoch mit ausgelassener Fröhlichkeit, Mrs. Gillespie sei zu einem Jahrmarkt nach Lewes gefahren und habe dort einen Riesen gesehen. Mrs. Maitland habe Madame Olympia einen Besuch abgestattet und sei sehr böse wegen eines Ratschlags gewesen, den ihr die Wahrsagerin erteilt hatte. Und Mr. Coville sei immer im Austragshaus zu Besuch. »Aber das wissen Sie bestimmt«, fügte er hinzu. »Oh, da kommt Bruder Tuck! Sehen Sie nur, wie er rast!«

Diccon sah dem Kater nach, der wie ein geölter Blitz an ihnen vorbeizischte und den Hügel hinaufsauste. »Warum sollte ich wissen, daß Mr. Coville bei euch war?« fragte er.

»Weil er doch hier war, um Sie zu besuchen, natürlich.

Kommen Sie zu uns zurück, Diccon? Mr. Coville spielt nicht mit mir. Er redet nur mit Etta und Fanny.«
Coville war also heimlich nach *Lanterns* gekommen. Um sich nach Lady Pamela umzusehen, dachte Diccon mit grimmigem Lächeln.
»... Sie ihn?« fragte Arthur.
»Ähm ... ich bitte um Verzeihung, was hast du gefragt?«
»Ob Sie ihn mögen. Ich nicht. Er tätschelt dauernd meinen Kopf und sagt: ›Lauf schon und sei ein braver Junge‹. Dauernd lächelt er, lacht aber nicht. Nicht einmal, als Bruder Tuck gestern abend eine Maus durch die Küche gejagt hat und Tante Dova und Fanny geschrien und geschrien haben. Papa und ich, wir haben gelacht.«
»Das kann ich mir vorstellen, du Schlingel. Und Miss Marietta? Hat sie auch gelacht?«
»Ja, aber sie hat die Hintertür geöffnet und Bruder Tuck samt Maus hinausgescheucht. Mr. Coville hat nur gelächelt. Papa mag ihn. Ich habe gehört, wie er zu Tante Dova gesagt hat, er sei ein feiner Kerl. Und Fanny sagt, er sähe sehr gut aus und interessiere sich für Etta.«
Diccon runzelte finster die Stirn, doch da rief Arthur: »Da kommt Etta. Ich habe Sir Gawain gefunden, Etta!«
Marietta kam ihnen den Hügel hinunter entgegen. Ihr Umhang blähte sich im Wind. Diccons Herz krampfte sich schmerzhaft zusammen. Er blieb stehen und betrachtete sie. Der Wind hatte ihr Haar zerzaust und ihre Wangen gerötet. Regentropfen glitzerten auf ihrer zierlichen Nase, und sie war sichtlich verärgert. Aber sie war selbst gekommen und hatte nicht Lem Bridger oder Mrs. Gillespie geschickt, um Arthur nach Hause zu holen.
Wie er sich danach sehnte, ihr bezauberndes Lächeln zu

sehen anstatt der Strenge, die ihren schönen Mund umspielte. »Guten Morgen, Ma'am. Ich bringe Arthur gerade nach Hause«, sagte er.

»Ja.« Kein Lächeln, und nach einem kurzen, kühlen Blick vermied sie es, ihm in die Augen zu sehen. »Ich danke Ihnen.«

»Das ist Major Diccons Seemannsjacke«, sagte Arthur wichtigtuerisch. »Ist sie nicht klasse, Etta?«

»Es ist sehr freundlich vom Major, daß du sie anziehen durftest. Aber ich habe deine Jacke mitgebracht. Gib sie ihm also zurück.«

»Ich möchte sie bis nach Hause anbehalten. Bitte, Etta. Ich will sie Papa zeigen, und Sir Gawain kann sie dann mitnehmen ...«

»Nein, mein Lieber. Major Diccon ist sehr beschäftigt, und Papa hat dir verboten, nach *Lanterns* zu gehen. Du warst ungehorsam, obwohl du es ihm versprochen hast. Das ist unartig.«

Arthur sagte aufsässig: »Ich habe die Finger gekreuzt, also gilt das Versprechen nicht richtig. Und außerdem ist Sir Gawain nicht beschäftigt, oder? Er mag es, wenn ich ihn besuche, und auch Mr. Fox und der Herr der Speisekammer, und ...«

Marietta blinzelte. »Wer?«

»MacDougall«, erklärte Diccon.

»Oh.«

»Und er hat Dudelsack gespielt, und ich habe getrommelt, und Diccon hat gefiedelt, und wir sind durchs ganze Haus marschiert.« Arthur hüpfte vor Begeisterung auf und ab. »Was war das für ein Spaß, Etta!«

Marietta betrachtete ihn liebevoll und fragte sich, ob das derselbe Junge war, der zwei Tage lang lustlos und stumm durchs Haus geschlichen war. Der Ausdruck der Verstörtheit und Kränkung war aus seinem Gesicht verschwunden. Jetzt war er wieder ein glücklicher kleiner Junge, der vor Tatendrang und Begeisterung schier platzte. Was für eine dumme Fügung des Schicksals es doch war, daß ihr Bruder ausgerechnet zu diesem hinterhältigen Individuum eine so tiefe Zuneigung gefaßt hatte und daß dieser skrupellose und hinterhältige Mann so viel Zeit mit einem Kind verbrachte, das er kaum kannte. Aber wie konnte sie, die Arthur so sehr liebte, nicht jemandem dankbar sein, der ihm so viel Freude bereitete? Lächelnd sagte sie: »Das klingt fabelhaft, Schatz. Und ich danke Ihnen für Ihre Freundlichkeit, Major. Aber Sie werden verstehen, daß der Junge seinem Vater gehorchen muß.«

»Ja, natürlich. Weißt du, alter Knabe, wir können nicht immer das tun, was wir wollen.« Diccon sah Marietta in die Augen und fügte hinzu: »Auch wenn wir uns das mehr wünschen als alles andere auf der Welt. Und ein ehrenwerter Gentleman bricht sein Versprechen nicht, Master Warrington.«

»Nein, wahrscheinlich nicht.« Arthur sah niedergeschmettert aus. Dann jedoch sagte er fröhlich: »Ist schon in Ordnung, Sir Gawain. Er kann doch mich besuchen, nicht wahr, Etta?« Er zog an Diccons Hand. »Ich habe Zeit. Kommen Sie doch gleich mit, und nach dem Mittagessen erzählen Sie mir Geschichten über ...«

»Das wird wohl nicht gehen ... eine Zeitlang. Aber ...«

»Sie gehen fort!« Arthur sah ängstlich zu ihm hoch. »Bitte, gehen Sie nicht fort, Major. Bitte! Sie sind mein bester Freund, und ...« Er verstummte. Dann fragte er kratzbürstig: »Darf ich wenigstens Mr. Fox besuchen?«

Diccon strich ihm über die zerzausten Locken und betrachtete mitleidig das traurige kleine Gesicht.
Marietta dachte unglücklich: Ach, wäre er nur ein anderer Mensch. Jemand, zu dem Arthur wirklich aufblicken und den er achten könnte. Sie unterdrückte einen Seufzer und streckte die Hand nach Arthur aus. »Komm, Schatz.«
Arthur wandte sich zu ihr um und sagte schluchzend: »Es ist deine Schuld. Du hast mir Harry Rogers und Spotty Bill und den Milchmann weggenommen, und jetzt, wo ich einen neuen Freund gefunden habe, schickst du ihn fort. Du *willst* nicht, daß ich Freunde habe. Ich … ich liebe dich … nicht mehr!«
Diccon sagte scharf: »Arthur! Du darfst nicht …«
Aber der Junge rannte schon laut schluchzend mit flatternden Ärmeln zum Austragshaus.
Marietta sagte niedergeschlagen: »Da sehen Sie, was Sie angerichtet haben!«
»Ja. Es tut mir leid. Nicht im Traum hätte ich gedacht …«
Wütend unterbrach sie ihn: »Was? Daß Sie Arthur gern haben könnten?«
»Daß er mich gern haben könnte. Wahrscheinlich hätte ich ihn wegschicken müssen, aber …« Er zuckte reumütig die Schultern.
»Denken Sie mal nach, Mylord. Hätten Sie mehr Wahrheiten als Unwahrheiten erzählt, wäre es nicht dazu gekommen.«
Marietta sah zwar verärgert aus, aber zumindest redete sie mit ihm und machte keine Anstalten, ihrem Bruder zu folgen. Er sagte: »Vielleicht wäre es nicht dazu gekommen, wenn Sie nicht so bereitwillig schlecht von mir gedacht hätten.«

Marietta reckte streitlustig das Kinn. »Warum sollte ich nicht glauben, was Sie selbst eingestanden haben, Sir?«
»Daß ich Lord Temple and Cloud bin, zum Beispiel?«
»Unter anderem ... ja.«
»Nein.«
Sie starrte ihn verständnislos an. »Aber, Sie haben doch gesagt ...«
»Ich bitte um Vergebung, Ma'am. Sie haben mich gefragt, ob das mein ererbter Titel sei. Ja, das stimmt. Aber ich lehne diesen Titel ab.«
Ihre Augen wurden groß, und ihre rosigen Lippen formten ein »Oh«. Verblüfft wiederholte sie seine Worte: »Sie lehnen den Titel ab? Du meine Güte! Warum denn nur?«
Schulterzuckend antwortete er: »Aus Stolz, könnte man sagen. Ich verdiene mir meine Titel lieber selber. Warum sollte ich erwarten, daß sich andere Männer – Männer, die sich im Leben wahrscheinlich verdienter gemacht haben als ich – vor mir verneigen, einen Kratzfuß machen und mich ›Mylord‹ nennen, nur weil einer meiner Ur-Ur-Urgroßväter etwas Ehrenvolles getan hat? Meinen militärischen Rang habe ich mir selbst erworben, aber ...«
Marietta hakte ein: »Von welchem Rang sprechen Sie? Sind Sie Sergeant oder Major? Oder vielleicht Sergeant-Major?« Aus Angst, ihn wieder zu schroff zu behandeln, fügte sie schnell hinzu: »Sie wurden doch nicht in Waterloo befördert?«
»Nein, Miss Marietta. Zum Major wurde ich 1813 befördert.«
»Wahrscheinlich werden Sie behaupten, daß Sie auch diesen Titel abgelehnt haben.«
»Ich gebe zu, daß ich ihn ein paarmal beinahe verloren hät-

te. Doch meine Degradierung in Waterloo war ... äh, diente taktischen Zwecken.«
Neugierig geworden, fragte Marietta: »Dürfen Sie darüber sprechen?«
Zögernd antwortete er: »Nur, wenn Sie die Geschichte für sich behalten, Ma'am.«
Marietta nickte und erhob zu seiner Freude keine Einwände, als er neben ihr den Hügel hinaufging.
»Damals hat ein gewiefter Dieb in London sein Unwesen getrieben«, erklärte Diccon. »Er war darauf spezialisiert, Safes und Stahlkassetten aufzubrechen. Meine Vorgesetzten hatten Grund zu der Annahme, daß er bei einem dieser Einbrüche auf geheime Informationen gestoßen war, über deren Wichtigkeit er sich nicht im klaren war. Da der Dieb mittlerweile identifiziert worden war, wurde gnadenlos Jagd auf ihn gemacht, und aus Angst um sein Leben hat er sich in Rifle Green versteckt. Damals haben wir nicht im Traum daran gedacht, daß Bonaparte wirklich angreifen würde, und ich wurde reingeschickt, um unseren Mann rauszuholen. Als Offizier wäre mir das nicht möglich gewesen.«
»Also wurden Sie Sergeant. Ist es Ihnen denn gelungen, Ihren Auftrag zu erfüllen?«
»Glücklichweise ja. Während der Schlacht.«
Als Marietta den leeren Ausdruck in seinen Augen sah, sagte sie: »Da steckt doch noch eine Geschichte dahinter, nicht wahr?«
»Ja, Ma'am. Vielleicht darf ich Sie Ihnen ... eines Tages erzählen?«
Diese Worte klangen so hoffnungsvoll, daß es ihr beinahe ein Lächeln entlockt hätte. Doch dann riß sie sich zusam-

men und sagte hastig: »Mir wäre lieber, Sie würden mir erzählen ...« Ihr wurde bewußt, daß sie kein Recht hatte, ihm Fragen über familiäre Angelegenheiten zu stellen, und sie brach ab.
Diccon beobachtete das Wechselspiel der Gefühle auf Mariettas Gesicht, das für ihn zum Inbegriff weiblicher Schönheit geworden war. »Sie wollen wissen, ob ich wirklich meine Mutter ermordet habe.«
Der erwartungsvolle Ausdruck, mit dem sie ihn nun ansah, ärgerte ihn und erwärmte gleichzeitig sein Herz. Grimmig sagte er: »Wie ich sehe, hat mein lieber Stiefbruder sein Gift versprüht.«
Marietta antwortete stirnrunzelnd: »Mr. Coville ist verständlicherweise in großer Sorge um Lady Pamela.«
In Diccons Stimme lag bitterer Hohn, als er sagte: »Oh, verständlicherweise! Großer Gott, Madam, trauen Sie mir das wirklich zu?«
Er war stehengeblieben. Sie sah ihm forschend ins Gesicht und sagte zögernd: »Ich glaube, wenn jemand eine solche Unwahrheit über meinen Bruder verbreiten würde, er würde die betreffende Person sofort zum Duell fordern.«
»Dann ... halten Sie die Behauptung meines Stiefbruders also für eine Unwahrheit?« Er machte einen Schritt auf sie zu. »Marietta, wollten Sie das damit sagen?«
Wieder flackerte diese silberne Flamme in seinen Augen auf, die ihr angst machte und doch ihr Herz vor Aufregung brennen ließ. Sie sagte: »Wie soll ich überhaupt etwas sicher wissen, außer daß Sie die Anschuldigung nicht zurückweisen?«
Er war jetzt ganz nahe bei ihr, griff nach ihrer Hand und fragte mit rauher Stimme: »Können Sie mir in die Augen

sehen und mir sagen, daß Sie mich für fähig halten, eine solche Tat zu begehen? Können Sie das?«

Marietta versuchte sich gegen die unverhüllte Zärtlichkeit in seinem Blick zu wappnen, doch ihre Anstalten, sich seinem Griff zu entziehen, waren nur halbherzig. Alles ist falsch, dachte sie verzweifelt. Blake sollte sie auf diese enervierende Art ansehen. Blake sollte ihr Herz so heftig schlagen lassen. Er war der Mann, der für ihre Familie sorgen konnte. Nicht dieser geheimnisvolle Fremde, der in allem so intensiv und so rätselhaft war und dem Blakes gutes Aussehen und unbeschwerter Charme fehlten. Doch sie hatte ungeahnte Tiefen von Herzensgüte und Freundlichkeit in Diccon gefunden, und eine Stärke, die für seine glückliche Lady ein Bollwerk gegen die Welt sein würde … Du meine Güte! dachte Marietta erschrocken und, sich auf ihren gesunden Menschenverstand besinnend, hörte sie wieder Blakes ernste Worte: »Er ist der gefährlichste Mann, den ich je kennengelernt habe.«

»Auch wenn ich es nicht glauben würde«, sagte sie und wandte den Kopf ab, »müßte meine Familie Zweifel haben, solange Sie nicht mit der Sprache herausrücken. Wem sollen wir denn glauben? Sir Gavin und Mr. Coville waren immer sehr freundlich zu uns. Warum sollten die beiden eine so schreckliche Lüge verbreiten? Warum sollten sie uns überhaupt davon erzählen? Wir sind keine langjährigen Freunde.«

Er ließ ihre Hand los. »Aber Sie leben ganz in der Nähe von *Lanterns,* Miss Marietta. Bestimmt hat mein Stiefvater Sie gebeten, ihn über alles, was dort passiert, auf dem laufenden zu halten.«

Das stimmte. Im Weitergehen sagte sie langsam: »Wenn

Sir Gavin *Lanterns* im Auge behalten will, warum hat er uns dann das Austragshaus vermietet und ist nicht selbst dort eingezogen?«

»Weil ich zu der Zeit den beiden wahrscheinlich noch nicht als Bedrohung erschienen bin.«

Marietta sagte schockiert: »Inwiefern stellen Sie denn eine Bedrohung dar? Sir Gavin ist ein sehr reicher Gentleman, und ...« Sie beendete den Satz nicht, sondern biß sich auf die Unterlippe.

»Und *Lanterns* ist eine Ruine, und ich bin ein mittelloser Mann?« Er nickte. »Richtig. Und ich vergesse meine Manieren. Es ist sehr unanständig, über Mitglieder der eigenen Familie schlecht zu reden. Deshalb, Ma'am, werde ich nichts mehr sagen und kann Sie nur bitten, mir zu glauben, daß ich – und Gott möge mein Zeuge sein – niemals einer Lady etwas zuleide getan habe und es niemals tun würde.«

Marietta schwieg betroffen.

Er berührte zögernd ihre Hand, und sie blieb stehen und sah ihn an.

»Ma'am, ich bitte Sie, mir zu vertrauen. Werden Sie mir erlauben, den unerschrockenen Geächteten von Sherwood Forest wiederzusehen? Und ... Sie?«

Marietta zögerte. Ein Mann, der ein Lügner und Mörder war, würde ihr doch sicherlich nicht derart fest und aufrichtig in die Augen sehen können? Und der kleine Arthur liebte ihn so sehr.

»Bitte?« murmelte er.

»Ich muß mit meinem Vater darüber sprechen. Ich werde ihn sicher dazu überreden können, meinem Bruder die Erlaubnis zu geben, Sie in *Lanterns* zu besuchen, auch wenn er nicht zulassen wird, daß Sie in unser ...« Plötzlich mußte sie lachen. »Wie dumm von mir! Es ist ja Ihr Haus!«

»Nein, Miss Marietta. Für die Dauer des Mietvertrags ist Sir Lionel der rechtmäßige Besitzer. Aber ... ich danke Ihnen, daß Sie mir Hoffnung machen.«

Er nahm ihre Hand und neigte sich mit höfischer Anmut darüber.

Und ging mit einem schwindelerregenden Gefühl des Triumphs davon – sie hatte ihm ein Lächeln geschenkt.

Neuntes Kapitel

Sir Lionel kam mit schmutzigen Stiefeln und tropfnassem Umhang in die Küche getrampelt und schimpfte: »Dieser Bach ist ein reißender Strom …«

»Papa! Meine Klöße!« kreischte Fanny.

»Wie?« Er starrte sie verständnislos an.

Fanny beugte sich schützend über die Teigschüssel. »Du spritzt Regentropfen auf meine Klöße.«

»Oh. Tut mir leid, Fanny.« Er schnupperte. »Donnerwetter, riecht das gut! Gibt es Stew zu Mittag? Stew sei gewöhnlich, meint Dale. Aber für mich gibt es an einem Regentag nichts Besseres.«

Marietta nahm ihm den Umhang ab. »Hast du in Eastbourne bekommen, was du haben wolltest?«

»Ja.« Er stieß sie mit dem Ellbogen an und zwinkerte wie ein schelmischer Schuljunge. »Deine Tante wird Augen machen.«

Fanny, die am Herd stand und einen Knödel vom Löffel ins kochende Wasser schob, sah ihren Vater erwartungsvoll an. »Was denn für eine Überraschung, Papa?« fragte sie.

»Er ist neben den Topf gefallen!« rief Marietta. »Husch! Verschwinde, Bruder Tuck!«

Mrs. Cordova, die ihre Holzschuhe in der Spülküche ausgezogen hatte, aber noch immer ihren tropfnassen voluminösen Umhang trug, kam in die Küche. »Was hatte ich

für eine fürchterliche Sitzung mit dieser gräßlichen Maitland«, klagte sie. »Und ich habe … Warum füttern wir Bruder Tuck mit rohen Klößen?«
»Dieses dumme Tier leckt doch tatsächlich den Teig auf!« empörte sich Sir Lionel.
»Davon wird ihm übel. Scheucht ihn raus.« Mrs. Cordova schälte sich aus ihrem Umhang. Darunter kam Madame Olympias glitzernde Robe zum Vorschein. »Komm her, Kätzchen!«
»Warum wollt ihr Bruder Tuck in den Regen rausscheuchen?« protestierte Arthur, der gerade in die Küche kam.
»Weil deine Schwester ihn mit Resten füttert«, sagte Mrs. Cordova und schob den verärgerten Kater zur Tür hinaus. »Und ich sage dir, Warrington, deine Möchtegern-Lady ist sehr verärgert. Du kannst also damit rechnen, daß ihr Bruder bald hier auftauchen wird, um deine Schulden einzutreiben.«
»O Gott!« stöhnte Sir Lionel und ließ sich auf einen Stuhl plumpsen. »Was hast du ihr angetan?«
»*Ich* habe gar nichts getan«, protestierte Dova und schüttelte ihren Umhang. »Madame Olympia hat dich vor einer Ehe mit dieser Megäre gerettet. Für den Augenblick jedenfalls.«
»Hat dich die Witwe gebeten, ihr die Zukunft vorherzusagen?« fragte Marietta erstaunt. »Da frage ich mich doch, warum sie nicht herübergekommen ist, um Papa zu besuchen. Was, um Himmels willen, hast du ihr erzählt, Tantchen?«
»Madame Olympia hat in das Mystische Zeitfenster geschaut …«, sagte Mrs. Cordova würdevoll.
»Du meinst, in diese alberne kleine Kristallkugel«, spottete Sir Lionel.

»… und ihr verkündet, daß sie nie Lady Lionel Warrington werden wird«, fuhr Dova unbeirrt fort. »Ich dachte schon«, fügte sie versonnen hinzu, »sie würde mich erwürgen.«
Sir Lionel rief erfreut: »Beim Jupiter, das hast du gut gemacht.«
Arthur zupfte an Mariettas Rock und flüsterte: »Hast du ihn wegen Major Diccon gefragt?«
»Was ist mit diesem … diesem verlogenen Renegat?« wollte Sir Lionel mit funkelnden Augen wissen.
Arthur warf ihm einen ängstlichen Blick zu, murmelte, er wolle nachsehen, ob Bruder Tuck in der Scheune sei, und verdrückte sich aus der Küche.
Mrs. Cordova folgte ihm zur Tür und rief: »Nimm einen Schirm!« Dann stieß sie einen Seufzer aus, weil der Junge mit einem zugeklappten Schirm über den Hof lief.
»Also? Hat es der Schmuggler-Baron gewagt, in unserem Haus aufzutauchen?« fragte Sir Lionel.
»Wir leben auf seinem Grund und Boden«, wandte Marietta ein.
»Verdammt noch mal, Mädchen«, schnaubte er. »Warum verteidigst du diesen Schurken?«
»Marietta Paisley, Baronin Temple and Cloud«, zwitscherte Mrs. Cordova. »Das klingt gut, Warrington. Du kannst nicht leugnen, daß es gut klingt.«
»Nicht, wenn er den Titel ablehnt«, wandte Fanny ein. »Ach, du meine Güte! Wo ist mein Deckel?«
»Klingt aber nicht nach Gold«, sagte Sir Lionel. »Ich weiß, es hört sich vulgär an, aber wenn er nicht hinter dem Familienerbe her ist, warum hat er dann seine Mutter entführt?«

»Ich brauche meinen Deckel, sonst fallen mir die Klöße zusammen«, jammerte Fanny.
»Er hat Lady Pamela *nicht* entführt«, sagte Marietta und trug einen Milchkrug in die Speisekammer.
»Hat er dir das gesagt?« fragte ihr Vater.
»Ja. Ich habe ihn gefragt, ob das Gerücht stimme, und er hat mir feierlich geschworen, daß er noch nie in seinem Leben einer Lady ein Leids getan habe.«
»Ausflüchte, nichts als Ausflüchte«, murmelte Fanny.
Marietta warf ihrer Schwester einen mißbilligenden Blick zu und sagte: »Siehst du denn nicht, daß Tante Dova deinen Topfdeckel hat?«
»Feierlich geschworen?« wiederholte Sir Lionel und schürzte die Lippen. »Hmm.«
»Tante Dova!« sagte Fanny zu Mrs. Cordova, die verträumt den großen eisernen Deckel betrachtete: »Tante Dova! Gib mit bitte den Deckel.«
»Oje, oje!« seufzte Mrs. Cordova und ließ den Deckel los. »Morgen, morgen, Kummer und Sorgen.«
»Ach, tatsächlich?« knurrte Sir Lionel, der dieses Orakel mit Major Diccons fragwürdigem Charakter in Verbindung brachte. »Na, das überrascht mich nicht.«
Fanny deckte ihr Stew zu, drehte sich um und musterte beklommen ihre Tante.
Auch Marietta erkannte die Zeichen. »Was hast du sonst noch in deinem Mystischen Zeitfenster gesehen, Tante?« fragte sie.
Mrs. Cordova warf ihrer Nichte einen unheilschwangeren Blick zu. »Etwas Böses kommt des Wegs.«
»Die Witwe etwa?« schrie Sir Lionel und sah aus wie ein in die Enge getriebenes Kaninchen.

»Ich muß Seine Lordschaft warnen«, murmelte Mrs. Cordova besorgt.
»O Gott!« stöhnte Sir Lionel. »Ist die Witwe etwa auch hinter ihm her? Er ist doch mindestens zehn Jahre jünger als sie.«
Marietta versuchte Klarheit in diese verwirrende Unterhaltung zu bringen und fragte scharf: »Welche Lordschaft?«
Diese Frage sollte nie beantwortet werden, denn im Hof war Hufgetrappel zu hören und ein schallendes: »Hei-ho! Hallo!«
Einen Augenblick lang bewegte sich niemand. Dann hörten sie Arthur schreien: »*Eric!*«
»Beim alten George! Der Junge ist nach Hause gekommen!« rief Sir Lionel und sprang auf.
Die Hintertür wurde aufgestoßen. Eric Warrington, ein großer, gutaussehender junger Mann mit einem dichten, kastanienbraunen Haarschopf und fröhlichen blauen Augen, eilte herein, ließ sich umarmen, küssen, auf den Rükken klopfen und mit überschwenglicher Liebe und Freude willkommen heißen. Wie immer versprühte der älteste Sohn und Erbe eine Lebensfreude und eine Energie, die frischen Wind und Aufregung ins Haus brachte. Eric setzte sich Arthur auf die Schultern, nannte die Ladies Perlen der Schöpfung, lobte Sir Lionels gesundes Aussehen und verkündete, er habe Cambridge den Rücken gekehrt, um sich dringenden geschäftlichen Angelegenheiten zu widmen. Ja, das sei ein neuer Mantel, die kürzeren Rockschöße und die engen Beinkleider der letzte Schrei. Aber das seien nur Kinkerlitzchen, denn draußen erwarte sie eine wirkliche Überraschung.

Im Hof stand Lem Bridger bei zwei prächtigen Braunen, die vor eine hübsche und flott aussehende Kalesche gespannt waren. Alle starrten sprachlos darauf.
Marietta fand als erste die Sprache wieder. »Was für eine elegante Kutsche. Hast du sie gemietet?«
»Aber, nein! Sie gehört mir! Ist das Gespann nicht großartig? Kommt und seht euch alles an.«
Trotz des Regens versammelten sich alle um die Kalesche, bewunderten den gefederten Rahmen, das Verdeck, die großen Räder, die luxuriöse rot-weiße Innenausstattung, die dicken Teppiche und die Polsterung. »Habe es selbst hierher kutschiert«, sagte Eric über die erstaunten Gesichter hinweg und fügte nonchalant hinzu: »Aber ich gedenke, einen Diener einzustellen, der gleichzeitig Kutscher ist. Wie gefallen dir meine Pferde, Sir? Ich habe sie einem armen Kerl abgekauft, der Pech beim Spiel hatte und hinter dem der Büttel her ist.«
Nachdem Sir Lionel die prächtigen Braunen gelobt hatte, fügte er beklommen hinzu: »Hast du sie auf Pump gekauft, Junge?«
»Nein, Sir! Ich schulde niemandem eine Silbermünze. Alles ist bezahlt! Seht mal, was ich hier habe.«
Er schlug die Decke zurück und enthüllte einen Stapel bunt verpackter Pakete. »Geschenke für euch alle!« verkündete Eric strahlend. »Helft mir, sie ins Haus zu tragen. Bitte kümmere dich um die Pferde, Lem. Wißt ihr«, redete er fröhlich weiter, während er die Pakete herausreichte, »ich hatte bei einem Rennen zwischen Galen Hilby und Freddy Foster fabelhaftes Glück. Vielleicht habt ihr davon gehört. Zufällig hatte ich einen Insider-Tip bekommen und habe jeden Penny meines Sommerverdienstes gesetzt. Und ich

habe gewonnen! Oh, ich kann es kaum erwarten, euch die Geschenke zu zeigen. Kommt, gehen wir ins Haus!«

Marietta folgte den anderen, mit Päckchen beladen, zur Treppe und sagte glücklich: »Wie froh ich bin, daß es Eric ist, der des Wegs gekommen ist, und nicht das Böse, das du vorhergesagt hast, Tante.«

Mrs. Cordova, die ihren ältesten Neffen vergötterte, antwortete: »Und ich erst! Du meine Güte, der Junge strahlt ja geradezu vor *joie de vivre* – Lebensfreude. Aber wir müssen auf der Hut sein, Etta, denn das Böse kommt. O ja! Es kommt bestimmt.«

Vergnügt summend stand Marietta vor dem Drehspiegel in ihrer Schlafkammer und betrachtete ihr Spiegelbild. Das weiße Taftkleid mit der rosa Stickerei paßte perfekt, und der glockenförmige Reifrock entsprach der allerneuesten Mode. Sie schlüpfte in das dazu passende, mit weißer Seide gefütterte Cape, das bis auf die Knöchel fiel und an der Schulter mit einer rosa Schleife zusammengebunden wurde. Mit dem zierlichen, goldbestickten Fächer aus weißer Spitze fächelte sie sich Luft zu und sagte mit einem anmutigen Knicks: »Wie elegant Sie aussehen, Miss Warrington von Warrington Hall.« Ellbogenlange weiße Handschuhe und eine wunderschön bestickte Handtasche lagen auf der Kommode. Sie berührte die Handtasche mit den Fingerspitzen, setzte sich aufs Bett und betrachtete ihre Schätze. Der Tag war wie ein Weihnachtsfest gewesen. Während des Mittagessens hatte Eric ihre wißbegierigen Fragen nach Freunden und Berühmtheiten in London beantwortet. Danach hatte er die Geschenke verteilt und sich an ihrer Aufregung erfreut. Fanny war strahlend mit ihrer eleganten

Stola aus Norwich-Seide, ihrer Perlenkette und dazupassenden Ohrringen und Armband im Wohnzimmer umherstolziert. Papa hatte einen modischen, breitkrempigen Hut und einen Werkzeugkasten bekommen. Arthur war eine ganze Weile sprachlos gewesen vor Freude über die große Schachtel mit Spielzeugsoldaten und der Husarenuniform samt Helm mit Federn. Tante Dova geriet in Verzückung, als Eric ihr einen mit schwarzer Spitze gesäumten lila Sonnenschirm aus Seide und einen überaus entzückenden, mit drei langen Federn verzierten Hut überreichte.

Beim Abendessen, als Arthur schon im Bett war, hatte Eric von der so einträglichen Wette und dem aufregenden Pferderennen erzählt. Später, im Wohnzimmer, hatten sie sehr gelacht über seine amüsanten Anekdoten vom Universitätsleben und seine Erzählungen, wie er Studenten, die »dumm wie August« waren, zum Examen trieb. Nach dem Tee hatten sich die Damen auf ihre Zimmer zurückgezogen, um ihre Schätze zu bewundern, während sich Eric und sein Vater ernsteren Themen zuwandten.

Es war ein langer und ereignisreicher Tag gewesen, und Marietta war schläfrig, wollte aber noch nicht ihre wunderschöne neue Garderobe ablegen und zu Bett gehen. Sie öffnete das Fenster und schaute in die Dunkelheit hinaus. Dann kniete sie sich auf die Fensterbank und lehnte sich hinaus, bis sie kühlende Regentropfen auf ihrer Wange spürte. Ihr Fenster lag nach Süden, und sie glaubte, unterhalb des Hügels vor den Klippen ein Licht zu sehen. Es schien, daß Major Mallory Diccon Paisley noch wach war, dachte sie versonnen. Ihre Gedanken schweiften zu der Begegnung mit ihm heute morgen. Sie spürte förmlich den festen Griff seiner Hand, sah die hellen Augen, deren Aus-

druck so kalt, zärtlich und gleichzeitig leidenschaftlich sein konnte. Bei der Erinnerung daran überlief sie ein Schauder.
Die Vorhänge blähten sich.
Eric sagte leise: »Kein Wunder, daß dich friert, liebste Schwester.«
Er schloß die Tür hinter sich, und sie lief zu ihm, umarmte ihn und dankte ihm noch einmal für die wundervollen Geschenke.
»Wie schön du in dem Kleid aussiehst«, sagte er liebevoll. »Hast du gewußt, daß ich noch zu dir kommen würde?«
»Ja, wie früher.« Sie nahm das Cape ab und legte es aufs Bett. Dann setzte sie sich vor den Kamin, in dem kein Feuer brannte. »Es ist einfach wundervoll, dich wieder zu Hause zu haben. Aber wir dürfen wohl nicht hoffen, daß du länger bleibst, oder?«
»Nein, das ist mir leider nicht möglich. Aber ich will dir jetzt das geben, weswegen ich eigentlich hergekommen bin.« Spitzbübisch fügte er hinzu: »Schließ die Augen und gib mir deine Hand.«
Marietta protestierte, tat jedoch, wie ihr geheißen: »Nicht noch ein Geschenk! Du hast mir schon so viel ...« Sie verstummte, weil sie spürte, was er ihr in die Hand drückte. Sie riß die Augen auf und starrte auf das dicke Bündel Banknoten. Dann sah sie ihren Bruder an und stammelte: »Mein Gott ... das sind doch ...«
»Hundert Pfund«, ergänzte er. »Und du bekommst noch mehr, Etta, das verspreche ich dir! Ich hätte das Geld Papa gegeben, aber ... tja, du weißt ja.«
Marietta betrachtete fassungslos die Banknoten. Die Summe würde reichen, um alle Rechnungen und die fälligen

Studiengebühren für Arnold zu bezahlen. Dieses Geld kam ihr wie eine göttliche Vorsehung vor. »Ich weiß nicht, was ich sagen soll. Du bist so gut zu uns«, sagte sie. Dann musterte sie ihren Bruder mit einem durchdringenden Blick und fügte hinzu: »Wie willst du uns denn noch mehr Geld geben? Wetten ist doch sicher eine sehr riskante Angelegenheit?«

Er nahm ihr lachend die Scheine aus der Hand und legte sie auf ihre Frisierkommode. »Ich wußte, daß du das sagen würdest, Etta. Du warst immer die Vernünftigste in unserer Familie, dabei siehst du so hübsch aus, daß kein Mann dich für intelligent halten würde.« Er zog einen Sessel vor den Kamin und setzte sich. »Nein, diese Wette war eine einmalige Sache. Ich bin nicht der Spielsucht verfallen. Mir wurde angeboten, die finanziellen Angelegenheiten und Investitionen verschiedener Gentlemen zu regeln. Du weißt, daß ich im Rechnen immer gut war. Von der Wette ist mir ein Startkapital geblieben, das reicht, um eigene Investitionen zu tätigen.«

Marietta war beindruckt. »Was für eine wundervolle Chance für einen so jungen Mann! Aber was wird aus deinem Studium? Gehst du nicht nach Cambridge zurück?«

»Ich mache noch eine Weile weiter – bis ich mir sicher bin, wo ich stehe.«

Marietta folgte ihrer Intuition und sagte: »Du hast Sorgen. Irgend etwas stimmt an dieser ganzen Sache nicht. Das fühle ich! Eric, wenn es da ein Risiko gibt ...«

»Es gibt immer Risiken, wenn große Summen im Spiel sind.« Als hätten ihre Worte ihn nervös gemacht, sprang er auf, ging zum Fenster und starrte grüblerisch in die regnerische Dunkelheit hinaus. Dann sagte er mit einer schroffen Stimme, die sie kaum wiedererkannte: »Hast du dir je überlegt, Etta, wie mir zumute war, als Vater unser ganzes Vermögen verspielt hat? Mit ansehen zu müssen, wie unser Haus, unsere Kutschen und Pferde – alles – verkauft wurde? Während ihr hier in Armut leben mußtet und mit eurer Hände Arbeit – ohne Dienstboten, ohne gesellschaftliches Leben – die Familie über die Runden gebracht habt, habe ich in der abgeschiedenen Idylle des Universitätslebens Gott einen guten Mann sein lassen und nichts getan, um euch zu helfen.« Er kam zum Kamin zurück und wehrte mit einer ungeduldigen Geste Mariettas Widerspruch ab. »Ich weiß, wie tapfer du bist und daß du mir sagen wirst, das Leben hier sei gar nicht so schlecht. Glaubst du etwa, ich sehe nicht, wie abgearbeitet deine hübschen Hände sind? Erinnerst du dich an die Ode, die Vespa dir gewidmet hat: *Schöne Hände, die mein Herz halten.* Was würde er sagen, könnte er diese Hände jetzt sehen?«

Marietta versteckte die verräterischen Objekte prompt hinter ihrem Rücken. Sie konnte sich sehr gut an Jack Vespa erinnern, der sie angebetet hatte. Der schneidige Rittmeister hatte zu Wellingtons Stab gehört. Mit seinem ausgeprägten Sinn für Humor und seiner Fähigkeit, jedem Schicksalsschlag zu trotzen, war er ihr liebster Freund und Verehrer gewesen. Marietta glaubte nicht, daß sie je die mystische Verzauberung der Verliebtheit empfunden hatte, aber sie hatte Jack geliebt und wäre es ganz zufrieden gewesen, ihn zu heiraten. Aber Sir Lionel hatte seine zahllosen Heiratsanträge stets mit der Begründung abgelehnt, er könne ihr nicht den gewohnten Lebensstil bieten. Marietta unterdrückte einen Seufzer. Armer Jack. Er wäre noch

weniger in der Lage gewesen, ihre ganze Familie zu unterstützen.
»Und unsere hübsche kleine Schwester«, fuhr Eric fort. »Wie vielversprechend hat ihre Zukunft ausgesehen. Und jetzt schuftet sie am Herd wie ein Küchenmädchen, anstatt in London in die Gesellschaft eingeführt zu werden und die brillante Partie zu machen, die sie verdient hätte. Mein Gott! Allein der Gedanke daran bringt mein Blut in Wallung!«
»Ja, weil du so gut bist, weil du uns liebst und uns helfen willst. Das gereicht dir zur Ehre, lieber Bruder. Aber sieh dich doch in London um. Viele vornehme alte Familien wurden in den Ruin getrieben. Solche Tragödien passieren jeden Tag, so traurig es auch ist. Ich leugne keineswegs, daß es damals entsetzlich war oder daß ich unser schönes Haus und das unbekümmerte Leben, das wir geführt haben, nicht vermissen würde. Aber vergiß nicht, daß wir Glück im Unglück hatten. Wir leben in einer wunderschönen Gegend, und wenn wir vorsichtig mit unserem Vermögen ...«
»Vermögen?« fragte er höhnisch. »Was für ein Vermögen? Du mußtest doch alles verkaufen, um Papas Schulden zu bezahlen.«
»Ich konnte einen kleinen Teil des Vermögens retten und habe es zinsbringend bei der Bank angelegt. Und du hast hart gearbeitet, um einen Teil deiner Studiengebühren aufzubringen. Und Tante Dova verdient nicht schlecht mit ihren Sitzungen.«
»Du meinst, sie zieht diesen einfältigen Leuten mit ihrem Mumpitz das Geld aus der Tasche. Das ist Scharlatanerie, Etta!«

»Nein, nein! Sag so etwas nicht! Tante Dova besitzt wirklich eine Gabe.«

»Aye! Ich nenne das einen Wahn. So wie Vater sich dem Wahn hingibt, eines Tages mit seinen albernen Erfindungen Geld verdienen zu können, während du mit Müh und Not die Familie über Wasser hältst.«

Marietta war zutiefst betroffen. Sie stand auf und umarmte ihren Bruder. »Oh, Eric, das darfst du nicht sagen. Mamas Tod hat ihm das Herz gebrochen und ihm jeden Lebensmut genommen. Aber Vater liebt uns, wie uns nie wieder ein Mensch lieben wird.«

»Ich weiß.« Er seufzte, gab ihr einen Kuß auf die Wange und fragte sanft: »Macht er keine Dummheiten mehr, Etta? Auf dem Weg hierher habe ich im *Seven Seas* haltgemacht und gehört, eine Witwe habe gewisse Ambitionen, was Vater betrifft. Diese Lady scheint aus keiner sehr guten Familie zu stammen, denn ihr Bruder prahlt damit, daß er Schuldscheine von Vater besitze. Stimmt das?«

»Ach, du meine Güte!« Marietta setzte sich wieder. »Ich wußte nicht, daß die Klatschmäuler schon Wind davon bekommen haben. Dieser *widerliche* Mr. Williard! Ich gebe ja zu, daß Papa … nicht immer sehr klug handelt, aber …«

»Der Gipfel der Untertreibung! Er spielt also wieder? Mein Gott! Und ich kann ihn nicht davon abhalten. Wundert es dich, daß ich verzweifelt nach einer Möglichkeit suche, euch zu helfen? Ich möchte euch unbedingt nach London zurückholen, Etta. Wenn möglich, in unser früheres Haus. Und ich werde es irgendwie schaffen, bei Gott, ich schaffe es auch!«

Eric wirkte so entschlossen. »Er ist erwachsen geworden«,

dachte Marietta, »und mir ist nicht aufgefallen, wie verbittert er ist.« Sie sagte: »Ich bitte dich inständig, geh keine Risiken ein. Außerdem habe ich auch eine gute Nachricht für dich. Mein lieber Bruder, ich habe einen Verehrer! Drei sogar! Einer ist reich und gutaussehend. Einer ist reich und … und nicht so ansehnlich. Und einer ist arm und attraktiv.«
Eric setzte sich auf den Hocker vor der Frisierkommode und grinste. Jetzt war er wieder ihr lustiger, zu allen Streichen aufgelegter Bruder. »Und du willst dich für den reichen und gutaussehenden entscheiden, nicht wahr? Magst du ihn, oder ist es eine vernunftmäßige Entscheidung?«
Sie errötete und sagte verlegen: »Um ehrlich zu sein, er hat mir noch keinen Antrag gemacht. Sollte er es aber tun, sind alle unsere Probleme gelöst, und du brauchst dir keine Sorgen mehr darüber zu machen, wie du uns helfen kannst.«
»Na, prima! Und wer ist der junge Geldsack?«
»Blake Coville.«
»Sir Gavin Covilles Erbe?« Eric hob die Brauen und stieß einen leisen Pfiff aus. »Soso! Ich bin ihm in London ein paarmal begegnet. Er ist ein äußerst begehrter Junggeselle, die Damen umschwärmen ihn. Wenn du dir den schnappst, kannst du stolz auf dich sein, Etta. Kommt er dich hier besuchen?«
»Ja, ziemlich oft sogar. Wie du weißt, hat uns der Verwalter von Sir Gavin dieses Haus vermietet.«
»Stimmt. Das hatte ich ganz vergessen. Aber der Besitzer ist doch Lord Temple and Cloud, oder irre ich mich? Warum willst du dir den nicht angeln? Oder ist er ein widerlicher alter Fiesling, der lüstern in seiner Ruine auf der Lauer liegt?«

Marietta senkte den Blick auf ihre Hände. »Nein, mein Lieber. Er ist kein widerlicher alter Fiesling.«

Das Klingeln des Glöckchens über der Tür weckte Diccon. Wie immer war er sofort hellwach. Etwas oder jemand war gegen die lange Schnur gestoßen, die er vom alten Flügel bis zu seinem Schlafzimmer gespannt hatte. Vielleicht stattete ihm Bruder Tuck einen nächtlichen Besuch ab. Oder eine unternehmungslustige Ratte huschte umher. Oder es war eine zweibeinige Ratte. Auf jeden Fall wollte er sich vergewissern, wer sich mitten in der Nacht hier herumtrieb. Er warf die Bettdecke zurück, zog seine Reithose an, schnappte sich die neue Steinschloßpistole vom Nachttisch und eilte barfuß in den Gang hinaus. Nur die dicke Kerze am Treppenabsatz erhellte die Dunkelheit, und er lief darauf zu. Es war unwahrscheinlich, daß sich ein Einbrecher in den neuen Flügel wagen würde, es sei denn, es war einer von Imre Monteils Mördern. Trotzdem blieb er mit gespitzten Ohren auf dem Treppenabsatz stehen und spähte in das Halbdunkel. Nichts bewegte sich, und kein Geräusch außer dem Heulen des Windes war zu hören.
Da die Treppenstufen knarrten, setzte er sich aufs Geländer und rutschte hinunter. Dann rannte er lautlos durch die große Halle zu der Tür, die zum alten Flügel führte. Er spannte den Hahn der Pistole. Er hob den Riegel an, und die Tür, deren Angeln vorsorglich frisch geölt waren, öffnete sich geräuschlos. Mit leisen, geschmeidigen Bewegungen huschte er die Treppe hinunter, drückte sich flach gegen die Wand und lauschte wieder angespannt. Kein Geräusch war zu hören, aber er roch schwach den Rauch einer Petroleumlampe. Es war also jemand im Haus. Vor-

sichtig ging er weiter, tappte über das Geröll und fluchte stumm, als er sich den Zeh an einem Stein stieß. Am Ende der alten Halle entdeckte er ein schwaches Licht, das sich auf der Galerie hin- und herbewegte. Jemand, dachte er grimmig, suchte nach *Saladins Seufzer;* jemand, der sich von Geistergeschichten nicht abschrecken ließ.
Behutsam schlich er die Treppe zur Galerie hinauf. Jetzt bewegte sich das Licht in einem der Zimmer im ersten Stock. Das war die Laterne, deren Geruch ihm in die Nase gestiegen war. Und da die Lampe abgeschirmt war, wußte der Eindringling offensichtlich, daß der neue Flügel bewohnt war. Er hörte ein leises Schniefen, als würde ein großes Tier herumschnüffeln. Es war ein vertrautes Geräusch. Er stieß mit dem Fuß gegen etwas, das über den Boden rollte. Das Geräusch war kaum wahrnehmbar, doch sofort wurde die Lampe gelöscht, und es herrschte undurchdringliche Finsternis.
Das Poltern von Stiefeln, ein Grunzen – etwas Riesiges stürzte auf ihn zu. Es blieb keine Zeit für einen Warnschrei. Er feuerte blindlings, ein markerschütternder Schrei gellte, und dann umklammerten ihn zwei Arme und hoben ihn hoch. Der eiserne Griff drückte ihm die Luft ab. Verzweifelte versuchte er, sich aus diesen mörderischen Armen zu befreien, ehe sie ihm die Rippen brachen, und es gelang ihm, mit der Pistole zuzuschlagen, die auf etwas Hartes traf. Ein bestialisches Gebrüll ertönte, und er wurde mit brachialer Gewalt zur Seite geschleudert. Er krachte gegen die Wand und hörte wie aus weiter Ferne Arthurs Stimme: »Mrs. Gillespie hat auf dem Jahrmarkt in Lewes einen Riesen gesehen.« Als er bewußtlos wurde, war sein letzter Gedanke: »Ich Idiot!«

Es war ein strahlender, sonniger Morgen. Die Blätter raschelten in der frischen Brise. Mrs. Gillespie war ausnahmsweise pünktlich gekommen und putzte die Fenster. Eric machte mit seinem Vater und Arthur eine Ausfahrt in der neuen Kalesche. Mrs. Cordova wirkte geistesabwesend und reagierte auf Fragen nur mit verdrießlichem Kopfschütteln und Summen. Fanny überredete ihre Schwester dazu, mit ihr Brombeeren pflücken zu gehen, und die beiden machten sich mit ihren Körben auf den Weg in den Wald.

Fanny plauderte fröhlich und aufgeregt über Erics Ankunft und sein unverhofftes Wettglück beim Pferderennen. Es sei vor allem für Arthur wundervoll, endlich wieder einen Bruder zu Hause zu haben, und sei es nicht nett, daß Eric ihm versprochen habe, die lange Trennung wiedergutzumachen, indem er soviel Zeit wie möglich mit dem Jungen verbringen würde. Doch sosehr Marietta Eric auch liebte, sie machte sich keine Illusionen über ihn. Die Versprechen ihres ältesten Bruders waren zwar immer wohlgemeint, gerieten jedoch schnell in Vergessenheit. Da sie Fanny die fröhliche Stimmung nicht verderben wollte, sagte sie jedoch nichts. So verbrachten die beiden eine unbeschwerte Stunde beim Beerenpflücken, bis ein Riemen an Mariettas Sandale riß. Die dichte Decke aus Kiefernnadeln und Blättern sah weich aus, bis sie versuchte, barfuß darüberzugehen. Der Versuch, den Riemen durch Fannys Haarband zu ersetzen, scheiterte, und Marietta gab schließlich auf und beschloß, nach Hause zu gehen. Erics Leidenschaft für Süßigkeiten hatte Fanny auf den Gedanken gebracht, sich mit Brombeerkuchen für die Geschenke zu revanchieren, und deshalb war sie enttäuscht, daß sie noch nicht genug Bee-

ren gesammelt hatten. Nachdem die beiden also ihre Beeren in einem Korb zusammengeschüttet hatten, machte sich Marietta damit auf den Heimweg, während Fanny noch weiterpflückte.
Sie hatten sich weiter vom Haus entfernt, als Marietta bewußt gewesen war. Bald wurde ihr die Sandale so lästig, daß sie sie auszog und über den von Sonnenstrahlen gesprenkelten Waldboden hinkte. Es roch nach feuchter Erde und duftenden Wildblumen. Bis auf das Rascheln der Blätter in der leichten Brise und das fröhliche Gezwitscher der Vögel war es so friedlich im Wald, daß es Marietta leid tat, den schützenden Baldachin der Bäume verlassen zu müssen.
Plötzlich stieß sie einen Schrei aus, in dem trotz der warmen Sonne noch feuchten Gras war sie auf etwas Spitzes getreten. Sie setzte sich auf einen Baumstamm, stellte den Korb neben sich und untersuchte ihren Fuß. Anscheinend war sie auf einen abgebrochenen Ast getreten, denn in ihrer Ferse steckte ein Holzsplitter. Mit einem schnellen Blick vergewisserte sie sich, daß sie allein war, und streifte ihren Strumpf ab. Der Splitter steckte tief und schmerzhaft im Fleisch, und es war schwierig, ihn herauszuziehen. Endlich hatte sie es geschafft und rief triumphierend: »Fort mit dir, du hinterhältiges Biest!«
»Oje!« sagte da eine tiefe Stimme. »Störe ich schon wieder?«
Mariettas Herz machte einen Sprung, sie fuhr hoch und versteckte schnell ihren nackten Fuß unter ihrem Rock. Es war ihr peinlich, in dieser wenig sittsamen Position überrascht worden zu sein, und sie stammelte in heißer Verlegenheit: »Oh! M... Major Diccon! Ich bin in einen Holz-

splitter getreten, und ...« Die Worte blieben ihr im Hals stecken, als sie ihn näher betrachtete. Es bereitete ihm offensichtlich Mühe, sich aus dem Sattel zu schwingen. Er war blaß, seine linke Schläfe war blau verfärbt und geschwollen, und er hinkte. »Du meine Güte!« rief sie und stand auf. »Das ist doch nicht wieder das Werk eines Warrington?«
Er schüttelte den Kopf. »Nein, ich hatte einen unwillkommenen Besucher. Nichts von Bedeutung. Konnten Sie den Splitter herausziehen, Miss Marietta? Darf Orpheus Sie nach Hause tragen?«
Ihr Fuß schmerzte, und bis zum Austragshaus war es noch ein langer, mühsamer Weg. Sie sagte: »Ja, gern, wenn Sie so freundlich wären. Ich wäre Ihnen sehr dankbar. Würden Sie sich bitte einen Augenblick umdrehen?«
Er kehrte ihr grinsend den Rücken zu. Marietta zog ihren Strumpf wieder an, schlüpfte in die Sandale und lud ihn dann ein, neben ihr Platz zu nehmen. »Oder sind Sie in Eile? Es ist so schön hier. Wir könnten eine Weile den herrlichen Tag genießen.«
Er versicherte ihr, er habe »alle Zeit der Welt«, und setzte sich neben sie. »Wie ich sehe, haben Sie Brombeeren gepflückt.«
»Ja, mit Fanny. Aber dann ist der Riemen an meiner Sandale gerissen, und jetzt pflückt sie allein weiter. Mein Bruder ist aus Cambridge gekommen und hat uns allen Geschenke mitgebracht ...« Sorge überschattete kurz ihr Gesicht, doch dann lächelte sie wieder strahlend und fuhr fort: »Eric liebt Süßes, deshalb will Fanny für ihn Kuchen backen. Sie dürfen von den Brombeeren naschen, wenn Sie mir von Ihrem ›unwillkommenen Besucher‹ erzählen.«

Marietta hielt ihm den Korb mit den dunkel schimmernden, verlockenden Früchten hin, und Diccon ließ sich gern erpressen. Er erzählte mit scheinbarer Unbekümmertheit, schilderte den »Vorfall« als »kleines Gerangel« und tat seine Verletzung als ein paar Kratzer ab, die er hatte in Kauf nehmen müssen, da er »Mac nicht wecken wollte, bevor ich den Eindringling überwältigte«.
Marietta ließ sich jedoch nicht täuschen und sagte mit einer Besorgnis, die ihn entzückte: »Mir sehen ihre Verletzungen nicht nach ›ein paar Kratzern‹ aus. Bestimmt war es ein verzweifelter Kampf, und Sie spielen die ganze Sache herunter. Wie gut, daß Sie den Eindringling vertreiben konnten!«
Mit einem schiefen Lächeln entgegnete er: »Ich wünschte, es wäre mir gelungen, den Kerl in die Flucht zu schlagen, aber nachdem er mich gegen die Wand geschleudert hatte, hätte ich keine Küchenschabe mehr verjagen können.«
Marietta, die sich gerade eine Brombeere in den Mund stecken wollte, erstarrte mitten in der Bewegung. »Er hat Sie gegen die Wand geschleudert?« fragte sie fassungslos.
»Ja. Nachdem ich ihm mit meiner Pistole eins übergezogen hatte, hob er mich einfach hoch und schleuderte mich beiseite.«
Sie blinzelte. Das klang nicht sehr heldenhaft. »Sie hatten doch eine Pistole. Warum haben Sie den Unmenschen nicht erschossen?«
»Natürlich habe ich geschossen und ihn wohl auch getroffen. Aber es war zu dunkel, um etwas zu sehen.«
Marietta sagte vorwurfsvoll: »Sie hätten den Eindringling nicht allein stellen dürfen, und schon gar nicht in der Dunkelheit. Und wie merkwürdig, daß jemand mitten in der

Nacht einen verlorenen Schatz sucht! Wahrscheinlich würden Sie den Kerl nicht wiedererkennen, sollte er Ihnen bei Tageslicht begegnen?«
Diccon sagte bedächtig: »Deshalb war ich auf dem Weg zu Ihnen. Arthur hat erzählt, daß Mrs. Gillespie auf dem Jahrmarkt in Lewes gewesen ist. Darüber wollte ich mit ihr sprechen. Ist Sie heute zur Arbeit gekommen?«
»Ja. Und Sie wird Ihnen gern alles über den Jahrmarkt erzählen. Sie spricht in letzter Zeit von nichts anderem.«
»Arthur sagte, sie hätte dort einen ... Riesen gesehen.«
»Das behauptet sie jedenfalls. Er hat ihr einen ziemlichen Schrecken eingejagt. Ich dachte erst, er sei ein Schausteller, aber sie hat erzählt, er sei in der Menge umherspaziert und habe wegen seiner Größe und seines äußerst seltsamen Aussehens große Aufmerksamkeit erregt.«
Diccon preßte die Lippen zusammen. »Hat Mrs. Gillespie gesagt, er habe wie ein Orientale ausgesehen?«
»Ja, so hat sie ihn beschrieben. Du meine Güte! Diccon! Glauben Sie etwa, dieser Riese sei der Eindringling gewesen?«
»Ja, das halte ich für sehr gut möglich. Und ich habe den Verdacht, daß ich dem Mann schon einmal begegnet bin. Das würde auch erklären, warum er im Schutz der Dunkelheit nach *Lanterns* gekommen ist, denn wegen seines Aussehens würde er sofort überall Aufsehen erregen.«
Diccon starrte finster vor sich hin. Wenn Imre Monteil das Gerücht zu Ohren gekommen war, daß *Saladins Seufzer* in der Ruine versteckt sein könnte, würde er alles daransetzen, das Bild in seinen Besitz zu bringen. In dem Fall steht der nächtliche Einbruch in keiner Beziehung zu ...
Er blickte auf. Marietta sah verängstigt aus. Um sie zu be-

ruhigen, sagte er schnell: »Ja, das wäre eine Erklärung für den Einbruch. Ein Dieb sucht einen Schatz, der wahrscheinlich nicht existiert. Also droht Ihnen und Ihrer Familie keine Gefahr.«

»Aber Sie sind in Gefahr?«

Schulterzuckend meinte er: »Gewarnt zu sein heißt, gewappnet zu sein. Dabei fällt mir ein – verzeihen Sie, wenn ich Ihnen diese Frage stelle –, warum macht Ihnen die Ankunft Ihres Bruders Sorgen?«

Der geistesabwesende Ausdruck in ihren Augen verschwand, sie sah ihn durchdringend an und dachte: Wie ist es nur möglich, daß er meine Unruhe bemerkt hat? Sie protestierte jedoch: »Also, wirklich, Major! Wie können Sie das nur denken? Es macht mich sehr glücklich, daß Eric endlich einmal wieder zu Hause ist. Natürlich bin ich aufgeregt, aber ...«

»Nein.« Seine langen Finger schlossen sich über ihrer Hand. »Bitte, weichen Sie mir nicht aus, Miss Marietta. Ich weiß, daß ich kein Recht habe, mich in Ihre Angelegenheiten einzumischen. Es gäbe jedoch keine größere Freude für mich, als wenn ich Ihnen helfen könnte. Wenn es mir möglich wäre ...« Er versagte es sich, seinen innigsten Wunsch auszusprechen. Statt dessen fügte er hinzu: »Ich kann Ihnen nur meine Freundschaft anbieten, und dieses Angebot kommt aus tiefstem Herzen. Sollten Sie je Kummer haben oder jemanden brauchen, mit dem Sie reden können, oder ... der Ihnen helfen könnte ... bitte, zögern Sie nicht, zu mir zu kommen.«

Marietta wußte mittlerweile, was für ein stolzer Mann Diccon war. Trotzdem sprach er jetzt so ernst und so ergeben mit ihr. In seinen Augen lag so viel offenkundige Zuneigung, und seine Worte klangen wie ein Treuegelübde. Schmerzhaft wurde ihr bewußt, daß dieser Mann sie liebte, auch wenn er es nicht aussprach. Er bot ihr eine starke Schulter, an die sie sich lehnen konnte. Er wollte ihr der Vertraute sein, den sie so dringend brauchte. Ihre Augen verschleierten sich, und sie mußte den Blick abwenden. Sie war so gerührt, daß es ihr die Sprache verschlug.

Diccon wußte nicht, wie er ihr Schweigen und ihr abgewandtes Gesicht deuten sollte. Wahrscheinlich hatte er sich zum Narren gemacht, sie lachte über ihn. »Ungeschickter Tölpel!« schalt er sich, zog sich in sein Schneckenhaus zurück und sagte lächelnd: »Beim Jupiter! Was für eine Ansprache! Was würden meine Freunde von mir denken! Bestimmt halten Sie mich jetzt für einen Schwätzer.«

»Verderben Sie nicht alles.« Marietta betupfte sich mit einem Taschentuch die tränenfeuchten Augen. »Zu mir hat noch nie jemand etwas so … Nettes gesagt.«

»Ist das wahr?«

»Ja. Ich danke Ihnen, mein … Freund. Natürlich haben Sie absolut recht, was meinen Bruder betrifft. Wenn Sie mich mit in den Sattel nehmen und mich nach Hause bringen, erzähle ich Ihnen unterwegs, was mir Sorgen bereitet. Vielleicht halten Sie mich dann für eine Närrin, die aus einer Mücke einen Elefanten macht.«

Er lachte leise vor sich hin und sagte, er halte sich zwar für einen mutigen Mann, würde es aber nie wagen, einer Lady zu sagen, sie sei eine Närrin. Wegen Orpheus' unberechenbarem Temperament schwang er sich zuerst in den Sattel, hielt das Pferd ruhig und zog dann Marietta, die einen Baumstamm als Aufstiegshilfe benutzte, hoch. Er hielt die Zügel in einer Hand und legte den anderen Arm um Mariettas schmale Taille. Er genoß ihre Nähe, atmete ihren süßen Duft ein und hörte ihr zu, als sie ihm von ihrem geliebten, aber unbesonnenen Bruder erzählte, um den sie sich Sorgen machte.

Als sie zum Austragshaus kamen, hatten sich Mariettas Bedenken, sich Diccon anzuvertrauen, völlig zerstreut. Er zeigte nicht nur aufrichtiges Interesse an ihren Problemen, sondern gab ihr das Gefühl, daß er ihre Meinung respektierte. Diese Höflichkeit erwies ihr selten ein Gentleman. Ihr Vater und dessen Freunde lächelten nur nachsichtig, wenn sie es wagte, ihre Meinung zu einem Thema zum Ausdruck zu bringen, und rieten ihr unweigerlich, sich nicht den »hübschen kleinen Kopf« über ernsthafte Angelegenheiten zu zerbrechen. Auch Blake, der ihr mit ausgesuchter Höflichkeit begegnete, schien kein Interesse an ihren Äußerungen zu haben. Er hatte ein paarmal ganz abrupt das Thema gewechselt und war mit keiner Silbe auf ihre Worte eingegangen, so als habe er ihr gar nicht zugehört.

Nachdem Marietta ihren Bericht beendet hatte, sagte Diccon, er halte es für lobenswert, daß Eric Warrington seiner Familie helfen wolle, fügte jedoch hinzu: »Mir scheint, Ihr Bruder wagt sich in gefährliche Gewässer vor. Ich halte Ihre Sorgen für begründet und finde sie keinesfalls närrisch.«

Marietta drehte sich um und sah Diccon eindringlich an: »Was soll ich denn tun? Wenn ich versuche, ihm einen Rat zu geben, wird er sagen, ich nörgele nur an ihm herum und wolle ihm den Triumph nehmen. Soll ich mit Papa darüber sprechen?«

Diccon, der Sir Lionels geistige Fähigkeiten mittlerweile

gut einzuschätzen wußte, riet ihr davon ab. »Ihr Bruder soll nicht den Eindruck bekommen, daß Sie ihm in den Rücken fallen. Ich denke auch, daß sich ein empfindsamer junger Mann dagegen sträuben wird, einen Rat von seiner Schwester anzunehmen. Ich frage mich, ob Sie ihn dazu überreden könnten, mich in *Lanterns* zu besuchen? Vielleicht gelingt es mir, etwas mehr über diese dubiosen Geschäfte herauszufinden.«

Marietta war über diesen Vorschlag begeistert. Da Eric seinen kleinen Bruder sehr liebte, würde er bestimmt dessen besten Freund kennenlernen wollen und mit Arthur zusammen nach *Lanterns* kommen.

Am Gartentor trennten sich die beiden. Noch immer schwindlig von ihrem Lächeln, sah Diccon ihr wie betäubt nach, wie sie mit dem Korb am Arm zur Terrasse hinkte und ihm von dort aus zuwinkte. Er erwiderte den Gruß, wendete Orpheus und ritt wieder nach Süden.

Er trabte, versonnen lächelnd und in närrischen Träumen versunken, langsam den Hügel hinunter. Aber er durfte sich nicht in Phantastereien verlieren. Er mußte aufhören, sich wie ein liebeskranker Junge zu benehmen, und einen klaren Kopf bewahren. Er rekapitulierte, was ihm Marietta über ihren Bruder erzählt hatte, und versuchte, die Situation möglichst objektiv zu sehen, ohne sich von seiner Liebe zu ihr noch von seinem gewohnten Zynismus beeinflussen zu lassen. Wenn Eric Warrington wirklich eine geniale Begabung für geschäftliche Transaktionen besaß, könnte er durchaus auf rechtmäßige und einwandfreie Weise zu Geld gekommen sein, was sich für seine Familie als Segen erweisen würde. Andererseits kam es Diccon doch recht zweifelhaft vor, daß ein so junger Bursche so

schnell in den Besitz eines kleines Vermögens gekommen sein sollte.
Er konnte sich eines unguten Gefühls nicht erwehren. Und wie um vor seinen Gedanken zu fliehen, lockerte er die Zügel und ließ sich von Orpheus in einem stürmischen Galopp davontragen.

Zehntes Kapitel

Als Diccon in den Hof von *Lanterns* ritt, kam MacDougall angelaufen und griff nach Orpheus' Zügeln. Im Blick des Schotten lag Panik, was für den sonst so stoisch gelassenen Mann derart ungewöhnlich war, daß Diccon ihn erstaunt ansah. »Was ist denn los?« fragte er beim Absteigen.

»Darauf war ich nicht gefaßt«, brabbelte MacDougall in kaum verständlichem Schottisch. »Mit Fäusten, Musketen und Dolchen kann ich umgehen, aber mit Zwergen, Kobolden und Hexen will ich nichts zu tun haben!« Kopfschüttelnd und vor sich hin schimpfend führte er Orpheus in die Scheune.

»Ich verstehe kein Wort«, rief Diccon ihm hinterher. Er überquerte die Brücke und betrat das Haus durch die Vordertür. In Gedanken war er noch immer bei Marietta. »Mein Freund«, hatte sie mit einem so warmen Lächeln gesagt. Und wie lieb und vertrauensvoll sie ihn angeschaut hatte, als sie ihm von den grandiosen Plänen ihres Bruders erzählt hatte. Er stieß die Tür zur Küche auf, die im Augenblick der einzige bewohnbare Raum im Herrenhaus war. Er mußte dafür sorgen ...

Ein leises Kichern, und die Tür wurde hinter ihm zugeschlagen.

Noch im Umdrehen zog er die Pistole. »Mein Gott, Ma'am! Tun Sie das nie wieder!« keuchte er.

Emma Cordova breitete ihre Röcke aus und machte einen tiefen Knicks. »Wie Mylord befehlen.«
»Ich bin nicht ...«, setzte er an und steckte die Pistole weg.
»... was ich zu sein scheine«, beendete sie den Satz, knickste wieder und setzte sich an den Tisch.
»›Etwas Böses kommt auf uns zu‹«, ließ sie verlauten. »Wäre ich der Meinung, daß Sie es sind, Temple and Cloud ...« Sie stützte die Ellbogen auf und starrte ihn durchdringend an.
»Mein Name ist Mallory Diccon Paisley. Ein Zungenbrecher, zugegeben. Deshalb nennen mich die meisten einfach Major Diccon«, sagte er mit einem gewinnenden Lächeln, das den grimmigen Ausdruck in seinen Augen schwinden ließ. »Was würden Sie dann tun, Ma'am? Die Polizei informieren, daß ich ein Schmuggler bin?«
»O nein! Ich würde Sie töten.«
Bei dieser sachlichen Feststellung schwand sein Lächeln, und er starrte sie verblüfft an. »Donnerwetter, das traue ich Ihnen sogar zu.«
»Ich liebe meine Familie. Und in Ihren Augen sehe ich ...«
»... daß ich die Verkörperung des Bösen bin, das auf Sie alle zukommt?« ergänzte Diccon.
»Kann sein. Obwohl Sie sie so sehr lieben.«
Diccon erstarrte, drehte sich abrupt um und öffnete eine Schranktür. »Darf ich Ihnen ein Glas Fruchtlikör anbieten, Ma'am?«
»Nur, wenn Sie nichts Belebenderes haben. Wie attraktiv Sie aussehen, wenn Sie lächeln! Aber das wissen Sie natürlich. Ja, ein Glas Madeira trinke ich gern, danke.« Sie nippte von dem Wein, den er ihr reichte, und beobachtete ihn, wie er sich auch ein Glas eingoß und einen Stuhl an

den Tisch zog. »Sie machen sich nicht einmal die Mühe, es zu bestreiten, Major.«

Höflich entgegnete er: »Was? Daß ich eine Bedrohung darstelle? Leider besitze ich kein Mystisches Zeitfenster, das mir Auskunft gibt. Möchten Sie mich nicht aufklären, Ma'am?«

»Sie wissen genau, daß ich nicht davon gesprochen habe. Es ist wohl Zeitverschwendung, auf eine direkte Antwort von Ihnen zu hoffen. Und da ich die Wahrheit sowieso kenne, erspare ich mir die Mühe. Was das andere betrifft ...« Mrs. Cordova stieß einen tiefen Seufzer aus, »... im Augenblick ist alles sehr verwirrend und schwer zu begreifen. Aber ich muß Sie warnen. Es wird Ärger geben. Außerdem droht Gefahr von einem Besucher, und ...«

»... und was, Ma'am?«

Ihre Stimmung schlug plötzlich um, sie kicherte und sagte kokett: »Und das ist ein vorzüglicher Wein, Sir. Ich nehme noch einen klitzekleinen Tropfen. Danke. Ich hoffe doch, es hat in Ihrem Leben eine große Tragödie gegeben? Ach, du meine Güte! Jetzt haben Sie den Wein verschüttet.«

Etwas atemlos sagte Diccon: »Sie haben ein Talent mit der Tür ins Haus zu fallen, Mrs. Cordova.«

»Sehr gut. Hat es diese Tragödie gegeben? Ich meine damit nicht den Krieg oder etwas, das mit Ihrem ... ähm, Gewerbe zu tun hat.«

Diccon, der gerade sein Glas zum Mund führen wollte, erstarrte mitten in der Bewegung. Mit ausdrucksloser Miene sagte er: »Als ich achtzehn war.«

Zu seiner Überraschung verschluckte sich Mrs. Cordova und sprang auf. Händeringend marschierte sie um den

Tisch und klagte: »O nein! Nein, nein, nein! Das ist zu lange her! Also wird es hier passieren! Hier!«
Diccon beobachtete sie schweigend und fragte sich, ob sie verrückt war oder ob sie wirklich über hellseherische Fähigkeiten verfügte. Wahrsagerinnen, Medien, Kartenlegerinnen waren ziemlich populär, und obwohl er allem Okkulten mit großer Skepsis begegnete, kannte er mehrere angesehene, intelligente Menschen, die sich von Astrologen beraten ließen.
Mrs. Cordova blieb vor ihm stehen, schlug die Hände vor den Mund und sah ihn mit einem so tragischen Ausdruck in den Augen an, daß ihre Pose beinahe lächerlich wirkte. Aber ihm war nicht nach Lachen zumute, und er fragte betroffen: »Wollen Sie damit sagen, daß dieser Besucher für eine Tragödie verantwortlich sein wird?«
Sie nickte.
»Hier in *Lanterns?* Oder im Austragshaus?«
»Da, sehen Sie«, klagte sie und breitete verzweifelt die Arme aus. »Wo? Ich sehe nur dunkle Wolken über uns. Das Mystische Zeitfenster warnt vor einer fürchterlichen Bedrohung. Aber das ergibt keinen Sinn, denn manchmal scheint das Böse von weit her zu kommen und manchmal ist es hier. *Hier!* Wie kann das sein? Es sei denn ...«
Diccon ergänzte leise: »... es sei denn, ich bin die Bedrohung.«
»Oh, das hoffe ich nicht. Wirklich nicht. Vielleicht deute ich die Hinweise nicht richtig, aber ich wollte Sie auf jeden Fall warnen. So viele verworrene Fäden. Und der Tod schwebt ... so *entsetzlich!* Und alles wird sich ändern! Ach je! Ach je!«
Diccon stand auf, nahm sie bei der Hand und führte sie

zum Stuhl. »Na, na. Regen Sie sich bitte nicht so auf. Ich danke Ihnen, daß Sie gekommen sind, um mich zu warnen. Aber der Besucher, von dem Sie gesprochen haben, ist schon eingetroffen. Ihre Sorge ist deshalb unbegründet.«
Als er ihren skeptischen Blick sah, goß er ihr noch einmal Wein in ihr Glas und erzählte ihr von seinem nächtlichen Erlebnis.
»Er hat Sie gegen die Wand geschleudert? Das muß aber ein großer, starker Kerl gewesen sein«, sagte Mrs. Cordova, wieder fröhlicher.
»Seine Größe ist nicht so ungewöhnlich, aber er ist fast so breit wie groß und verfügt über eine ungeheure Kraft.«
»Das haben Sie in der Dunkelheit erkannt? Oder sind Sie ihm schon einmal begegnet?«
»Ich kenne ihn und kann sagen, daß er mich nicht gerade liebt. Aber in diesem Fall hatte er es nicht auf mich abgesehen. Er war auf der Suche nach dem Versteck von *Saladins Seufzer.* Und vor dieser Gefahr wurden Sie wahrscheinlich gewarnt, Ma'am, daß skrupellose Männer Jagd auf einen vermuteten Schatz machen.«
»Hmm. Dieser starke Mann, der sie angegriffen hat … ist er Engländer?«
»Nein, Chinese. Und sein Herr ist Schweizer. Da, sehen Sie? Das ist die Gefahr aus weiter Ferne, und doch droht sie hier.«
Mrs. Cordova atmete erleichtert auf. »Gepriesen sei der Himmel! Das wäre eine plausible Erklärung.«
»Ja, und deshalb brauchen Sie sich um Ihre Familie keine Sorgen zu machen.«
»Ja-a-a.« Sie stand abrupt auf und ging zur Tür. »Ich muß jetzt gehen.«

Diccons Angebot, sie nach Hause zu kutschieren, lehnte Mrs. Cordova mit der Begründung ab, einen Spaziergang machen zu wollen. Er begleitete sie über die Zugbrücke, und als die beiden an der nördlichen Hausecke angekommen waren, blieb sie stehen, stellte sich auf die Zehenspitzen und tätschelte seine Wange. »Was für ein freundliches Lächeln«, sagte sie. »Armer Junge. Ein fürchterlicher Kummer, in so jungen Jahren die Liebste zu verlieren.«

Diccon stockte wieder der Atem. Er stammelte: »Sie ... Sie haben davon gehört?«

»Nein. Aber das Rätsel war einfach zu lösen. Ich wußte, daß Sie Ihren Vater sehr geliebt haben. Er starb, als Sie elf waren, glaube ich, und Sie haben gesagt, die Tragödie Ihres Lebens habe stattgefunden, als sie achtzehn waren. Damals hatten Sie Ihr Zuhause schon verlassen. Da Ihre Mutter noch lebte, konnte Ihr Kummer nur der Verlust eines anderen weiblichen Wesens gewesen sein.« Angestrengt runzelte Mrs. Cordova die Stirn und fuhr fort: »Es hätte natürlich auch der Tod einer geliebten Schwester oder Tante sein können ... aber das war es nicht. Und jetzt halten Sie mich bestimmt für sehr klug, nicht wahr? Und Sie nehmen meine Warnung ernst, ja? Seien Sie vorsichtig, Mr. Diccon. Sie sind ein ungewöhnlicher Mann und haben sich immer in Gefahr begeben. Sie machen mir zwar angst, aber ich mag Sie, mein Lieber. Und ich fände es schrecklich, hätten wir eine falsche Schlußfolgerung aus dem gezogen, was ich im Mystischen Zeitfenster gesehen habe.«

Mit einem strahlenden Lächeln und einem Klaps auf den Arm machte sich Mrs. Cordova auf den Weg. Diccon sah ihr nach, wie sie schnellen Schritts den Hügel hinauftänzelte.

MacDougall tauchte aus der Scheune auf und kam zu Diccon herüber. »Puh! Ist sie endlich gegangen? Die ist doch verrückt, die arme Lady, wie?«
Diccon sagte nachdenklich: »Oder sehr klug, Mac. Wie auch immer ... jedenfalls müssen wir beide *Lanterns* besser sichern. Ich habe das Gefühl, wir werden noch öfter unverhofften, vor allem aber unwillkommenen Besuch erhalten.«

»Ja, er ist ein berühmter Mann. Ich habe George immer gemocht.« Blake Coville, der neben Eric im Wohnzimmer saß, entging die Bewunderung in Eric Warringtons Blick nicht, und obwohl er die Unterhaltung gern beendet hätte, fügte er freundlich hinzu: »Ich habe ihm vor zwei Jahren sogar geholfen, England zu verlassen.«
»Tatsächlich? Das finde ich großartig! Ich bin Brummell nie begegnet. Hast du ihn gekannt, Papa?«
»Nur flüchtig«, antwortete Sir Lionel. »Man traf sich natürlich bei verschiedenen gesellschaftlichen Anlässen. Ich gehörte nie zu den Anhängern der Carlton House-Gruppe, und Brummell machte auf mich einen sehr kaltschnäuzigen Eindruck. Aber Etta mochte ihn, nicht wahr, Liebes?«
»Er war stets sehr freundlich zu mir«, sagte Marietta, »obwohl er mich ohne weiteres hätte brüskieren können. Und man sollte die Menschen doch immer nach persönlichen Erfahrungen beurteilen und nicht nach dem Gerede anderer.«
Coville war an diesem Nachmittag in der Hoffnung auf eine private Unterhaltung ins Austragshaus gekommen. Unglücklicherweise war kurz nach ihm der junge Warrington mit seiner flotten Kalesche vorgefahren. Jetzt saß er in

der Falle und mußte wohl noch eine halbe Stunde lang höfliche Konversation machen und sich verabschieden, ohne auch nur einen Augenblick mit Marietta allein gewesen zu sein. Fehlte nur noch die verrückte Tante! Er zwang sich zu einem verkniffenen Lächeln und sagte: »Ich hoffe doch, diese tolerante Einstellung gilt nicht für meinen Stiefbruder. Ich habe Ihre Tochter vor ihm gewarnt, Sir Lionel, aber Miss Marietta ist ein vertrauensseliges Wesen und läßt sich wohl von Diccons Redegewandtheit täuschen.«
Marietta protestierte empört: »Sie halten mich wohl für einfältig, wie? Ich habe mit Major Diccon über dieses Thema gesprochen, und er hat mir sein Ehrenwort gegeben, daß er seiner Mutter nichts angetan hat!«
Coville entgegnete gereizt: »Leicht gesagt, Ma'am, wenn man keine Ehre hat!« Eric sah ihn schockiert an, und Coville fügte hinzu: »Verzeihen Sie, daß ich so offen spreche. Ich habe guten Grund, wütend zu sein, Warrington, wie Ihnen Ihr Vater wohl bestätigen kann.«
»Ganz recht«, stimmte Sir Lionel zu. »Und das will ich gleich tun. Mr. Coville entschuldigt uns sicher ein paar Minuten. Komm mit in meine Werkstatt und hilf mir, ich habe da ein Problem mit meiner neuen Erfindung.«
Coville stand sofort auf und sagte, er wolle gehen, doch Sir Lionel beharrte darauf, daß er zum Tee bleibe. »Fanny kümmert sich bestimmt gern darum«, sagte er jovial. »Und Marietta möchte bei dem schönen Wetter sicher einen Spaziergang im Garten machen, nicht wahr, meine Liebe?«
Wieder einmal von der Taktlosigkeit ihres Vaters peinlich berührt, mußte Marietta wohl oder übel zustimmen. Fanny ging mit kaum verhohlener Belustigung in die Küche, während Sir Lionel mit Eric im Keller verschwand.

Auf der Treppe meinte Eric beunruhigt: »Wäre es nicht ratsam, Tante Dova zu holen? Wir können Etta doch nicht mit Coville allein lassen.«

»In unserem Garten? Zier dich nicht so, Junge. Wie soll Coville deiner Schwester den Hof machen, wenn wir alle dabeisitzen und ihn angaffen? Und er ist eine verdammt bessere Partie für sie als dieser mittellose und unentschlossene Peer von *Lanterns.*«

»Donnerwetter! Hat er etwa ein Auge auf Marietta geworfen? Fanny behauptet, er sei ein schlechter Mensch und habe wahrscheinlich seine Mutter ermordet und in der Scheune begraben.« Durch das dröhnende Gelächter seines Vaters beruhigt, redete Eric weiter: »Na ja, dieses Gerede kam mir gleich sonderlich vor, sonst wäre er von der Bow Street schon längst nach Newgate verfrachtet worden.«

»Dieser Meinung ist auch Marietta. Sir Gavin behauptet, er habe die Behörden nicht informiert, um einen Skandal zu vermeiden …« Sir Lionel zuckte mit den Schultern. »Wer weiß? Temple and Cloud machte auf mich zunächst einen sehr vernünftigen Eindruck, aber zumindest steckt er bis über beide Ohren im Schmugglergewerbe.«

»Das ist nicht dein Ernst! Ein *Peer,* der schmuggelt?«

»Ein Peer, der seinen Titel abgelegt hat, kann doch keine weiße Weste haben, oder?«

»Ja, du hast recht. Macht er einen verstörten Eindruck?«

»Nein, nein. Er ist ein recht gutaussehender Mann … einer dieser starken, in sich gekehrten Typen. Deine Tante behauptet, er habe die Aura eines Panthers.« Sir Lionel fügte lachend hinzu: »Emma und ihre Phantastereien!«

»Stimmt es, daß er bei Waterloo gekämpft hat, Sir?«

»Das behauptet er jedenfalls. Und ich hätte ihn nicht gern zum Feind. Er ist ein Mann, mit dem man sich nicht anlegen sollte. Gib mir doch bitte den Leimtopf, mein Junge.«
Eric tat, wie ihm geheißen, und meinte nachdenklich: »Ich weiß, daß Fanny Angst vor Diccon hat, aber Etta und Tante Dova scheinen ihn zu mögen. Warum nur?«
»Weil sie Frauen sind. Für einen aufrechten Mann haben sie nur ein Schulterzucken übrig und wenden sich ab. Doch einen Mann, dem der Ruf, gefährlich zu sein, vorauseilt und der voller Geheimnisse ist, umschwirren sie wie die Motten das Licht. Ja, lächele nur, mein Junge, aber ich habe das oft genug erlebt. Und ich will nicht, daß sich Etta an dieser Flamme die Finger verbrennt. Dieser Mann hat keine Zukunft. Geh jetzt nach oben und sorge dafür, daß Fanny ihre Schwester mit Coville allein läßt.«

»Oh, ich glaube, der alte Herr ist mir sehr dankbar«, sagte Eric am nächsten Morgen, als Bruder und Schwester nebeneinander herritten. »Aber es hat ihm gar nicht gefallen, daß ich dir das Geld gegeben habe.«
Marietta sagte wehmütig: »Armer, alter Papa. Ich hoffe, er ist mir nicht böse, daß ich mich um die Finanzen der Familie kümmere. Vielleicht glaubt er, ich mische mich ein.«
»Von wegen Einmischung! Werde bloß nicht weich und gib ihm etwas von dieser eisernen Reserve, Etta! Du bist doch noch nicht mit Coville verlobt, oder?«
Sie lachte. »Dummer Junge! Das hätte ich dir doch erzählt. Und Papa hätte es sofort verkündet, hätte Coville um meine Hand angehalten.«
»Gestern nachmittag hatte ich den Eindruck, daß Coville dir einen Antrag machen wollte. Er war so richtig verses-

sen darauf, mit dir allein zu sein. Bei dem Spaziergang habt ihr euch doch sehr angeregt unterhalten, oder? Er wollte wohl alles über unseren Stammbaum erfahren, wie?«

Marietta betrachtete die im Nordosten aufziehenden Wolken und sagte bedächtig: »Ganz am Anfang unserer Bekanntschaft hat er mir eine Menge Fragen über mich gestellt. Doch jetzt redet er nur noch von sich selbst oder will wissen, was in *Lanterns* vor sich geht.« In Gedanken fügte sie hinzu: Wie Diccon es vorhergesagt hat.

»Er macht sich wahrscheinlich Sorgen um seine Stiefmutter. Warum schickst du ihn nicht zu Madame Olympia?«

»Dir gefällt Tante Dovas ... Hobby wohl nicht?«

»Wie könnte ich so etwas gutheißen! Bestimmt weiß das ganze County, daß die Wahrsagerin unsere Tante ist. Tiefer kann man wohl nicht sinken.«

»Ich glaube nicht, daß jemand Tante Dova in ihrer Verkleidung erkennt. Sie trägt eine Perücke, kleistert ihr Gesicht mit Schminke zu und spricht mit starkem Akzent. Sogar ich würde sie in diesem Aufzug nicht erkennen, und niemandem käme wohl in den Sinn, daß eine vornehme Dame in die Rolle einer Hellseherin schlüpft. Außerdem hört sich Tante Dova mit viel Geduld und Einfühlsamkeit die Probleme ihrer Klientinnen an, und die meisten wissen ihre vernünftigen Ratschläge zu schätzen.«

»Ach, tatsächlich! Dann sollte ich ihr wohl auch einen Besuch abstatten. Vielleicht sieht sie in ihrer Kristallkugel, wo der Schatz versteckt ist.«

Marietta lachte. »Hüte dich, lieber Bruder. Madame Olympia könnte dir aus der Hand lesen und feststellen, worum es bei deinen Spritztouren nach London wirklich geht.«

Eric verging das Grinsen. »Woher weißt du, daß ich in London war?« fuhr er seine Schwester an.
»›Miles Cameron‹ hat es Tante Dova erzählt. Ist es nicht merkwürdig, daß sie … Eric? Bist du mir böse?«
»Nein, natürlich nicht, du Närrin.« Sein wütender Gesichtsausdruck wich einem strahlenden Lächeln. »Aber ich lasse mir lieber nicht aus der Hand lesen. Mein Ruf könnte … Donnerwetter! Wer, zum Teufel, ist denn das?«
Marietta drehte sich um und sah Orpheus in halsbrecherischem Tempo über die Wiesen galoppieren. »Ach, das ist Major Diccon!« Sie winkte. »Ich glaube, er hat uns nicht gesehen.«
»Aber jetzt. Sieh nur, er wendet sein Pferd.«
»Er muß zur Steinbrücke reiten, um den Fluß zu überqueren.«
»Den Teufel tut er! Er will drüberspringen.«
Marietta rief erschrocken: »Nein! Das schafft er nicht. Der Fluß ist zu breit. Oh, du meine Güte! Er hat Arthur vor sich im Sattel. Eric, wink ihn zurück!«
»Zu spät. Da, er springt schon. Gut gemacht. Mein Gott, kann der reiten!«
Orpheus kam herangesprengt und blieb unruhig tänzelnd stehen.
»Etta! Eric!« schrie Arthur mit geröteten Wangen und aufgeregt funkelnden Augen. »Habt ihr das gesehen? Sir Gawain und ich sind über den Mond gesprungen! Wie die Kuh! Oh, war das phantastisch.«
»Wie konnten Sie diesen riskanten Sprung mit Arthur im Sattel wagen?« schalt Marietta den Major.
Diccon sagte lächelnd: »Oh, in Begleitung des unerschrokkenen Lancelot fühle ich mich absolut sicher.«

Als Eric das Lächeln auf den feingeschnittenen Gesichtszügen des Majors und das Funkeln in den Augen seiner Schwester sah, dachte er, Blake Coville täte gut daran, bald um ihre Hand anzuhalten.

»Er sagt, ich darf erst springen, wenn ich ein Pferd wie Scheusal habe«, erzählte Arthur aufgeregt. »Er sagt, ein Mann muß sein Pferd kennen, ehe ...«

»Major Diccon sagt«, korrigierte ihn Marietta. »Nicht ›er‹. Major, darf ich Ihnen meinen Bruder Eric vorstellen. Eric, das ist Mallory Diccon Paisley.«

»Temple and Cloud, wie?« sagte Eric und streckte die Hand aus. »Ich freue mich sehr, Sie kennenzulernen, Sir. Donnerwetter, ist das ein prächtiges Pferd!«

»Ja«, stimmte Diccon zu und tätschelte Orpheus' seidig schimmernden Hals. »Wie ich höre, besitzen Sie zwei schöne Braune.«

Eric errötete vor Freude, gab sich jedoch wie ein Mann von Welt und sagte schulterzuckend: »Ach, die beiden sind ein ganz gutes Gespann. Heißt Ihr Pferd wirklich Scheusal?«

»Nein, Orpheus.«

»Er ist musikalisch«, warf Marietta ein, warf Diccon einen bedeutungsvollen Blick zu und sagte eindringlich: »Das müssen Sie meinem Bruder vorführen, Major.«

»Mit Vergnügen. Das heißt, wenn Sie es wagen, mein verruchtes Schloß zu betreten, Warrington. Ich habe einen schrecklichen Ruf.«

Eric grinste, aber Arthur, der Knoten in Orpheus' Mähne geknüpft hatte, sagte selbstsicher: »Ich komme mit.« Diccon sah ihn streng an, und der Junge fügte hinzu: »Wenn ich darf, Sir.«

»Das klingt schon besser«, lobte Marietta. »Aber es ist Zeit für deinen Unterricht, junger Mann.«
Arthur machte einen aufsässigen Schmollmund.
Eric sagte: »Pech gehabt, Junge. Aber ich nehme nur gebildete Piraten mit auf eine Ruderpartie.«
Arthur fragte mit großen Augen: »Heute nachmittag?«
»Heute nachmittag.«
»Versprochen?«
Eric legte die Hand aufs Herz. »Großes Ehrenwort.«
»Und du darfst mit mir nach Hause reiten«, sagte Marietta. »Eric, reichst du ihn mir rüber?«
Eric stieg ab, reichte Diccon die Zügel seines Pferdes und hob Arthur in Mariettas Sattel. Dabei murmelte er: »Mir kommt er nicht verrückt vor.«
»Wer ist verrückt?« fragte Arthur laut und deutlich.
Marietta schloß die Augen und stöhnte leise.

»Ein schönes altes Gebäude – vorausgesetzt, es wird restauriert«, sagte Eric, der neben Diccon in den neuen Flügel zurückging. »Dafür muß man allerdings das Landleben mögen. Ich danke Ihnen, daß Sie mich herumgeführt haben.«
»Es freut mich, daß Ihnen *Lanterns* gefällt. Ich nehme an, Sie leben nicht gern auf dem Land? Bestimmt können Sie es kaum erwarten, wieder nach Cambridge zurückzukehren?«
»Zum Teufel, nein! Für ein, zwei Tage bin ja gern auf dem Land, aber die Universität … pah! Die kann mir gestohlen bleiben. Ist es Ihnen nicht auch so ergangen, Sir?«
Diccon, der sich allmählich wie Methusalem vorkam, sagte: »Manchmal schon. Aber ein akademischer Grad kann

für Ihre Karriere sehr hilfreich sein. Natürlich hängt es davon ab, was Sie aus Ihrem Leben machen wollen.«

»Das sagt jeder. Wurde Ihnen ein Stipendium gewährt, Sir?«

»Oh, nehmen Sie nicht mich zum Vorbild. Nicht wenn Sie sich ein Vermögen anhäufen möchten.«

»Sehen Sie, darum geht es mir. Selbst wenn ich Tag und Nacht büffeln würde, könnte ich mein Studium erst in zwei Jahren abschließen. Aber daran bin ich nicht interessiert. Meine Familie braucht jetzt Unterstützung.«

Diccon dachte an die neue Kalesche, an die Vollblutpferde und betrachtete Erics elegante, maßgeschneiderte Jacke. Er enthielt sich jedoch einer skeptischen Bemerkung und führte seinen Gast in die Küche. »Leider ist das der einzige einigermaßen präsentable Raum«, entschuldigte er sich. »Darf ich Sie zu einem Glas Cognac einladen? Es wäre mir eine Freude, noch eine Weile Ihre Gesellschaft genießen und eine intelligente Unterhaltung führen zu können.«

Eric fühlte sich überaus geschmeichelt und akzeptierte eifrig die Einladung dieses Mannes, den er als überragende Persönlichkeit einschätzte. Er setzte sich an den Tisch, Diccon goß exzellenten Brandy in zwei Gläser und nahm Eric gegenüber Platz. Die Fragen des jungen Mannes nach dem Geheimnis von *Saladins Seufzer* und den angeblichen Gespenstern, die im Herrenhaus ihr Unwesen trieben, beantwortete er ausführlich und lenkte das Gespräch dann geschickt auf Erics Familie. Der Brandy war samtweich, die Küche warm und das Interesse des Majors schmeichelhaft. Träge und zufrieden entspannte sich Eric. Und der Alkohol löste seine Zunge.

Diccon hörte sich Erics wehmütiges Klagen über den Verlust des Stadthauses und ihres gewohnten Lebensstils an, der nicht vergleichbar mit den gegenwärtigen Umständen – die er offensichtlich für erbärmlich hielt – gewesen sei.

»Fanny war noch zu jung, um in die Gesellschaft eingeführt zu werden«, sagte Eric. »Deshalb vermißt sie das Stadtleben nicht besonders. Aber für Etta ist es teuflisch hart gewesen, obwohl sie sich tapfer mit dem neuen Leben abgefunden hat und das Beste daraus macht. Mein Vater hatte gehofft, sie würde eine gute Partie machen und uns alle retten, aber ... hier, auf dem Land begraben ...« Er zuckte resigniert die Schultern.

»Ein lupenreiner Diamant läßt sich nicht lange irgendwo verstecken, und Sussex ist schließlich nicht die Wüste Gobi. Miss Marietta wir bestimmt eine großartige Partie machen ... und, wie ich hoffe, eine glückliche.« Diccon wurde sich seines schroffen Tons bewußt und merkte, daß Eric ihn anstarrte. »Ich finde es bewundernswert, daß Sie Ihre Familie unterstützen wollen«, redete er gelassener weiter. »Aber das ist für einen so jungen Mann eine große Aufgabe. In Ihrem Alter hatte ich genug mit mir selbst zu tun.«

»In der Armee wird man wohl nicht reich, wie?«

»Man kann sich glücklich schätzen, wenn man überhaupt seinen Sold bekommt. Glücklicherweise«, fügte Diccon grinsend hinzu, »habe ich andere ... ähm, Eisen im Feuer.«

»Davon habe ich gehört. Und wenn dieser Brandy ein Beispiel dafür ist, kann ich mir vorstellen, daß sich mit dem Schwarzhandel gut verdienen läßt.«

»Vorausgesetzt, man ist bereit, Risiken einzugehen. Aber einem jungen Spund wie Ihnen würde ich diese gesetzes-

widrigen Aktivitäten nicht empfehlen. Und ich wäre Ihnen dankbar, wenn Sie mein Geheimnis hüten würden.«
Eric ärgerte sich über die etwas herablassende Haltung des Majors und reagierte mit jugendlicher Prahlerei: »Keine Sorge, Sir. Mir wurde erzählt, daß Sie auf Ihren Titel keinen Wert legen, und ich schließe daraus, daß Sie mit unserer gegenwärtigen Regierung wenig im Sinn haben.« Er beugte sich vor und fügte verschwörerisch hinzu: »Im Vertrauen gesagt: Ich habe schon ein paarmal die Gesetze umgangen.«
Diccon lachte leise. »Dann haben Sie die großzügigen Geschenke für Ihre Familie also nicht mit dem Gewinn aus einer Pferdewette bezahlt! Sie Schlauberger! Und Ihrer Schwester erzählen Sie Geschichten von einträglichen Investitionen! Das kam mir gleich unwahrscheinlich vor. Sind Sie am Alkoholschmuggel beteiligt?«
»Nein, Sir!« protestierte Eric beleidigt. »Es geht um eine viel größere Sache. Ich ...« Er warf einen Blick zur Tür, »... ich bin eine Art Kurier. Ein äußerst gut bezahlter Kurier, darf ich hinzufügen. Für eine Gruppe einflußreicher Gentlemen.«
Diccons Blick verschleierte sich, sein Mundwinkel zuckte, und er hob ironisch eine Braue.
Empfindlich getroffen, brauste Eric auf: »Sie halten mich wohl für einen Angeber und bezweifeln, daß Gentlemen einem Zweiundzwanzigjährigen wichtige Dokumente anvertrauen. Aber das ist der Grund, warum ich als Kurier eingesetzt werde: Weil ich jünger aussehe, als ich bin.« Plötzlich lachte er. »In meiner Verkleidung sehe ich wie ein unterbezahlter Kaufmannslehrling aus. Die Berittene Polizei wirft nicht einmal einen Blick auf mich. Wenn die

Männer wüßten ...« Er hatte schon mehr gesagt, als er beabsichtigt hatte, und verstummte. Dann fügte er noch hinzu: »Es ist unglaublich, wieviel Spionage in der Welt der Industrie betrieben wird.«

»Ach, tatsächlich? Na, Sie sind alt genug, um zu wissen, worauf Sie sich einlassen und welche Risiken Sie eingehen. Ich hingegen strebe ein ruhigeres Leben an. Ich möchte mich in *Lanterns* niederlassen und heiraten.« Diccon seufzte und sagte reumütig: »Dann muß ich das Schmuggelgeschäft natürlich aufgeben. Schließlich darf ein Gentleman keine Schande über seine Familie bringen.«

Eric starrte stirnrunzelnd in sein Brandyglas und schwieg.

»Ich kann Ihnen gar nicht sagen, wie sehr es mich freut, Ihre Familie kennengelernt zu haben«, redete Diccon weiter und musterte Eric mit scharfem Blick. »Noch nie wurde ich von jemandem so freundlich aufgenommen. Und ich beneide Sie um Ihren kleinen Bruder. Er ist ein bezaubernder Spitzbube. Sie sind sein Idol, und er wird Ihnen als sein Vorbild nacheifern.«

Warrington hob den Kopf und musterte Diccons schmales Gesicht, sah aber nur ein freundliches Lächeln. »Ja«, sagte er und setzte sein Glas ab. »Tja, ich muß jetzt nach Hause. Guten Tag, Sir, und vielen Dank für Ihre Gastfreundschaft.«

Der Himmel hatte sich verdunkelt, die Luft war sehr still, und die gelblich verfärbten Wolken kündeten von einem aufziehenden Gewitter. Eric Warrington ritt ungewohnt langsam den Hügel hinauf. Von dem starken geschmuggelten Brandy war ihm etwas wirr im Kopf, und er hatte das ungute Gefühl, einem Mann, den er kaum kannte, zuviel verraten zu haben. Und in ihm hallte der Satz nach: »... er wird Ihnen als sein Vorbild nacheifern.«

Diccon stand auf der Zugbrücke und sah Eric nach, bis der junge Mann aus seinem Blickfeld verschwunden war. Tief in Gedanken versunken schlenderte er zur Scheune und kickte dabei einen Kieselstein vor sich her. Mac war ins Haus zurückgegangen. In der Scheune war es düster und still. Es roch nach Heu und Tieren ... er blieb abrupt stehen und starrte fassungslos ins Halbdunkel. Die Scheune war leer! Fluchend schlug er mit der Faust gegen einen Pfosten. »Verdammt!«

Das Gewitter, das sich schon den ganzen Tag drohend angekündigt hatte, brach um vier Uhr nachmittags mit aller Wucht über Sussex herein. Jocelyn Vaughan schlug den Kragen seines Reitmantels hoch, zog den Kopf im peitschenden Regen ein und spornte sein Pferd zum Galopp an. Vom Hügel aus hatte er die Kamine gesehen und geglaubt, es sei nur ein kurzer Ritt bis zum Herrenhaus, doch er hatte sich in der Entfernung verschätzt, und als er an dem geschlossenen Tor ankam, war er bis auf die Haut durchnäßt. Da er keine Lust hatte abzusteigen, trieb er den großen Wallach an und setzte über die Hecke. Dann trabte er die kurze Auffahrt zur Terrasse hinauf.
Trotz des strömenden Regens konnte Vaughan erkennen, daß das Haus kleiner war, als er es sich vorgestellt hatte, und in einem viel besseren Zustand. Angetrieben von einem ohrenbetäubenden Donnerschlag, sprang er aus dem Sattel, rannte die Stufen hinauf und überquerte die Terrasse.
Kein Kerzenlicht erhellte die Fenster, und im Haus war es still. Er donnerte mit der Faust gegen die Tür und schrie: »Hallo! Schläfst du schon, du fauler Halunke? Auf, auf!«

Fanny, die mit einem Arm voller feuchter Wäsche in die Küche kam, hörte das Geschrei und die Schläge gegen die Haustür. »Gesindel!« schimpfte sie. »Verschwindet! Wer immer ihr auch seid!«
Wieder wurde gegen die Tür gehämmert, und jemand drohte brüllend, es gebe Mord und Totschlag, wenn nicht geöffnet werde.
Mrs. Gillespie war wegen ihrer »Kopfschmerzen« früher nach Hause gegangen, und Marietta nahm gerade die restliche Wäsche von der Leine. Papa und Eric machten einen Ausflug mit der neuen Kutsche, also mußte Fanny sich um den gewalttätigen Besucher kümmern. Sie legte den Stapel Wäsche auf den Küchentisch und eilte kampfeslustig durch das Wohnzimmer in die Diele. Im grellen Licht eines Blitzes wurde die Tür aufgestoßen, und eine wütende Männerstimme brüllte: »Wo, zum Teufel, bist du, du Verräter? Versteckst du dich? Ich komme jetzt rein.«
Fanny, der wütende Worte auf der Zunge lagen, verschlug es die Sprache. Marietta hatte ihr von dem Eindringling erzählt, der Diccon in *Lanterns* so brutal angegriffen hatte. Wahrscheinlich war das derselbe Mann. Da seine Suche im Herrenhaus vergeblich gewesen war, nahm er sich jetzt das Austragshaus vor. Sie wich zurück und suchte Zuflucht im Wohnzimmer. Glücklicherweise brannten keine Kerzen, daher war es in dem Raum dämmrig. Sie setzte sich neben »Mrs. Hughes-Dering« aufs Sofa und erstarrte ebenfalls zur Puppe.
Jocelyn Vaughan trat in die geräumige, finstere Diele und sah sich neugierig um. Von dem grellen Blitz war er noch immer geblendet. Vorhänge säumten einen Bogen, der zu einem Gang führte. Links dahinter entdeckte er eine Trep-

pe nach oben, rechts mehrere Zimmertüren, und direkt vor ihm war eine nur angelehnte Tür. Es herrschte Totenstille. Unheimlicher Ort, dachte er und brüllte: »He! Seid ihr alle gestorben?«
Außer einem Donnerschlag gab es keine Antwort. Er ging den Gang entlang, stieß die Tür weiter auf und schaute in ein geräumiges Wohnzimmer. Keine der in dem halbdunklen Raum sitzenden Personen nahm von seinem Eintritt Notiz. »Guten Tag«, sagte er steif. »Ihr Butler hat leider mein Klopfen nicht gehört.«
Schweigen. Kein Wort, keine Bewegung.
»Ihr seid wohl alle tot, wie?« fragte er sarkastisch.
Wieder keine Reaktion. Ihm kam das alles sehr merkwürdig vor. Vorsichtig machte er ein paar Schritte in den Raum und sagte zu dem Mann in Uniform, der vor dem Kamin saß: »Schlafen Sie, Sir? Bin ich in das falsche Haus eingedrungen? Ich möchte …« Die starren, glasigen Augen machten ihn nervös. Vaughan, dem der Tod nicht fremd war und der selbst in der Schlacht von Quatre Bras schwer verwundet worden war, wich entsetzt zurück. Er hielt den Atem an, streckte die Hand aus und berührte vorsichtig die Schulter des Mannes. Kein wütender Protest, kein Widerstand. Der Soldat neigte sich nur zur Seite.
»Heiliger Strohsack!« schrie Vaughan entsetzt.
Er berührte den Arm einer der drei Ladies auf dem Sofa, und die gewichtige Matrone sackte in sich zusammen. Die Lady daneben wackelte mit dem Kopf.
»Das ist ja … abscheulich«, flüsterte Vaughan, dem der Schweiß ausbrach. Er streckte seine zitternde Hand nach dem jungen Mädchen aus, das am Ende des Sofas saß. Mit einem gellenden Schrei wurde seine Hand weggestoßen.

Sein Herz setzte kurz aus, und er schnappte keuchend nach Luft. Die junge Frau sprang auf. Das arme Wesen ist übergeschnappt, dachte er, als Fanny in hysterisches Gelächter ausbrach.
Verzweifelt schaute er sich um. Eine Vase mit drei Rosen stand auf einem Beistelltisch. Er griff nach dem Gefäß, entfernte die Blumen und goß dem Mädchen das Wasser ins Gesicht. Das Gelächter verstummte sofort. Wie erstarrt und keuchend, mit weit aufgerissenen Augen (die sehr schön waren) und von der Nase tropfendem Wasser stand Fanny da.
»Ooo-oh!« stöhnte sie.
»Arme Kleine«, sagte Vaughan freundlich, setzte die Vase ab und legte ihr tröstend den Arm um die schmale Taille.
»*Monster!*« kreischte Fanny und gab ihm eine schallende Ohrfeige. »Rühren Sie mich nicht an!«
»Was, um Himmels willen ...« Eine andere junge Frau kam, völlig durchnäßt und aufgelöst, ins Zimmer.
»Sehen Sie nicht hin!« rief Vaughan und hob abwehrend die Hand. »Hier ist etwas Entsetzliches passiert! Ist Ihr Herr noch am Leben?«
Marietta stand mit offenem Mund da, und Fanny starrte diesen (erstaunlich gutaussehenden) Verrückten sprachlos an.
»Eine fürchterliche Tragödie«, sagte Vaughan und wischte sich mit seinem Taschentuch den Schweiß von der Stirn. »Dieses arme verstörte Dienstmädchen scheint die einzige Überlebende zu sein! Wir müssen sofort die Polizei benachrichtigen. Sind Sie die Haushälterin? Oder kann jemand ...«
»Überlebende ...«, fragte Marietta entgeistert.

»Massaker im Wohnzimmer«, stammelte Fanny.
»Ach, du meine Güte! Noch ein Besucher! Wieder hat das Mystische Zeitfenster recht gehabt.« Eine erstaunliche Gestalt betrat den Raum und musterte Vaughan eindringlich. »Sie sind also doch gekommen. Aber böse sehen Sie nicht aus.«
Vaughan starrte die Frau völlig entgeistert an. Feuchte Locken klebten an ihrer Stirn, dick aufgetragene Schminke zerlief auf ihrem Gesicht, was ihr ein dämonisches Aussehen verlieh. Und ein völlig durchnäßter voluminöser Umhang hüllte ihre Gestalt ein.
Ein kleiner Junge, der eine Art Kettenhemd und einen seltsamen Helm auf dem Kopf trug, kam rasselnd die Treppe heruntergepoltert, dann raste eine große rotbraun-weiße Katze durchs Wohnzimmer und sprang dem Besucher in die Arme.
»Ich wußte, daß er sein Versprechen nicht halten würde«, heulte der Junge. »Ich schlage ihm den Schädcl cin!«
Vaughan flüsterte: »O … mein … Gott!«
Da konnte sich Fanny nicht länger beherrschen und lachte, bis ihr die Tränen die Wangen hinabliefen.

Elftes Kapitel

Nachdem die Situation geklärt und das gegenseitige Bekanntmachen beendet war, wurde Vaughan zum Tee eingeladen. Doch zuerst brachte Vaughan, der Offizier in der Kavallerie des Herzogs von Wellington gewesen war, sein Pferd in den Stall und versorgte es.

Als er ins Haus zurückkam, waren die beiden jungen Damen und die Wäschestapel verschwunden. Mrs. Cordova hielt sich allein in der Küche auf und machte zu seiner Bestürzung einen tiefen Knicks vor ihm. Ohne die zerflossene Schminke im Gesicht wirkte sie jedoch weniger furchterregend. Trotz ihres seltsamen Aussehens war er erstaunt, eine Dame von Stand bei der Küchenarbeit anzutreffen, doch dies war offensichtlich ein ungewöhnlicher Haushalt. Mrs. Cordova schien seine Anwesenheit jedoch nicht zu stören, denn während sie alles für den Tee vorbereitete, schwätzte sie pausenlos über seinen Onkel, John Moulton, einen Mann, den sie sehr zu schätzen schien. Nachdem sie sich nach Lord Johns junger Frau, Lady Salia, erkundigt hatte, betrachtete sie mit einem wehmütigen Lächeln das Teesieb und murmelte: »Sie stammt von Zigeunern ab, das weiß ich, aber was ist sie für ein wunderschönes Geschöpf.« Ehe Vaughan etwas erwidern konnte, fing sie an zu singen: »Sie hat die heilenden Hände der Feen. Doch in meinem Mystischen Zeitfenster kann ich sie nicht sehn.«

Vaughan wußte nicht, wie er auf dieses sonderliche Verhalten reagieren sollte, und murmelte vage: »Wie … ähm, schön.« Da kam zu seiner Erleichterung Miss Warrington zurück und führte ihn ins Wohnzimmer. Sie hatte sich zum Tee umgezogen, und er fand sie in dem weißen Kleid mit dem roten Samtbesatz sehr hübsch. Einen Augenblick später tauchte ihre Schwester auf, und ihm stockte der Atem. In ihrem blaßgelb-goldenen Kleid und mit dem goldenen Haarband in den dunklen Locken sah Miss Fanny so atemberaubend aus, daß er nicht fähig war, sich zu erheben, als Mrs. Cordova das Wohnzimmer mit der Begründung verließ, sie müsse »ein paar dringende Reparaturen« vornehmen.

»Bestimmt halten Sie mich für einen Trottel«, sagte Vaughan und nahm die Tasse Tee aus Fannys Hand. »Natürlich hätte ich Miss Warrington erkennen müssen, aber es war so finster und … ähm …«

»Man sieht nur, was man sehen will«, ergänzte Marietta und legte ein Scheit auf das jetzt fröhlich lodernde Feuer im Kamin. »Wie konnten Sie auch erwarten, mich hier zu sehen. Außerdem war ich völlig durchnäßt und aufgelöst. Kein Wunder, daß mein Anblick Sie verwirrt hat.«

Miss Fannys große haselnußbraune Augen sahen ihn amüsiert funkelnd an, als sie ihm Milch und Zucker reichte. Das Grübchen in ihrem Mundwinkel faszinierte ihn derart, daß er vergaß, ihrer Schwester zu antworten. Hastig sagte er: »Wie freundlich von Ihnen, Miss Warrington. Ich hatte keine Ahnung, daß Sie aus London weggezogen waren.«

»Wir haben einen Schicksalsschlag erlitten, wissen Sie«, erklärte Fanny auf ihre unverblümte Art, die er charmant

fand. »Wir haben unser ganzes Vermögen und unser Haus verloren und wohnen hier nur zur Miete.«
»Das hätte ich nie vermutet«, sagte er verblüfft. »Gemietete Häuser machen oft einen so öden Eindruck, während ihr Heim so gemütlich ist.« Das warme Kerzenlicht und der flackernde Feuerschein veränderten den Raum völlig. Er hätte im Augenblick nicht das prächtigste Herrenhaus gegen diese bescheidenen, aber anheimelnden vier Wände getauscht.
»Es ist ein hübsches Haus«, sagte Marietta und setzte sich in einen Sessel. »Aber ich kann mir vorstellen, was für ein Schock es für Sie gewesen sein muß, so unvermutet im Halbdunkel und während eines Gewitters auf die … ähm, ›Freunde‹ meiner Tante zu stoßen.«
»Ja, ein großer Schock«, meinte Fanny einfühlsam.
Er grinste. »Ihnen hat das doch Spaß gemacht, über meine Verwirrung zu lachen. Hätte es Ihnen denn wenigstens leid getan, wenn mich der Schlag getroffen hätte?«
»Ich mußte einfach lachen«, konterte Fanny. »Wie komisch Sie ausgesehen haben, als Sie dachten, Sie wären in einem Irrenhaus gelandet.«
»Natürlich hätte es uns sehr leid getan«, warf Marietta ein, der die geröteten Wangen und der Schalk in den Augen ihrer Schwester nicht entgingen. »Mit diesen Puppen sollen natürlich keine Besucher erschreckt werden. Sie sind meiner Tante, die ihre Londoner Freunde sehr vermißt, ein großer Trost.«
Fanny sagte: »Wahrscheinlich kommt es Ihnen merkwürdig vor, daß meine Tante so tut, als wären sie tatsächlich hier, und mit ihnen plaudert.«
Zwar fand er diese Gewohnheit äußerst sonderlich, sagte

jedoch freundlich: »Jetzt, im Licht besehen, stelle ich eine bemerkenswerte Ähnlichkeit mit den lebenden Personen fest. An Miles Cameron müssen Sie allerdings eine Veränderung vornehmen: Er wurde befördert.«
Diese Neuigkeit wurde mit Freude aufgenommen. »Er ist ein sehr charmanter Gentleman«, sagte Marietta. »Und ein enger Freund Ihres Cousins, Lord St. Clair, wenn ich mich nicht irre. Haben Sie alle in Waterloo gekämpft?«
»Lucian und Miles. Ich wurde in Quatre Bras außer Gefecht gesetzt und kann mich nicht rühmen, an der großen Schlacht teilgenommen zu haben.« In seinen dunklen Augen lag plötzlich ein geistesabwesender Ausdruck.
Marietta erinnerte sich daran, daß auch in Diccons Blick, als er von Waterloo gesprochen hatte, dieser gequälte Ausdruck gelegen hatte.
Fanny sagte ungewöhnlich ernst: »Ich glaube, für die meisten Menschen war Quatre Bras ein Teil dieses Kriegs. Wir alle sind sehr stolz auf die Männer, die so tapfer für uns gekämpft haben.«
Vaughan errötete verlegen und stammelte, sein Beitrag zum Sieg sei minimal gewesen, daß aber viele großartige Männer dieses Lob verdienten.
»Reden Sie keinen Unsinn!« Mrs. Cordova platzte, in einer purpurnen Robe und mit einem mit einer Feder verzierten Turban auf dem Kopf, ins Wohnzimmer. »Lucian St. Clair erzählt immer wieder, daß Sie ihm das Leben gerettet haben und dabei selbst beinahe umgekommen wären. Prahlerei kann ich nicht ausstehen, aber falsche Bescheidenheit ist langweilig.«
Vaughan war bei Mrs. Cordovas Eintritt aufgestanden. Feuerrot im Gesicht wünschte er sich, im Boden versinken

zu können. Mit einem verlegenen Lachen sagte er, es sei schwierig festzustellen, wo Bescheidenheit ende und Prahlerei beginne. Und dann lästerte er über seinen Cousin, der ihm so nahestand wie ein Bruder: »Außerdem ist St. Clair ein Taugenichts, und ich will nicht mehr hören, daß ich dafür verantwortlich bin, daß er noch immer existiert.«
Viscount Lucian St. Clair hatte sich mit seinen Heldentaten so großen Ruhm erworben, daß alle über Vaughans Bemerkung lachen mußten.
Fanny sagte: »Ich ahne allmählich, warum Sie sich in unsere Gegend verirrt haben. Lord Temple and Cloud hat auch in Waterloo gekämpft und ist ein Freund von Ihnen.«
Erleichtert über den Themenwechsel, setzte Vaughan sich wieder und sagte, er sei Temple and Cloud nie begegnet. »Mein rüdes Eindringen in Ihr Haus ist darauf zurückzuführen, daß ich glaubte, in *Lanterns* zu sein. Liegt das Herrenhaus weit von hier?«
»Nein, nur ungefähr zwei Meilen«, sagte Fanny verwirrt.
»Aber Sie befinden sich auf dem Grundstück von *Lanterns*«, erklärte Marietta und reichte ihm einen Teller mit warmem Gebäck. »Das hier ist das Austragshaus.«
»Wollen Sie Lord Temple and Cloud einen Besuch abstatten?« fragte Fanny.
Vaughan, der gerade nach einem Stück Gebäck griff, hielt mitten in der Bewegung inne und sah sie neugierig an: »Nein, Ma'am. Sollte ich das tun?«
Marietta sagte: »Wollten Sie nicht ursprünglich zum Herrenhaus? Außer Lord Temple and Cloud hält sich dort nur Micah MacDougall auf.«
Vaughan rief erleichtert: »Oh, wie gut! Wenn Mac dort ist, kann Diccon nicht weit sein.« Das Gebäck schmeckte köst-

lich und zerging auf der Zunge. Er wollte der Köchin gerade ein Lob aussprechen, als er die Blicke sah, die die beiden Schwestern austauschten. Argwöhnisch fragte er: »Da stimmt doch etwas nicht! Hatte Diccon etwa wieder einen Unfall?«

»Oh, mehrere«, antwortete Fanny.

Mrs. Cordova, die ihn über den Rand ihrer Teetasse hinweg beobachtete, sagte: »Das beunruhigt Sie. Sind Sie eng befreundet?«

»Das glaube ich nicht«, warf Fanny ein. »Als Mr. Vaughan gegen die Tür donnerte, hat er den Major einen Verräter genannt.«

Vaughan widersprach schroff: »Ich bitte um Verzeihung Ma'am, Sie müssen mich mißverstanden haben. Ich habe ›Händler‹ gerufen, nicht ›Verräter‹. Und wir sind tatsächlich Freunde. Ist er schwer verletzt?«

Marietta antwortete: »Glücklicherweise nicht.« Ihr Erstaunen, daß selbst Freunde nichts von Diccons Titel wußten, verbarg sie.

Fanny war weniger taktvoll. »Wenn Sie sein Freund sind, müssen Sie doch wissen, daß Diccon Paisley Lord Temple and Cloud ist?« fragte sie.

Vaughan starrte sie sprachlos an. Dann funkelten seine Augen amüsiert, und er sagte: »Miss Warrington, ich glaube, jemand hat Ihnen einen Bären aufgebunden.«

Mrs. Cordova seufzte. »Ich fürchte, Sie haben recht, Mr. Vaughan. Mehr als einen.«

»Heiliger Strohsack!« entrüstete sich Vaughan und hielt seine kalten Hände über den Herd in der Küche von *Lanterns.* »Wie konntest du nur annehmen, der Titel würde

nicht auf dich übergehen? Nach dem Tod deines Großonkels mußtest du doch mit dieser Möglichkeit rechnen.«
Diccon kippte seinen Stuhl nach hinten und legte die Füße auf den Tisch. Träge betrachtete er seinen Freund. »Damals standen immerhin noch ein Großonkel, ein Onkel und zwei Cousins zwischen mir und dem Titel. Wie hätte ich ahnen können, daß zwei von Krankheiten dahingerafft, einer im Krieg fallen und der letzte bei einem Jagdunfall ums Leben kommen würde?«
»Trotzdem gehört jeder, der einen so stolzen und alten Titel ablehnt, ins Irrenhaus!«
»Bist du den ganzen Weg von London hierher geritten, um mir das zu sagen? Oder hast du dich ebenfalls den Schatzsuchern angeschlossen?«
»Schatz?« Vaughan richtete sich kerzengerade auf. »Was für ein Schatz? Ich verlange, daß du mich sofort aufklärst!«
Diccon stöhnte und sagte zu MacDougall, der an der Spüle Kartoffeln schälte: »Mir hängt die Geschichte zum Hals raus. Erzähl du sie ihm, Mac.«
Der Schotte kam dieser Bitte nur zu gern nach und schmückte die Legende mit ein paar kernigen Sprüchen aus, über die Vaughan herzlich lachen mußte, während Diccon fluchte. Nachdem die Geschichte erzählt war, leuchteten Vaughans Augen vor Begeisterung. »Das wird eine aufregende Jagd! Bist du deshalb hierhergekommen, Diccon?«
»O nein«, sagte Diccon sanft. »Ich bin gekommen, um meine Mutter zu ermorden, damit ich endlich mein Erbe antreten kann.«
MacDougall ließ eine Kartoffel ins Wasser fallen und fuchtelte, gälische Flüche murmelnd, mit den Händen in der Luft herum.

Vaughan warf Diccon einen unsicheren Blick zu und sagte dann lachend: »Ich hüte dein makaberes Geheimnis unter der Voraussetzung, daß du mir nicht das Zimmer gibst, in dem die Lady unter den Fußbodenbrettern begraben liegt.«

Diccon belohnte ihn mit einem seiner seltenen, strahlenden Lächeln. »Du wärst besser beraten, wenn du nach *Greenwings* zurückkehren würdest, Joss. Ti Chiu verpestet unsere gute Sussex-Luft.«

»Oh«, meinte Vaughan, wieder ernst geworden. »Du weißt es also.«

»Bist du etwa gekommen, um mich zu warnen?«

»Ja. Wie hast du es herausgefunden?«

»Er hat mich gefunden. Vor ein paar Nächten ist er hier eingedrungen, und wir hatten eine kleine Rauferei.«

MacDougall brummte wieder etwas auf gälisch.

»Und du lebst noch?« fragte Vaughan fassungslos. »Ich dachte mir schon, daß du etwas mitgenommen aussiehst. Dem Kerl schwinden wohl die Kräfte, wie? Bei unserer letzten Begegnung hat er wie viele von uns außer Gefecht gesetzt?«

»Sechs ... oder waren es sieben? Ich glaube aber, daß er nicht hinter mir, sondern hinter *Saladins Seufzer* her war. Hätte er mich erkannt ...« Diccon zuckte die Schultern.

»... wärst du jetzt ein toter Mann«, ergänzte Vaughan leichthin. »Und vor diesem Abenteuer soll ich weglaufen? Verdammt, Diccon! Daß du das reife Alter von dreiunddreißig erreicht hast, erstaunt mich zwar, aber die sechs Jahre, die du älter als ich bist, machen dich nicht zu meinem Großvater. Also, sei kein Spielverderber!«

»Mein lieber Narr, im Frühjahr haben wir Imre Monteils

Pläne durchkreuzt und sind mit Kunstobjekten geflohen, die ein Vermögen wert sind. Wir haben seine Auserwählte befreit und entführt, die …«

»… die nächsten Monat Mrs. Valentine Montclair wird. Ich habe dir übrigens deine Einladung mitgebracht.«

Diccons Augen leuchteten auf. »Donnerwetter, das ist eine gute Neuigkeit! Was jedoch nichts an den Umständen ändert. Wir beide haben einen sehr gefährlichen Mann ruiniert, wofür er uns bittere Rache geschworen hat …«

»Uns allen. Nachdem du ihn hast entkommen lassen!«

»*Ich* habe ihn …« Diccon nahm die Füße vom Tisch und sagte empört: »Der Teufel soll dich holen, Vaughan! Ich habe alles getan, um …« Er verstummte, starrte seinen Freund böse an und fügte dann zögernd hinzu: »Na, du hast wahrscheinlich recht. Um so mehr Grund …«

»… für mich, den Schwanz einzuziehen und abzuhauen, wie? Was hätte das für einen Sinn? Nachdem sie mit dir fertig sind, machen sie Jagd auf mich.« Vaughan hob Schweigen gebietend die Hand, als Diccon protestieren wollte, und fügte versonnen hinzu: »Außerdem habe ich einen zwingenden Grund, in deiner verfallenen Burg zu bleiben.«

Diccon kannte diesen verträumten Ausdruck in den Augen seines Freundes. »So schnell? Mein Gott! Ist es zu fassen? Du hast wieder die ›eine und einzige‹ gefunden!«

»Nur die ›einzige‹. Ich weiß, du bist kein Weiberheld, aber wie kannst du in der Nähe dieser exquisiten Miss Warrington leben, ohne ihrer Schönheit zu verfallen?«

Diccon sah ihn ruhig und schweigend an. Dann sagte er leise: »Sie wird sehr bewundert.«

»Bewundert! Sie sollte von Männern umgeben sein, die sie

verehren! Vergöttern! Sei mal ehrlich – hast du je eine so schöne Lady gesehen?«

»Nur einmal. Vor langer Zeit.«

Vaughan sagte zerknirscht: »Mein Gott, was bin ich für ein Tölpel. Entschuldige bitte, alter Knabe. Ich rede nicht mehr davon.«

Diccon machte eine wegwerfende Handbewegung, und MacDougall grunzte mißbilligend.

Es war typisch für Vaughan, daß er seine Überschwenglichkeit nicht lange unterdrücken konnte, denn er platzte gleich darauf heraus: »Gerade, weil du geliebt hast, kannst du doch verstehen, wie ich fühle. Diese funkelnden Augen! Ihre wohlgeformte Gestalt. Ihr hübsches Lachen und ihre sanfte Stimme. Wundert es dich, daß ich mich auf den ersten Blick in sie verliebt habe? Diese Märchenprinzessin hat mich verzaubert!«

Diccon ging zum Herd, legte Holz nach, kehrte zum Tisch zurück und blickte auf Vaughan hinunter.

MacDougall verhielt sich ganz leise.

»Willst du ihr den Hof machen?« fragte Diccon.

»Ich will sie für mich gewinnen! Um jeden Preis! Onkel John und Salia werden sie vergöttern, meinst du nicht auch?«

»Ja.«

»Und ihr wird *Greenwings* bestimmt gefallen.«

»Es ist ein wunderschöner alter Landsitz.«

Vaughan war unter dem Blick seines Freundes nicht wohl. »Du hast Bedenken, stimmt's? Herrje, ist sie etwa verlobt? Habe ich einen ernstzunehmenden Rivalen? Ich hatte ganz stark das Gefühl, daß sie meine Zuneigung erwidert.«

Diccon ballte die Faust. »Natürlich hast du Rivalen«, sagte

er schroff. »Du sprichst von ihrer Schönheit und Liebenswürdigkeit. Ist dir auch ihre Tapferkeit aufgefallen, und hast du dir überlegt, was es für ein Mädchen von vornehmer Herkunft bedeutet, in Armut zu leben? Miss Warrington muß Gläubiger vertrösten, mit einem verantwortungslosen Bruder und einem spielsüchtigen Vater zurechtkommen. Ihre größte Angst ist wohl, daß sie die Familie nicht zusammenhalten kann, doch bisher hat sie das geschafft, ohne ihre Fröhlichkeit und ihren Lebensmut zu verlieren. Ihre Haltung ist bewundernswert, und sie verdient nur das Beste, Joss. Der Mann, der sie haben will, muß ihr ein sorgenfreies Leben im Wohlstand bieten. Und vor allem – unsterbliche Liebe und Treue.«

Vaughan rief erstaunt: »Oh, verdammt! Wer hätte gedacht, daß ein Feuerfresser wie du solche Gedanken hegt? Ich bin froh, daß du meine Zuneigung billigst. Oder ...« Er runzelte die Stirn. »... etwa nicht? Hast du mir vielleicht gerade die Leviten gelesen? Von wegen Treue und so? Zugegeben, ich habe mir ein- oder zweimal eingebildet, verliebt zu sein, aber ...«

»Oder ein dutzendmal?«

Vaughan entgegnete frostig: »Führst du etwa Buch über meine Liebschaften?«

»Den Teufel tue ich! Aber ich weiß von dieser Schönen in Spanien – die etwas mit einem Stierkämpfer zu tun hatte, wie St. Clair erzählte. Und während du in der Kavallerie gedient hast, gab es mehrere ›eine und einzige‹. Dann war da die reiche Angelsächsin ...«

»Felicity Russell«, ergänzte Vaughan grimmig, erhob sich und stellte sich aufrecht hin wie vor ein Tribunal. »Und Alicia Wyckham, die ich geheiratet hätte, wäre mir nicht ein anderer zuvorgekommen. Aber jetzt weiß ich, daß ich an keine dieser lieblichen Geschöpfe mein Herz verloren habe. Noch hat eine dieser Frauen durch mich Schaden erlitten. Kannst du das auch von dir behaupten?«

Diccon wurde plötzlich sehr blaß. Kurz lag seine Seele bloß, und der qualvolle Blick verriet ihn. Er senkte schnell den Kopf und wandte sich ab. »Nein«, flüsterte er heiser. »Du hast ... absolut recht, und ...«

Vaughan, dem die Qual seines Freundes nicht entgangen war, legte ihm tröstend den Arm um die Schultern. »Ich hatte kein Recht, das zu sagen. Ich bin ein hitzköpfiger, streitlüsterner Dummkopf und verdiene es nicht, dein Freund zu sein. Da du meine Schwächen kennst, hast du natürlich Angst um die Lady ... und ...« Da begegnete er MacDougalls Blick. Der Schotte hatte ihn immer gemocht, doch dieser flammende Blick traf ihn wie ein Schlag, und er verfluchte sich wegen seiner Begriffsstutzigkeit.

Er trat zurück und sagte herausfordernd: »Na gut. Legen wir die Karten auf den Tisch. Wer macht der Lady noch den Hof?«

Diccon setzte sich und entgegnete müde: »Unter anderem mein Stiefbruder, Blake Coville.«

»Der Teufel soll ihn holen! Treibt sich dieser Angeber etwa hier rum?«

»Ja. Und noch ein, zwei andere Kerle sind hinter ihr her. Keiner gut genug, um ihr die Schuhe zu putzen, aber einer hat Geld. Sir Lionel bevorzugt Coville.« Diccon lachte kurz und bitter auf. »Er hält ihn für einen Geldsack.«

»Ist er das denn nicht?«

»Nicht mehr. Er ist ein Glücksspieler und hat Schulden. Sir Gavin weiß wohl nichts davon. Wie auch immer«, fügte

Diccon mit einem gezwungenen Lächeln hinzu, »jedenfalls bist du der geeignetste Bewerber, Joss. Ich wünsche dir … viel Glück.«
»Du verlogener Halunke!« schrie Vaughan. »Du liebst sie doch selbst!«
Diccon verschränkte die Hände zwischen den Knien und saß mit gesenktem Kopf da.
MacDougall knurrte tief in der Kehle und kam mit vorgestrecktem Schälmesser näher.
»Und dein schottischer Querkopf hat es gewußt!« sagte Vaughan vorwurfsvoll. »Läßt du etwa zu, daß er mir mit diesem Kartoffelmesser die Kehle durchschneidet?«
»Rede keinen Unsinn. Das würde er nie tun«, beschwichtigte Diccon seinen Freund.
»O doch!« knurrte MacDougall kampflustig. »Ehe sich dieses hübsche Bürschchen zwischen Sie und dieses Mädchen drängt.«
Vaughan stieß einen Schrei aus und stürzte sich wutentbrannt auf den Schotten. »Verdammt! Wage nicht, mich zu beschimpfen, du …«
MacDougall hob das Messer.
Mit einer einzigen geschmeidigen Bewegung war Diccon zwischen den beiden. Eine Drehung, ein Stoß, und Vaughan krachte samt Tisch zu Boden. Mit der anderen Hand umklammerte er MacDougalls Handgelenk. »Laß das Messer fallen!«
In MacDougalls Augen funkelte der Stolz seines streitbaren Clans, und er ließ das Messer trotz des schmerzhaften Griffs nicht fallen. Da sagte Diccon leise: »Bitte, Mac.« Lächelnd fügte er hinzu: »Vaughan kann nichts dafür, weißt du. Ich glaube, er wurde auf einem Vulkan geboren.«

MacDougall hatte diesem Lächeln nie widerstehen können. Grunzend ließ er das Messer fallen. »Sie wollen also kampflos aufgeben, wie?«
»Ich hatte nie das Recht, Miss Warrington meine Gefühle zu offenbaren, geschweige denn, um ihre Hand zu kämpfen.«
»Mann, Sie verraten sich jedesmal, wenn Sie sie ansehen.«
Vaughan rappelte sich auf und spähte benommen über die Tischkante. »Das war ein verdammt guter Wurf, Major«, keuchte er. »Wo hast du den gelernt?«
»Einer von Claude Sanguinet Lascars Halsabschneidern hat ihn mir in Dinan beigebracht.« Diccon hielt ihm die Hand hin. »Verzeih mir bitte. Aber ich habe nicht viele Freunde und kann es nicht zulassen, daß die wenigen sich gegenseitig umbringen.«
MacDougall stellte mürrisch den Tisch wieder auf.
Diccon drückte Vaughan auf einen Stuhl und fragte: »Willst du mir den Fehdehandschuh hinwerfen, Joss?«
Vaughan stieß einen tiefen Seufzer aus. »Wir stecken ganz schön in der Klemme. Ich kann doch die Auserwählten meines besten Freundes nicht umwerben.«
Diccon schaute auf Vaughan hinunter und mußte sich eingestehen, daß vor ihm der Mann saß, der es in jeder Hinsicht wert war, seine Angebetete zu heiraten. Vaughan war jung, anständig, mutig, gutaussehend und reich. Diccon wußte, daß sein ungeheuer starker Impuls, Vaughan erwürgen zu wollen, seinem Neid und Egoismus entsprang. Und wenn er Marietta wirklich liebte – o Gott! Wie sehr er sie liebte! –, sollte er sich darüber freuen, daß sich ihr die Gelegenheit bot, eine glänzende Partie zu machen.
Er mußte sich eingestehen, daß er zu dieser Selbstlosigkeit

nicht fähig war, und sagte: »Wäre meine Lage nicht so hoffnungslos, Joss, würde ich bis zum letzten Atemzug um sie kämpfen. Unter den gegebenen Umständen könnte ich Miss Warrington allerdings an keinen besseren Mann verlieren.«

»Wie freundlich von dir«, sagte Vaughan bissig. »Aber ich will nicht gewinnen, weil du aufgibst.« Er runzelte nachdenklich die Stirn und meinte: »Natürlich bist du … äh, ein bißchen zu alt für sie, und das könnte …«

»Neun Jahre ist doch kein großer Altersunterschied«, brummte MacDougall.

»Neun? Miss Warrington ist doch keinen Tag älter als neunzehn …«

»*Was?*« keuchte Diccon und hob ruckartig den Kopf.

»Hört, hört! Miss Fanny ist die ›eine und einzige‹ dieses Bürschchens«, dröhnte MacDougall.

Vaughan stammelte: »Wie? Hast du etwa angenommen …«

»Du hast von Miss Warrington gesprochen, du Dummkopf! Marietta ist die ältere der beiden Schwestern.«

»Oh. Aber du hast gesagt, sie sei so schön, und da dachte ich …«

»Das ist sie auch! Der Teufel soll dich holen! Bist du denn blind?«

»Tja, ich … ähm, ich …« Das ist Ansichtssache, dachte er, sagte jedoch ungewöhnlich taktvoll: »Nachdem mein Blick auf Miss Fanny gefallen war, habe ich wahrscheinlich kein Auge mehr für die Schönheit einer anderen Frau gehabt.«

Da stand MacDougall schon breit grinsend, einen Becher und eine Flasche Cognac in der Hand, neben ihm. »Wollen Sie Ihren Kummer nicht mit einem ordentlichen Schluck hinunterspülen, Lieutenant?«

»Und ob!« sagte Vaughan.
»Darauf trinken wir alle!« Ohne den Anflug eines Bedauerns, daß Marietta einen so vielversprechenden Verehrer verloren hatte, hob Diccon seinen Becher. »Einen Toast darauf, daß du endlich deine ›eine und einzige‹ gefunden hast, Joss. Ich wünsche dir Glück und hoffe, deine Angebetete wird dich erhören.«
»Dasselbe wünsche ich dir«, sagte Vaughan und stieß mit Diccon und MacDougall an. »He!« rief er plötzlich. »Mir kommt da ein grandioser Gedanke!«
MacDougall hob sofort wieder den Becher und murmelte: »Na, darauf müssen wir auch trinken.«
»Nein ... im Ernst«, sagte Vaughan. »Wenn Fanny mich nimmt, muß *deine* Lady keine Vernunftehe eingehen, Diccon. Verstehst du? Ich kann ohne weiteres die ganze Familie ernähren. Und erzähl mir nicht, du seist keine gute Partie für sie. Auch wenn du auf deinen Titel verzichtest, hast du einen guten alten Namen, und ich glaube mich erinnern zu können, daß dir deine Großmutter ein ansehnliches Erbe hinterlassen hat, ganz zu schweigen von dem Sold, der dir noch zusteht. Und dir gehört *Lanterns.* Ich weiß, der Besitz ist heruntergekommen, aber ich würde daraus eine Farm machen. Von den Einnahmen könntet ihr gut leben. Na! Unsere Probleme sind gelöst.«
»Falls die Mädchen euch haben wollen«, meinte MacDougall grinsend.
»Natürlich nehmen sie uns«, sagte Vaughan. »Wie könnten sie zwei so schneidige Männer ablehnen? Allerdings habe ich mir nicht träumen lassen, daß mal ein schuftiger Schmuggler mein Schwager wird. Doch abgesehen von diesem kleinen Makel steht einer doppelten Verlobung

doch nichts im Weg. Ich erhebe meinen Becher auf die Liebe!«
Diccon stimmte von ganzem Herzen diesem Toast zu. Nichts mehr bedrohte ihre Freundschaft, und das war sicherlich ein Grund zur Freude. Außerdem wollte er auf keinen Fall Vaughans Glücksgefühl trüben. Doch er hatte noch erhebliche Hindernisse zu überwinden. Als erstes war da die Tragödie mit seiner Mutter; und dann – auch wenn Fanny Vaughans Antrag annahm und die Warringtons finanziell abgesichert waren – könnte Marietta in Diccon Paisley vielleicht nicht den zukünftigen Ehemann sehen. Außerdem drohte ihm noch Gefahr von dem Schweizer und dessen mörderischem Monster Ti Chiu. Und auch mit Sir Gavin und Blake Coville mußte gerechnet werden. Die letzte und tödliche Bedrohung stellte allerdings der Brief dar, den er in der Tasche hatte. Aber vielleicht machte er sich unnötige Sorgen. Wahrscheinlich war sein Mißtrauen unbegründet. Darauf setzte er seine ganze Hoffnung.

»Wenn Sie mich fragen, Miss«, sagte Mrs. South, lehnte sich über den Tresen des kleinen Kurzwarengeschäfts, das gleichzeitig als Postamt diente, und sagte mit gedämpfter Stimme: »... diese Ausländerin nutzt Sie aus. Immer müssen Sie ihre Post abholen.«
Marietta war an diesem kühlen Morgen zu Fuß nach Cloud Village gegangen, um Strickwolle und Knöpfe für Fannys neues Abendkleid zu kaufen. Sie nahm die zwei Briefe, die an Madame Olympia, bei Sir Lionel Warrington, adressiert waren, und gab drei Briefe auf. Ohne mit der Wimper zu zucken, erklärte sie, Madame Olympia zahle Miete dafür, daß ihr Caravan auf dem Grundstück stehen dürfe. »Als

Gegenleistung müssen wir nur in ihrer Abwesenheit auf den Caravan aufpassen und ihre Briefe und Nachrichten entgegennehmen.«

»Trotzdem ist das eine Belastung für Sie, wenn ich das so frei heraus sagen darf. Hier in der Gegend gibt es doch genug freies Gelände. Warum muß Madame Olympias Wohnwagen ausgerechnet auf dem Grund von *Lanterns* stehen?«

»Da Madame Olympia die meiste Zeit in London verbringt, will sie ihren Caravan natürlich nicht unbeaufsichtigt lassen.«

»Trotzdem finde ich die ganze Sache merkwürdig. Niemand sieht die Madame ankommen oder abreisen. *Wo* kommt sie her, und *wohin* geht sie? Aha! Darauf wissen Sie auch keine Antwort, wie? Wo doch mein Junge einfach so verschwunden ist! Es würde mich nicht überraschen …«

Zu Mariettas Erleichterung betrat in diesem Augenblick Blake Coville den kleinen Laden, wobei er den Kopf einziehen mußte. Er verwirrte Mrs. South mit einem strahlenden Lächeln und verneigte sich vor Marietta. »Ich habe Sie zufällig gesehen, als ich durchs Dorf fuhr, und bestehe darauf, Sie nach Hause fahren zu dürfen«, sagte er, charmant wie immer.

Da sich der Himmel bewölkt hatte und ein kühler Wind aufgekommen war, gegen den ihr dünnes Umhängetuch wenig Schutz bot, nahm Marietta Covilles Angebot gerne an. Gleichzeitig nahm sie sich vor, eine Geschichte zu erfinden, um den Verdacht der Hexerei von Tante Dova abzuwenden.

Blake Coville trug Mariettas kleine Päckchen nach draußen und half ihr in die elegante zweirädrige Kutsche. »Was

für ein Glück, daß ich Sie entdeckt habe«, sagte er triumphierend.
»Ich kann mich glücklich schätzen«, entgegnete Marietta. »Wollten Sie nicht nach London zurückkehren, damit sich Sir Gavin mit dem ... äh, Scheich treffen kann?«
Er legte ihr eine warme Decke über die Knie, schwang sich in die Kutsche und nahm dem Jungen, der auf die Pferde aufgepaßt hatte, die Zügel aus der Hand. Dann warf er ihm eine Münze zu. »Ganz recht, Ma'am«, bestätigte er und trieb das Gespann an. »Aber ich konnte es kaum erwarten, wieder nach Sussex zu kommen. Darf ich hoffen, daß Sie mich vermißt haben? In Gedanken war ich ununterbrochen bei Ihnen ...«
»Oh! Passen Sie auf!« rief Marietta.
Blake Coville wendete auf dem Platz vor der Taverne *Seven Seas* so rasant, daß sich ein stämmiger Mann, der einen Kittel und Gamaschenstiefel trug, nur mit einem mächtigen Satz in Sicherheit bringen konnte.
»Mach die Augen auf!« rief ihm Coville lachend zu. »O Gott! Miss Marietta, wie halten Sie es nur in dieser ländlichen Wildnis aus? Diese strohköpfigen Bauerntölpel machen mich rasend!«
»Dieser Mann war Jed Westmere. Er ist bei einer Minenexplosion in der Schlacht von Badajoz beinahe erblindet und hat wohl nicht damit gerechnet, daß jemand in einem so halsbrecherischen Tempo eine schmale Straße entlangprescht!«
»Ach du meine Güte!« Er warf ihr einen verwunderten Blick zu. »Dann hätte ich mich wohl bei ihm entschuldigen müssen? Bitte, Miss Warrington, schelten Sie mich nicht. Ich habe mich so sehr darauf gefreut, Sie wiederzu-

sehen.« Als er ihren noch immer strengen Gesichtsausdruck sah, fügte er schmeichelnd hinzu: »Ich habe Ihnen eine kleine Überraschung aus der Hauptstadt mitgebracht.«

Marietta warf einen Blick auf das kleine Päckchen, das zwischen ihnen auf dem Sitz lag. Ihr war bewußt geworden, daß sich ihre Gefühle für Blake Coville geändert hatten. Neben ihm in der Kutsche zu sitzen kam ihr wie ein Verrat vor, denn so charmant dieser Mann auch war – er war Diccons Feind.

»Na, öffnen Sie es doch«, drängte er. »Sie werden mir doch nicht verbieten, Ihnen ein kleines Geschenk als Ausdruck meiner ... Hochachtung zu machen.«

Seine Augen strahlten vor Freude, der hohe Hut saß in einem kecken Winkel auf seinen dichten Locken, und die maßgeschneiderte Jacke betonte seine breiten Schultern. Blake Coville war zweifelsohne ein sehr gutaussehender Mann, und die vorbeigehende Frauen warfen ihm bewundernde Blicke zu. Dessen ist er sich bewußt, dachte Marietta. Schließlich ist er kein Dummkopf. Außerdem bin ich nicht verlobt und niemandem verpflichtet. Ungehalten über sich selbst, packte sie das kleine Päckchen aus.

Die Brosche aus Goldfiligran umrahmte ein ovales Bild, das die alte London Bridge zeigte. Die Details waren so kunstvoll dargestellt, daß Marietta bewundernd ausrief: »Wie schön! Aber dieses Schmuckstück kann ich nicht annehmen, Mr. Coville. Ich danke Ihnen, aber das wäre nicht ...«

»... schicklich? Es ist nur ein bescheidenes Geschenk, das ich mit großer Sorgfalt ausgewählt habe. Wie Sie sehen, ist die Brosche nicht mit Juwelen verziert und wahrscheinlich nicht aus Gold, sondern aus Messing. Außerdem ist sie nicht neu, und ich habe sie zufällig in einem Trödelladen in London entdeckt.«

»Ein bescheidenes Geschenk … von wegen. Die Brosche ist ein antikes Kunstwerk und bestimmt sehr wertvoll! Und natürlich ist sie aus Gold und nicht aus Messing …« Als Marietta sein breites Grinsen sah, verstummte sie und schalt ihn dann: »Sie machen sich über mich lustig! Nein, Sir. Ich bin Ihnen sehr dankbar, aber …«

»Von einem Freund können Sie doch ein bescheidenes Geschenk annehmen. Habe ich Sie beleidigt, Marietta? Oder hat mein Stiefbruder Sie vielleicht gegen uns aufgehetzt? Er ist sehr gerissen und verdreht die Wahrheit, bis …«

»Bitte, schweigen Sie, Mr. Coville! Major Paisley hat sich unserer Familie gegenüber sehr freundlich …«

»Während ich *unfreundlich* und böse bin, so daß Sie nicht einmal ein kleines Geschenk von mir annehmen können?«

»Nein! Das habe ich überhaupt nicht gemeint, aber …«

»Was soll ich denn glauben, wenn Sie diese Brosche nicht annehmen, Ma'am? Ich hatte gehofft, Sie würden in mir mehr als einen Freund sehen. Trotz der innigen Gefühle, die ich für Sie hege, habe ich mich immer zurückgehalten. Aber Sie kennen meine Absichten doch.«

Plötzlich war ihr Mund ganz trocken. Sie betrachtete forschend sein Gesicht. Das jungenhafte Grinsen war verschwunden. Er sah traurig aus, weil sie ihn verletzt hatte. Er wollte also wirklich um ihre Hand anhalten. Das war die höchste Ehrerbietung, die ein Gentleman einer Lady erweisen konnte. Das hatte sie sich doch erhofft, oder? Papa würde außer sich vor Freude sein. Jedes vernünftige Mädchen würde in diesem Augenblick die Lider senken, mit zitternder Hand den Fächer schwenken und schüchtern stammeln, sie wisse nicht, was er meine, damit er sich verpflichtet fühlte, sich zu erklären. Statt dessen hörte sie sich sagen: »Natürlich halte ich Sie weder für unfreundlich noch für böse. Sie und Sir Gavin zählen zu den Freunden unserer Familie. Und Major Diccon Paisley spricht nicht über Ihren Streit. Da ich Sie nicht kränken möchte, nehme ich die Brosche dankend an.«

Er stieß einen triumphierenden Schrei aus. »Großartig! Sie werden die Brosche auch tragen? Und nicht zu Hause im Schmuckkästchen verstecken?«

Marietta lachte. »Wenn Sie wollen, stecke ich sie mir sofort an.«

Das wollte er und hielt das Gespann sofort an, damit sie sich die Brosche an ihr Umhängetuch stecken konnte. »So«, sagte sie dann. »Sieht das Schmuckstück hübsch an mir aus?«

Sein bewundernder Blick ruhte nicht auf der Brosche, sondern auf ihrem lächelnden Gesicht. Er sagte heiser: »Nein. Atemberaubend schön.«

Zwölftes Kapitel

Lem Bridger kletterte von der alten Kutsche herunter und half Madame Olympia beim Aussteigen. »Sieht nach Regen aus, Ma'am«, sagte er mit Londoner Akzent. »Wann soll ich Sie wieder abholen?«

»Ach, du meine Güte, das weiß ich nicht!« Ihr Blick schweifte über die friedlichen Wiesen und das dunkle Grün des angrenzenden Waldes. »Was ist das für eine Plage! Ist uns jemand gefolgt?«

»Nein, Ma'am. Vielleicht auf dem Rückweg, denn Miss Marietta hat recht: Die Leute sind argwöhnisch und wollen wissen, wo ich Madame abhole.«

Mrs. Cordova seufzte. Das alles war Isolde Maitlands Schuld. Diese niederträchtige Frau hatte Fanny nach dem Gottesdienst in die Ecke getrieben und wissen wollen, wie Madame Olympia nach *Lanterns* käme. Fanny hatte geistesgegenwärtig aus dem Stegreif eine Geschichte erfunden und erzählt, Madame sei zwar als Zigeunerin geboren worden, habe aber in eine noble Familie eingeheiratet, die leider ein schwerer Schicksalsschlag getroffen habe. Nach dem Tod ihres Mannes habe die Witwe feststellen müssen, daß sie völlig mittellos sei, und deshalb habe sie unter strengster Geheimhaltung ihre Gabe als Wahrsagerin genutzt. Da die Familie ihres Mannes zwar verarmt, aber sehr stolz sei, wolle sie keine Schande über ihre Angehörigen bringen. Um ihr Geheimnis zu wahren, leihe sie sich gelegentlich die Kutsche ihrer Schwägerin, lasse sich jedoch immer in sicherer Entfernung von *Lanterns* absetzen. Manchmal gehe sie durch den Wald zu ihrem Wohnwagen. Und manchmal schicke sie eine Nachricht ins Austragshaus und ließe sich von Bridger in irgendeiner Taverne abholen. Nach Mrs. South' argwöhnischen Fragen hatte Marietta es für ratsam befunden, sich diesen Plan auszudenken, und Bridget war heute morgen mit der Kutsche, in der sich Madame Olympia versteckte, losgefahren. Nachdem Bridger sicher war, daß er nicht verfolgt wurde, war er in ein Wäldchen gefahren, um Madame Olympia »abzuholen« und zu ihrem Wohnwagen zu bringen.

Mrs. Cordova holte die Briefe aus ihrer Handtasche. »Miss Deerhurst kommt um halb zwölf«, sagte sie. »Ein Monsieur Gistel um eins; er kommt zum erstenmal, und seiner Handschrift nach zu urteilen, ist er ein älterer Gentleman. Dann habe ich eine Sitzung mit der alten Mrs. Middlewich. Und Isolde Maitland traue ich es zu, daß sie einfach hereinplatzt! Komm mich um vier Uhr abholen, Bridger.«

Der Kutscher nickte, trug einen gut bestückten Picknickkorb in den Wohnwagen und fuhr davon.

In der gemütlichen Atmosphäre ihres Reichs hellte sich Madame Olympias Stimmung sofort auf. Diese Umgebung gab ihr Kraft, denn hier war sie sich ihrer Macht bewußt. Als sie die Lampe anzündete, sah sie, daß das Mystische Zeitfenster von Staub bedeckt war. Sie wischte mit einem Flanelltuch darüber, aber die Kristallkugel blieb trüb, was sie beunruhigte. Wenn ihr Mystisches Zeitfenster keinen Einblick gewährte, konnte es Ärger mit Monsieur Gistel geben. Sie zog die kleine Uhr auf und stellte sie ins Bücherregal. Dann setzte sie sich in ihren beeindruckenden Bischofssessel, stützte die Ellbogen auf den runden Tisch und bereitete sich geistig auf ihre Klienten vor.

Miss Deerhurst kam wie immer pünktlich. Die große, schlanke, nervöse Frau lebte mit ihrem Onkel in einem schönen Haus außerhalb von Eastbourne, das ihr versprochen worden war, wenn sie sich Zeit seines Lebens um den alten Herrn kümmerte. Als gute Köchin und gewissenhafte Haushälterin hielt sie ihren Teil der Vereinbarung ein, aber sie mißtraute dem alten Geizhals und machte sich nachts oft Sorgen, was aus ihr werden würde, wenn ihr Onkel das Zeitliche segnete. Madame Olympia hätte dem armen alten Mädchen gern etwas Ermutigendes erzählt, aber bisher deutete alles darauf hin, daß das Haus in andere Hände übergehen würde und Miss Deerhursts Zukunft keineswegs rosig aussah. Aber es hatte keinen Sinn, ihr das zu sagen. Mit diesem Schicksalsschlag mußte sie zu gegebener Zeit fertig werden. Deshalb hörte sich Madame Olympia geduldig Miss Deerhursts Sorgen an und erzählte ihr erfundene Geschichten von Damen in ähnlichen Situationen, denen Fortuna doch noch zugelächelt hatte. Nach einem Blick in das Mystische Zeitfenster erzählte sie Miss Deerhurst noch, ein »Fremder« würde bald auftauchen und ihr Leben verändern. Danach verabschiedete sich Miss Deerhurst, vor Aufregung zwitschernd, und ging.

Jetzt hätte Madame Olympia eigentlich genüßlich zu Mittag essen können, doch das Poltern von Kutschenrädern

und eine schrille Stimme kündete – wie vorhergesehen – die Ankunft der Witwe Maitland an.
»Es ist mir gleichgültig, ob Sie andere Klienten erwarten«, verkündete Mrs. Maitland bei ihrem Eintritt. »Mit dem Ergebnis meiner letzten Sitzung war ich sehr unzufrieden. Für mein Geld erwarte ich bessere Resultate. Nein! Ich möchte keine Entschuldigungen hören! Bestimmt haben Sie sich nicht richtig konzentriert, oder ihr Mystisches Zeitfenster war getrübt ... so wie jetzt«, fügte sie nach einem Blick auf die Kristallkugel hinzu. »Sehr getrübt! Und erzählen Sie mir nichts vom Jupiter im Aszendenten oder Mondphasen und diesen ganzen Mumpitz. Mich können Sie nicht hinters Licht führen. Innerhalb eines Jahres werde ich heiraten und will wissen, ob es wahr ist, daß der betreffende Gentleman bald Rettung aus seiner finanziellen Misere erwarten kann.«
Diese gräßliche Frau hat Angst, Lionel ginge ihr durch die Lappen, falls eines der Mädchen eine gute Partie macht, dachte Madame Olympia. »Habe ich Ihnen bei Ihrer letzten Sitzung nicht gesagt, daß dieser Gentleman nicht für Sie bestimmt ist?« gurrte sie mit verstellter Stimme und exotisch klingendem Akzent.
Mrs. Maitland starrte die Wahrsagerin finster an. »Nur vage Andeutungen haben Sie gemacht! Ich will Einzelheiten wissen. Schauen Sie in Ihr Mystisches Zeitfenster und sagen Sie mir, wie er aus dieser Geldverlegenheit herauskommt.«
Madame Olympia verlangte zuerst ihr Honorar plus das ihr bei der letzten Sitzung schuldig gebliebene Geld.
Mrs. Maitland kramte wutbebend Münzen aus ihrer Handtasche und warf sie auf den Tisch.

Zwei Guineen von diesem Geizkragen, dachte Madame Olympia schadenfroh. Aber sie bemühte sich immer, einen entsprechenden Gegenwert zu geben. Mit äußerster Konzentration starrte sie in die Kristallkugel, die noch immer getrübt war, was ihr Sorgen machte. Dann erzählte sie Mrs. Maitland, sie sehe keine Veränderung in ihren romantischen Vorstellungen. »In der Zukunft ... ein Mann, ja. Ein anderer Gentleman. Nicht dieser Mann ... der viele Schwierigkeiten hat.« Der letzte Satz war ihr unwillkürlich herausgerutscht.

Mrs. Maitland vergaß augenblicklich ihr Interesse an »diesem Mann« und wollte mehr über den anderen »Gentleman« wissen. Madame Olympia beschrieb mit so blumigen Worten einen gutaussehenden Mann von Rang und Vermögen, daß ihre Klientin sehr viel friedlicher gestimmt von dannen zog.

Nachdem die Tür hinter ihr ins Schloß gefallen war, stieß Mrs. Cordova einen Seufzer der Erleichterung aus. Die nicht eingeplante Konsultation hatte allerdings eine halbe Stunde gedauert, und ihr blieb nur noch wenig Zeit für ihr Mittagessen, das aus Brot, Butter und kaltem Schweinefleisch bestand. Sie trank gerade einen Schluck Milch, als der Wohnwagen schwankte. Eine Kuh oder ein anderes großes Tier rieb sich wohl daran. Mit dem Glas in der Hand ging sie zum Fenster und zog den Vorhang beiseite. Ein hochgewachsener Herr kam auf die Treppe zu, eine Gestalt im Auge behaltend, die ihr trotz normaler Größe riesig vorkam. Dieses Wesen hatte ungeheuer breite Schultern, stämmige Beine und lange, kräftige Arme; die Gesichtszüge waren orientalisch und wie aus Stein gehauen; der Mund war nur ein Schlitz, und die tiefliegenden Augen

verschwanden fast unter den buschigen Brauen. Offenbar war er der Diener des Gentleman und hatte den Wohnwagen umkreist. Nun ging er auf seinen Herrn zu und schien ihm Bericht zu erstatten. Dann stapfte der Riese auf eine Kutsche zu, die im Schatten der Bäume stand.
Emma Cordova setzte sich schnell wieder an ihren Tisch, räumte ihr Mittagessen weg und fragte sich indigniert, welche Gefahr sie wohl darstellte, daß dieser Franzose so vorsichtig war. Hatte er etwa Angst, von Zigeunern überfallen zu werden? Oder von einer Diebesbande bedroht zu werden, deren Anführerin sie war?
Auf das laute Klopfen antwortete sie mit einem schroffen: »Treten Sie ein, Sir.«
Er duckte sich unter dem Türrahmen hindurch, richtete sich wieder auf und sagte in perfektem Englisch: »Henri Gistel, Madame. Ich werde erwartet.«
Das Lächeln, das seine vollen, roten Lippen umspielte, erreichte die sehr dunklen Augen, die seltsam glanzlos und ohne Ausdruck waren, nicht. Er nahm höflich den Hut ab, unter dem langes, glattes Haar zum Vorschein kam, das die Blässe seines schmalen Gesichts noch betonte. Sein Benehmen war respektvoll und gesittet, die Kleidung aus feinem Tuch und maßgeschneidert. Mrs. Cordovas Unmut legte sich, als er ihr gegenüber Platz nahm, denn dieser Mann strahlte Macht und eine Bedrohung aus, die ihr Herz klopfen ließ. Sie unterdrückte den starken Drang wegzulaufen und stammelte: »Ich bedauere, Monsieur Gistel, aber meine Kristallkugel ist … ist heute getrübt und gewährt mir keinen Einblick in Ihr Leben. Es ist besser, wir verschieben die Sitzung.«
Noch immer lächelnd streifte er seine Handschuhe ab. Er

machte keinerlei Anstalten zu gehen. »Vielleicht fühlt sich Madame wohler, wenn wir französisch parlieren?«
Die Worten klangen höflich, doch in seinen Augen lag Spott. »Madame fühlt sich wohl«, log sie trotzig. »Sie kommen ein andermal wieder, ja?«
»Aber ... nein, Ma'am. Ich habe keine Zeit zu vergeuden. Ich finde, daß Ihre Kristallkugel sehr klar ist. Vielleicht haben Sie nicht genau hingesehen.«
Widerstrebend warf sie einen Blick auf ihr Mystisches Zeitfenster. Die Kugel war klar und glänzte. Dieser seltsame Mann hatte allein durch seine Gegenwart ihre psychischen Fähigkeiten wiedererweckt.
Das Klingeln von Münzen riß sie aus ihren Betrachtungen. Monsieur Gistel legte fünf Guineen in gerader Linie auf den Tisch. Fünf Guineen! dachte sie und sagte: »Monsieur ist auch ein medial begabter Mensch?«
Er schüttelte den Kopf. »Ich war früher einmal Priester und habe dann verschiedene andere Berufe ausgeübt. Jetzt bin ich Kunstsammler. Mein Interesse am Mystizismus ist jedoch noch immer sehr groß. Ihnen wird eine geniale Begabung nachgesagt, Madame. Deshalb bin ich hier.«
Und fünf Guineen waren fünf Guineen! »Wünschen Sie, daß ich einen Blick in Ihre Vergangenheit werfe, Monsieur? Oder wollen Sie Ihre Zukunft ...«
Eine ungeduldige Handbewegung ließ sie verstummen. Dann faltete er seine gepflegten Hände, die so weiß waren, daß sich die schwarzen Haare darauf scharf abhoben, auf dem Tisch. »Ich interessiere mich für ein bestimmtes Kunstwerk namens *Saladins Seufzer.* Ich möchte wissen, ob es tatsächlich existiert.«
Aus Angst, ihre Augen könnten ihre Aufregung verraten,

beugte sie den Kopf tief über die Kristallkugel. Zumindest konnte sie diese Frage teilweise beantworten. Wenn ihr das Mystische Zeitfenster noch mehr verriet, legte er vielleicht noch ein paar Guineen dazu.
Tief in die Kugel versunken saß sie da. Die Minuten vergingen, während Monsieur Gistel angespannt und begierig wartete. Das Kristall glänzte so klar wie noch nie zuvor.
»Ah«, sagte sie mit ihrer mystischen Stimme. »Ich sehe einen Ritter ... einen Ritter in Rüstung. Ein anderes Jahrhundert. Er kommt nach Hause ... bringt seiner Braut ein Geschenk. Es ist ... *wundervoll!*«
»Es existiert also tatsächlich! Können Sie es sehen? Wo ist es jetzt?«
»Ich sehe ein kleines Bild ... verziert mit Gold und Edelsteinen. Sehr alt und schmutzig. Aber noch immer wunderschön. Es ist ... im Herrenhaus.«
»Ah! Damit ist wohl *Lanterns* gemeint, wie? Machen Sie weiter! Wo genau ist das Versteck?«
Wieder angespanntes Schweigen. Dann sagte Madame Olympia: »Viele haben gesucht. Seit Jahrhunderten. Aber niemand hat es gefunden. Es ... steht aufrecht. Und ich höre ... Musik. O weh! Es verblaßt. Ich sehe nichts mehr.«
Sie sagte die Wahrheit. Der klare, schimmernde Glanz der Kugel war verblaßt. Monsieur Gistel stellte ihr noch weitere Fragen, dic sic geistesabwesend beantwortete, denn im Mystischen Zeitfenster wirbelten Nebel, was sehr selten vorkam und von großer Bedeutung war. Mit angehaltenem Atem hoffte sie auf die Enthüllung des Verstecks, doch sie erhaschte nur einen Blick auf etwas, das nichts mit *Saladins Seufzer* zu tun hatte. Diese flüchtige Vision war sehr klar und machte ihr schreckliche Angst.

»Hat es funktioniert?« Diccon sprang die Treppe hinauf und lief in die nach Norden gelegene Schlafkammer. Dort stand ein Tisch vor dem Fenster.

Vaughans Augen leuchteten triumphierend. »Sieh selbst!« Eine dicke Kerze lag auf einem Tablett, das früher einmal die Brustplatte einer Rüstung gewesen war. Die Flamme war erloschen, aber eine dünne Rauchfahne stieg noch empor.

Diccon stieß einen Freudenschrei aus und schlug Vaughan auf die Schulter. »Hat die Kerze noch weitergebrannt, nachdem sie umgefallen war?«

»Ja. Ich habe sie ausgeblasen. Die Flamme wird das Pulver entzünden. Aber wir dürfen nicht zuviel nehmen, sonst brennt dein ...«

»Warum spielt ihr mit der Kerze?«

Die beiden Männer drehten sich schnell um.

Der Schrecken der Spanischen See stand in der Tür, die Flagge mit dem Totenkopf in der Hand, und sah sie mit traurigen Augen an.

»Na, das ist doch Käpt'n Flint!« sagte Diccon und verneigte sich tief. »Lieutenant Vaughan hat mir erzählt, Ihr seid unterwegs, um ein paar Handelsschiffe zu versenken.«

»Wir sind nicht rausgefahren. Eric hat's vergessen.«

Das kleine Gesicht war so betrübt, daß die beiden Männer sich kurz ansahen.

Arthur fragte: »Was macht Ihr da, Sir Gawain?«

»Wir bauen eine Alarmanlage.«

»Wozu?«

Vaughan erklärte: »Wenn Diebe kommen, braucht Major Diccon Hilfe, und da er ...«

»Diccon braucht keine Hilfe. Er macht die Diebe allein tot.«

Vaughan sagte mit funkelnden Augen: »Das bezweifle ich kein bißchen.«
»Es ist nur so«, sagte Diccon lächelnd, »sollte eine ganze Horde Schurken kommen, Käpt'n Flint, brauche vielleicht sogar ich Hilfe.«
»*Sogar* du!« schnaubte Vaughan.
»Oh«, meinte Arthur zweifelnd. »Und wie soll Ihnen da eine Kerze helfen?«
Diccon zeigte auf das Brett, das am Tisch befestigt war. »Siehst du, wie das Brett herunterklappt, wenn ich es nicht festhalte?«
»Ja. Und warum ist die lange Schnur daran befestigt?«
»Deshalb.« Vaughan zog an der Schnur und das Brett klappte hoch. Diccon stellte die Kerze darauf. »Die Schnur haben wir bis in die Küche gelegt und binden sie dort am Kessel fest. Solange sie gespannt ist, bleibt das Brett oben. Sollte jemand einbrechen, müssen wir nur den Kessel verrücken oder die Schnur durchschneiden, das Brett kippt nach unten, und die Kerze fällt in die Pfanne. Siehst du?«
Arthur zog die Brauen zusammen. »Das macht doch nicht genug Lärm, um einen Dieb zu vertreiben.«
»Ganz recht«, sagte Diccon. »Aber wir streuen eine dünne Spur Schwarzpulver auf den Tisch bis zur Kante.«
»Aha. Und wenn die Kerze umfällt, entzündet sie das Pulver. Aber eine dünne Spur macht doch keinen großen Krach, Diccon.«
»Nein«, stimmte Vaughan zu. »Aber die da.«
Arthur sah die Reihe Päckchen auf der Fensterseite des Tisches und machte große Augen. »*Feuerwerkskörper?*«
Diccon nickte. »Feuerwerkskörper.«
»Und das Pulver setzt sie in Brand?«

Vaughan antwortete lachend: »Das hoffen wir doch. Wenn die alle zum Fenster rausschießen, sieht man sie meilenweit, und dann wird Hilfe kommen.«
»Ooooh! Diccon, können wir ...«
»Leider nicht, alter Knabe. Aber am Guy Fawkes' Day machen wir ein Feuerwerk. Wie findest du das?«
Arthur machte ein betrübtes Gesicht. »Das ist doch erst am fünften November, noch so lange hin.«
Diccon wußte, daß Vaughan mit Fanny eine Spazierfahrt machen wollte. Er sah ihn fragend an. Vaughan nickte und sagte: »Vergiß nicht, daß dir der Arzt Seeluft verordnet hat. Warum machst du nicht eine Ruderpartie? Mac hilft mir, den herausgebrochenen Felsblock unten wieder in die Mauer einzusetzen, und danach bleibt mir noch genügend Zeit für meine ... ähm, Unternehmungen.«
»Danke, Joss. Na, Käpt'n Flint, nehmt Ihr mich auf Eurer Galeone mit?«
Die Antwort war ein Freudenschrei, gefolgt von einer heftigen Umarmung. Dann marschierten die beiden Hand in Hand zum Strand hinunter.
Diccon wurde in den Rang eines Maats degradiert, und nachdem der Schrecken der Meere sicher an Bord war, setzte sich der Maat an die Ruder und stimmte auf Befehl des Käpt'n Flint ein Seemannslied an:

Käpt'n Flint – das war ein Wort,
Riß den Mann vom Ruder fort,
Denn ich pfiff auf Gottes Wort.

Käpt'n Flint stimmte, die Fahne mit dem Totenkopf schwingend und sich mit einer Hand an die Bordwand klammernd, mit schriller Stimme in den Refrain ein.

Ich erschlug die spanisch' Brut
Schlug den Erzfeind auf den Hut,
Daß er schwamm in seinem Blut.
Käpt'n Flint, Käpt'n Flint,
Meinen Namen kennt jedes Kind.

Erfreut über ihren prächtigen Gesang, brachen beide in schallendes Gelächter aus, und Käpt'n Flint rief: »Gut gemacht, Maat!«

Der Wind frischte auf, und das Boot kippte in ein Wellental. Diccon warf einen besorgten Blick zum Himmel, wo Wolken aufzogen.

Die »Galeone« war nichts als ein kleines Ruderboot, und die Wellen hatten leichtes Spiel mit ihr. Obwohl sich Arthur etwas ängstlich an die Bordwand klammerte, blitzten seine Augen vor Abenteuerlust. Wäre das ein Spaß, meinte er, wenn sie Schiffbruch erleiden würden. Am Strand einer verlassenen Insel.

»Ja, ein mächtiger Spaß«, stimmte Diccon ernst zu. »Aber in Ufernähe gibt es keine verlassene Insel.«

»Dann rudern wir eben weiter hinaus.«

Diccon lachte leise, doch Arthurs Stimmung schlug plötzlich um. »Dann würde es ihm leid tun«, murmelte er. »Vor allem, wenn man uns Tage und Tage nicht finden würde.«

Um den Kummer des Jungen zu mildern, sagte Diccon: »Ich glaube, dein Bruder hat gewußt, daß das Wetter umschlagen wird, und ist vernünftigerweise deshalb an Land geblieben.«

»Dann hätte er mich in seiner neuen Kutsche mitnehmen können«, schimpfte Arthur. »Zu Etta hat er gesagt, er treffe sich mit jemand Wichtigem, aber er hat kein Wort zu mir gesagt und ist einfach davongefahren. Er hat mich vergessen.«

»Na, dann laß uns nicht vergessen, daß wir auf Beute aus sind. Halt die Augen offen, Skipper!«

Am Horizont kamen Segel in Sicht, aber der feige Kapitän des Ostindischen Handelsschiffes floh vor dem herannahenden Ruderboot. Ein großes Stück Treibholz entpuppte sich als portugiesische Piratenfregatte, der sie eine Breitseite verpaßten. Nachdem sie das Schiff geentert und ein paar Schurken über Bord geworfen hatten, tauchte der Bug des Ruderboots in eine mächtige Welle, und eisige Gischt durchnäßte beide. Arthur kreischte vor Vergnügen. Diccon wischte sich Salzwasser aus den Augen und keuchte: »Puh! Wenn Miss Marietta erfährt, daß ich mit dir bei rauher See hinausgerudert bin, bin ich geliefert.«

»Sie ist kein Spielverderber und wird nicht schimpfen. Findest du sie hübsch, Maat?«

Nach einer kurzen Pause: »Aye, aye, Käpt'n. Das tue ich. Halt dich jetzt fest. Wir müssen wenden und unseren Heimathafen ansteuern.«

Arthur klammerte sich sofort mit beiden Händen fest, zeigte jedoch keine Angst, und als das Boot ruhiges Wasser erreichte, rief er: »Mr. Williard will sie heiraten. Wäre er dann mein Onkel?«

»Nein, alter Knabe. Dein Schwager.«

Arthur schrie entrüstet: »Ich will ihn nicht zum Schwager.« Er überlegte und fragte dann: »Möchten Sie nicht Etta zur Frau nehmen? Sie ist sehr nett, wissen Sie. Für ein Mädchen, meine ich.«

Wieder antwortete Diccon nicht sofort. Etwas atemlos sag-

te er dann: »Miss Marietta ist ... wirklich sehr nett. Und ich würde sie zur Frau nehmen.«
»Oh, wie schön! Na, dann tun Sie's doch.«
»Das geht leider nicht. Achtung, hier kommt noch eine große Welle!«
Die Woge schwappte das Ruderboot in die kleine Bucht. Arthur hakte nach: »Warum geht das nicht? Etta mag Sie lieber als den alten Mr. Williard. Außerdem ... wenn sie Ihre Frau wäre, würden Sie nie mehr weggehen, nicht wahr?«
Diccon war zutiefst gerührt und betrachtete lächelnd das kleine, nasse Gesicht. Der Junge sah ihn strahlend an und rief dann: »Da ist sie ja!«
Marietta stapfte mit wehendem Umhang über den Strand der kleinen Bucht.
»Auf frischer Tat ertappt!« sagte Diccon, dessen Herz, wie immer bei ihrem Anblick, einen Sprung machte.
Arthur sagte schadenfroh grinsend: »Jetzt bist du dran, Maat!« Er winkte und schrie: »Hier sind wir, Etta!«
Diccon zog die Ruder ein, sprang ans Ufer und zerrte das Boot auf den Strand. Marietta wollte ihm helfen, mußte jedoch vor einer heranschwappenden Welle zurückweichen. »Hätte ich nur ein paar Wasserstiefel!« sagte sie lachend.
Arthur schwenkte die Totenkopf-Flagge, als Diccon ihn aus dem Boot hob. »Ladies tragen keine Wasserstiefel! Du sähst komisch darin aus, Etta. Ich bin Käpt'n Flint. Wir sind Piraten und haben ein Seemannslied gesungen. Sehr laut. Maat Diccon singt falsch, aber er kann gut rudern. Bist du uns böse? Schimpfst du jetzt mit ihm?«
»Ja, aber nur, wenn du eine Erkältung kriegst. Du bist bis auf die Knochen durchnäßt.«

»Lauf schnell zum Herrenhaus«, drängte Diccon. »Bitte, Käpt'n Flint. Tut es meinetwegen!«
»Oh, na gut!« Ehe Arthur loslief, sagte er verschwörerisch: »Werden Sie sie jetzt fragen?«
Marietta warf Diccon einen neugierigen Blick zu.
Diccon fühlte, daß sein Gesicht brannte, und er sagte barsch: »Ich erzähl's dir, wenn es soweit ist. Verschwinde jetzt, du Frechdachs, und sag dem Herrn der Speisekammer, er soll deine Kleider trocknen, dich warm einpacken und dir etwas zu essen geben.«
Der Junge stapfte kichernd davon.
Diccon zerrte das Boot höher auf den Strand. »Es tut mir leid, daß der Junge naß geworden ist. Ich hatte nicht damit gerechnet, daß das Wetter so schnell umschlagen würde, obwohl ich es hätte wissen müssen. Dafür ist diese Küste schließlich berüchtigt.«
Marietta zerrte mächtig an der Steuerbordseite. »Wahrscheinlich hat mein Bruder Sie dazu überredet, gegen Ihr besseres Wissen zu handeln. Er kann so bezaubernd sein, daß man ihm einfach nicht widerstehen kann.«
»Na ja, er ... Passen Sie auf!«
Marietta war auf den Saum ihre Umhangs getreten, stolperte und fiel in den Sand.
»Was bin ich doch für ein Tolpatsch«, sagte sie, stand auf und klopfte sich den Sand von ihrem Rock. Sein besorgter Blick wärmte ihr das Herz. »Nein ... sagen Sie nicht, das sei Ihre Schuld und daß Sie Arthur bei diesem Wetter nicht hätten mit hinausnehmen dürfen. Ich weiß Ihre Freundlichkeit zu schätzen und bin Ihnen sehr dankbar. Der arme Kerl war so enttäuscht, weil Eric abreisen mußte.«
Diccon stand neben ihr und genoß ihre Nähe. Seine Stim-

me war ein Streicheln, als er sagte: »Sie wissen doch, wie gern ich den Jungen habe. Er ist ein großartiger kleiner Kerl.«

»Ja, das ist er. Ich fürchte nur, er beansprucht Sie völlig. Er darf Ihnen nicht zur Last fallen ... Ach, du meine Güte! Dabei bin ich gekommen, um Sie zu fragen, ob Sie mit Eric gesprochen haben. Er hat nichts von seinem Besuch bei Ihnen erzählt und nur von Orpheus geschwärmt.«

»Ja, wir haben uns unterhalten. Nur flüchtig, leider. Ich habe versucht, ein paar Hinweise in unser Gespräch einfließen zu lassen. Aber Ihr Bruder kennt mich schließlich nicht, und ich wollte ihn nicht bevormunden. Noch nicht.« Als sie ihn scharf ansah, fügte er hastig hinzu: »Ich glaube, er hat vor einem so alten Kerl wie mir Hemmungen.«

»Ja«, sagte Marietta bedauernd. »Für seine zweiundzwanzig Jahre ist er noch schrecklich jung. Ich in seinem Alter war erwachsener.«

»Das ist natürlich schon entsetzlich lange her.«

»Sie Teufel!« sagte Marietta lachend. »Ich glaube, im Rückblick denken wir alle, daß wir klüger waren als die, die nach uns kommen. Aber ... Eric ist wirklich noch ein Junge, Diccon. Und ich liebe ihn sehr. Werden Sie noch einmal mit ihm reden? Bitte?«

Er sagte sanft: »Wie könnte ich einer ... so armen alten Lady eine Bitte abschlagen?«

Silbernes Licht funkelte in seinen Augen. Ein Schauder überlief sie. Sein Mund, der so schmal und streng sein konnte, lächelte jetzt so zärtlich, daß sie sich plötzlich verzweifelt danach sehnte, seine Lippen auf ihrem Mund zu fühlen. Atemlos wartete sie.

Diccon spürte ihr Erbeben. Ihr schönes Gesicht schien zu glühen. Er streckte die Hand aus, zog sie näher, und sie wehrte sich nicht. Ihr Blick war weich, ihre Lippen leicht geöffnet. Wie verzaubert senkte er den Kopf, um sie zu küssen.

Da blähte ein Windstoß ihren Umhang, und er sah auf ihrem Tuch etwas glitzern. Sofort war der Zauber des Augenblicks zerstört.

Marietta sah, wie sich sein Gesichtsausdruck veränderte; sie wich zurück und schämte sich ihres Verhaltens. Wie konnte sie sich so weit vergessen und an einem öffentlichen Strand einem Mann in die Arme sinken? Einem Fremden, eigentlich ... der auf ihren Busen starrte! Instinktiv hob sie die Hand, um ihren Umhang darüberzudecken, doch er war schneller. Schockiert taumelte sie zurück, aber schon umklammerten seine Finger die Brosche. Mit einer barschen Stimme, die sie kaum wiedererkannte, fragte er: »Woher haben Sie dieses Schmuckstück?«

»Es ist ein Geschenk. Lassen Sie sofort los, Sir!«

Mit schmalen Augen und grimmigem Blick musterte er ihr Gesicht. Marietta machte eine ruckartige Bewegung, und er ließ die Brosche los. Kalt sagte er: »Blake Coville hat sie Ihnen geschenkt.«

Das war keine Frage, sondern eine Feststellung. Verärgert entgegnete sie: »Gibt es einen Grund, warum ich von einem Freund kein Geschenk annehmen sollte? Ich glaube nicht, daß Sie das etwas angeht, Major. Wie können Sie überhaupt wissen, wer mir die Brosche geschenkt hat?«

Er ging neben ihr auf die Klippen zu und antwortete: »Sie gehörte meiner Mutter.«

Marietta schnappte nach Luft, blieb stehen und sah ihn an. »Ihrer … *Mutter?* Aber, wie um Himmels willen … Oh! Wäre ich nur meinem Instinkt gefolgt und hätte dieses Schmuckstück nicht angenommen!« Sie wollte die Brosche abnehmen. »Ich gebe sie Ihnen natürlich zurück.«

»Nein. Blake hat sie Ihnen geschenkt. Geben Sie sie ihm zurück.«

»Na gut. Wenn ich das verdammte … ich meine, wenn es mir gelingt, den Verschluß zu öffnen. Er hat sich in meinem Tuch verfangen. Oh! Wie konnte Mr. Coville nur so taktlos sein, mir Schmuck zu schenken, der einer anderen Dame gehört!«

»Weil er gehofft hat, daß ich die Brosche sehe und Schuldgefühle bekomme«, entgegnete Diccon trocken.

Marietta schaute zu ihm hoch. Der Wind hatte sein dichtes Haar zerzaust, und feuchte Locken klebten an seiner Stirn. Mit hocherhobenem Haupt und fest zusammengepreßten Lippen stand er da und sah sehr hart und furchteinflößend aus. Er erinnerte Marietta an das Porträt eines römischen Zenturios, der sich darauf vorbereitet, seine Soldaten in eine mörderische Schlacht zu führen – derselbe Adlerblick, dieselbe leidenschaftliche Intensität. Plötzlich hatte sie Angst.

Ohne Marietta anzusehen, sagte er: »Sie fragen sich, ob ich die Wahrheit gesagt habe oder schuldig bin, wie Coville behauptet, nicht wahr?«

Zögernd entgegnete sie: »Ich kenne doch nur die paar Andeutungen, die gemacht wurden. Habe ich denn ein Recht, die ganze Geschichte zu erfahren?«

»Nein.« Er sah sie an, und sein Blick wurde wieder sanft. »Würde ich Ihnen mehr davon erzählen, wären Sie eine

Komplizin. Und in diese Situation möchte Sie auf keinen Fall bringen.«
Entsetzt stammelte sie: »Eine Komplizin ... wobei? Heißt das etwa ...«
Er legte ihr den Zeigefinger auf die Lippen. »Ganz gleich, was Sie denken ... ganz gleich, was passiert ... können Sie mir glauben, daß einem unwürdigen Mann sehr viel an Ihrem Wohlbefinden gelegen ist?«
Sie glaubte ihm und war einen Moment lang dankbar und beruhigt. Aber seine vorherige Bemerkung quälte sie. »Sie machen mir angst, Diccon. Und Sie weichen mir schon wieder aus ... können Sie nicht wenigstens ...«
»Etta? Etta ...«
Mrs. Cordova winkte den beiden von den Klippen herab aufgeregt zu. Marietta stieg schnell, Diccons Hand stützend an ihrem Ellbogen, den steilen Pfad hinauf.
»Tante Dova? Was ist denn los? Ist Papa ...«
»Deinem Vater geht es gut.« Mrs. Cordova umklammerte Mariettas Arm, als sie oben angekommen war. »Ich muß mit dir reden. Es ist etwas passiert. Ich wußte es ...« Sie warf Diccon einen flüchtigen Blick zu und stöhnte: »Ich *wußte* es!«
Marietta fragte erschrocken: »Was wußtest du? Ist Fanny krank? Oder ...«
»Nein, nein! Und Mr. Vaughan, dieser nette Junge, ist ihr so ergeben ... Nur ... Ach, du meine Güte! Komm schnell, Liebes. Ich erkläre dir alles in der Kutsche. Ja, Bridger hat mich hergefahren. Dieser entsetzliche Wind! Und dieser gräßliche, teiggesichtige Mann! Und Mrs. Maitland war wieder da. Aber ... ich muß mit dir *reden*, Etta.« Wieder sah sie Diccon an, der etwas abseits stand. »Nicht hier! *Allein!*«

»Na gut. Aber zuerst muß ich Arthur holen. Er war völlig durchnäßt und ...«

»Arthur muß warten! Etta, Etta! Du hörst mir nicht zu, Kind! Ich sagte, ich muß *allein* mit dir reden!«

Diccon begleitete die beiden Damen zur Kutsche. »Ich bringe Arthur nach Hause, Ma'am. Wahrscheinlich hat er Mac ein Stück Kuchen abgeschwatzt. Ich bringe ihn, ehe es dunkel wird.«

Marietta dankte ihm. Er schlug die Kutschentür zu, und das Gefährt setzte sich rüttelnd in Bewegung. Der Wind beutelte die Bäume. Wie gut, daß der Major nicht weiter hinausgerudert ist, dachte sie. Arthur hatte vor Freude gestrahlt. Käpt'n ... wie hatte Diccon ihn genannt? Käpt'n Flint. Sie lächelte liebevoll. Wieviel Zeit er mit dem Jungen verbrachte; wieviel Freude er ihm machte. Ein Windstoß brachte die Kutsche ins Wanken und teilte die Sträucher am Wegesrand. Ein Mann verbarg sich darin. Marietta wandte schnell den Kopf und sah Diccon heftig gestikulieren. Der Mann verschwand zwischen den Bäumen.

»Du hörst mir nicht zu, Etta«, klagte Mrs. Cordova. »Was ist denn jetzt?«

»Zwischen den Büschen hatte sich ein Mann versteckt! Na, eher ein Junge. Es war Sam South. Und Diccon wußte, daß er dort war.«

»Dann hat Mrs. South also recht. Ihr Junge war in *Lanterns.* Das überrascht mich nicht. Oh, Etta! Wir wurden schrecklich getäuscht! Ich hatte recht ... der Himmel stehe uns bei! Wir stecken in fürchterlichen Schwierigkeiten!«

Jocelyn Vaughan kippte den Küchenstuhl nach hinten und starrte verträumt zur Decke hoch. Er hatte im Austragshaus zu Abend gegessen und war erst spät – auf einer Wolke der Glückseligkeit schwebend – nach *Lanterns* zurückgekehrt. Diccon, der einen Brief schrieb, warf seinem Freund einen schiefen Blick zu.

»Ich habe mich entschieden«, verkündete Vaughan. »Das Schicksal oder diese rosige kleine nackte Putte, die Pfeile abschießt, hat mich mitten ins Herz getroffen. Dabei habe ich mit diesem Schlingel doch noch nie gestritten!«

»Hmm«, brummte Diccon, und sein Federkiel kratzte übers Papier.

»Nein«, sagte Vaughan. »Fanny ist die perfekte Frau für mich. Ich wußte es vom ersten Augenblick an.«

»Ach, ja? Tatsächlich? Ich dachte, im ersten Augenblick hast du sie für eine Puppe gehalten.«

MacDougall, der neben dem Herd saß und Diccons Reitstiefel wienerte, lachte glucksend. »Volltreffer!« sagte er.

»Ja, und weißt du, warum er sauer auf mich ist?« Vaughan kippte den Stuhl nach vorn, setzte sich aufrecht hin und sagte rachsüchtig: »Weil er eifersüchtig ist! Ich habe die Lady meines Herzens gefunden und werde ihr ohne Wenn und Aber einen Antrag machen, während er dasitzt und grübelt und trauert und nichts tut, um die Gunst seiner Geliebten zu gewinnen.«

Diccon legte den Federkiel beiseite und fragte: »Du willst ihr einen Antrag machen? Du kennst Fanny doch erst seit ein paar Tagen. Mein Lieber, du hast Grillen im Hirn. Das ist zu früh, du Dummkopf!«

»Ich lasse kein Gras unter meinen Füßen wachsen. Schmiede das Eisen, solange es heiß ist und so weiter. Stimmst du mir nicht zu, Mac?«

»Aus den Augen, aus dem Sinn – Frauenzimmer bleibt Frauenzimmer. Mein Vater hat immer gesagt: Heiße Liebe kühlt schnell ab.«

»Was bist du doch für ein Quertreiber! Miss Fanny ist kein Frauenzimmer, und du solltest lieber deine Zunge hüten, MacDougall! Und was dich betrifft, Major ...«

»O Gott, der Junge dreht wieder durch«, seufzte Diccon.

Vaughans Augen blitzten. Er stand auf und sagte wütend: »Ich bin kein Junge mehr! Und ich will deinen schurkischen Stiefbruder nicht zum Schwager haben. Und wenn du dir deine Lady unter der Nase wegschnappen läßt, nur weil du keinen Mumm hast ...«

Diccon warf leise ein: »Ich kann ihr keinen Antrag machen, Joss. Du kennst meine Gefühle in dieser Hinsicht.«

»Tue ich das? Kennt überhaupt jemand deine wahren Gefühle? Oh, du kannst mir zwar den Mund verbieten, aber ich sage dir trotzdem meine Meinung: mit oder ohne Vermögen – du wärst ein Narr, diese Lady nicht zu bitten, deine Frau zu werden. Fanny hat mir erzählt, daß sie glaubt, ihre Schwester sei in dich verliebt.«

Diccon starrte ihn an. »Das hat sie gesagt?«

»Ich gebe dir mein Wort darauf! Und ich glaube es auch. Wach endlich auf, Mann! Wirf dein Glück nicht ...«

»Halt den Mund!« schrie Diccon und sprang auf. »Ich weiß, wie schön und liebenswürdig und begehrenswert Marietta ist. Glaubst du etwa, ich will sie verlieren, wo ich sie gerade erst gefunden habe? Ich hatte mir schon Hoffnungen gemacht, doch jetzt ... ich zerbreche mir den Kopf und suche verzweifelt einen Ausweg aus diesem Morast ...

aber, es gibt keinen! Um Himmels willen, laß mich in Ruhe!« Diccon stapfte durch die Küche, riß die Tür auf, ließ sie offenstehen und verschwand in der regnerischen Nacht. Vaughan und MacDougall sahen sich an. Dann stand Vaughan auf und ging zur Tür.

MacDougall sagte flehentlich: »Sie werden ihn doch nicht verlassen? Mann, er braucht Sie!«

Vaughan schloß die Tür. »Nein. Ich lasse ihn nicht im Stich.« Er setzte sich mit gespreizten Beinen auf Diccons Stuhl. »Was ist los, Mac? Ist etwas passiert, von dem ich nichts weiß?«

»Ein Brief ist gekommen ...«

»Wir haben schon oft in der Klemme gesteckt, und er war uns immer einen Schritt voraus, wenn es darum ging, einen Ausweg zu finden. Er ist zwar mein Freund, Mac, aber manchmal kommt er mir wie ein Fremder vor.«

»Seit das Mädchen gestorben ist, hat er nur noch wenige Freunde.« Der Schotte zuckte mit den Schultern. »Er hat seine Familie, seine Musik und dann seine Liebste verloren. Und das mit achtzehn! Er hat eine Mauer um sich aufgerichtet und kaum noch jemanden an sich herangelassen, bis Miss Marietta mit einem Blick aus ihren schönen Augen diese Mauer durchbrochen hat. Er hat seine erste Liebe verloren und gibt sich die Schuld daran, was natürlich Unsinn ist. Aber, ich glaube ...« MacDougall zögerte und fügte dann schroff hinzu: »Ich glaube, er hat alle diese Jahre nicht mehr gewagt zu lieben. Sollte er Miss Marietta verlieren ...«

»... wird er eine noch dickere Mauer um sich aufbauen«, ergänzte Vaughan den Satz.

»Ja. Und die kann dann niemand mehr einreißen. Er wird

ein sehr einsames Leben hinter dieser Mauer führen, Mister Vaughan. Überhaupt kein Leben mehr für einen Mann mit einem so großen Herzen, der Kinder so sehr liebt.«

»Nein.« Vaughan schwieg eine Weile. Schließlich stand er auf und sagte: »Ich muß ihm helfen, Mac. Ob es ihm gefällt oder nicht, ich werde dafür sorgen, daß er sich nicht länger hinter dieser Mauer verschanzt.«

Dreizehntes Kapitel

Der Morgen begann mit der für den Herbst typischen Unbeständigkeit: sonnig und hell, mit blauem Himmel und Federwolken. Für Mr. Blake Coville jedoch, der den Brief las, der ihm auf dem Frühstückstablett ans Bett gebracht worden war, zogen dunkle Wolken auf. Der Appetit war ihm vergangen, und er starrte hohläugig auf diese knappen, tödlichen Zeilen:

Blake Coville, Esq.,
c/o Lord Dale
Downsdale Park
Near Seaford
Sussex

Sir,
die Verlängerung Ihres Darlehens ist Ende August abgelaufen. Die von Ihnen erbrachte Bürgschaft ist verfallen. Wir erwarten die volle Rückzahlung Ihres in Anspruch genommenen Kredits bis spätestens 15. Oktober, sonst sehen wir uns gezwungen, bei Sir Gavic Coville Regreßansprüche anzumelden.
Wir bedauern diese Maßnahme, verweisen jedoch darauf, daß wir uns in dieser Angelegenheit überaus langmütig gezeigt haben.

Wir erwarten Ihre Antwort postwendend.

Hochachtungsvoll
Benjamin Kagel

Diese Unterschrift pflegte zahllose Londoner Lebemänner in Panik zu versetzen, die über ihre Verhältnisse lebten und die Dienste eines Geldverleihers in Anspruch nahmen. In dem Glauben, den zunächst geringen Kredit am nächsten Quartalstag zurückzahlen zu können, gerieten die meisten in immer größere Zahlungsschwierigkeiten. Coville hatten die horrenden Zinsen und die Zuversicht, beim nächsten Pferderennen oder am Spieltisch zu gewinnen, an den Rand des Ruins getrieben. Wenn Sir Gavin erfuhr, daß er nicht nur seine Apanage verpfändet, sondern auch Lady Pamelas berühmte Paisley-Smaragde durch Similis ersetzt hatte, würde er ihn enterben. Da er den unversöhnlichen Charakter seines Vaters kanntc, zweifelte er daran keine Sekunde. Sir Gavin würde auch nichts unternehmen, um seinen Sohn vor dem Gefängnis zu bewahren.
Von Panik ergriffen brach ihm der kalte Schweiß aus. Er nagte an einem Fingernagel und starrte blicklos auf den Toast auf seinem Frühstückstablett. Hätte sein Vater die Angelegenheit mit diesem heidnischen Scheich und *Saladins Seufzer* nur schneller vorangetrieben. Hätte er nur selbst das Versteck dieses verdammten Bildes entdeckt! Aber es hatte keinen Sinn, hier zu liegen und mit dem Schicksal zu hadern. Er würde sofort zum Austragshaus reiten. Marietta Warrington wußte mehr, als sie zugab, davon war er überzeugt. Schließlich trieb sie sich dauernd in der Nähe seines verfluchten Stiefbruders herum. Wahr-

scheinlich hoffte sie, er würde endlich den Schatz finden. Vielleicht hatte er ihn schon gefunden!
Coville riß fluchend an der Glockenschnur.

Marietta hatte nur kurz im Dorf bleiben wollen, doch nachdem sie Blumen in die kleine alte Kirche gebracht hatte, ging sie noch in Mrs. South' Laden, um die Post abzuholen. Die Hälfte der Dorfbewohner drängte sich vor und in dem kleinen Geschäft, und es herrschte helle Aufregung, weil Samuel South »von den Toten auferstanden« war.
Es gelang Marietta, sich durch die Menge einen Weg in den Laden zu bahnen, doch der Rückweg wurde ihr versperrt, denn sie mußte sich zum drittenmal die wundersame Geschichte anhören. Samuel war angeblich von einem Rekrutierungstrupp eingefangen und auf ein Handelsschiff gebracht worden. Nach ein paar abenteuerlichen Reisen – die mit jeder Erzählung haarsträubender wurden – sei das Schiff in den Londoner Hafen eingelaufen, wo es ihm gelungen sei, zu fliehen und nach Hause zurückzukehren. Samuel stand grinsend im Laden und sonnte sich in seinem Ruhm. Sonnengebräunt und vor Gesundheit strotzend wirkte er keineswegs wie das halbverhungerte und geschundene Opfer eines brutalen Kapitäns. Marietta erinnerte sich, daß Sir Lionel die Geschichte, als sie ihm zu Ohren gekommen war, als »Quatsch« abgetan und gesagt hatte, wenn der Junge überhaupt auf einem Schiff gewesen sei, dann wahrscheinlich auf der Ketsch einer Schmugglerbande, der er sich auf der Suche nach Abenteuern freiwillig angeschlossen habe. Worauf sich Marietta natürlich nicht die Bemerkung hatte verkneifen können, daß dies Diccon von einem weiteren ihm zur Last gelegten Verbrechen entlasten würde.

Nachdem sie Samuels stolzen Eltern zur Rückkehr ihres Sohnes gratuliert hatte, wurden ihr endlich die Briefe ausgehändigt. Jetzt, da der Wind auffrischte, war sie froh, daß sie sich von Bridger mit der Kutsche ins Dorf hatte fahren lassen. Erleichtert kletterte sie hinein und ließ sich seufzend in die Kissen sinken.

Auf dem Sitz glitzerte eine von Tante Dovas Pailletten. Geistesabwesend griff sie danach und dachte an die schreckliche Bedrohung, die Madame Olympia angeblich in ihrem Mystischen Zeitfenster gesehen hatte. Eric war, von Dragonern verfolgt, um sein Leben gerannt. Eine völlig absurde Vorstellung.

Eric hatte immer ein ausgeprägtes Ehrgefühl besessen. Als vor ein paar Jahren einer seiner Schulfreunde bei einem Betrug ertappt worden war, hatte ihn das sehr getroffen. Auch als kleiner Junge hatte er beim Spielen nie betrogen. Wettkämpfe hatten ihn nie interessiert, und er hatte sich immer einen weniger anstrengenden Zeitvertreib gesucht. Später hatte er öfter mit seinem Vater hitzige Debatten über Politik geführt, doch das war nicht ungewöhnlich gewesen, denn junge Männer rebellierten oft gegen die jeweiligen Regierungen. Marietta machte sich jedoch Sorgen wegen Erics so plötzlich erworbenem Wohlstand. Doch obwohl es ihr nicht gefiel, daß er das Studium aufgeben und in der riskanten Welt der Finanzen mitmischen wollte, würde ihm das wohl kaum die Dragoner auf den Hals hetzen.

Um ihre sorgenvollen Gedanken zu verdrängen, blätterte sie die Post durch. Eine Rechnung des Kurzwarenhändlers in Eastbourne. Eine weitere von der *Times* – ein Luxus, den ihr Vater nicht aufgeben wollte. Ein Brief – mit einem unguten Gefühl starrte sie auf ihren Namen, der da in Erics Handschrift stand. Sie hatte angenommen, er sei bereits wieder auf dem Weg nach Hause. Dieser Brief konnte nur bedeuten, daß er aufgehalten worden war. Sie brach hastig das Siegel auf.

Meine liebste Etta,
bitte verzeih mir, daß ich Dir auf diesem Weg eine schlechte Nachricht zukommen lassen muß.
Ich habe wohl gemerkt, daß Du meine Geschichte von Investitionen für Gentlemen angezweifelt hast – mit Recht. Ist Dir der Ausdruck »Industriespionage« geläufig? Damit verdiene ich mein Geld, Etta. Bei meinem jetzigen Auftrag geht es um einen neuen Brennstoff für Lampen, der noch in der Entwicklungsphase steckt, deren Ergebnisse strengster Geheimhaltung unterliegen. Ich überbringe eine Kopie der chemischen Formeln einem deutschen Konkurrenten. Ich weiß, das ist ein Schock für Dich.
Man ist mir auf der Spur, kennt aber meine Identität nicht. Ich muß so schnell wie möglich England verlassen, und Dir habe ich es zu verdanken, daß ich eine Fluchtmöglichkeit kenne.
Bitte, verachte mich nicht, liebste Schwester. Ich habe getan, was mir das Beste für uns zu sein schien. Ich kann nur beten, daß ich keine Schande über die Familie bringe. Sei vorsichtig und bewahre mich in liebevoller Erinnerung.
Dein Dir stets sehr ergebener Bruder
Eric

Ignatius Lord Dale frühstückte allein im Eßzimmer von *Downsdale Park*. Trotz des fahlen Sonnenlichts, das durch die Fenster hereinströmte, hatte er äußerst schlechte Laune. Die Mitteilung, Blake Coville sei schon am frühen Morgen ausgeritten, beunruhigte ihn nicht. Es wäre eine Freude, wenn dieser lästige Mensch endlich nach London zurückkehren würde, dachte er. Sir Gavin mit seiner unerträglichen, überheblichen, besserwisserischen Art war schon ein anstrengender Gast gewesen, aber wenigstens hatte er die Dienstmädchen nicht schikaniert und die Haushälterin so zur Verzweiflung gebracht, daß sie sich ständig bei Lady Dale beschwerte.

Seine Lordschaft verließ das Eßzimmer und ging den langen Flur entlang zu seinem Arbeitszimmer. Er machte sich Sorgen, weil die erwartete Post noch immer nicht gekommen war. Diese lästige Angelegenheit hätte von Anfang an im Keim erstickt werden müssen. Jetzt machte ihm der alte Smollet Vorwürfe, weil dieser verdammte Esel die Dokumente gefressen hatte. Wenn den Leuten in London soviel daran lag, hätten sie einen Kurier mit Ersatzdokumenten schicken können.

Er öffnete die Tür zu seinem Arbeitszimmer, das niemand außer ihm betreten durfte. Was kaum jemand wußte: Dieser stämmige, versnobte und wenig angesehene Baron besaß eine scharfe diplomatische Intuition und wurde oft mit Angelegenheiten betraut, die für die Sicherheit der Nation von äußerster Wichtigkeit waren. In Gedanken versunken ging er über den dicken Teppich, blickte auf und erstarrte in wutentbrannter Empörung. Trotz seiner Korpulenz bewegte er sich mit erstaunlicher Behendigkeit, war mit einem Schritt beim Sekretär, riß die Schublade auf und richtete eine Pistole auf den hochgewachsenen Mann, der die Dokumente auf seinem Schreibtisch durchblätterte. »Wie, zum

Teufel, sind Sie hier hereingekommen, Sir?« rief er. »Ich ...« Als sich der Eindringling umdrehte, blieben ihm die Worte im Mund stecken. »Sie! Brauchen Sie noch mehr Papier für Ihren verfluchten Esel? Jetzt habe ich Sie aber erwischt, Sie verräterischer Schurke! Ich stelle Sie unter Arrest!«

»Mehr Mehl! Mehr Mehl!« rief Fanny, die Erbsen schälte, und warf ihrem höchst ungewöhnlichen Bäckergehilfen einen amüsierten Blick zu.

Eine lange weiße Schürze umgebunden, einen Mehlfleck auf der Nase, hob Vaughan verzweifelt die mit Teig verklebten Hände und betrachtete sie angewidert. Leichtsinnigerweise hatte er Fanny angeboten, ihr zu helfen, als sie an diesem wunderschönen Morgen seine Einladung zu einem Spaziergang mit der Begründung abgelehnt hatte, der Teig müsse erst aufgehen. Nachdem er ihr eine Weile fasziniert zugesehen hatte, wollte er auch einmal »kneten«, und sie hatte mit der Bemerkung zugestimmt, es würde ihr ungeheuren Spaß machen, einen »flotten Aristokraten« bei der Küchenarbeit zu sehen. Aber er bereute es bereits.

Jetzt spreizte er seine mehligen Finger und griff nach der Mehldose. Sie sprang auf, nahm einen Löffel und streute Mehl über das Brett.

»Jetzt dürfen Sie weiterkneten«, sagte sie und setzte sich wieder.

»Wie lange denn noch?«

»Bis der Teig glatt ist, natürlich«, sagte sie grinsend.

»Jedesmal, wenn er glatt ist, sagen Sie, er müßte Blasen werfen.«

»So ist es. Ich sage Ihnen, wenn es soweit ist.« Sie warf ihm unter den Wimpern hervor einen Blick zu. »Vielleicht kommt meine Schwester bis dahin zurück, und Sie können mit ihr reden, ohne sich vorher die Mühe zu machen, mit mir spazierenzugehen.«

Er warf einen erwartungsvollen Blick aus dem Fenster. »Vor Miss Mariettas Rückkehr sollte ich mich wohl etwas säubern.«

Zwischen Fannys Brauen zeigte sich eine winzige Falte. Verliebt, wie sie war, hatte sie die Minuten bis zu Vaughans Ankunft gezählt, und es hatte ihr weh getan, als er gleich darum gebeten hatte, mit Miss Marietta sprechen zu dürfen. Zweimal hatte er gefragt, wie lange es dauern würde, bis Bridger mit der Kutsche vom Cloud Village zurückkäme, und während er den Teig geknetet hatte, war er in nachdenklichem Schweigen versunken, als würde er gewichtige Probleme wälzen.

Fanny sagte neckisch: »Wenn Sie so versessen darauf sind, sich für Marietta bereitzuhalten, dann gehen Sie doch endlich und waschen Sie sich die Hände, Mr. Vaughan!« Eigentlich hatte sie mit einem der leichtherzigen Wortgeplänkel gerechnet, die sie beide so sehr mochten, aber Vaughan wirkte geistesabwesend und nahm ohne einen Kommentar die Schürze ab.

Heute hatte er sie nur einmal bewundernd angesehen, und dieser Blick war sehr flüchtig gewesen. Vielleicht hatte sie sich nur eingebildet, er hege tiefere Gefühle für sie. Schließlich war er einer der begehrtesten Junggesellen auf dem Heiratsmarkt und konnte unter den schönsten Damen der Gesellschaft wählen. Miss Fanny Warrington jedoch würde wohl niemals eine Debütantin sein. Marietta hingegen war in die Gesellschaft eingeführt worden, machte

keine taktlosen Bemerkungen und zeigte sich diesen verwirrenden Kreaturen – Gentlemen genannt – stets zuvorkommend. Daher war es auch verständlich, daß Blake Coville der kleinen Schwester nie Aufmerksamkeit geschenkt hatte. Und jetzt sah es so aus, als hätte Jocelyn Vaughan, der ihr Herz gestohlen hatte, seinen geliebten, aber unsteten Blick auch auf Marietta geworfen.
Scharf fuhr sie ihn an: »Mir scheint, Sie sind mit den Gedanken nicht beim Brotteig, Mr. Vaughan!« Und fügte anzüglich hinzu: »Oder hat das Spiel schon seinen Reiz verloren?«
Er lächelte vage und überlegte, wie er das Gespräch wieder auf Miss Marietta bringen könnte. »Ich bin einfach nur ungeschickt. Frauen eignen sich besser für diese Arbeiten.«
»Kocht bei Ihnen in *Greenwings* eine Frau, Sir?«
»Um Himmels willen, nein! Meinen Onkel träfe allein bei der Vorstellung der Schlag! Unser Küchenchef ist Franzose – ein berühmter Koch!«
»Ach, tatsächlich? Hätte ich das früher gewußt, hätte ich es niemals gewagt, Ihnen meine bescheidenen Gerichte vorzusetzen.«
Er sah ihr Lächeln nicht. Ich bin überhaupt nicht für die Rolle des unerwarteten Helfers in der Not geeignet, dachte er. Hoffentlich verschlimmerte er die sowieso schon verfahrene Situation nicht noch mehr. Diccon war ein Einzelgänger und haßte jede Einmischung in seine Privatsphäre. Warum sah Fanny so verärgert aus? Er hatte ihr nicht geantwortet! Hastig sagte er: »Oh, keineswegs. Ich finde es bemerkenswert, was Sie unter den gegebenen Umständen auf den Tisch bringen. Diccon hat von den Mahlzeiten geschwärmt, die er bei Ihnen eingenommen hat.«

»Unter den gegebenen Umständen?« Fanny streckte streitlustig ihr Kinn vor. »Hat er das gesagt?«
»Ja. Er mag die einfache Küche. Was ich erstaunlich finde, weil er doch ein so weitgereister Mann ist.«
Fanny holte tief Luft und gurrte: »Ach, tatsächlich? Dann muß ich mich als ›einfache Köchin‹ wohl geschmeichelt fühlen. Wollten Sie das damit zum Ausdruck bringen, Mr. Vaughan?«
»Ja, genau! Da kommt ja endlich die Kutsche.« Vaughan, der nicht gemerkt hatte, wie viele Dolche Fannys schöne haselnußbraune Augen auf ihn schleuderten, trocknete seine Hände ab und schlüpfte in seine Jacke.
»Guten Morgen, Miss Marietta! Ich habe auf Sie gewartet ...«
»Mit großer Ungeduld«, warf Fanny mit einem Lächeln ein, das ihre Zähne enthüllte. Dann schleuderte sie ein feuchtes Tuch auf den Teig und sagte zu ihrer völlig verwirrten Schwester: »Wie gut, daß du endlich gekommen bist, um diesen armen Mann zu retten. Er hat sich in meiner Gesellschaft zu Tode gelangweilt. Ich gehe jetzt und helfe Papa, damit ihr allein sein könnt. Guten Tag, Sir.«

»Ich fürchte, ich habe Miss Fanny verärgert.« Vaughan seufzte und öffnete das Gartentor.
Marietta, die wegen Erics Brief zutiefst aufgewühlt war, hatte eigentlich sofort zu ihrer Tante gehen wollen, übte sich jedoch in Geduld, denn Vaughan hatte offensichtlich schon eine Weile auf sie gewartet, und sie konnte ihm die Bitte um eine Unterredung nicht abschlagen. Es war vom ersten Augenblick an offensichtlich gewesen, daß sich Vaughan sehr zu ihrer Schwester hingezogen fühlte, und

Marietta machte sich große Hoffnungen, denn sie konnte sich Vaughan gut als liebevollen und fürsorglichen Ehemann vorstellen. Ernst antwortete sie: »Ja, Fanny kam mir etwas verstimmt vor. Dabei hat sie eigentlich ein sonniges Gemüt.«

»Mit gelegentlichen stürmischen Anfällen«, sagte er bedauernd.

»Gefallen Ihnen temperamentvolle Damen nicht? Fanny neigt zu Zornesausbrüchen, zugegeben, und sie ist auch manchmal von schonungsloser Offenheit, doch diese Ausbrüche sind sehr flüchtig, und danach ist sie wieder der friedlichste Mensch auf der Welt.«

Er lächelte. »Gerade das gefällt mir so gut an Ihrer Schwester. Sie drückt ihre Gefühle offen aus und ist für Schmeicheleien nicht empfänglich. Der Mann, der Miss Fanny zur Frau bekommt, muß ihre unverblümte Art mögen und für seine Ansichten kämpfen. Aber es wird kaum langweilige Momente in seinem Leben geben.«

»Wie ich sehe, mögen Sie meine Schwester sehr. Deshalb frage ich mich, worüber Sie mit ihr in Streit geraten sind.«

»Ehrlich gesagt, Ma'am, das weiß ich nicht. Ich habe ihr geholfen ... na ja, ich durfte den Teig kneten, und ...«

»Das sieht man.« Marietta hielt ihn am Arm zurück und wischte ihm mit ihrem Taschentuch den Mehlfleck von der Nase. Es wäre ihr nicht im Traum eingefallen, daß diese unschuldige Geste aus der Ferne wie eine Umarmung aussah. »Haben Sie etwa den Teig fallen lassen oder sonst etwas Schreckliches angestellt? Meine Schwester ist sehr stolz auf ihre Kochkünste.«

Die beiden spazierten über die Wiese zu der kleine Brücke, die über den Fluß führte. »Nein, nein!«, sagte er lachend.

»Wir hatten viel Spaß bei der Küchenarbeit. Und dann haben wir über Diccon geredet, und ...«

»Aha«, sagte Marietta.

Vaughan sah sie scharf an. »Miss Fanny mag den Major nicht. Darf ich fragen, was sie gegen ihn hat?«

Marietta zögerte und wählte ihre Worte sorgsam. »Während der vergangenen Woche haben Sie sich ein paarmal mit meiner Tante unterhalten, Mr. Vaughan. Hat Ihnen Major Diccon von Madame Olympia erzählt?«

»Nein. Aber im Dorf wird über sie getratscht. Die Leute sagen, die Lady tue sehr geheimnisvoll. Ich hätte gern eine Verabredung mit Madame Olympia, und da ihr Wohnwagen auf Ihrem Grund steht, könnten Sie vielleicht ...« Er riß die Augen auf. »O Gott! Ist etwa Mrs. Cordova ...«

Marietta sagte ernst: »Dieses Geheimnis kennen nur engste Freunde. Ich bitte Sie, Stillschweigen darüber zu bewahren.«

Vaughan errötete vor Freude. »Ich schwöre, es keiner Menschenseele zu verraten. Besitzt Ihre Tante wirklich hellseherische Fähigkeiten, Miss Marietta?«

»O ja! Und das ist manchmal ziemlich erschreckend.«

»Ich finde es großartig! Aber ... ich verstehe nicht, was das mit Diccon zu tun hat.«

»Fanny ähnelt in gewisser Weise ihrer Tante und ist sehr empfänglich für die Ausstrahlung eines Menschen. Sie hat – ich weiß, es klingt dumm –, aber sie hat Angst vor dem Major.«

»Was, zum Teufel, sagen Sie da? Oh, ich bitte um Verzeihung! Aber Diccon ist der perfekte Gentleman, das versichere ich Ihnen. Wie hat er es denn geschafft, Ihrer Schwester Angst einzujagen?«

»Ich habe keine Ahnung. Ich glaube, es ist nur eine instinktive Reaktion. Fanny liebt Arthur über alles, und ich hatte gehofft, Major Diccons offensichtliche Zuneigung zu meinem Bruder würde Fanny umstimmen.«

»Was nicht geschehen ist, nicht wahr?«

Marietta wirkte sehr betrübt. Vaughan sagte: »Aber Sie teilen diese Vorurteile nicht, Ma'am. Die völlig ungerechtfertigt sind, wie ich Ihnen versichern kann. Ich weiß, Diccon wirkt oft sehr arrogant und abweisend, aber … das Schicksal hat ihm übel mitgespielt.«

»Er hat wohl ein Leben voller Gewalt geführt. Wie schade, daß er die Musik aufgegeben hat. Ich finde, er ist sehr begabt.«

»Er hat die Musik nicht aufgegeben, Miss Marietta.« Vaughan zögerte, überwand dann jedoch seine Abneigung gegen Klatsch und startete seine »Rettet Diccon«-Kampagne. »Ich kenne nicht viele Einzelheiten aus seinem Leben. Wie Sie wohl wissen, spricht er nie über seine Familie.«

»Er hat mir erzählt, daß sein Großvater Musiker gewesen sei und ihm schon als Kind Geigenunterricht gegeben habe.«

Vaughan nickte. »Auch sein Vater hat die Musik geliebt. Er ist aber plötzlich gestorben, als Diccon elf Jahre alt war. Mrs. Paisley ist an diesem Schicksalsschlag zerbrochen und hat sich von der Welt abgewandt. Ein Jahr danach hat sie jedoch wieder geheiratet.«

»Ja, ich weiß. Sir Gavin Coville.«

»Und diese Ehe war eine Katastrophe – zumindest, was Diccon betraf. Sir Gavin mochte den Jungen nicht, was wohl auf Gegenseitigkeit beruhte. Sir Gavin ist ein sehr strenger Mann, ein Verfechter von Disziplin und Ordnung. Und Diccon hat sich wohl diesen neuen Regeln in seinem Leben widersetzt. Als erstes hat Sir Gavin verboten, daß sein Stiefsohn weiterhin seine Zeit mit einer so unmännlichen Beschäftigung wie dem Geigenspiel vergeude.«

»Unmännlich!« entrüstete sich Marietta. »Heutzutage spielen doch viele Gentlemen irgendein Instrument.«

»Ganz recht. Das Schlimme an diesem Verbot war jedoch, daß Diccon seinem Vater auf dem Totenbett geschworen hatte, die Musik nicht aufzugeben. Natürlich besaß er damals nicht die Macht, sich gegen Coville aufzulehnen.«

»Ich finde es schändlich, daß Sir Gavin den Jungen gezwungen hat, seinen Schwur zu brechen. Soweit ich Major Diccon kenne, hat er sich dieser Tyrannei nicht gebeugt.«

»Er war erst zwölf und somit machtlos. Sir Gavin hat ihm die Geige weggenommen und vor seinen Augen verbrannt.«

»Ach, der arme Junge!« sagte Marietta mitfühlend. »Fand er denn keine Hilfe bei seiner Mutter?«

»Lady Pamela war sehr zart und furchtsam und hat sich ihrem Mann völlig untergeordnet. Glücklicherweise war Diccon fast das ganze Jahr über im Internat. Und dort, in Eton, hat er sich verliebt. Mein Tante hat dieses wunderschöne Mädchen gekannt und die Romanze der beiden mit Romeo und Julia verglichen. Ihre Beziehung war hoffnungslos.«

Auf der Brücke blieben sie stehen. Mariettas Blick schweifte über die Wiesen und Wälder zu den Klippen, wo sich vor dem glänzenden Hintergrund des Ärmelkanals die Dächer von *Lanterns* abzeichneten. Ihre Gedanken waren bei Diccon, dessen Kindheit und Jugend so tragisch verlaufen waren. Natürlich schickte es sich nicht, daß Vaughan ihr die Familiengeschichte seines Freundes erzählte, und ihm war offensichtlich nicht wohl dabei. Aber sie wollte mehr erfahren und hakte nach: »Warum hoffnungslos?«

»Wie? Weil Sir Gavin schon eine passende Braut für seinen Stiefsohn hatte … eine wenig ansehnliche Maid aus reichem Haus. Grace hingegen, Diccons Auserwählte, war die Tochter eines Getreidehändlers, der in guten Verhältnissen lebte, aber weder Vermögen noch Landbesitz hatte. Sir Gavin war strikt gegen diese Verbindung, aber Diccon bot ihm die Stirn und sagte, er würde Grace trotzdem heiraten. Da ist Sir Gavin zu Graces Vater gegangen, und der fühlte sich in seinem Stolz verletzt – weil seine Tochter für nicht würdig gehalten wurde, in diese Familie einzuheiraten.«

»Also war auch Graces Vater gegen eine Heirat?«

»Genau. Grace brach es das Herz, und Diccon war außer sich vor Wut. Auch wenn die beiden noch ein paar Jahre gewartet hätten, wäre ihnen nie die Erlaubnis erteilt worden zu heiraten.«

»Wie traurig. Und das hat dazu geführt, daß Diccon mit seiner Familie gebrochen hat?«

»Zum völligen Bruch kam es erst ein Jahr später, als Diccon achtzehn wurde. Grace war siebzehn. Sie litt so sehr unter dem Verbot, Diccon nicht sehen zu dürfen, daß es ihr gesundheitlich immer schlechter ging. Diccon war verzweifelt. Jedenfalls sind die beiden eines Nachts durchgebrannt und haben sich auf den Weg nach Gretna Green gemacht. Kein ehrenhafter Entschluß, aber unter den gegebenen Umständen durchaus verständlich.«

»Dort haben sie also geheiratet?«

»Sie sind dort nie angekommen, Ma'am. Es war Winter, und ein Schneesturm verhinderte die Weiterreise. Sir Gavin stöberte die beiden in einem kleinen Dorfgasthof auf und zwang Diccon mit Gewalt, nach London zurückzukehren.«

»Du meine Güte! Und was wurde aus dem Mädchen?«

»Gavin ließ sie einfach dort zurück. Können Sie sich vorstellen, in welchem Zustand dieses arme, seiner Ehre beraubte Mädchen war? Kopflos vor Verzweiflung machte sich Grace auf den Weg und folgte den beiden zu Fuß. Jemand hätte sie natürlich daran hindern müssen, in den Schneesturm hinauszulaufen. Und Grace verirrte sich.«

Marietta schnappte nach Luft. »O Gott! Wurde sie gefunden?«

»Zu spät. Das arme Mädchen ist erfroren. Eine schreckliche Tragödie. Aber irgendwie wurde der Skandal vertuscht, hat meine Tante erzählt.«

»Wie *fürchterlich!* Kein Wunder, daß Diccon die Covilles haßt. Was hat er dann getan?«

»Dienstboten haben erzählt, daß er wahnsinnig vor Wut und Verzweiflung war und Sir Gavin erwürgen wollte. Dann hat er geschworen, nie wieder zurückzukommen, und ist aus dem Haus gestürmt. Er ist zum Militär gegangen und hat dort Karriere gemacht. Immer war er als Freiwilliger bei selbstmörderischen Einsätzen dabei, und es ist ein Wunder, daß er noch am Leben ist. Er muß einen Schutzengel gehabt haben.«

Marietta, die von der traurigen Geschichte tief betroffen war, schwieg eine Weile. Dann sagte sie empört: »Und jetzt fordert er das Schicksal wieder heraus und läßt sich als Schmuggler auf gefährliche Abenteuer ein!«

Das ist es also, dachte Vaughan. Die Lady interessiert sich ganz offensichtlich für Diccon, hält ihn jedoch für einen ehrlosen Alkoholschmuggler. Er sagte ernst: »Aber das gehört doch dazu, verstehen Sie nicht, Ma'am?«
Marietta sah ihn verwirrt an. »Wollen Sie damit sagen, daß Diccon für die Armee schmuggelt?«
»Die hohen Tiere mit erlesenem Portwein versorgt?« Vaughan mußte an General Smollet denken und sagte lachend: »Überraschen würde es mich nicht! Nein, im Ernst, Miss Marietta. Diccon hat bei der Aufdeckung von Verbrechen und Verschwörungen unzählige Rollen gespielt. Und England große Dienste erwiesen, die jedoch stets größter Geheimhaltung unterlagen und nie publik wurden. Bei jedem Auftrag hat er sein Leben riskiert, und man möchte annehmen, daß sich Whitehall dankbar zeigt, doch diese Beamten mißgönnen ihm seine Erfolge und zahlen ihm nicht einmal regelmäßig sein Gehalt. Diccon ist sogar jetzt noch in Gefahr, weil er Anfang des Jahres eine internationale Bande von Kunstdieben ausgehoben hat. Hätte er in der regulären Armee Dienst getan, hätte man ihn mit Ehren und Orden überhäuft, aber der Geheimdienst …«
Da griff Marietta nach Vaughans Arm. Ihr Gesicht war weiß wie Papier und ihr Blick voller Angst.
Atemlos stieß sie hervor: »Wollen Sie damit sagen … daß Diccon … Agent des Geheimdienstes ist?«
»Ja, Ma'am. Einer der besten. Es tut mir leid, wenn ich Sie erschreckt habe. Aber keine Angst, er kennt sich wie kein zweiter in diesem gefährlichen Geschäft aus.« Durch Mariettas Besorgnis ermutigt, fügte er hinzu: »Soviel ich weiß, will Diccon jedoch den Dienst quittieren und sich in *Lanterns* niederlassen … eine Familie gründen.« Er warf

ihr aus den Augenwinkeln einen Blick zu. Marietta wirkte sehr geistesabwesend. Vaughan redete weiter: »Ich glaube sogar, daß er schon eine Lady im Auge hat, die ...«

Marietta hörte kaum hin. Diccon war also nicht Schmuggler geworden, um sein Salär aufzubessern. Major Diccon Paisley war ein professioneller Spion! Ein äußerst gerissener Spion. »Bei der Aufdeckung von Verbrechen und Verschwörungen hat Diccon unzählige Rollen gespielt.« Sie verspürte einen schmerzhaften Stich. Er hatte *ihretwegen* eine Rolle gespielt.

Vaughan redete beharrlich weiter: »Der Lady, die ihn heiratet, wird er bestimmt ein ergebener und ... und ...«

Da war plötzlich ein gellender Schrei aus der Ferne zu hören.

Beide blickten in Richtung Austragshaus, und Marietta schoß: Fanny! durch den Kopf.

Vaughan lief schon den Hügel hinunter.

Und Marietta raffte ihre Röcke und folgte ihm.

Sir Lionel war schlecht gelaunt, weil Eric nicht wie versprochen am gestrigen Abend aus London zurückgekommen war. Fanny, die ihren Vater in der Werkstatt besucht hatte, ging wieder, den Tränen nahe, nach oben, widerstand jedoch dem Impuls, sich in ihr Zimmer zurückzuziehen und in Selbstmitleid zu schwelgen. Statt dessen legte sie den Brotteig in eine Schüssel, damit er aufgehen konnte, und räumte die Küche auf. Dabei mußte sie an Vaughan denken und lächelte traurig. Er war eindeutig mit seinen Gedanken woanders gewesen, aber vielleicht hatte sie sein Verhalten falsch gedeutet. Vielleicht hatte er mit Marietta über seine Zuneigung zu Miss Fanny Warrington sprechen wollen. Oder über Mariettas Beziehung zu Major Diccon. Oder … ach, es gab viele Möglichkeiten. Ihr sonniges Gemüt setzte sich wieder durch, und sie schalt sich eine Närrin.

An diesem Morgen war es ruhig im Haus. Tante Dova hatte sich in ihren Wohnwagen zurückgezogen. In letzter Zeit wirkte sie niedergeschlagen. Vielleicht hatte die Arme wieder rheumatische Beschwerden. Es gab jede Menge zu tun. Die Terrasse mußte gekehrt und das Silber geputzt werden … aber die Sonne winkte verlockend vor den Küchenfenstern. Es war ein herrlicher Morgen, und der Teig mußte eine halbe Stunde gehen, ehe sie ihn zu Laiben formen konnte.

Fanny nahm die Schürze ab, setzte sich ihren Sonnenhut auf und holte aus der Spülküche ein kleines Körbchen. Für das Abendessen brauchte sie Minze, die unten am Strom wild wuchs. Die Zeit reichte, um einen kleinen Ausflug dorthin zu machen.

Sie ging zur Vordertür hinaus. Mr. Jocelyn Vaughan und ihre Schwester sollten auf keinen Fall den Eindruck bekommen, daß sie ihnen folgte! Eine angenehme Brise ließ die Blätter rascheln, und in der Sonne war es warm. Auf dem Weg zum Fluß sah Fanny Arthur auf dem kleinen Esel von *Lanterns* heraufreiten. Sie winkte ihm zu, aber er sah sie nicht. Die wilde Minze wuchs hinter dem Buchenhain. Als sie sich den Bäumen näherte, hörte sie eine männliche Stimme.

»Eric?« rief sie. »Bist du das?«

Schweigen, dann ein unterdrücktes Hicksen, und Blake Coville trat unter den Bäumen hervor. »Endlich ein Anblick, der das Herz eines einsamen Gentleman erfreut«, sagte er

lächelnd. »Und eine angenehmere Gesellschaft, als sie mein Pferd zu bieten hat.«
Blake Covilles Gesicht war gerötet. Wahrscheinlich ist es ihm peinlich, daß ich ihn dabei ertappt habe, wie er sich mit seinem Pferd unterhalten hat, dachte Fanny. »Das will ich doch hoffen, Sir«, sagte sie, ebenfalls lächelnd. »Wollen Sie meine Schwester besuchen? Sie macht gerade einen Spaziergang, kommt aber bestimmt bald zurück.«
»Hab' sie gesehen«, nuschelte er und hickste wieder. »Mit Vaughan. Die beiden waren sich sehr nahe.« Er lachte auf eine Art, die Fanny überhaupt nicht gefiel. Dann fügte er hinzu: »Ich habe beschlossen, hier im Schatten der Bäume, wo es kühler ist, zu warten. Aber so schnell kommt sie bestimmt nicht zurück. Doch das Schicksal hat mir zur Freude meines Herzens eine andere Göttin geschickt ... Wohin des Wegs, hübscher kleiner Vogel?«
Fanny hatte immer Blake Covilles Charme und sein gutes Aussehen bewundert, doch jetzt machte ihr das Glitzern in seinen Augen angst. Bestimmt war er verärgert, weil er Marietta zusammen mit Jocelyn Vaughan gesehen hatte. Möglichst unbekümmert sagte sie: »Oh, ich bin auf der Jagd nach frischer Minze, Mr. Coville. Am Flußufer wächst sie wild.«
»O ja. Da, hinter den Buchen. Ich begleite Sie.« Er streckte die Hand aus, und etwas fiel ins Gras. Er bückte sich schnell nach der kleinen Taschenflasche und richtete sich schwankend wieder auf.
Fanny war zwar unerfahren, aber keine Närrin. Auf keinen Fall würde sie mit einem offensichtlich angetrunkenen Gentleman in den Buchenhain gehen. Sie wich zurück, drehte sich um und sagte: »Danke, Mr. Coville, aber ...«

»Du kennst mich doch schon gut genug, um Blake zu mir zu sagen, meine Schöne.«
Jetzt war er ganz nah bei ihr, und sie roch seinen Atem. Er war tatsächlich betrunken. Und das so früh am Morgen!
Fanny machte ein paar Schritte von ihm weg und sagte: »Ich finde Ihr Verhalten unverschämt, Sir.«
Er packte ihr Handgelenk und riß sie an sich. »Sei doch ein bißchen lieb zu mir, meine Süße.« Er neigte den Kopf, um sie zu küssen.
»Lassen Sie mich los, Sir!« schrie Fanny und wehrte sich verzweifelt.
»Ach, tu doch nicht so prüde! Ich habe doch gemerkt, wie du mich immer angesehen hast. Na, komm schon … gönn mir doch einen Kuß.« Er zerrte an ihrem Mieder und sagte heiser: »Deine Schwester poussiert im hellen Tageslicht mit Vaughan, also brauchst du dich auch nicht zu zieren.«
Fanny stieß einen Wutschrei aus. »Sie lügen. Und Sie stinken nach Schnaps. Ooooh! Lassen Sie mich sofort los!« Dann trat sie mit aller Kraft gegen sein Schienbein. Hätte sie nur ihre Sandalen statt der Holzschuhe getragen, wäre der Tritt weniger wirkungsvoll gewesen. So schrie Coville auf und lockerte seinen Griff so weit, daß sie ihm ihren Arm entreißen konnte.
Sein wutverzerrtes Gesicht machte ihr noch mehr angst. Wie habe ich mich von diesem Mann täuschen lassen, dachte Fanny entgeistert. Er knurrte: »Das wirst du mir büßen, du …«
Da tauchte hinter seiner Schulter Hilfe auf.
Mr. Fox war ein launisches Tier, und er liebte Späße. Zuerst gab er Mr. Blake Coville mit dem Kopf einen Stoß in den Rücken, und dann schleuderte er ihn kopfüber in den Fluß.

Arthur rutschte von dem kleinen Esel herunter, und Bruder und Schwester beobachteten lachend den unfreiwilligen Schwimmer, der prustend aus dem Wasser auftauchte. Mr. Fox stieß einen ohrenbetäubenden Schrei aus und fletschte die Zähne, als würde er grinsen.

Blake Coville hatte sich eine Aura kühler Eleganz zugelegt und neigte nicht zur Gewalt. Da ihn jedoch große Sorgen quälten und er noch nie der Lächerlichkeit preisgegeben gewesen war, watete er fluchend und außer sich vor Wut ans Ufer.

Fanny packte Arthurs Hand und zerrte ihn hinter sich her. Als der Junge in panischer Angst stolperte, holte Blake Coville die beiden ein.

»Ihr findet das wohl lustig, wie?« wütete er und packte den Jungen am Arm.

»Au!« schrie Arthur.

Fanny fing auch zu schreien an und schlug Coville ihr kleines Körbchen auf den Kopf.

Außer sich vor Wut, brüllte Coville: »Dir wird das Lachen noch vergehen, du Dirne!« Er verpaßte Fanny einen brutalen Stoß. Sie fiel auf die Knie.

Mr. Fox schrie vor Kummer und ließ den Kopf hängen.

Arthur war außer sich vor Zorn und hämmerte mit den Fäusten auf Covilles Beine ein. »Ein Gentleman schlägt keine Lady! Du bist *böse!*«

Coville packte ihn beim Schopf. »Verdammter Bengel, ich werde dich lehren ...«

»Kein Unterricht heute, danke.« Vaughans Pistole traf Covilles Handgelenk, der vor Schmerz aufheulte und Arthur losließ.

Coville wandte sich dem Angreifer zu und bekam einen

Schlag aufs Auge verpaßt. Dann traf Vaughans berüchtigte Rechte sein Kinn, und er stürzte, mit den Armen rudernd, rückwärts zu Boden. Zutiefst gedemütigt stammelte er: »Verdammt ... das wirst du bereuen, Vaughan!«
Vaughan ignorierte ihn. »Geht es Ihnen gut, Miss Fanny?«
Fanny verzichtete darauf, Coville ihre Meinung zu sagen, folgte ihrem Impuls und ließ sich an Vaughans breite Brust sinken. »Ach, Jocelyn.«
»Meine Liebste«, sagte er heiser und legte den Arm um sie.
Coville kam schwankend auf die Füße und taumelte auf die Bäume zu, wo sein Pferd angebunden war.
Arthur sagte mit zitternder Stimme: »Dieser böse Mann hat Fanny geschlagen, Etta!«
»Ich hab's gesehen, Lieber.« Marietta nahm Arthur in die Arme.
»Mein Vater wird Rechenschaft von Ihnen fordern, Mr. Coville. Wagen Sie es ja nicht wieder, einen Fuß auf unseren Grund und Boden zu setzen!«
»*Ihren* Grund und Boden?« schrie Coville schrill über die Schulter zurück. »Sie wollen wohl Lady Temple and Cloud werden, wie? Werfen Sie nur Ihren Köder aus nach Diccon Paisley, diesem dreckigen, mörderischen Bas...«
Vaughan ging drohend auf ihn zu.
Und Blake Coville ließ den letzten Rest seiner Ehre fahren und lief davon.

Vierzehntes Kapitel

Vaughan begleitete die beiden Schwestern zum Austragshaus, wo er sofort Sir Lionel über den schändlichen Vorfall in Kenntnis setzte. Der hörte zunächst fassungslos zu und bekam dann einen Wutanfall. Nur mit größter Mühe gelang es Vaughan, den älteren Mann davon abzuhalten, die Kutsche vorfahren zu lassen, um Blake Coville in *Downsdale Park* mit gezückter Peitsche zur Rechenschaft zu ziehen. Vaughan beanspruchte – keinen Widerspruch duldend – dieses Recht für sich. Dies gab Sir Lionel seine gute Laune zurück. Für seine ältere Tochter bestand wohl keine Chance mehr, eine glänzende Partie zu machen, doch der kleinen Fanny schienen sich vielversprechende Zukunftsaussichten zu eröffnen. Sir Lionel sagte, er wolle sich die Sache überlegen, und Vaughan verabschiedete sich taktvoll und ließ seine Liebste in der Obhut von Tante und Schwester zurück. Sir Lionel schrieb sofort einen empörten Brief an Blake Coville und einen weiteren an Sir Gavin in London.

Fanny wurde währenddessen in ihrer Schlafkammer umsorgt und getröstet. Sie lag im Bett und war dankbar für die Aufmerksamkeit, die ihr geschenkt wurde, sprach jedoch nur kurz über Covilles unverschämtes Benehmen, denn ihr Herz war voll Freude über Jocelyn Vaughans ritterliches Verhalten, sein bescheidenes Auftreten und seine

Höflichkeit. Er war ein gütiger Mann, ein tapferer Mann – kurz gesagt die Verkörperung männlicher Perfektion.
Mrs. Cordova gelang es schließlich, diesem ekstatischen Wortschwall Einhalt zu gebieten, indem sie Fanny liebevoll bedeutete, doch etwas Rücksicht auf ihre Schwester zu nehmen. »Marietta hat dieser Vorfall sehr mitgenommen. Geh und leg dich eine Weile hin, Etta. Mein liebes Kind, du zitterst ja wie Espenlaub!«
Marietta befolgte den Rat ihrer Tante gern. Als sie die Tür hinter sich ins Schloß zog, hörte sie Fanny sagen: »Arme Etta! Ich hatte ganz vergessen, wir groß ihre Enttäuschung über Blake Coville sein muß!«
Aber Marietta war nicht wegen Covilles schändlichem Verhalten zutiefst verzweifelt und den Tränen nahe. In ihrem Zimmer angekommen, warf sie sich aufs Bett und starrte blindlings zum Fenster. Diccon Paisley war ein Agent des Geheimdienstes! Wie beiläufig Vaughan dieses Geheimnis enthüllt und welche entsetzliche Erkenntnis sie daraus gewonnen hatte. Plötzlich machte alles Sinn. Wie demütig Diccon ihr erklärt hatte, er könne ihr nur seine Freundschaft anbieten, und unausgesprochen gelassen hatte, daß er sich nach mehr sehne. »Es gäbe jedoch keine größere Freude für mich, als wenn ich Ihnen helfen könnte ... Sollten Sie je Kummer haben oder jemanden brauchen, mit dem Sie reden können ...« Worte, die ihr das Herz gewärmt hatten, weil sie so dumm gewesen war, an ihre Aufrichtigkeit zu glauben. Aber sie waren voller Falschheit und Tücke gewesen.
Wie eine einfältige Närrin hatte sie sich Diccon *anvertraut!* War sie mit Blindheit geschlagen gewesen? Von Anfang an hatte er eine Lüge nach der anderen erzählt.

Kein Wunder, daß er um jeden Preis seine wahre Identität hatte verbergen wollen! Kein Wunder, daß er behauptet hatte, ein mittelloser Schmuggler zu sein! Er war nicht nach *Lanterns* gekommen, um das Herrenhaus zu restaurieren. Er war ein eiskalter, berechnender Spion, der seinem schmutzigen Geschäft nachging und geschickt jeder Andeutung auswich, die seinen Plan gefährden könnte, während er unbeirrt Jagd auf sein Opfer machte. Er hatte sogar Arthur benutzt, um sich ihre Zuneigung und ihr Vertrauen zu erschleichen.

Beides hatte er in einem weit größeren Maß erreicht, als ihm bewußt sein konnte. Und deshalb tat ihr jetzt das Herz so weh – der Verlust und der Betrug schmerzten entsetzlich. Endlich ließ sie ihren Tränen freien Lauf und erstickte ihr qualvolles Schluchzen in den Kissen. Geschwächt von diesem Gefühlsausbruch stand sie nach einer Weile auf und kühlte ihre geröteten Augen am Waschtisch.

Diccon war gerissen – Jocelyn hatte gesagt, er sei »einer der Besten«. Aber sie würde den Kampf mit ihm aufnehmen. Irgendwie mußte sie seine hinterhältigen Pläne durchkreuzen. Und vor allem mußte sie ihren geliebten Bruder Eric retten. Es war schrecklich, daß er in ungesetzliche Machenschaften verwickelt war, aber eigentlich gab es nur einen winzigen Unterschied zwischen den beiden Männern: Eric war ein Industriespion, und Diccon war ein Regierungsspion. Diccon spionierte nur des Geldes wegen, während Eric seine Familie finanziell unterstützen wollte.

Marietta stieß einen kläglichen Seufzer aus und wünschte sich, nie der Liebe begegnet zu sein, weil sie nur Schmerz und Enttäuschung brachte. Nun, jetzt galt es, Liebe und Kummer zu vergessen. Ihr ganzes Sinnen und Trachten durfte nur noch darauf ausgerichtet sein, einen Weg zu finden, um diesen gerissenen Major zu überlisten.

Mrs. Cordova hörte das Klopfen an der Haustür und öffnete, bat Diccon jedoch nicht ins Haus, sondern ging mit ihm auf die Terrasse.

Er fragte besorgt: »Geht es ihr … geht es den beiden jungen Damen gut? Dales Diener hat erzählt, es habe Ärger gegeben.«

Mrs. Cordova breitete den Rock ihres Abendkleides aus und summte leise: »Sie waren also in *Downsdale Park*, Mylord? In einer dringlichen Angelegenheit?«

»Ja.« Zwar ärgerte es ihn, daß die Lady ihn beharrlich mit seinem Titel anredete, aber das war jetzt unwichtig. »Ist Miss Marietta …«

»Der blasse Mann hatte auch ein dringliches Anliegen«, erklärte sie geheimnisvoll. »Ich habe ihn nach *Lanterns* geschickt. Hat er Sie schon besucht?«

Diccon bekämpfte zähneknirschend seine Ungeduld. »Ich habe keinen ›blassen Mann‹ gesehen, noch weiß ich, was …«

»Er ist wirklich sehr blaß«, erläuterte sie. »Und hat Augen wie schwarze Korinthen.« Diccon erstarrte, und sie fügte kichernd hinzu: »Aha! Sie kennen ihn also, Major? Vorsicht! Er ist ein böser …«

Da öffnete Marietta die Haustür. »Tante? Mit wem sprichst du?«

Blaß und mit einem angespannten Ausdruck in den Augen stand sie da, schien aber keine Verletzung davongetragen zu haben. Diccon streckte ihr erleichtert die Hand hin. »Wie gut, daß Ihnen nichts passiert ist!«

Wie verängstigt er aussieht, dachte sie zynisch. Er ist wirklich sehr gerissen. Widerstrebend gab sie ihm die Hand und sagte: »Ja, danke, es geht mir gut. Kommen Sie doch ins Haus.«

Ohne ihre Hand loszulassen, folgte er ihr in die Diele.

Mrs. Cordova huschte an den beiden vorbei und ging leise summend die Treppe hoch.

Diccon betrachtete forschend Mariettas Gesicht und sagte: »Sofort nachdem ich von dem Vorfall gehört habe, bin ich hergekommen.«

»Ach, du meine Güte! Wird schon darüber geredet?« Sie entzog ihm ihre Hand nicht, sondern fügte bedauernd hinzu: »Ich hatte gehofft, wir könnten den Skandal verheimlichen. Wissen Sie denn, was passiert ist?«

»Nur, daß Ihre Schwester belästigt wurde.«

Sachlich gab sie ihm eine Kurzfassung der Ereignisse.

»Verdammt!« sagte er mit vor Wut funkelnden Augen. »Ich hätte das verhindern müssen!«

»Wie denn?« fragte Marietta. »Gehört es zu den Angewohnheiten von Sir Coville, junge Ladies zu belästigen, wenn er betrunken ist?«

»Ach, er war betrunken? Dann muß ihn etwas aus dem Gleichgewicht gebracht haben. Er hat vor seinem Vater Angst und muß seine wahren Gefühle seit Jahren unterdrücken. Wenn Blake sehr unter Druck steht, verliert er die Beherrschung und ist zu allem fähig. Meine Liebe, es tut mir so leid. Ich fühle mich für das Verhalten meines Stiefbruders verantwortlich. Wurde Miss Fanny verletzt?«

»Meine Liebe?« Wie kann er nur so mit mir sprechen? dachte sie voller Abscheu, sagte jedoch: »Sie sind in keinster Weise dafür verantwortlich und haben versucht, mich

zu warnen. Fanny hat ein paar blaue Flecken davongetragen, ist aber vor allem wütend.«
Ihm kam es vor, als wären ihre Augen zu strahlend und ihre sonst so lieblich geröteten Wangen mit Rouge gefärbt. Dieser gemeine Kerl hat sie fürchterlich erschreckt, dachte er wütend, sagte aber: »Hat Joss den Vorfall gesehen?«
»Ja. Und er ist tatkräftig eingeschritten.«
Die beiden werden also zusammenkommen, dachte Diccon und sagte: »Blake ist ruiniert und kann nicht mit der Hilfe seines Vaters rechnen. Allein der Hauch eines Skandals bringt Sir Gavin auf die Palme, und diese widerwärtige Geschichte wird sich wie ein Lauffeuer in der Stadt verbreiten.«
Marietta bat ihn ins Wohnzimmer, aber er lehnte ihre Einladung zum Abendessen mit der Begründung ab, er wolle sich der Familie nicht aufdrängen. »Bitte, drücken Sie Ihrem Vater und Miss Fanny meine Anteilnahme aus, und übermitteln Sie ihnen meine Grüße. Wenn ich darf, komme ich morgen wieder vorbei.« Nachträglich fügte er hinzu: »Weiß Ihr Bruder von dem Vorfall?«
Diese Natter meint Eric! dachte sie und entgegnete ebenso hinterhältig: »Ja. Arthur war dabei. Ach, habe ich vergessen zu erwähnen, daß Arthur mit den Fäusten auf Coville losging, als dieser meine Schwester schlug?«
»Donnerwetter! Was für ein tapferes Kerlchen! Er hat Mr. Fox nach *Lanterns* zurückgebracht, aber ich war leider nicht da.«
»Arthur wollte Ihnen unbedingt alles erzählen. Aber dann war er so müde, daß ich ihn gleich ins Bett gesteckt habe.«
Die beiden gingen auf die Terrasse hinaus. Die Sonne stand schon tief am Horizont, und ihre letzten Strahlen warfen

einen rosafarbenen Schimmer auf die Wiesen und ließen die Wolken wie Zuckerwatte aussehen. Diccon jedoch war sich nur Mariettas Schönheit bewußt. Um sich abzulenken, sagte er: »Coville muß dafür zur Rechenschaft gezogen werden, Ma'am. Ich kann mir vorstellen, daß Jocelyn ... Aber vielleicht beansprucht Ihr Bruder Eric dieses Recht für sich?«

Marietta ballte die Fäuste. Wie geschickt er seine Köder auswirft, dieser Agent des Geheimdienstes! »Darauf möchte ich Ihnen nicht antworten, Sir. Duelle sind verboten. Und trotz Ihrer ... gesetzeswidrigen Aktivitäten sind Sie doch noch immer Soldat, nicht wahr?«

Ihr beiläufiger Ton täuschte ihn nicht darüber hinweg, daß sie einer Antwort ausgewichen war. Verdammt! dachte er und entgegnete: »Offiziell bin ich im Augenblick vom Dienst beurlaubt, Miss Marietta. Und ich befasse mich ernsthaft mit dem Gedanken, die Armee zu verlassen, um mich als Privatmann niederzulassen.«

Das sagte er natürlich nur, um ihren Argwohn zu zerstreuen. »In *Lanterns?*« fragte sie spröde. »Ist es hier nicht zu ruhig für Sie?«

»Mein bisheriges Leben war aufregend genug.«

Seinem eindringlichen Blick ausweichend, dachte sie: Er ist argwöhnisch. Ich darf ihm nicht zeigen, wie sehr ich ihn verachte! Mit einem gezwungenen Lächeln sagte sie: »Oh, ich kann mir vorstellen, wie abenteuerlich Ihr Leben gewesen ist.«

»Vor allem interessant. Ich habe viel von der Welt gesehen und faszinierende Leute kennengelernt. Ganz zu schweigen von verdammt hinterhältigen Typen.«

»Wie dieser Monteil, den Mr. Vaughan erwähnt hat?«

Diccon hielt kurz den Atem an und fragte sich, was Vaughan ihr sonst noch erzählt hatte. »Ja. Ihre Tante hat gesagt, daß er Madame Olympia aufgesucht hat. Mir scheint, ihn gelüstet nach *Saladins Seufzer* ... unter anderem.«
»Überrascht Sie das? Viele Glücksritter sind hinter dem Bild her. Aber wenn es wirklich von so unschätzbarem Wert ist, hat es doch keinen Sinn, es zu stehlen. Niemand würde wagen, es zu kaufen.«
»Imre Monteil geht es nicht um den materiellen Wert, Ma'am. Er hat als Waffenhändler ein Vermögen verdient. Er nimmt sich schöne Dinge einfach, auch gegen den Willen des Eigentümers. Und er haßt England.«
»Haben Sie ihn angezeigt? Es ist doch Ihre Pflicht ...«
»... ihn zur Strecke zu bringen? Natürlich sollte jeder Bürger Verbrechern das Handwerk legen. Es hat mich tatsächlich erstaunt, daß er es gewagt hat, nach England zurückzukehren. Ich hatte keine Ahnung, daß er wieder seine Netze auswirft.«
»Wollen Sie damit andeuten, daß er nicht nur hinter Ihrem angeblichen Schatz her ist?«
»Monteil ist ein skrupelloser Mann, der in alle möglichen üblen Geschäfte verwickelt ist. Sollte *Saladins Seufzer* tatsächlich existieren, wäre das Bild natürlich wie ein Magnet für ihn. Es ist eine Ironie des Schicksals, daß eine Legende, die meine Familiengeschichte berührt, dazu geführt hat, daß sich unsere Wege wieder kreuzen. Na ja, mir bleibt nur die Hoffnung, daß sich andere seiner annehmen.« Schuldbewußt fügte er hinzu: »Ich halte Sie mit meinem Geschwätz auf. Es ist schon kühl auf der Terrasse. Und Sie haben genug eigene Sorgen. Es wird Zeit, daß ich gehe. Guten Abend, Miss Marietta.«

Er verbeugte sich und ging zum Gartentor, wo Orpheus an einem Pfosten angebunden war.
Die untergehende Sonne hatte den Horizont purpurn gefärbt. Marietta schien es, als würde Diccon, dessen Silhouette sich von diesem glutroten Schein abhob, direkt ins Feuer reiten. Und trotz ihrer Bemühungen, ihre Gefühle zu unterdrücken, verschleierten wieder Tränen ihren Blick.

Wie wunderschön Marietta gerade in ihrem hübschen Seidenkleid vor der golden schimmernden, untergehenden Sonne ausgesehen hatte! Wie warm sie ihn angeschaut hatte. Wie lieb sie war. Und er war ihrer nicht würdig. Was würde sie denken, wenn sie den Inhalt von General Smollets letztem Brief kennen würde? Und wie würde sie sich fühlen, wüßte sie von seinem Besuch bei Lord Ignatius Dale?
Diccon stieß einen tiefen Seufzer aus und ließ Orpheus antraben. Blicklos für das purpurne Glitzern der Sonne auf den Wellen dachte er daran, daß weder Dale noch Smollet, noch er Namen genannt hatten. Er hegte nur einen Verdacht und hoffte verzweifelt, daß er seine Lanze gegen einen Drachen richtete, der nur in seiner Vorstellung existierte.
Eric Warrington hatte vielleicht einen schwachen Charakter, war aber zweifellos egoistisch und ein Prahler. Doch viele angesehene Männer hatten ihre Jugendtorheiten überwunden und auf ehrbare Weise Karriere gemacht. Diccon verzog das Gesicht, als er an Erics nuschelnde Worte dachte: »Ich habe auch schon ein paarmal die Gesetze umgangen ... Ich bin ein äußerst gut bezahlter Kurier ... Wenn die Berittene Polizei wüßte ...« Großer Gott! Diese Aussagen hatten wie ein Geständnis geklungen.

Und warum mußte der Verdächtige ausgerechnet Mariettas Bruder sein? Seine Angebetete! Seine reine, tapfere, schöne, heimlich geliebte Frau? Allein der Gedanke an das Elend, das ihr bevorstand, trieb ihn zur Verzweiflung. Seine Chancen, Marietta für sich zu gewinnen, waren immer gering gewesen, doch das hatte seine Liebe zu ihr und sein Bedürfnis, sie vor Leid zu bewahren, nicht gemindert. Könnte er ihr nur dieses Unglück ersparen. Würde nur nicht alles so verdammt gut zusammenpassen.

In *Lanterns* angekommen, nahm er Orpheus den Sattel ab und trieb ihn auf die Weide. Der Himmel hatte sich verdunkelt, aber Mac hatte im Haus noch kein Licht angezündet.

Er betrat die Küche, doch anstatt des vertrauten Essensdufts stieg ihm ein widerlicher Geruch in die Nase, der nur von einem ihm bekannten Mann stammen konnte. Blitzschnell wich er der Gestalt aus, die sich auf ihn stürzte, und zog Pistole und Dolch.

Im Nahkampf geübt, gelang es ihm, der Keule, die auf ihn niedersauste, um Haaresbreite auszuweichen.

»Vergiß nicht – ich will ihn *lebend!*« Diese Stimme mit dem leichten Akzent gehörte zweifellos Imre Monteil. Diccon machte einen Satz über den Küchentisch, um dem Messerstoß zu entgehen.

Ein zweiter Mann schleuderte einen Stuhl nach ihm, der ihn an der Wange traf. Er wehrte sich mit Händen und Füßen, duckte sich unter einer Keule hindurch und stieß dem Angreifer seinen Dolch in den Körper.

»Los, ihr Memmen! Macht ihn fertig. Ihr seid doch zu viert!« wütete Monteil.

Ein dritter Mann schleuderte eine schwere Bratpfanne

nach ihm, die ihm den Schädel eingeschlagen hätte, wäre er nicht im letzten Augenblick in die Knie gegangen. Er schoß. Blieben nur noch zwei Feinde, plus Monteil.
Der Schweizer, der von einer Ecke aus das Geschehen beobachtete und mit einem leichten Sieg gerechnet hatte, trat jetzt selbst in Aktion und zielte mit seiner Duellpistole auf Diccon, der mit einem Satz aufsprang und sich ihm entgegenwarf. Die Kugel streifte ihn am Unterarm. Seine Pistole schleuderte er dem anderen Angreifer ins Gesicht, setzte Monteil den Dolch an die Kehle und riß ihm mit der anderen Hand den Arm auf den Rücken.
»Zurück!« schrie er. »Im Namen des Königs! Dieser Mann ist verhaftet!«
Seine arg lädierten Gegner umkreisten Diccon wie Wölfe ein gefährliches Beutetier.
»Tut, was er sagt!« befahl Monteil erstaunlich ruhig.
Diccon zerrte seinen Gefangenen zum Herd, auf dem der große Kessel stand. Mac hatte weder in den Kampf eingegriffen, noch das Feuerwerk in Gang gesetzt, was bedeutete, daß Monteils Monster, Ti Chiu, irgendwo auf der Lauer lag. Der Halunke, den er angeschossen hatte, kam taumelnd wieder auf die Beine. Diccon brauchte dringend Verstärkung.
Monteil sagte: »Sie und Ihre Freunde sind schuld am Tod meines lieben Freundes Claude Sanguinet. Sie haben so oft meine Pläne durchkreuzt, daß es dafür kein Pardon gibt. Aber trotzdem bewundere ich Sie, Major. Sie sind ein Kämpfer und werden von Ihrem Land schlecht behandelt. Arbeiten Sie für mich, und es wird Ihnen an nichts mangeln.«
»Machen Sie sich nicht lächerlich!«

»Ich hatte befürchtet, daß Sie das sagen würden«, entgegnete Monteil seufzend.
Der Mann mit der Stichwunde im Arm stand zwischen Diccon und dem Kessel, an dem die Schnur zum Notsignal befestigt war. »Weg da!« knurrte Diccon, und der Kerl machte einen Schritt zur Seite.
Diccon griff blindlings hinter sich, streifte jedoch mit der Hand die glühende Herdplatte und war für den Bruchteil einer Sekunde abgelenkt.
Von hinten schwirrte etwas an seinen Augen vorbei. Er wurde zurückgerissen, und ein mächtiger Arm drückte ihm die Kehle zu.
Er hörte Triumphgeheul und ein schniefendes Lachen. Ti Chiu! Diccon stieß mit dem Dolch zu, ein viehisches Knurren dröhnte in seinen Ohren, und eine Pratze verdrehte ihm die Hand, bis ihm der Dolch aus den tauben Fingern fiel.
Dem Ersticken nahe, zerrte er an dem Arm, der ihm die Kehle abdrückte ... seine Lungen drohten zu platzen ... in seinen Ohren dröhnte es ... ihm wurde schwarz vor Augen. Plötzlich lockerte sich der Würgegriff. Diccon sank in sich zusammen, schnappte keuchend nach Luft und tastete blindlings nach dem Tisch, um sich abzustützen. Kaum noch bei Bewußtsein, hörte er Stimmen, sein Blick wurde klarer und fiel auf den Kessel. Wenn er ihn nur unbemerkt erreichen könnte ... Er ließ sich taumelnd auf die Knie sinken, griff mit der Linken, scheinbar Halt suchend, nach dem Kessel, der krachend zu Boden stürzte. Er frohlockte stumm: »Halleluja!«
Monteil sagte etwas, wovon er nur Satzfetzen verstand: »... mir nicht zumuten, jeden Winkel Ihrer Ruine zu durchsuchen ... rate Ihnen, mir entgegenzukommen.«

Er wurde grob auf die Beine gezerrt, und etwas Nasses und Kaltes klatschte ihm ins Gesicht. Er blinzelte und schaute in Monteils seelenlose Augen. Die Spitze seines eigenen Dolchs ritzte ihm das Kinn auf. »Sie haben mich gehört«, gurrte Monteil. »*Certainement* wissen Sie, was ich begehre. Und Sie wissen auch, daß ich immer bekomme, was ich haben will. Auf die eine oder andere Weise. Verraten Sie mir das Versteck doch lieber gleich. Ich respektiere Ihre Tapferkeit, die Sie mir nun nicht mehr beweisen müssen.«
Diccons Blick war noch immer getrübt, aber er sah sich fünf Schurken gegenüber. Und Ti Chiu! Allein gegen den mächtigen Chinesen hatte er keine Chance. Heiser flüsterte er: »Was haben Sie ... mit meinem ... Diener gemacht?«
Monteil machte eine geringschätzige Handbewegung. »Das ist unwichtig. Wo ist *Saladins Seufzer?*«
»Wüßte ich das«, krächzte Diccon, »würde ich wohl nicht in dieser verfallenen Ruine leben. Ich weiß nicht einmal, ob dieses Bild tatsächlich existiert oder nur Legende ist.«
Schatten flackerten vor seinen Augen, und erst jetzt sah er, daß die Männer Kerzen angezündet hatten.
Ti Chiu brummte: »Der Spitzel lügt.«
Einer der Halunken keuchte: »Der ist ein *Spitzel?* O Gott!«
Monteil sagte im Plauderton: »Sie haben sehr schöne Hände, Major. Ti Chiu wird damit beginnen. Einen Finger nach dem anderen.«
Der Chinese streckte seine Pratze aus.
Diccon krächzte: »Verdammt, ich habe es Ihnen doch gesagt! Ich weiß nicht, wo das Bild ist!«
Ti Chiu packte sein Handgelenk und zwang ihn auf die Knie.
Da entlud sich plötzlich eine gewaltige Explosion, es knall-

te fürchterlich. Blitze zuckten durch die Küche. Ti Chiu ließ Diccon los und drückte sich, ein tierisches Geheul aussto-ßend, gegen die Wand.

»*Nom de Dieu!*« keuchte Monteil.

Die Küchentür wurde aufgestoßen, und ein livrierter Kutscher stürzte herein. »Jemand hat Leuchtraketen abgefeuert, Monsieur! Eine Art Signal! Die sieht man meilenweit! Bestimmt ist die Berittene Polizei bald da.«

Monteil ließ einen riesigen Schwall Flüche auf französisch und italienisch los. Seine Männer waren kaum noch zu halten und drängten zur Tür.

Der Chinese hatte sich wieder gefangen und beugte sich über Diccon. »Ti Chiu tötet dich für ehrenwerten Meister. Dann wir gehen. Sehr schnell.«

»Nein, du Narr! Ich muß noch in England bleiben. Der Major ist jetzt ein Peer, und wenn er verschwindet, wird die ganze Gegend nach ihm abgesucht. Wir kümmern uns schon noch um ihn. Aber jetzt habe ich andere Pläne.«

Monteil verzog seinen schmalen Mund zu einem sardonischen Lächeln, doch sein Blick war wie immer eiskalt und tödlich. »Während Ihres Kampfes mit meinem lieben Freund Parnell Sanguinet«, sagte er sanft, »hat Ihr Kamerad, Harry Redmond, Parnells Lady entführt, die Mitchell Monteclairs Braut wurde. Im Frühling hatte ich die Ehre, eine sehr hübsche Witwe in *Longhills* zu bewundern ...«

»Der Wunsch ist Ihnen damals wohl nicht in Erfüllung gegangen, wie?« sagte Diccon verwegen.

Monteils Lächeln erstarrte zu einem tödlichen Grinsen. Ti Chiu grunzte und trat auf Diccon zu. Neben Monteils linkem Augen pochte eine Ader, aber er hob abwehrend die Hand und sagte leise: »Noch eine ausstehende Schuld.

Doch damit will ich sagen, mein tapferer Soldat ...« – er bückte sich plötzlich und riß Diccons Kopf nach hinten –, »... daß es Ihnen noch nicht gelungen ist, die Frau fürs Leben zu finden. Sie sind kein besonders gut aussehender Mann, aber auch nicht unansehnlich. Das weibliche Geschlecht findet Sie wahrscheinlich attraktiv.« Der Dolch in Monteils Hand blitzte auf. Diccon machte sich darauf gefaßt, einem Stoß auszuweichen, der ihn entstellen oder ihm das Augenlicht nehmen würde. »Sie sind noch ein junger Mann«, redete Monteil sanft weiter. »Sie sollten – in plumpem Englisch ausgedrückt – eine Familie gründen. Ich frage mich, ob Sie endlich die Lady gefunden haben, die Sie zur Frau nehmen wollen.«

Diccon war plötzlich eiskalt.

Der Kutscher drängte: »Reiter kommen, Monsieur!«

»Verschwindet!« bellte Monteil, ohne sich umzudrehen. »Ich könnte Sie ohne weiteres zerstören, mein lieber Diccon«, redete er weiter. »Aber ich gewähre Ihnen noch eine Gnadenfrist, damit Sie über *Saladins Seufzer* nachdenken können. Das Bild ist der Preis für Ihre ... Zukunft. *Adieu.* Wir sehen uns wieder.«

Einen Augenblick später war nur noch Diccon in der Küche, der an der Wand lehnte, sein Handgelenk massierte und mit leerem Blick den umgeworfenen Tisch anstarrte.

»Es hat funktioniert!« jubelte Jocelyn Vaughan, der mit einem Bündel Kerzen in der Hand in die Küche zurückkam. »Der ganze Himmel war erleuchtet. Es würde mich nicht überraschen, wenn die Hälfte der Einwohner der Grafschaft im Galopp herbeigeeilt käme.« Er inspizierte die Schramme auf Diccons Wange, die Lem Bridger versorgte.

»Das war knapp, alter Junge. Verdammt, ich habe dir doch gesagt, es sei gefährlich, in *Lanterns* zu bleiben, wo alle räuberischen Schatzsucher ihr Unwesen treiben. Du brauchst Wachen!«

Diccon fragte: »Wie geht es Mac?«

»Ich habe ihn ins Bett gesteckt. Er hat einen Zahn eingebüßt und eine enteneigroße Beule am Kopf. Aber sonst geht's ihm gut. Er macht sich nur Sorgen um dich. Mich wundert nur, daß diese Schurken dich nicht umgebracht haben, ehe sie den Schwanz eingezogen haben und geflohen sind.«

»Der Gedanke, die gesamte Polizei auf dem Hals zu haben, wenn sie jemanden aus der Bow Street umbringen, hat sie wohl in Panik versetzt.«

Vaughan lachte. »Wie ich dich kenne, haben die Kerle ganz schön was abbekommen.«

Diccon zuckte zusammen, und Bridger sagte: »Das da ist eine schlimme Quetschung an Ihrem Hals, Sir.«

Vaughan fragte beunruhigt: »Stammt die von Ti Chiu?«

Diccon nickte nur.

»Ich bleibe heute nacht hier, Sir, wenn Sie damit einverstanden sind. Ich habe meine alte Donnerbüchse mitgebracht, die besser schießt als jede Pistole. Sir Lionel wollte selbst kommen, hat aber Angst, die Ladies allein zu lassen.«

Diccon lehnte das Angebot dankend ab und schickte Bridger mit der Anweisung, die Nacht über Wache zu halten, ins Austragshaus zurück.

Draußen war Hufgetrappel zu hören.

Vaughan ging zum Fenster. »Donnerwetter! Williard kommt mit der halben Dorfbevölkerung angeritten. Und … ich fasse es nicht … *Dale* mit seinen Männern!«

Diccon sagte: »Wir haben entdeckt, daß wir gemeinsame Bekannte haben.«

Vaughan warf ihm einen verständnislosen Blick zu und eilte zur Hintertür.

Da es in jedem Haus offenes Feuer und Kerzenlicht gab, eilten die Männer sofort zu Hilfe, wenn irgendwo eine Feuersbrunst ausbrach. Bald war der Hof voller Leiterwagen, Kutschen und Reiter.

Mr. Innes Williard schwang sich im Abendanzug aus dem Sattel und fluchte über vagabundierende, aus dem Dienst entlassene Soldaten, die Privatbesitz zerstörten.

Ignatius Lord Dale fragte mit gewohnter Arroganz, nachdem er Diccon prüfend gemustert hatte: »Wir sind gekommen, um ein Feuer zu löschen. Sind Sie in Ordnung, Temple and Cloud?«

Mr. Williard starrte ihn mit offenem Mund an. Ungläubiges Schweigen schlug in begeisterte Willkommensrufe um für den zurückgekehrten Gutsherrn. Diccon war einer der ihren – in Sussex geboren und aufgewachsen, obwohl er seiner Heimat jahrelang den Rücken gekehrt hatte. Aus der Hilfsaktion wurde eine Feier. Auf Diccons Erzählung, eine gierige Diebesbande sei auf der Suche nach einem Schatz, an dessen Existenz er nicht glaube, in das Haus eingebrochen, reagierten die Männer mit Wutgeschrei. Vaughan ging mit ein paar besonders Neugierigen nach oben und zeigte ihnen das improvisierte Alarmsystem. Die Freiwillige Feuerwehr wurde – wie es Brauch war – mit Bier und allem, was die Speisekammer zu bieten hatte, bewirtet.

Um zwei Uhr morgens rumpelte der letzte Leiterwagen voller fröhlich singender Dörfler vom Hof. Innes Williard verabschiedete sich mit der Bemerkung, er fände es ärgerlich,

wenn Menschen ihre wahre Identität verbargen, da dies nur zu Mißverständnissen führe. Diccon ignorierte diese Worte und bedankte sich höflich für Williards Hilfsbereitschaft.
Ein paar Minuten später begleitete Diccon Lord Dale vor die Tür, und Vaughan hörte Dales warnende Worte: »Seien Sie vorsichtig, Paisley. Der Schweizer gibt nicht auf und ist wohl noch in ganz andere Machenschaften verwickelt.«
Vaughan ging in die Küche zurück und räumte einen abgenagten Knochen, ein kleines Stück Käse und ein leeres Glas, in dem eingelegte Zwiebeln gewesen waren, weg.
Diccon kam herein und sank mit einem erschöpften Seufzer auf einen Stuhl.
»Die haben unsere Vorratskammer leer gefressen«, sagte Vaughan.
Diccon gähnte. »Bestimmt bist du zum Frühstück im Austragshaus willkommen. Bei Miss Fanny hast du doch nach deiner heroischen Rettungsaktion einen Stein im Brett.«
Vaughan warf mit einem Kanten Brot nach ihm, und Diccon fragte lachend: »Nein, im Ernst. Wie geht es Fanny?«
»Sehr gut. Sie ist ein unverwüstlich starker Mensch. Bestimmt hätte sie Coville lieber erschossen, als in Ohnmacht zu fallen.« Lächelnd redete er weiter: »Ich könnte dauernd von ihr reden. Aber ich beherrsche mich, denn du siehst schrecklich aus.«
»Ich bin zu müde, um die Treppe hochzusteigen. Außerdem muß ich dir etwas sagen, und ich will noch etwas von dir wissen. Was ist passiert, als du hinter Coville her warst?«
»Nichts. Das Schwein hat sich irgendwo verkrochen, aber ich stöbere ihn schon auf, keine Angst.«
»Ich wünsche dir viel Glück dabei. Jetzt stell mir endlich die Fragen, die dir bestimmt auf der Zunge brennen.«

»Danke, Major. Ich fasse mich kurz«, sagte Vaughan und setzte sich breitbeinig auf einen Stuhl. »Warum hast du Bridger gesagt, er soll im Austragshaus Wache halten?«
Diccon antwortete stirnrunzelnd: »Monteil hat eine verschleierte Drohung ausgestoßen. Er weiß von meiner ... Sympathie für die Warringtons.«
Vaughan sagte entsetzt: »Großer Gott! Glaubst du etwa, er will sich an dir rächen, indem er den Warringtons etwas antut? Ja, das traue ich ihm zu! Verdammt, dieser Mann ist ein gewissenloser Halunke.«
»Stimmt. Einer von uns beiden muß ständig in der Nähe der Warringtons bleiben.« Diccon fuhr sich müde mit der Hand über die Augen. »Was willst du noch wissen?«
»Du warst in *Downsdale Park*, als Coville Miss Fanny angegriffen hat. Warum? Ich dachte, der Alte könne dich nicht leiden, weil Mr. Fox seine Dokumente gefressen hat.«
»Ja. Aber ich habe ihm Ersatzdokumente beschafft.«
»Wie, zum Teufel, ist dir das gelungen?«
»Das war ganz einfach. Der junge Sam South war abenteuerlustig, also habe ich ihn mit Yves auf Schmuggeltouren geschickt. Nach seiner Rückkehr vor ein paar Tagen habe ich mir von ihm Ersatzdokumente für Dale von den Horse Guards holen lassen.«
»Die ... *Horse Guards? Dale?* Du nimmst mich auf den Arm! Dieser Mann ist ein arroganter Pimpf!«
»Das dachte ich auch, bis Smollet mir geschrieben hat, daß Dale ein mächtiger Mann in Whitehall sei und eine Autorität auf dem Gebiet der internationalen Spionage.«
»Zum Teufel, was sagst du da? Dann waren die Dokumente, die Mr. Fox gefressen hat ...«

»... wichtige Staatspapiere.« Diccon seufzte. »Bist du fertig?«
»Gleich. Was hat Dale damit gemeint, als er vorhin von noch ganz anderen Machenschaften sprach?«
Diccon starrte ins Feuer. »Du hast scharfe Ohren, mein Freund.«
»Du willst es mir nicht sagen, oder darfst du nicht darüber reden?«
»Beides«, log Diccon. Er stand auf und streckte sich. »Ich gehe zu Bett.«
»Noch eine Frage, bitte. Dabei geht es um etwas ganz anderes. Ich habe mit Sir Lionel gesprochen und bin jetzt ein offizieller Bewerber um Miss Fannys Hand. Aber ich möchte, daß Fanny in London in die Gesellschaft eingeführt wird. Sie ...« Er errötete, als ihm Diccon einen schiefen Blick zuwarf, und fügte trotzig hinzu: »... sie hat noch nichts von der Welt gesehen.«
»Und du willst, daß sie sich deine Konkurrenten ansieht? Sehr edel. Miss Fanny ist eine Schönheit und wird von Verehrern umschwärmt werden, Joss. Du gehst ein großes Risiko ein.«
»Das hoffe ich nicht. Meine letzte Frage lautet: Darf ich damit rechnen, daß du mein Schwager wirst?«
Diccon war zu Tode erschöpft, seine Verletzungen taten ihm weh, und Monteils Drohung hing wie ein Damoklesschwert über ihm. »Wie oft soll ich dir das noch sagen?« schrie er wütend. »Nein. Ich habe keine Chance, Marietta zu gewinnen.«
Vaughan stand auf. »Hat das etwas mit dem Verschwinden deiner Mutter zu tun?«
»Ja. Und jetzt laß mich bitte in Ruhe.« Er ging zur Tür.

Vaughan sagte: »Und was hat Smollet damit zu tun?«
Diccon fluchte, ging aber unbeirrt weiter.
Vaughan war mit drei Schritten bei seinem Freund. »Entschuldige bitte, aber ich muß das wissen.«
Diccon ballte die Fäuste, drehte sich um, lachte schrill und fragte: »Was soll das? Reitet der schneidige Kavallerieoffizier wieder zur Rettung herbei? Geschichte wiederholt sich doch immer wieder, nicht wahr, Lieutenant? Es ist immer dasselbe! Ihr gloriosen Kerle in euren purpurnen und goldenen Uniformen! Mit rasselnden Säbeln prescht ihr ins Kampfgetümmel. Während Männer wie ich herumschleichen und spionieren, um Komplotte aufzudecken, die zu Katastrophen führen. Wir sind eine erbärmliche Truppe, die nur Hohn oder ...«
Vaughans Schlag, der seinen Mund traf, klang wie ein Peitschenknall und brachte ihn zum Verstummen.
Diccon schnappte keuchend nach Luft, schwankte auf den Fersen und starrte verblüfft in das ernste Gesicht seines Freundes.
Vaughan sagte sanft: »Entschuldige, alter Knabe. Du wurdest ein bißchen schrill.«
Ein bißchen schrill.
Plötzlich war Diccon zu müde, um weiterzukämpfen. Er sank auf einen Stuhl und schlug die Hände vors Gesicht.
Eine Minute später beugte sich Vaughan über ihn und reichte ihm ein Glas Cognac. »Da. Trink. Du bist zu Tode erschöpft, und ich hätte dich nicht ...«
»Nein. Du hättest nicht.« Diccon hob mit zitternder Hand das Glas zum Mund. »Aber du hast.« Er trank einen großen Schluck. »Und vielleicht hattest du das Recht dazu. Er liegt in der Bibel.«

Vaughan sah ihn verständnislos an und ging dann zu dem Regal, auf dem die paar Bücher standen, die Diccon mit nach *Lanterns* gebracht hatte. Er nahm die Bibel herunter, schlug sie auf, und ein Brief fiel heraus.

Diccon meinte sarkastisch: »Ich hielt das für ein ziemlich sicheres Versteck.«

Vaughan errötete. »Wenn du geglaubt hast, ich wäre nach *Lanterns* gekommen, um in deiner persönlichen Korrespondenz herumzuschnüffeln, kannst du zum Teufel gehen.«

»Nein. Aber ich wußte, daß du die Handschrift erkennen würdest. Da ich ein sentimentaler Idiot bin, wollte ich dich da raushalten, obwohl ich wußte, daß du gewappnet sein mußt.«

Vaughan drehte den Umschlag um. Die Handschrift erkennend, sagte er erstaunt: »Smollet!«

Diccon nickte. »General Sir Nevins neuestes Kommuniqué. Lies es.«

Vaughan faltete das Blatt auf, überflog es und wurde kreidebleich. »Großer Gott! Diccon ... du *kannst* Eric Warrington damit nicht in Verbindung bringen.«

»Du scheinst es aber sofort getan zu haben.«

»Smollet schreibt: ›Jeder junge Mann aus Sussex, der plötzlich die Taschen voller Geld hat.‹ Davon kann es viele geben.«

»Die verdächtigt werden, als verkleidete Kuriere regelmäßig nach Europa zu reisen? Nein, Joss. Es paßt.«

»Aber ... aber das ist *Verrat,* Mann! Ist dir das bewußt? Nein, das kann nur ein Zufall ... Irgendein anderer Kerl ...«

Diccon zündete eine Kerze an. »Du hast keine Ahnung, wie sehr ich mir das wünsche. Gute Nacht, Joss.«

Vaughan las den Brief noch einmal und lief dann hinter Diccon her. Im Gang holte er ihn ein. »Warte doch! Was willst du denn tun?«
Diccon schleppte sich müde die Treppe hinauf. »Ich sehe nach dem armen Mac.«
»Ja, natürlich. Aber ... du weißt schon, was ich meine.«
»Was kann ich denn tun? Warten. Und hoffen, daß der alte Nevin einer falschen Spur folgt, wie du sagtest.«
»Und – möge Gott uns davor bewahren! – wenn er recht hat?«
»Dann bete darum, daß er nicht mich damit beauftragt ... diese Angelegenheit zu regeln.«
»Aber ... du bist doch wegen Krankheit vom Dienst beurlaubt! Die können dich doch nicht ...«
Diccon klammerte sich ans Geländer, drehte sich um und blickte auf Vaughan hinunter. »Whitehall entläßt mich nicht so leicht aus meiner Pflicht. Und mein Gewissen auch nicht.«
»Aber ...«
»Vor allem bin ich Offizier, Vaughan. Ich habe einen Eid geschworen, meinem Land zu dienen.« Diccon zuckte mit den Schultern und ging weiter die Treppe hinauf. »Außerdem«, fügte er bitter hinzu, »kann ich Verräter nicht ausstehen.«

Fünfzehntes Kapitel

Die Nachricht von dem Überfall auf *Lanterns* hatte alle drei Damen im Austragshaus in Angst und Schrecken versetzt. Marietta konnte kaum ihre Panik verbergen. Ihr Groll über Diccons Doppelzüngigkeit war der Angst gewichen, er könnte verletzt worden sein. Sie war außer sich vor Besorgnis, bis Bridger zurückkam und allen versicherte, »Seine Lordschaft« sei wohlauf. Später kam auch Vaughan und schilderte den Überfall in allen Einzelheiten, wobei er voll Begeisterung über Diccons großartigen Kampf sprach. Kurz nachdem sich Vaughan verabschiedet hatte, ging Marietta erschöpft zu Bett, fand aber kaum Schlaf. Sie verachtete sich wegen ihrer Schwäche, denn sie wußte, welche Bedrohung Diccon für die Familie war. Und obwohl sie Angst vor ihm hatte und ihn hassen wollte, konnte sie nicht aufhören, ihn zu lieben.

Müde und unausgeschlafen stand sie am nächsten Morgen auf und war, als sie um elf Uhr einen distinguierten Besucher in die Bibliothek führte, sehr nervös. Beim Anblick der Uniform hatte sich ihr Herz krampfhaft zusammengezogen, doch der General, ein freundlicher, väterlich wirkender Mann, hatte nur einen Sergeant als Eskorte dabei. Er hatte gesagt, er habe Sir Lionels Bekanntschaft im Haus von Lord Kingston Leith gemacht, und da er zufällig in der Gegend sei, wolle er ihm einen Höflichkeitsbesuch

abstatten. Marietta wußte, daß ihr Vater sich gern verleugnen lassen würde, wagte aber nicht, den General abzuweisen.
Fanny war in der Werkstatt und half ihrem Vater, dünne Drähte an einer Holzlatte zu befestigen. Als sie ihn nach dem Zweck dieser neuen Erfindung fragte, tat er sehr geheimnisvoll und sagte nur: »Wart's ab. Das ist eine Überraschung … Hallo, Etta«, fügte er hinzu, als Marietta in die Werkstatt kam. »Haben wir Besuch? Ich habe die Türglocke gehört. Ist Eric zurückgekommen?«
Marietta gab ihrem Vater die Visitenkarte. »General Sir Nevin Smollet«, las er laut. »Von diesem Gentleman habe ich noch nie was gehört«, meinte er stirnrunzelnd.
»Er behauptet, dich bei Lord Leith kennengelernt zu haben. Er ist stämmig, ziemlich barsch und furchteinflößend, aber sehr höflich.«
»Hmm. Wahrscheinlich ist er gekommen, um zu fragen, was wir über diesen Überfall auf *Lanterns* letzte Nacht wissen. Er sollte lieber Temple and Cloud – oder Major Paisley, wie er sich nennt – aufsuchen. Hat er sich etwa im Haus geirrt?«
Marietta versicherte ihrem Vater, daß dem nicht so sei. Über Londoner Wüstlinge, mörderische Diebesbanden und explodierende Feuerwerkskörper schimpfend, stapfte Sir Lionel die Treppe hinauf.
Fanny, die ihre Schwester prüfend angesehen hatte, fragte: »Was ist mit dir, Etta? Bist du traurig, weil Blake Coville sein wahres Gesicht gezeigt hat?«
»Du meine Güte, nein! Ich bin nur dankbar, daß dein tapferer Jocelyn zur Stelle war. Kommt er dich heute besuchen?«

»Natürlich«, entgegnete Fanny keck. »Und er will unbedingt mit Eric sprechen.«
Marietta ließ die Zange, mit der sie geistesabwesend gespielt hatte, fallen. »Warum?«
Fanny zuckte zusammen und entgegnete: »Um ihm zu sagen, daß er ein ernsthaftes Interesse an mir hat, nehme ich an.« Dann griff sie nach Mariettas Hand, sah ihre Schwester ängstlich an und fragte: »Was ist denn los? Ich sehe doch, daß du dir Sorgen machst. Bist du nicht damit einverstanden, daß Jocelyn mir den Hof macht?«
»Natürlich bin ich damit einverstanden, Dummerchen. Ich könnte mir keinen besseren Mann für dich wünschen.« Da Fanny noch immer skeptisch dreinschaute, fügte sie hastig hinzu: »Mr. Covilles schändliches Benehmen hat mich sehr schockiert.«
»Ich weiß, daß er dir gefallen hat, und es tut mir so leid, daß deine Hoffnungen enttäuscht wurden. Ich finde es nicht richtig, daß ich so glücklich bin, während du trauerst. Aber ... ach, Etta, es ist einfach himmlisch, verliebt zu sein.«
Marietta umarmte ihre Schwester. »Und ich finde es wundervoll, daß du glücklich bist. Außerdem bin ich nicht traurig. Es überrascht mich allerdings, daß du Mr. Vaughan so zugetan bist. Er ist weder ein armer Professor noch Künstler, und obwohl er ein kluger Kopf ist, läuft er nicht herum und zitiert griechische oder lateinische ...«
»Du Biest!« rief Fanny lachend. »So etwas habe ich nie gesagt.«
»O doch!«
»Da muß ich wohl noch sehr jung und dumm gewesen sein. Jocelyn Vaughan verkörpert für mich alles, was ich mir von einem guten Ehemann wünschen könnte. Also er-

innere mich bitte nicht an diesen Blödsinn, Etta.« Und dann fügte Fanny ganz scheu hinzu: »Wie kann man nur so glücklich sein?«

»Du verdienst es, Liebes. Und ich halte Mr. Vaughan für einen sehr glücklichen Mann, weil er dein Herz gewonnen hat. Jetzt muß ich Arthur suchen. Hoffentlich ist er nicht wieder nach *Lanterns* ausgebüchst.«

Die beiden gingen die Treppe hoch. Fanny fragte: »Hättest du etwas dagegen? Ich dachte, du hättest Major Diccon verziehen. Letzte Nacht warst du seinetwegen so besorgt, daß ich den Eindruck gewann, du seist ihm ziemlich zugetan.«

So offensichtlich sind meine Gefühle also, dachte Marietta und sagte langsam: »Und wenn es so wäre – würde es dich freuen? Oder hast du noch immer Angst vor ihm?«

»Oh ... ich bin nur ein Dummkopf. Jocelyn hält sehr viel von Major Diccon, also kann er kein schlechter Mensch sein. Was? Es ist schon halb zwölf? Jocelyn muß jeden Augenblick kommen. Ich ziehe mich schnell um.«

In Gedanken versunken schlenderte Marietta über den Flur. Fanny hatte ihren Blick gemieden und war einer direkten Antwort ausgewichen. Ihre Schwester hatte noch immer Angst vor Diccon. Und diese Angst war gerechtfertigt. Wenn sie wüßte ... aber das durfte sie nicht erfahren. Kein Schatten sollte auf ihr Glück fallen. Marietta blickte auf und schnappte nach Luft. Ihre Tante kniete vor der Tür zum Wohnzimmer und spähte durch das Schlüsselloch.

»Tante!« zischte Marietta.

Mrs. Cordova wedelte heftig mit der Hand und flüsterte: »Psst! Ich kann nichts hören.«

Marietta ging auf Zehenspitzen näher und hörte Männerstimmen, die sehr ernst klangen.

Ihre Tante wirkte sehr betroffen, als sie Marietta die Hand hinhielt, damit sie ihr beim Aufstehen helfen konnte. Marietta fragte leise: »Kennst du den General?«
»Nein, nein. Und dein Vater auch nicht, davon bin ich überzeugt.«
»Aber General Smollet hat gesagt ...«
Auf dem Weg zur Küche antwortete Mrs. Cordova etwas außer Atem: »Einem General kann man kein Wort glauben, meine Liebe.« Sie sank auf einen Stuhl und fächelte sich mit einem Taschentuch Luft zu. »Es ist genau, wie ich befürchtet habe! Der General hat nur ganz beiläufig diesen Überfall auf *Lanterns* erwähnt. Er ist gekommen, um deinen Vater vor jedem Gentleman zu warnen, der plötzlich zu Geld gekommen ist und sich in der Umgebung aufhalten könnte.«
Marietta kniete neben dem Stuhl nieder und umklammerte die Hand ihrer Tante. »Hat er ... hat er N-Namen genannt?«
»Ich habe nur mitbekommen, daß die Polizei hinter einem jungen Mann her ist, der ihr bisher immer wieder entkommen ist. Smollet sagte« – Mrs. Cordovas Augen waren ganz dunkel vor Sorge –, »er sagte, wenn dein Papa irgend jemanden verdächtige, müsse er sofort Anzeige erstatten.«
Marietta schluckte krampfhaft: »Bei ... bei wem?«
»Der General meinte, glücklicherweise halte sich einer seiner besten Männer in der Gegend auf. Ein Mann, der ein Experte in der Enttarnung von ... S-Spionen sei!« Die beiden letzten Worte brachen qualvoll aus ihr heraus.
Marietta lehnte ihren Kopf mit geschlossenen Augen an die Armlehne. »Und dieser Experte ist Major Diccon Paisley.«

»Ja.« Mrs. Cordova drückte fest die Hand ihrer Nichte und stöhnte: »*Verräter!* Oh ... Etta! Was sollen wir nur tun? Wenn Diccon ihn erwischt ...«

Marietta zwang sich zu einem Lächeln. »Noch hat er ihn nicht, meine Liebe. Und mein Bruder hat vielleicht etwas angestellt, aber bestimmt keinen *Verrat* begangen! Das wissen wir doch beide. Uns wird schon etwas einfallen, keine Sorge!«

Der Besuch des Generals war nur von kurzer Dauer. Sir Lionel verkündete beim Mittagessen, daß Smollet ein ganz patenter Kerl sei und er ihn gern zum Essen eingeladen hätte, aber der General mache sich große Sorgen um irgendeinen Verräter. Dann erklärte Sir Lionel großspurig: »Ich habe dem General gesagt, ich würde meine Muskete laden und bereithalten, sollte der Schweinehund es wagen, hier aufzutauchen.«

Nach dem Essen beschloß Mrs. Cordova, zu ihrem Wohnwagen zu gehen, und ließ sich auch nicht davon abbringen, als Sir Lionel ihr sagte, Bridger habe am Nachmittag keine Zeit. Da es in Strömen regne, würde ihr bestimmt niemand nachspionieren, und sie könne ohne weiteres zu Fuß gehen, meinte sie.

Trotz des schlechten Wetters kam Vaughan in Diccons Kutsche und lud Fanny zu einem Ausflug ein.

Arthur hatte wie gewöhnlich früh zu Mittag gegessen und war dann in sein Zimmer gegangen, um zu spielen. Da Marietta so mit ihren Sorgen beschäftigt war, fiel ihr, erst als es ruhig im Haus war, auf, daß der Junge schon vor einer ganzen Weile nach oben gegangen war. Auf der Treppe kam ihr plötzlich ein schrecklicher Gedanke. In ihrer vertrauensseligen Dummheit hatte sie Eric zu Diccon geschickt.

Und Eric hatte in seinem Brief geschrieben: »Ich muß so schnell wie möglich England verlassen, und Dir habe ich es zu verdanken, daß ich eine Fluchtmöglichkeit kenne.« Sie hatte angenommen, er habe damit die für ihn so günstige Lage des Austragshauses am Ärmelkanal gemeint. Und wenn er nun Hilfe bei dem Mann suchte, den seine Schwester mochte und dem sie vertraute? Wenn Eric Diccon, den Schmuggler, bat, ihm bei der Flucht vor dem Gesetz zu helfen, ohne zu ahnen, daß Diccon das Gesetz war? Ihr wurde ganz schwach in den Knien. Sie klammerte sich ans Geländer, versuchte, die Nerven zu behalten, und betete.
Als sie in Arthurs Zimmer kam, das er mit Arnold teilte, wenn dieser während der Ferien zu Hause war, wirkte sie äußerlich ruhig. Der kleine Junge kauerte neben Bruder Tuck auf der Fensterbank und beobachtete, wie die Regentropfen die Scheibe hinunterliefen. Ihr Angebot, ihm vorzulesen, akzeptierte er mit wenig Begeisterung. Er wirkte bedrückt. Nachdem die beiden eine Weile mit den Fingerspitzen Regentropfen auf der Scheibe gejagt hatten, hörten sie plötzlich von unten lautes Hämmern. »Das sind bestimmt Papa und Bridger«, meinte Marietta leichthin. »Ich glaube, sie basteln an einer Überraschung für uns. Sollen wir runtergehen?«
Arthur zuckte gleichmütig mit den Schultern. »Wenn du willst.«
»Was möchtest *du* denn? Vielleicht etwas zu essen?«
Noch ein Schulterzucken. Mit einem Blick auf Bruder Tuck, der auf dem Buch eingeschlafen war, antwortete er: »Ist mir egal.«
Marietta legte ihm die Hand auf die Stirn. Sie war kühl. »Geht es dir gut, Schatz?«

»Ja. Danke.«
»Bedrückt dich irgend etwas?«
»Nein.«
Verzweifelt fragte sie: »Wolltest du Major Diccon besuchen?«
Er bürstete Bruder Tucks Fell nach vorn zwischen die Ohren und verlieh ihm somit das – wie er es nannte – Aussehen eines Schlangenkopfes. Völlig damit beschäftigt, murmelte er: »Tante Dova hat gesagt, ich darf da nie wieder hingehen.«
Das war's also. Marietta überlegte, daß der äußere Anschein gewahrt werden mußte, bis Eric in Sicherheit war. Deshalb bot sie Arthur an, mit ihm nach *Lanterns* zu gehen, aber er lehnte apathisch ab und fügte unerwarteterweise hinzu: »Es ist zu naß draußen.«
Marietta gab auf und nahm ihren Bruder mit hinunter, damit er ihr bei den Vorbereitungen fürs Abendessen half. Der Himmel verdunkelte sich. Im Wohnzimmer brannte noch kein Licht. Sir Lionel und Bridger räumten Werkzeuge weg und trugen eine Leiter in die Scheune hinaus.
»Gibt's jetzt Tee?« fragte Sir Lionel hoffnungsvoll und rief über die Schulter: »Rühr im Wohnzimmer nichts an, Etta! Wir haben für deine Tante eine Überraschung vorbereitet.«
Bridger lachte glucksend.
»Verrate ihr ja nichts!« rief Sir Lionel.
Mrs. Cordova war wegen der Überraschung beim Tee ganz aus dem Häuschen und wollte Sir Lionel unbedingt das Geheimnis entlocken. Doch der blieb standhaft und meinte, sie müsse warten, bis alle hier seien. Nach einer Stunde kamen Vaughan und Fanny in übermütiger Stimmung zurück. Die beiden waren nach Lewes gefahren und hatten

eine Flasche Cognac gekauft, die Sir Lionels Augen aufleuchten ließ. Dazu etwas Feingebäck, das – wie Vaughan hastig erklärte – natürlich nicht mit Fannys Backwaren zu vergleichen sei, und einen Marzipansoldaten für Arthur. Das stimmte den kleinen Jungen sichtlich fröhlicher, und ihm wurde versprochen, er dürfe nach dem Abendessen davon kosten. Als Marietta ihn jedoch zu Bett brachte, sagte er, er sei zu müde und wolle sich die Köstlichkeit für den nächsten Tag aufheben.

Marietta ging wieder nach unten und erzählte ihrer Tante, sie befürchte, Arthur brüte eine Erkältung aus. Allerdings hatte sie keine Zeit, sich darüber Sorgen zu machen, denn Sir Lionel war erpicht darauf, seine neueste Erfindung vorzuführen.

Da der Abend kühl war, brannte im Kamin Feuer, und nur zwei Kerzen erhellten das Wohnzimmer. Der Regen platschte gegen die Fenster. Sir Lionel strahlte vor Aufregung und wies jedem einen Platz zu. Er wollte gerade mit seiner Demonstration beginnen, als draußen eine Kutsche vorfuhr. Mrs. Cordova machte sich auf die Suche nach Regenschirmen.

»Oh … nein!« schimpfte Sir Lionel enttäuscht. »Nur ein Dummkopf wagt sich bei diesem Wetter hinaus!«

Marietta, die den Arm voller Umhänge hatte, führte drei Besucher ins Wohnzimmer. Mrs. Cordova nahm ihr leise kichernd die Umhänge ab und ging, um sie zum Trocknen aufzuhängen. Mr. Innes Williard trug einen Abendanzug. Sein finsterer Gesichtsausdruck machte jedoch deutlich, daß er gegen seinen Willen hier war. Mrs. Isolde Maitland trug ein purpurnes Satinkleid mit vielen Rüschen und Schleifchen am Mieder und an den Ärmeln. Dazu einen

Überrock aus silberner Spitze. Ein protziges Diamentenhalsband lag auf ihrem üppigen Busen. Sie wedelte dem entsetzten Sir Lionel affektiert mit ihrem Fächer vor dem Gesicht herum und stellte den Anwesenden ihre Mutter vor. Mrs. Crosbie Williard, deren gestärktes Kleid bei jeder Bewegung raschelte, war eine kleine, hagere und giftig aussehende Frau. Sie mußte weit über siebzig sein, doch in ihrem kastanienbraunen Haar war keine graue Strähne zu entdecken. Ihre braunen, vogelartigen Augen blickten noch immer scharfsichtig, und sie ließ ihren Blick neugierig umherschweifen.

Die Gäste nahmen Platz, und Mrs. Maitland griff sofort das die ganze Gegend beherrschende Gesprächsthema auf: den Überfall auf *Lanterns* und die Rückkehr von Lord Temple and Cloud. Mit dramatischer Stimme klagte sie, daß Sussex »von Dieben und Mördern förmlich überrannt« würden und ihre Nerven schon »völlig zerrüttet« seien, worauf ihr Bruder gereizt sagte, die ortsansässigen Gentlemen würden mit diesem Gesindel schon aufräumen. Mrs. Crosbie meinte trocken, daß sie daran Zweifel habe. Ihre Tochter lachte schrill, und Marietta und Fanny zogen sich in die Küche zurück, um Erfrischungen zu holen.

»Papa ist außer sich vor Wut«, sagte Fanny kichernd und legte Kekse auf eine Platte.

Marietta stellte den Wasserkessel auf den Herd und fragte mit gespielter Naivität: »Warum denn? Weil seine Isolde mit Jocelyn flirtet?«

Fanny prustete vor Lachen. »Ist das nicht lächerlich? So wie sie mit den Wimpern klimpert und mit dem Fächer wedelt, wird er sich noch erkälten!«

Marietta trug das Tablett ins Wohnzimmer. Mrs. Cordova

hatte sich ans Ende des Sofas gesetzt und beobachtete fasziniert das alberne Gehabe der Witwe.
Durch eine »Sintflut« seien sie gefahren, erklärte Mrs. Maitland, und ihr »kleines Herz« habe bei der Überquerung des Flusses mächtig gezittert, weil doch die Brücke so alt sei. Sie frage sich, wann Temple and Cloud endlich eine neue Brücke bauen lassen würde.
Sir Lionel warf Innes Williard einen ärgerlichen Blick zu und fragte, warum sie bei diesem stürmischen Wetter die Fahrt hierher unternommen hätten.
»Ich wollte nicht mitkommen«, konstatierte Mrs. Crosbie Williard schroff. »Einer älteren und gebrechlichen Lady fällt schon jede Bewegung schwer, geschweige denn die Fahrt in einer Kutsche mitten in einem Sturm.«
»Dieser Besuch war nicht meine Idee«, knurrte Williard und warf seiner Schwester einen bösen Blick zu.
»Aber wir mußten einfach kommen, mein Lieber«, gurrte Mrs. Maitland. »Mama, ich habe dir doch erzählt, daß du dich köstlich amüsieren wirst. Du gehst so selten aus und hast noch nie etwas so Kurioses gesehen ...« Mit dem Fächer wies sie aufs Sofa.
»Kann sie bei dem trüben Licht kaum sehen«, knurrte Innes Williard. »Sie sparen wohl mit Kerzen, wie, Warrington? Sehr ratsam, zweifelsohne.«
Seine Mutter, die die Puppen angestarrt hatte, bellte: »Die da, am Ende des Sofas, sieht besonders lebendig aus.«
Mrs. Maitland rief entrüstet: »Mama! Du unartiges Ding! Das ist doch Mrs. Cordova.«
Vaughan wandte das Gesicht ab und war dankbar für das trübe Licht.
Innes Williard grinste breit und erklärte, seine Mutter sei

schwerhörig und habe wohl bei der gegenseitigen Vorstellung Mrs. Cordovas Namen nicht verstanden.

Da erhob sich zu Vaughans Freude Mrs. Cordova, raffte ihre Röcke, machte einen Hofknicks und tanzte singend durchs Zimmer: »Manche Frauen sind wie voll erblühte Rosen, ihr betörender Duft entfaltet sich erst beim Kosen.«

»Verrückt«, flüsterte Mrs. Crosbie Williard ihrem Sohn aus dem Mundwinkel zu.

Fanny reichte Tassen herum, doch bei einem Blick in die lachenden Augen ihres Liebsten hätte sie beinahe die Fassung verloren.

Mrs. Maitland meinte zuckersüß: »Siehst du jetzt, wie verblüffend die Ähnlichkeit mit lebenden Personen ist, Mama?«

Mrs. Maitland bat um mehr Milch in ihren Tee und sagte ungerührt: »In dieser illustren Gesellschaft vermisse ich Blake Coville. Erwarten Sie seinen Besuch, Sir Lionel?«

»Nein, Madam«, entgegnete der kurz angebunden. »Mr. Coville ist in meinem Haus nicht mehr willkommen.«

Die Witwe warf ihm einen bewundernden Blick zu und sagte: »Wie gut ich Sie verstehen kann, Sir. Es war absehbar, daß er in Ungnade fallen würde ...« Sie nippte von ihrem Tee, warf Marietta über den Tassenrand einen neugierigen Blick zu und fügte gurrend hinzu: »... jetzt, da Temple and Cloud zurückgekehrt ist ... obwohl er – den Gerüchten nach – völlig verarmt ist.«

Williard besaß soviel Anstand, die Bemerkung seiner Schwester peinlich zu finden, und schnaubte: »Gerüchte! In der ganzen Gegend brodelt es vor Gerüchen.«

»Ja, tatsächlich.« Mrs. Maitland ließ die Gelegenheit nicht ungenützt und ergänzte: »Ich bin selbst ein Opfer des Klatsches … so wie Sie, Sir Lionel!« Sie versteckte das Gesicht hinter ihrem Fächer und fügte neckisch hinzu: »Unser beider Namen werden sogar miteinander in Verbindung gebracht.«

Sir Lionel warf Marietta einen gequälten Blick zu.

»Ich an Ihrer Stelle«, mischte sich da Mrs. Cordova plötzlich in die Unterhaltung ein, »würde nichts auf diesen Unsinn geben. Und mein Bruder hört ebenfalls nicht auf dummes Geschwätz.«

Vaughan hielt den Atem an.

Einen Augenblick lang herrschte absolute Stille.

Dann stand Sir Lionel auf, ging zu der Anrichte und klapperte mit Gläsern.

Hochrot im Gesicht und mit blitzenden Augen setzte sich Mrs. Maitland kerzengerade hin und fauchte: »Es gibt im Dorf sehr unfreundliche Menschen, Mrs. Cordova. Manche behaupten sogar, diese dämliche Madame Olympia, die vorgibt, Hellseherin zu sein, sei keine andere als …«

Ihre giftige Bemerkung wurde von einem Donnerschlag unterbrochen.

Mrs. Cordova sprang auf und verkündete mit dramatischer Stimme: »Hütet Euch! Heute ist die Nacht der Geister!«

Dieser beeindruckenden Proklamation folgte ein schriller Schrei, Bruder Tuck machte einen Buckel und verschwand fauchend unter dem Sofa.

Fanny griff nervös nach Vaughans Hand.

Marietta, die gerade dabei war, Innes Williard Tee nachzugießen, starrte entgeistert die Gestalten auf dem Sofa an. »Mrs. Hughes-Dering« bewegte sich! Vor Schreck wie erstarrt, ließ sie den Tee über den Rand der Tasse schwappen, denn die Puppe hob langsam den Arm.

Mrs. Cordova stöhnte: »Ooooh!« plumpste in einen Sessel und starrte ihre »Freundin« verwundert und gleichzeitig entzückt an.
Bruder Tuck kroch unter dem Sofa hervor und verschwand wie ein rotbrauner Blitz aus dem Wohnzimmer.
Fanny stieß einen Entsetzensschrei aus. Vaughan drückte fest ihre Hand und fühlte, wie sich seine Nackenhaare sträubten.
Bei hellem Tageslicht wäre der Effekt wohl weniger spektakulär gewesen, doch in dem flackernden Licht der Kerzen und dem Donnergrollen draußen wirkte der erhobene Arm, der auf Mrs. Maitland zu deuten schien, unheimlich.
Die Witwe stieß einen durchdringenden Schrei aus. Ihre »alte und gebrechliche« Mutter vergeudete keine Zeit mit solchen Ausbrüchen, sondern verließ fluchtartig und mit erstaunlicher Behendigkeit das Zimmer und riß die Haustür auf. Die Witwe folgte ihr kreischend.
»Mrs. Hughes-Derings« Arm sank herab und landete seltsam verdreht auf ihrem Schoß, was die ganze Szene noch bizarrer erscheinen ließ.
Sir Lionel stammelte entschuldigend: »Nein ... bitte, warten Sie. Es ist doch nur ...«
»Mein *Umhang!*« schrie Mrs. Maitland. »Steh nicht da wie ein Klotz, Innes! Verlaß sofort dieses verfluchte Haus! Wir warten auf der Terrasse.«
»Ja, aber ...«, sagte Mr. Williard verdattert.
Marietta stellte die Teekanne ab und holte schnell die Umhänge.
Vaughan, der aufgesprungen war, als Mrs. Crosbie Williard fluchtartig das Zimmer verlassen hatte, stammelte:

»Ich lasse die Kutsche vorfahren«, und ging edelmütig und mit vor Lachen tränenden Augen in den Regen hinaus.
Fünf Minuten später polterte Williards Kutsche davon.
Im Wohnzimmer hielt Mrs. Cordova, die sich um ihre »Freundin« gekümmert hatte, ein Drahtknäuel in der Hand und fragte: »Lionel ... Hast du diesen Draht an der Klingelschnur befestigt?«
Sir Lionel seufzte niedergeschlagen. »Was für eine Enttäuschung! Alle Puppen sollten sich gleichzeitig bewegen! Das war meine Überraschung für dich, Emma. Wieder ein Fehlschlag!«
Doch niemand zeigte Mitgefühl für ihn. Immer wieder in Gelächter ausbrechend, fanden alle, daß die neue Erfindung ein durchschlagender Erfolg gewesen sei.

»Bruder Tuck hatte große Angst«, sagte Arthur und streichelte den Kater, der eingerollt neben ihm im Bett lag. »Es war wohl der Donner. Vorm Gewitter fürchtet er sich, aber ich habe nur einen Kracher gehört. Hat es oft gedonnert? Warum darf ich im Bett frühstücken, wo ich doch gar nicht Geburtstag habe?«
Marietta stellte ihm das Tablett quer über die Beine und sagte: »Es hat noch ein paarmal gedonnert, aber Bruder Tuck hat etwas anderes erschreckt. Papa und Lieutenant Vaughan reparieren es gerade. Weil es eine Überraschung ist, darfst du erst runterkommen, wenn es fertig ist.«
Er fragte hoffnungsvoll: »Hat die Überraschung mit Eric zu tun? Ist Eric zurückgekommen?«
»Nein, Schatz. Aber er kommt bestimmt bald.«
»Darf ich nach draußen gehen und dort auf ihn warten?«
»Nachdem du die Überraschung gesehen hast.« Marietta

fügte zögernd hinzu: »Aber ich muß Eric etwas zeigen, ehe er mit den anderen redet. Wenn du ihn zuerst siehst, sagst du ihm, er soll zu mir kommen, ja? Es geht um ein Geheimnis … ein sehr wichtiges Geheimnis.«
»So eine Art Geheimbefehl, wie der Stabsoffizier für den Herzog von Wellington weitergegeben hat?«
»Ja, Schatz. So ungefähr.«
Arthur war beeindruckt und versprach, seinem Bruder die Botschaft zu überbringen, vorausgesetzt, er dürfe eine blaue Jacke tragen. »Stabsoffiziere tragen blaue Jacken, weißt du.«
Glücklicherweise entdeckte Marietta unter Arnolds Sachen ein blaue Samtjacke, die zwar zu groß war, aber mit Hilfe eines Gürtels und umgekrempelten Ärmeln ihren Zweck erfüllte. Arthur erzählte mittlerweile Bruder Tuck, daß er alles über Stabsoffiziere wisse, weil eine Freundin von Tante Dova einen Lord geheiratet hätte, dessen Sohn einer gewesen wäre. »Er heißt Colonel Leith«, erzählte er dem Kater, »ein sehr vornehmer und großer und …«
Der Satz blieb offen, denn Arthur widmete sich jetzt ausschließlich seinem Frühstück, das aus Hafergrütze und Pfirsichscheiben bestand.
Es hatte die ganze Nacht geregnet, und jetzt, am Morgen, trieb ein böiger Wind Regentropfen gegen die Fensterscheiben und ließ das Scheunentor klappern. Marietta wusch das mit Tee befleckte Tischtuch und hängte es über den Wäscheständer, der in einer Ecke der warmen Küche stand. Fanny suchte alle Ingredienzien für einen Kümmelkuchen zusammen und schickte Vaughan – nachdem Sir Lionels Erfindung repariert war – in die Scheune, um Eier zu holen. Mit einem Sack über dem Kopf kam er in die

Küche zurück und verkündete, er habe zehn Eier »gestohlen« und daß es wohl noch eine Weile regnen würde.
Als Marietta nach oben ging, um Arthur zu holen, sagte Vaughan: »Miss Fanny, Sie sind so ernst. Mir ist aufgefallen, daß Sie Ihre Schwester beobachten. Hat sie etwa Kummer wegen Covilles Benehmen?«
»Nein.« Fanny schlug ein Ei auf und kippte es in eine Schüssel. Dann starrte sie geistesabwesend die beiden Eierschalenhälften an. »Ich glaube, Etta war schon lange klar, daß Coville nicht der Mann ist ... tja, für den wir ihn hielten.« Sie seufzte. »Etta ist ein so lieber Mensch, Jocelyn. Sie haben keine Ahnung, wie hart sie arbeitet, für uns alle sorgt und alles erledigt, was Papa ... ich meine ...«
»Ja«, sagte Vaughan verständnisvoll. »Ich weiß, was Sie meinen. Miss Marietta bemuttert die ganze Familie.«
Fanny lächelte ihn an. »Ja, genau das ist es.« Errötend fügte sie hinzu: »Ich habe es Etta zu verdanken, daß ich jetzt so glücklich bin. Aber ich möchte, daß auch sie glücklich ist. Ich weiß, sie macht sich große Sorgen. Es muß etwas Schlimmes sein, denn sie schafft es gewöhnlich, ihren Kummer vor uns zu verbergen.« Fanny nahm ein zweites Ei und schlug es auf. »Wüßte ich nur, was sie so bedrückt.«
Vaughan war mit dem Falten des Sacks beschäftigt und schwieg.

Marietta schlüpfte zur Vordertür hinaus in den grauen, nebligen Morgen. Blätter und Gras waren schwer vor Nässe, und es tropfte vom Dach, aber wenigstens nieselte es nur noch.
Sie zog sich die Kapuze über den Kopf und ging um das Haus herum in den Garten. Wie erwartet, entdeckte sie

dort nur zwei Enten, die munter durch die Pfützen watschelten. Arthur hatte sich wahrscheinlich davongeschlichen und war zu der Straße gegangen, die nach London führte, um dort auf Eric zu warten. Marietta hüllte sich enger in ihren Umhang und suchte den Schutz der Bäume, um vom Haus aus nicht gesehen zu werden.

Ihre Halbstiefel, die sie anstelle der Holzschuhe trug, waren bald völlig durchnäßt. Immer wieder blieb sie stehen und versuchte, in dem nebeligen Dunst eine einsame kleine Gestalt zu erspähen. Kurz vor der Brücke sah sie plötzlich in dem Buchenhain etwas aufblitzen. Vielleicht hatte Arthur sein Kettenhemd angezogen, ehe er in den Regen hinausgelaufen war.

Erleichtert lief sie darauf zu und blieb dann abrupt stehen. Die einsame Gestalt vor ihr war keineswegs klein.

Den Bruchteil einer Sekunde lang stockte ihr Herz, und alles in ihr drängte danach, zu ihm zu laufen. Doch dann kam die schmerzliche Erkenntnis: Das flüchtige Aufblitzen rührte von einem Fernglas her, das auf die Straße nach London gerichtet war. Er wartete hier im Regen mit unbarmherziger Geduld auf seine Beute. Von Verzweiflung überwältigt, blinzelte sie ihre Tränen weg.

Diccon, der ihre Nähe gespürt zu haben schien, drehte sich schnell um. Er flüsterte ihren Namen, und in seinen Augen blitzte dieser silberne Funke auf, der ihr törichtes Herz in Aufruhr versetzte.

Es gelang ihr, ganz ruhig zu sprechen: »Guten Morgen, Major.« Nach einem vielsagenden Blick auf das Fernglas, fügte sie hinzu: »Ich wußte gar nicht, daß Sie zu den Menschen zählen, die Interesse an Vögeln haben.«

Er sah sie verwirrt an und antwortete mit einem schiefen

Lächeln: »Die Geschöpfe, nach denen ich Ausschau halte, Miss Marietta, sind leider Beutevögel.«
»Von der Art, die Ihnen letzte Nacht einen Besuch abgestattet haben?« Ihr war die Schramme an seiner Wange aufgefallen, und sie sagte mitfühlend: »Wie ich sehe, wurden Sie verletzt. Ich ... Wir haben uns große Sorgen um Sie gemacht.« Seine Augen leuchteten auf, und sie redete schnell weiter: »Lieutenant Vaughan hat uns erzählt, es habe einen erbitterten Kampf gegeben und daß Sie alle bis auf diesen schrecklichen Chinesen besiegt hätten.«
Diccon lächelte. »Vaughan hat mal wieder übertrieben. Und was Ti Chiu betrifft – dem bin ich weit unterlegen, aber selbst ein Trupp Dragoner hätte wohl Schwierigkeiten, mit diesem Monster fertig zu werden.«
»Genau das sollte geschehen. Sie sind doch Offizier. Warum haben Sie keine Verstärkung angefordert, damit dieser Verbrecher verhaftet wird? Sie sagten doch, der Chinese und sein Herr hielten sich illegal in England auf.«
»Das stimmt, Ma'am. Und ich hatte auch Hilfe bei der örtlichen Polizei angefordert, doch die sind gerade mit einer dringenderen Angelegenheit beschäftigt, die den Raubüberfall auf *Lanterns* wohl wie eine Bagatelle aussehen ließ.«
Marietta sagte mit aufrichtiger Entrüstung: »Der Mordanschlag auf einen Peer von England kann doch nicht als Bagatelle abgetan werden.«
»Ich hoffe, daß kein Mord je unter diesem Gesichtspunkt betrachtet wird, Miss Marietta. Nur ... bei dieser anderen Angelegenheit geht es um die nationale Sicherheit.«
Marietta wurde plötzlich eiskalt. »Oh.«
Diccon sagte besorgt: »Sie zittern ja. Kein Wunder. Diese

zierlichen Stiefelchen sind nicht für einen Spaziergang im Regen geeignet. Darf ich Sie nach Hause begleiten?«

Womit er natürlich meinte: Darf ich bei Ihnen herumspionieren? Aber Vaughan würde ihm bestimmt alles berichten, was im Austragshaus vor sich ging. Mit einem schmerzlichen Gefühl dachte sie: Ach, du meine Güte! Macht Jocelyn deswegen Fanny den Hof?

Diccon legte die Hand auf ihren Arm, musterte beunruhigt ihr Gesicht und fragte: »Was ist denn los? Hatten wir nicht vereinbart, daß Sie zu mir kommen, wenn Sie Kummer haben?«

Wie konnte er sie so zärtlich ansehen und gleichzeitig so verräterisch sein? Die Agenten des Geheimdienstes waren wirklich eine besondere Spezies Mensch! Aber dieses Mal würde sie nicht auf Diccon hereinfallen, sondern ihn ebenso hinterlistig täuschen.

Also lächelte sie ihn an und sagte: »Ich bin doch bei Ihnen, nicht wahr? Mein Kummer ist, daß Arthur wieder weggelaufen ist und ich ihn nicht finden kann. Ich dachte, er sei wieder auf dem Weg nach London oder zu Ihnen gegangen. Haben Sie ihn gesehen?«

»Nein. Und ich hätte ihn auf jeden Fall gesehen, wenn er das Haus nach acht Uhr verlassen hat. Hat er sich vielleicht in der Scheune versteckt?«

»Nein, er ist weder in seinem Zimmer noch irgendwo in der Nähe des Hauses. Seit ein paar Tagen ist er ziemlich niedergeschlagen, deshalb dachte ich ...« Sie zuckte resigniert die Schultern. »Bestimmt haben Sie recht. Ich gehe jetzt nach Hause und suche dort noch einmal gründlich jeden Winkel ab.«

Er klappte sein Fernglas zusammen. »Ich komme mit.«

»Nein. Das ist wirklich nicht nötig. Es ist nicht weit, und ...«

»Und ich wünschte mir, Sie würden nicht allein spazierengehen, Ma'am.«

Er sah sehr streng aus, und in ihr stieg wie ein Lichtstrahl die Hoffnung auf, daß Diccon vielleicht gar nicht nach Eric Ausschau gehalten hatte. Daß er vielleicht stundenlang im Regen stand, weil er Angst hatte, diese skrupellosen Schatzsucher könnten als nächstes ins Austragshaus einbrechen. Ihr Herz machte vor Freude einen Sprung, und sie sagte: »Befürchten Sie etwa, dieser Monsieur Monteil und seine Spießgesellen könnten einen Überfall auf das Austragshaus planen?«

Genau davor hatte er Angst, aber er wollte ihr um jeden Preis weitere Sorgen ersparen. Er hatte Joss strikte Anweisungen gegeben, nur Bridger und Sir Lionel zu bitten, auf der Hut zu sein, ohne die Ladies zu beunruhigen. Er sagte: »O nein! Dafür gibt es keinen Grund. Wäre *Saladins Seufzer* dort versteckt, hätte man das Bild schon vor Jahrhunderten gefunden.«

Mariettas Freude schwand. »Ja«, sagte sie leise. »Natürlich.«

Sechzehntes Kapitel

Auf dem Heimweg plauderte Marietta fröhlich und brachte Diccon durch ihre Schilderung von Sir Lionels neuester Erfindung und deren durchschlagendem Erfolg zum Lachen. Und weil sie vermutete, daß er sowieso davon erfahren hatte und es merkwürdig finden würde, wenn sie nicht darüber sprach, sagte sie beiläufig: »Oh, und wir haben Besuch von einem General bekommen. Er hat meinen Vater gebeten, nach einem »verräterischen Gentleman« Ausschau zu halten, der sich in unserer Gegend herumtreiben könnte. Diese Warnung kommt mir ziemlich sinnlos vor«, fügte sie beklommen lachend hinzu. »Woran erkennt man denn einen Verräter? Ist er vielleicht ganz in Schwarz gekleidet? Oder fährt er mit einer Kutsche durchs Land, auf der steht: ›Ich bin ein Verräter‹?«
Diccon dachte bedauernd, daß es ihr nicht schwerfallen würde, diesen speziellen Flüchtling vor den Gesetzeshütern zu erkennen, doch durch die jahrelange Übung im Verbergen von Gefühlen gelang es ihm, lächelnd zu sagen, daß alle Verräter einen schwarzen Backenbart tragen würden und bis zu den Zähnen mit Schwert, Dolch und mindestens einer Pistole bewaffnet seien. »Ein solcher Mann ist leicht zu erkennen, denn er kann sich nur mühsam unter dem Gewicht seiner Ausrüstung vorwärtsbewegen.«

Für diesen Scherz wurde er mit einem ansteckenden Lachen und der Einladung, auf eine Tasse Tee ins Haus zu kommen, belohnt. Obwohl er sich nichts sehnlicher wünschte, lehnte er höflich mit der Begründung ab, er müsse wieder seinen »Posten« beziehen.

Sein »Posten« ist der Hügel, von dem aus er die Straße nach London überwachen kann, dachte Marietta. Die Straße, über die Eric wahrscheinlich kommen würde. Sie hatte noch nie einen Gentleman gebeten, ihr Gesellschaft zu leisten, doch jetzt schluckte sie ihren Stolz hinunter und gurrte: »Aber ein paar Minuten Ihrer kostbaren Zeit können Sie uns doch schenken?«

Mit einem schwer zu deutenden Gesichtsausdruck sah er sie kurz an und fragte dann: »Hat mir Sir Lionel denn verziehen?«

Über all ihren Sorgen hatte Marietta völlig den Zorn ihres Vaters wegen Diccons Irreführung, was seine Identität betraf, vergessen. Deshalb schwieg sie.

Er sagte: »Habe ich es mir doch gedacht. Ich bedanke mich für Ihre Einladung. Aber ich gehe jetzt zur Brücke zurück und richte mein Fernglas auf Ihr Haus. Sollten Sie Arthur nicht finden, geben Sie mir bitte vom Balkon aus ein Zeichen. Dann komme ich und helfe bei der Suche.«

»Wäre es denn nicht sinnvoller, im Haus auf ihn zu warten? Bestimmt finden wir ihn bald irgendwo in der Nähe.«

Diccon stimmte zwar zu, wies jedoch darauf hin, daß es Sir Lionel nicht gefallen würde, ihn im Haus zu haben. Marietta fielen keine weiteren Ausreden ein, Diccon zurückzuhalten, und so blieb ihr nichts übrig, als ihm für seine Fürsorge zu danken und allein weiterzugehen.

Diccon stand am Gartentor und sah ihr nach, während sie

dem Pfad folgte, der am Haus vorbei zur Scheune führte. Wie anmutig ist ihr Gang, wie stolz die Haltung ihres Kopfes, dachte er bewundernd. Aber es gab keinen Zweifel: Marietta wußte es. Jahrelangem Training hatte er es zu verdanken, daß er in den Gesichtern von Menschen lesen konnte: Marietta hatte Angst vor ihm, die sie verzweifelt zu verbergen suchte. Was für eine bittere Ironie, wo er sie doch so innig liebte. Ihre Angst sagte ihm, daß sie von Erics verbrecherischem Verhalten wußte und annahm, daß er ihren Bruder zur Strecke bringen wollte.
Wüßte sie nur, wie groß seine Angst war, Eric Warrington könne ihm über den Weg laufen, oder wie leidenschaftlich er sich wünschte, Eric Warrington würde verhaftet werden, ehe er wieder einen Fuß auf den Grund von *Lanterns* setzen konnte. Ihr tapferer Versuch, unbeschwert zu wirken, hatte ihm fast das Herz zerrissen, und er sehnte sich danach, sie in die Arme zu nehmen und zu trösten. Aber er schreckte davor zurück, seine Beteiligung an der Jagd nach diesem verfluchten Eric einzugestehen, solange die Möglichkeit bestand, daß der Kerl in London oder irgendwo anders gefaßt wurde. Wenn nicht, stellte ihm das Schicksal eine ultimative Herausforderung – dann war er der Mann, der Mariettas geliebten Bruder dem Gericht überstellen mußte. Verrat wurde mit der Todesstrafe geahndet. Diccon stand mit hängenden Schultern da. Voller Qual dachte er: »Großer Gott, *bitte!* Bürde mir diese Last nicht auf. Zwinge mich nicht, ihr das Herz zu brechen.«
Als er aufblickte, sah er, daß ihn Mrs. Cordova, die nur ein paar Schritte von ihm entfernt dastand, beobachtete. Ihre Augen ruhten voller Mitgefühl auf ihm, und er wußte, daß er sich zum erstenmal jemandem ohne die Maske gezeigt

hatte, die er sonst zur Schau trug. Wortlos drehte er sich um und eilte über die Wiese nach *Lanterns* zurück.

Nachdem Marietta vergeblich den Stall und die Scheune nach Arthur abgesucht hatte, ging sie in der Hoffnung, er sei vielleicht zurückgekommen, zu seinem Zimmer hoch. Doch dort war er auch nicht. Sie schaute in alle anderen Zimmer im ersten Stock und wollte gerade wieder hinuntergehen, um im Keller nachzusehen, als sie hinter sich ein leises Geräusch hörte. Bruder Tuck tauchte aus dem Gang auf, der zur Speichertreppe führte, und huschte an ihr vorbei.

Der Kater hatte ihr den Weg gewiesen, und sie kletterte leise die schmale Stiege zum Speicher hinauf. Die Tür war nur angelehnt. Dahinter hörte sie ein klägliches Schniefen. Arthur saß zusammengekauert neben dem zerbrochenen Schaukelpferd, das Eric schon letztes Jahr hatte reparieren wollen. Er bot ein Bild des Jammers, sah so klein und verletzlich aus. Den Kopf hatte er auf die Knie gelegt und die Arme um seine Beine geschlungen, als müßte er seinen kleinen Körper zusammenhalten.

Marietta ging auf Zehenspitzen zu ihm. Das Knarren der Fußbodenbretter wurde von Arthurs Schluchzern übertönt. Vor ihm sank sie auf die Knie, wartete, beobachtete ihn, litt mit ihm und fragte sich, ob er irgendwie von der Torheit erfahren hatte, die sein Bruder, den er immer vergöttert hatte, begangen hatte. Als Arthur schließlich sein tränenüberströmtes Gesicht mit den geröteten Augen hob, sagte sie sanft: »Schatz, wie kann ich dir helfen?«

Er fuhr sich mit der Hand über die Augen und stammelte heiser: »Du kannst mir nicht helfen, Etta. N-niemand kann

mir h-helfen. N-nur er. Und ... und er tut es nicht, weil ...« Ihm brach die Stimme. »Weil er einfach nur ... böse ist!« Dann warf er sich in Mariettas Arme.
Marietta hielt ihren kleinen Bruder ganz fest, wiegte ihn, streichelte ihn und murmelte tröstende Worte, bis das Schluchzen abebbte. Dann fragte sie: »Woher weißt du das, Schatz? Hast du jemanden darüber reden gehört?«
Schniefend löste er sich aus ihren Armen. Sie gab ihm ihr Taschentuch, und nachdem er sich geschneuzt und die Tränen abgewischt hatte, sagte er kratzbürstig: »Ich habe ihn *gesehen!* Und ich wollte es euch erzählen. Aber niemand hat mir zugehört. Niemand wollte mir glauben.«
Verwirrt sagte Marietta: »Entschuldige, Liebling, aber ich kann mich nicht erinnern ...«
»Nein, weil du nicht zugehört hast. Aber ich hab's euch erzählt! Und du hast gesagt, daß *er* es nicht war, daß er nur dort wohnt! Und weil er einen anderen Namen hatte, habe ich auch geglaubt, daß er es nicht war. Und er war so ... nett ... zu mir. Und er hat gesagt, daß er nie ... nie so etwas getan hat. Aber ... aber er *hat* es getan, Etta! Mr. Blake hat gesagt, sein richtiger Name sei Temple and Cloud, also *war* er es! Und ... und ... Oh, ich habe ihn so *sehr* gemocht. Und ich habe gedacht, ich könnte nie jemanden mögen, der ... der *böse* ist.«
Marietta starrte das kleine, traurige Gesicht mit großen Augen an und flüsterte: »Was hast du gesehen, Arthur? Würdest du es mir bitte noch einmal erzählen? Und dieses Mal höre ich genau zu, das verspreche ich dir.«
Arthur erzählte ihr von den beiden Männern, die an jenem schicksalhaften Abend eine eingehüllte, zum Bündel zusammengeschnürte Gestalt zu einer Kutsche getragen hat-

ten. »Und Diccon hat gesagt, sie dürfe unter keinen Umständen gefunden werden. Ich habe ihn *gehört,* Etta!« Er klammerte sich wieder an sie und stammelte schluchzend: »Das war seine *Mama!* Wie kann er nur so ... so *böse* sein, wo ich ihn doch für so *gut* gehalten habe? Wie kann er nur, Etta?«

Marietta beruhigte ihn, so gut sie konnte, aber sie war wie gelähmt und vollkommen verzweifelt. Wie kann er nur? dachte sie zutiefst unglücklich. Dann brachte sie Arthur in sein Zimmer, steckte ihn ins Bett, und während sie bei ihm saß, hörte sie Diccons Stimme: Wenn ich es Ihnen erzählen würde, wären Sie eine Komplizin, verstehen Sie? Das war eigentlich ein Schuldeingeständnis gewesen, aber sie hatte sich geweigert, das Böse in ihm zu sehen, weil er ihr tapfer und anständig und ehrenwert vorgekommen war. Wie einfältig ich gewesen bin, dachte sie und seufzte. Arthur war erschöpft eingeschlafen. Mein armer kleiner Junge! Sie deckte ihn zu, schloß die Vorhänge und ging auf Zehenspitzen hinaus.

Fanny schrubbte den Küchentisch und erzählte ihr, Vaughan sei in der Werkstatt, um mit ihrem Vater zu plaudern. Und daß Bruder Tuck wie der Blitz zur Hintertür hinausgeschossen sei, als Tante Dova hinausgegangen war, um Zwiebeln zu holen. Der Kater habe entsetzliche Angst vor Gewittern, und wenn er in sein Versteck in der Scheune geflohen war, so sei das ein sicheres Zeichen dafür, daß von diesem stürmischen Herbst wieder ein Gewitter drohte.

Der Himmel verdunkelte sich zusehends, und Marietta beschloß, die Hühner zu füttern, ehe es wieder zu regnen anfing. Unterwegs begegnete sie ihrer Tante, die mit einem Korb voller Zwiebeln und Karotten aus der Scheune kam.

»Da zieht ein Sturm auf«, verkündete sie. »Dabei fällt mir ein: Hast du dich mit Major Diccon gestritten? Ich habe ihn weggehen sehen. Noch nie habe ich in den Augen eines Mannes eine so abgrundtiefe Verzweiflung gesehen. Er ist bis über beide Ohren in dich verliebt, Kind. Warum lächelst du?«

Marietta spielte kurz mit dem Gedanken, ihrer Tante zu erzählen, daß Major Diccon Paisley mit ziemlicher Sicherheit seine Mutter getötet hatte, aber es war nicht abzusehen, was ihre Tante mit dieser Information anfangen würde. Und sollte sich das Gerücht verbreiten, so würde es nicht mehr von Nutzen für sie sein. Marietta sagte: »Weil ich glaube, daß er nur seine Arbeit liebt und uns nur benutzt, um zu seinem Ziel zu kommen.«

»Nein, nein. Du tust ihm unrecht, Etta. Der arme Mann. Ich kann nur Mitleid mit ihm haben.«

Marietta sagte fassungslos: »Ich dachte, du hättest Angst vor ihm? Hast du deine Meinung geändert?«

»Ich bewundere ihn. Und ... ja, ich habe auch Angst vor ihm. Mehr denn je, leider.«

»Dann ... Glaubst du, ich könnte seine angebliche Liebe zu mir benutzen? Ich meine, sollte Eric hierherkommen ... würde Diccon ihm meinetwegen helfen?«

»Das frage ich mich gerade«, sagte Mrs. Cordova nachdenklich. »Er könnte sich aber auch weigern, denn immerhin ist er einer jahrhundertealten Tradition verpflichtet. Ich nehme eher an, daß für ihn gilt: ›Nicht lieben könnt ich dich so sehr, liebt ich die Ehr' nicht noch viel mehr.‹ Komm ins Haus, Etta. Der Wind frischt auf. Sollte wieder so ein schrecklicher Sturm aufziehen, so werden uns, nach den ganzen Regenfällen, viele Bäume umstürzen, fürchte ich.«

In der Nacht wurde aus dem Wind ein Sturm, der in den Kaminen heulte und das Dach abzudecken drohte.
Am Morgen bedeckten dunkle, tiefhängende Wolken den Himmel. Der Boden war mit Blättern und abgebrochenen Zweigen übersät. Mehrere Ziegel waren vom Dach gefallen und lagen zerbrochen auf der Terrasse. Aus der Ferne war das Donnern der Brandung gegen die Klippen zu hören. Marietta war insgeheim erleichtert, daß Eric nicht gekommen war. Und auch Mrs. Gillespie und Bruder Tuck tauchten nicht auf.

Wie gut, daß der Merlin-Hut ein Band zum Festbinden hatte. Er hätte es nicht riskiert, den Hut bei diesem stürmischen Wetter zu tragen, brauchte jedoch die Macht eines großen Zauberers, um eine entlaufene Katze zu finden. Arthur saß auf der Wurzel einer Eiche und hüllte sich enger in seinen Umhang. Der Herbst war bald vorbei. Dann kam der Winter. Oder wurde es erst nach Weihnachten Winter? Wie auch immer ... ihm taten die Füße weh. Er hatte das ganze Haus und die Scheune abgesucht und war sogar in den Hühnerstall gegangen, was die Vögel in schreckliche Aufregung versetzt hatte. Und Sir Strut, der mächtige Gänserich, Herr des Hofs, hatte ihn angezischt. Bridger hatte gesagt, er habe keine Katze gesehen, aber Bridger war schlecht gelaunt, weil es durchs Dach auf einen Sack Hafer geregnet hatte. Etta war auch verärgert gewesen, weil Mrs. Gillespie nicht gekommen war, um ihr bei der Wäsche zu helfen. Und Tante Dova hatte sich Sorgen um ihren Wohnwagen gemacht und war mit Mr. Joss hingegangen, um nachzusehen, ob der Sturm ihn nicht umgeblasen hatte.

Wären nicht alle so beschäftigt gewesen, hätte er sich vielleicht nicht davongestohlen. Obwohl er Hunger hatte, würde er nicht frühstücken gehen. Zuerst mußte er Bruder Tuck finden. Und er sollte sich wohl besser beeilen, denn wenn sie schon nach ihm suchten …

Ein Schatten fiel auf ihn. Er hob schuldbewußt die Augen und schnappte erschrocken nach Luft. Vor ihm stand der größte und häßlichste Mann, den er je gesehen hatte. Er sah aus wie der böse Riese in einem Märchen. Was vielleicht bedeutete, daß er ein guter Mann war, denn die Männer, die er für gut hielt, entpuppten sich als Bösewichte.

Arthur richtete sich zu seiner vollen Größe auf. »Bist du ein Riese?« fragte er.

Ein schmaler Schlitz zerteilte das furchterregende Gesicht. Mächtige Arme hoben sich, Pratzen ballten sich zu großen Fäusten, und eine tiefe Stimme brummte: »Ich bin Ti Chiu. Ein mächtiger Krieger.«

Er hatte eine seltsame Aussprache, sagte l statt r, aber Arthur verkniff es sich, den Riesen auf diese Fehler aufmerksam zu machen. Auch er hob die Arme und brummte: »Ich bin Merlin. Ein angehender Krieger.«

Der Schlitz in Ti Chius Gesicht wurde breiter. »Wohl eher eine Küchenschabe als ein angehender Krieger. Warum sitzt Merlin im Regen?«

»Ich bin *keine* Küchenschabe! Ich suche nach meiner Katze. Bruder Tuck ist ein mächtiger Kater. Hast du ihn gesehen?«

»Dein Kater – hat er einen Schwanz?«

»Natürlich. Alle Katzen haben Schwänze.«

»Nein. In meinem Land, wenig Katzen. Keine Schwänze.«

»Das glaube ich dir nicht!«

Der Schlitz verschwand. Der Mächtige Krieger stapfte näher. »Viele Männer ich töten. Kleine Küchenschabe sei vorsichtig.«
»Warum? Ich habe mein Schwert.« Froh, daß er es sich umgeschnallt hatte, zog Arthur das Schwert und schwenkte es drohend.
Ti Chiu warf den Kopf in den Nacken und stieß ein Gebrüll aus, das hoffentlich Gelächter war.
»Wenn du sonst nichts zu tun hast«, meinte Arthur, »kannst du mir bei der Suche nach meiner Katze helfen.«
»Ich habe viel zu tun. Mein Herr mir befiehlt. Warum trägt Kleine Küchenschabe diesen komischen Hut?«
»Der ist nicht komisch!« entrüstete sich Arthur. »Das ist ein Zauberhut, und du bist ein Grobian.«
Der grinsende Schlitz verschwand wieder. Mit ausgestreckten Fäusten kam der Mächtige Krieger näher. »Weißt du«, brummte er, »was ich mit Menschen mache, die sich mit mir einen Spaß erlauben?«
Arthur mußte den Kopf in den Nacken legen, um zu dem Riesen aufsehen zu können. Er hatte Angst. Nur ein bißchen. Er rief sich ins Gedächtnis zurück, daß er auch Robin Hood war. Und Sir Lancelot. Und der Schrecken der Meere – Käpt'n Flint. »Ich mache mich nicht über dich lustig«, sagte er beherzt. »Und es ist nicht nett, wenn Erwachsene kleinen Jungen Flunkereien erzählen.«
Die mächtigen Hände schossen vor. Arthur schnappte keuchend nach Luft, als er hochgerissen wurde und über dem Kopf des Riesen baumelte. Ti Chiu zischte wie eine Schlange: »Was ist ›Flunkerei‹? Hüte dich, Küchenschabe!«
Arthurs Herz pochte furchtsam. Doch ein wahrer Gentleman zeigte keine Angst. Wie Diccon würde er tapfer sein.

Ganz gleich, was passierte. Er holte tief Luft und erklärte: »Eine Flunkerei ist eine Schwindelei.«
Die mächtigen Fäuste drückten fester zu, und das schmale Grinsen wurde furchterregender. »Wenn ich dich fallen lasse, dumme Küchenschabe, weißt du, was passiert?«
»Ich knalle auf dem Boden auf, aber du willst mir nur angst machen, weil große Männer kleinen Kindern nicht weh tun. Außerdem wäre es nicht fair, weil du wirklich geflunkert hast. Du hast gesagt, du hättest einen Herrn. Du bist der mächtigste Krieger, den ich je gesehen habe – wie könnte da irgend jemand dein Herr sein?«
Einen Augenblick hing Arthur noch in der Luft, dann wurde er herumgewirbelt und mit einem ohrenbetäubenden, brüllenden Gelächter auf den Boden gestellt.
»Hui!« rief er. »Das war toll! Mach's noch einmal, bitte.«
Statt dessen packte ihn die mächtige Pratze unterm Kinn und hob seinen Kopf hoch. Der Riese beugte sich zu ihm hinunter, bis seine Fratze nur noch Zentimeter von Arthurs Gesicht entfernt war. Er riecht komisch, dachte Arthur, hielt es aber für klüger, das nicht zu erwähnen.
»Du hast Glück, kleine Grille«, brummte Ti Chiu. »Vielleicht so viel Glück, daß du Mann wirst. Geh heim, ehe großer Wind dich übers Meer weht.« Er ließ Arthur so plötzlich los, daß der zurücktaumelte. Dann stapfte der Riese davon.
»Wärst du ein netter Riese, würdest du mir helfen, meine Katze zu finden«, rief Arthur ihm hinterher.
Aber der Mächtige Krieger marschierte unbeirrt weiter und warf nicht einmal einen Blick zurück.

»Nein, der Junge ist nicht bei mir«, schnaubte Sir Lionel wütend und beugte sich wieder über seine Werkbank. »Schafft

ihr es vielleicht zu dritt, einen kleinen Jungen im Auge zu behalten, damit ich in Ruhe arbeiten kann? Nein!« Ein Windstoß schlug die Tür zu. »Bei dem Sturm haben wir bald kein Dach mehr über dem Kopf«, schimpfte er weiter. »Dabei fällt mir ein ... dieser widerliche Williard hat mir durch seinen Diener eine impertinente Nachricht zukommen lassen. Hast du gehört, wie ich den Kerl fortgejagt habe?«
Deshalb ist er so gereizt, dachte Marietta. »Nein, Papa. Ich weiß nur, daß Mrs. Crosbie Williard noch immer beleidigt ist.«
Sir Lionel grinste. »Ein Gutes hatte das ganze Theater: Die alte Dame hält deine Tante für geistesgestört, und ihr Sohn, dieser Dummkopf Williard, meinte, ich könne alle Hoffnungen auf die Hand seiner Schwester fahren lassen. Ha! Finde ich nett von ihm. Jetzt will er mich wegen meiner Schulden bei ihm unter Druck setzen – das nützt ihm nur nichts, weil ich kein Geld habe. Glücklicherweise macht der junge Vaughan Fanny schöne Augen, und wir können hoffen ...«
Ein Schrei, ein Krachen und gellendes Gekreisch unterbrach Sir Lionels unehrenhafte Spekulationen.
Die beiden sahen sich erschreckt an. Dann lief Marietta, von ihrem Vater gefolgt, die Treppe hinauf.
Die Diele war leer, doch aus dem Wohnzimmer kam ein Fremder. Er lächelte freundlich, trotz der kleinen Pistole, die er in seiner sehr weißen Hand hielt.
Sir Lionel brüllte: »Wer, zum Teufel, sind Sie, Sir?«
Marietta überlief es eiskalt. Noch ehe dieser ungebetene Besucher mit spöttischer Höflichkeit seinen Namen nannte, wußte sie, daß dieser Mann mit dem bleichen Teint, dem pechschwarzen Haar und den kalten Augen der »blasse«

Mann war, den Tante Dova ihr beschrieben hatte: Diccons Todfeind.
Sie hörte, wie ihr Vater lospolterte und zu wissen verlangte, was Monsieur Monteil in seinem Haus zu suchen habe.
»Darf ich Sie bitten«, sagte der Schweizer und winkte mit der Pistole, »uns Gesellschaft zu leisten.«
Marietta blieb in der Tür zum Wohnzimmer wie erstarrt stehen. Jocelyn Vaughan lehnte an der Wand. Fanny drückte ihm ein Taschentuch auf die Stirn, unter dem Blut hervorquoll. Vaughan konnte sich nur mühsam auf den Beinen halten.
Fanny schluchzte mit vor Angst verzerrtem Gesicht: »Papa! O Papa! Sie haben Joss so brutal geschlagen! Ohne ... ohne Vorwarnung!«
»Bleiben Sie doch fair, Miss«, gurrte Monteil. »Er wollte uns nicht reinlassen. Ein sehr ungastliches Benehmen. Außerdem sind wir dem Lieutenant schon ein paarmal begegnet. Er kann von uns keine Sperenzchen mehr erwarten, wie, Ti Chiu?«
Aus der Ecke kam ein dröhnendes Lachen, und Sir Lionel keuchte: »Mein Gott!«
Marietta folgte dem starren Blick ihres Vaters und dachte: Du lieber Himmel! Wie hat Diccon einen Kampf mit diesem Monster überlebt?
Sir Lionel befeuchtete mit der Zunge seine Lippen und fragte mit leicht zitternder Stimme: »Sind Sie in Ordnung, Vaughan?«
»Was für eine dumme Frage«, spottete Monteil.
Marietta wollte zu Fanny gehen, aber der Schweizer machte eine abwehrende Handbewegung. »Bleiben Sie, wo Sie sind, schöne Dame. Ich weiß, das ist herzlos. Aber ich habe

nur Ti Chiu bei mir. Was für gewöhnlich genügt«, fügte er mit einem eisigen Lächeln hinzu.
Sir Lionel fragte: »Genügt, wofür, Sir? Wie, zum Teufel, können Sie es wagen, in mein Haus einzudringen, meinen Gast niederzuschlagen und …«
»Ich verlange Informationen«, sagte Monteil. »Sie dürfen den Lieutenant zu einem Stuhl führen, Miss.«
Mit Fannys Hilfe schaffte es Vaughan, zu einem Stuhl zu taumeln.
»Was für Informationen?« fragte Sir Lionel. »Sollten Sie hinter diesem blöden Schatz hersein … den gibt es nicht.«
»Unsinn«, sagte Monteil. »Unser Freund, der Major, war bei Ihnen zu Gast. Und mir ist zu Ohren gekommen, daß er dieser …«, er schlenderte zu Marietta, »… hübschen Lady sehr zugetan ist.«
Sir Lionel zog Marietta an sich. »Wagen Sie nicht, meine Tochter auf diese Weise anzusehen, Sie unverschämter …«
Ti Chiu trat breit grinsend vor und versetzte Sir Lionel einen Stoß.
Fanny schrie, als ihr Vater rückwärts gegen den runden Tisch taumelte und ihn mit sich zu Boden riß.
Vaughan war zu schwach, um aufzustehen.
Marietta holte wütend aus und verpaßte Monteil eine schallende Ohrfeige. Ihre Finger hinterließen rote Streifen auf seinem bleichen Gesicht. Er fluchte auf französisch, griff mit einer Bewegung, so flink wie eine vorschnellende Schlange, in Mariettas Haar und riß sie an sich. »Es wird mir eine besondere Freude sein, Diccons Lady zu zähmen.«
»Nein! Nein!« schrie Fanny.
Da stimmte Ti Chiu mit erstaunlich hoher Stimme einen chinesischen Singsang an.

Monteil warf ihm einen scharfen Blick zu.

Mit vor Entsetzen geweiteten Augen starrte der riesige Mann die Puppen auf dem Sofa an.

Monteil folgte seinem Blick und stieß Marietta beiseite. »Wie interessant«, murmelte er und ging zum Sofa, um Mrs. Cordovas »Freunde« näher zu inspizieren.

Mit derselben hohen Stimme schrie sein Gefolgsmann: »Nein, Nein! Herr, berührt nicht die ehrenwerten Toten!«

»Idiot!« Monteil hob »Mrs. Hughes-Derings« Arm hoch und schüttelte ihn. »Das sind Puppen. Ausgestopfte Puppen. Keine ausgestopften Menschen.«

Ti Chiu schaute Marietta an. »Die ... die haben gelebt?«

Mariettas Knie zitterten, aber sie war geistesgegenwärtig genug, die abergläubische Furcht des Chinesen zu erkennen, und antwortete: »Ja. Das waren einmal die Freunde meiner Tante.«

Der Chinese wich zurück. »Das böses Haus. Diese Leute haben ehrenwerte Tote beschworen. Die Götter verärgert! Wir müssen gehen, Herr.«

»Ja, du Idiot. Sobald wir erfahren haben, was sie über *Saladins Seufzer* wissen.«

Ein Donnerschlag ließ alle zusammenfahren.

Marietta sagte: »Wir wissen nichts über den angeblichen Schatz. Aber Sie können gern das ganze Haus absuchen.«

»Sie sind zu entgegenkommend«, sagte Monteil argwöhnisch mit schmalen Augen. »Wer ist sonst noch hier?«

Sir Lionel, der in einen Sessel gesunken war, stand auf und sagte: »Nur mein Diener. Aber der ist in der Scheune und hat bestimmt nicht gehört ...«

»Holen Sie ihn«, fauchte Monteil. »Oder können Sie nach ihm läuten?«

Sir Lionel machte den Mund auf.
Marietta sagte schnell: »Ja. Dort drüben ist die Klingelschnur.« Sie wollte darauf zugehen, doch Monteil hielt sie zurück.
»Nein!« rief er. »Ihnen traue ich nicht über den Weg, Madam. Ti – du läutest.«
Vaughan hob gequält den Kopf und starrte Marietta an.
Sir Lionel sah verängstigt aus und stammelte: »Nein … sie funktioniert nicht …«
»Das werden wir ja sehen«, sagte Monteil mit eisigem Lächeln. »Mach schon, Ti!«
Ti Chiu packte mit seiner Pratze die Schnur samt Draht, den Sir Lionel so sorgfältig darin verborgen hatte. Er zog daran. Er zog mehrmals daran.
Blitze in gespenstischem Blau zuckten umher, als vier der Puppen gleichzeitig aufsprangen und wie verrückt umhertanzten.
Imre Monteil war ein beherrschter und intelligenter Mann, doch bei diesem Spektakel klappte ihm der Unterkiefer herunter. Auf seinen Gefolgsmann hatte die Szene jedoch eine katastrophale Wirkung. Ti Chiu stieß einen schrillen Entsetzensschrei aus, ließ die Klingelschnur los, rannte durchs Zimmer, stieß dabei gegen Monteil, der ins Taumeln kam und verschwand in der Küche.
Vaughan, der seine Kräfte gesammelt hatte, warf sich gegen Monteils Beine und brachte den Schweizer zu Fall. Monteil griff blitzschnell nach seiner Pistole, die ihm aus der Hand gefallen war, doch Marietta schnappte sie, wich ein paar Schritte zurück und zielte mit einer zu allem entschlossenen Miene auf den Schweizer.
Vaughan hatte sich aufgerappelt und seine Pistole gezogen.

»Vorsicht, Miss Warrington. Jetzt kümmere ich mich um diesen Abschaum.«
»Er ist eine Bestie, und …« In ihrer Wut umklammerte Marietta den Pistolengriff so fest, daß sie aus Versehen an den Abzug geriet und sich ein ohrenbetäubender Schuß aus der Waffe löste.
Monteil, der blitzschnell ausgewichen war, machte einen Satz nach vorn und stieß Fanny gegen Vaughan.
Sir Lionel eilte seinen Töchtern zu Hilfe.
In dem Durcheinander wagte Vaughan, dem schwarz vor Augen wurde, nicht zu schießen.
Und schon hatte Monteil die Tür erreicht, verschwand im Korridor und lief durch die Küche zur Hintertür.
Sir Lionel schnappte sich Vaughans Pistole und jagte hinterher. Doch Ti Chiu hatte trotz seines Entsetzens noch so viel Geistesgegenwart besessen, sich in Monteils Kutsche zu setzen.
Mit Peitschengeknall und donnernden Hufen setzte sich die Kutsche in Bewegung. Monteil und sein Gefolgsmann verschwanden in Windeseile.

Merlins Hut hing schlaff herunter, und sein Umhang war völlig durchnäßt. Der Wind war gräßlich, doch am schlimmsten waren Blitz und Donner. Arthur mochte beides nicht. Eric hatte gesagt, Blitze seien gefährlicher, doch der Donner machte einen so entsetzlichen Krach. Glücklicherweise hatte er diesen großen Baum mit den mächtigen Ästen entdeckt, der ihm Schutz vor dem Regen bot. Er war bestimmt Hunderte Meilen gelaufen und hatte ständig nach Bruder Tuck gerufen, aber der Kater blieb verschwunden.

Zitternd schmiegte er sich an den Baum und beschloß dann, nach Hause zu gehen. Nicht, daß er Angst gehabt hätte; nein, keine richtige Angst. Aber Bruder Tuck war wahrscheinlich längst wieder zu Hause, und niemand konnte ihn einen Feigling schimpfen, wenn auch er umkehrte. Er wollte nur seine Füße ein bißchen ausruhen ...

Mit steifem Hals wachte er auf. Er hatte überhaupt nicht einschlafen wollen. Schnell stand er auf und machte sich auf den Weg. Da er diesen Teil des Waldes nicht kannte, wußte er nicht, welche Richtung er einschlagen sollte. Er war unter die Büsche gekrochen, weil ein kleines Tier darin verschwunden war. Als er festgestellt hatte, daß es nicht Bruder Tuck gewesen war, hatte er sich unter den Baum gesetzt und eine Pause eingelegt. Und jetzt irrte er ziellos umher.

Als er schließlich doch den Weg aus dem Wald herausfand, stellte er mit Schrecken fest, daß der Himmel wieder so dunkel war wie mittags. Donnergrollen war aus der Ferne zu hören, und Blitze zuckten durch die Wolken. Hoffentlich fängt es nicht wieder zu regnen an, ehe ich zu Hause bin, dachte er. Wo auch immer sein Zuhause lag. Würde er nur jemandem begegnen, den er nach dem Weg fragen konnte. Aber er war ganz allein.

Er trottete einen ausgefahrenen Feldweg entlang, der an einer Seite von Büschen und an der anderen vom Wald gesäumt wurde. Der Feldweg würde sicher bald in offenes Gelände führen, und dann konnte er *Lanterns* sehen und wußte, in welche Richtung er gehen mußte. Nach einer Weile stimmte er sein Käpt'n-Flint-Lied an, damit er sich nicht so allein fühlte, verstummte jedoch, als er Hufgetrappel hörte.

»Bitte, Sir«, flehte er, als der Reiter ihn einholte. »Ich habe mich verirrt, und ...« Arthur blickte zu dem Reiter hoch und sagte stirnrunzelnd: »Ach, Sie sind's. Ich mag Sie nicht mehr.«

»Das ist keine freundliche Begrüßung für einen Rettungstrupp«, sagte der Reiter lächelnd. »Komm hoch, alter Knabe. Wir kommen noch rechtzeitig zum Tee nach Hause.«

Noch nie hatte das Wort »Tee« einen so zauberhaften Klang gehabt.

Gleich darauf ritten Retter und Geretteter in den Wald zurück.

Siebzehntes Kapitel

Warum ist der Junge denn weggelaufen?« fragte Sir Lionel gereizt, als ihm Marietta in seinen Mantel half. »Ich sage dir, Etta, Arthur hat die Wanderslust! Es wird ihm eine Lehre sein, sollte er sich verirrt haben. Aber er findet den Weg nach Hause schon, keine Angst. Jeder hier in der Gegend kennt ihn, er ist nicht wirklich in Gefahr.« Dann legte er Etta die Hände auf die Schultern und fragte besorgt: »Du hast einen fürchterlichen Schock erlitten. Werdet ihr ohne mich zurechtkommen? Es ist mir gar nicht recht, euch allein zu lassen, aber wenn ich Bridger zu Constable Davis schicke, um ihn von dem Überfall in Kenntnis zu setzen, unternimmt der bei dem Sturm bestimmt nichts. Außerdem muß dieser Quacksalber Wantage kommen und sich Vaughans Verletzung ansehen.«

»Ja, natürlich, Papa. Wir kommen schon zurecht. Joss … Mr. Vaughan … wird sich sicher schnell erholen.«

Sir Lionel bezweifelte das zwar, wollte Marietta aber nicht noch mehr beunruhigen und nahm ihr das Versprechen ab, sich auf keinen Fall allein auf die Suche nach Arthur zu machen.

Marietta begleitete ihren Vater zur Haustür. »Aber es ist jetzt schon halb zwei, und Arthur hat nicht einmal gefrühstückt. Bei diesem stürmischen Wetter hat er bestimmt schreckliche Angst.«

»Warum muß er aber auch hinter dieser vermaledeiten Katze herrennen? Sollte er nicht zu Hause sein, wenn ich zurückkomme, stellen wir einen Suchtrupp zusammen. Aber *du* gehst mir bei diesem Wetter nicht raus, sonst holst du dir noch eine Erkältung. Außerdem brauchst du Ruhe nach dieser ganzen Aufregung! Versprich mir, daß du tust, was ich sage.«

Marietta gab ihm widerstrebend das Versprechen und winkte von der Terrasse, als die Kutsche davonrumpelte. Es goß nicht mehr in Strömen, doch regenschwere, bedrohliche Wolken bedeckten den Himmel. Der arme Arthur. Bestimmt war er völlig durchnäßt, fror und hatte Hunger. Es sei denn …

»Wahrscheinlich ist er nach *Lanterns* gegangen, Liebes«, sagte Mrs. Cordova, als hätte sie die Gedanken ihrer Nichte gelesen.

»Das hoffe ich sehr«, sagte Marietta. Sie trat ins Haus und schloß die Tür. »Dann muß er aber sehr verzweifelt gewesen sein, denn der Major hat ihn zutiefst enttäuscht …« Marietta verstummte und fügte dann ausweichend hinzu: »… weil er Arthur nicht erlaubt hat, ihm beim Aufstellen der Feuerwerkskörper zu helfen.«

»Mag sein.« Ohne den Blick von ihrer Nichte abzuwenden, fuhr Mrs. Cordova fort: »Wer er auch sein mag: Es steht außer Frage, daß Diccon den Jungen sehr mag.«

Marietta unterdrückte einen Seufzer und fragte: »Wie geht es Mr. Vaughan?«

»Er schläft. Fanny sitzt an seinem Bett. Ich glaube, uns allen würde jetzt eine Tasse Tee guttun.«

Marietta bot ihre Hilfe an, mußte sich aber setzen und ausruhen, während Mrs. Cordova alles für den Tee vorbereitete und sich über die Dreistigkeit dieses Monsieur Monteil ausließ.

Marietta hörte nur mit halbem Ohr zu und warf immer wieder einen Blick durch das Fenster zum bleiernen Himmel. Ihre Gedanken kehrten zu Diccon zurück, der nicht gekommen war, als sie seine Hilfe so dringend gebraucht hätte. Vielleicht hatte er es wirklich nur auf Eric Warrington abgesehen, und die anderen Familienmitglieder waren ihm gleichgültig. Oder hatte Tante Dova doch recht mit ihrer Annahme, daß Arthur nach *Lanterns* gegangen war, wo ihn Diccon in diesem Augenblick mit Kuchen und sonstigen Leckereien verwöhnte, die der Herr der Speisekammer zu bieten hatte?

Da Vaughan noch schlief und Fanny nicht von seiner Seite weichen wollte, brachte Marietta ihr den Tee nach oben. Als sie in die Küche zurückkehrte, hatte ihre Tante Feuer im Kamin im Wohnzimmer gemacht, und die beiden tranken ihren Tee dort. In dem großen Raum war es warm und gemütlich. Das Knistern der brennenden Scheite übertönte das Heulen des Sturms. Der brutale Überfall hatte Marietta doch mehr mitgenommen, als sie sich eingestand, und sie wurde schläfrig …

Das laute Knacken eines zerbrechenden Holzscheits im Kamin weckte sie aus ihrem Schlummer. Sie hatte eine Stunde lang geschlafen und war allein im Wohnzimmer. Weder ihre Tante noch Arthur waren im Haus, und Fanny döste in ihrem Sessel neben Vaughans Bett. Der Sturm war stärker geworden und peitschte den Regen gegen die Fenster. In großer Sorge um ihren kleinen Bruder spähte Marietta zum Küchenfenster hinaus. Keine Kutsche in Sicht. Aber wenn ihr Vater nach Eastbourne gefahren war, konnte er

noch nicht zurück sein. Da entdeckte sie an der Teekanne einen Zettel, auf dem in der unverkennbar großen Handschrift ihrer Tante stand: »Ich weiß, daß Du Deinem Vater versprochen hast, Dich nicht auf die Suche nach Arthur zu machen. Aber ich habe ihm dieses Versprechen nicht gegeben. Miles Cameron hat mir etwas gesagt, was mir nicht gefällt, deshalb gehe ich nach *Lanterns* und sehe nach, ob er dort ist. Arthur, meine ich. Mach Dir keine Sorgen, ich nehme den Regenschirm.
PS: Der Sturm hat den Schirm umgeklappt, das dumme Ding, also lasse ich ihn zu Hause. Tante D.«
Marietta mußte trotz ihrer Sorgen lächeln und wollte nach oben gehen, um Fanny die Nachricht zu zeigen, als ihr von hinten eine Hand über die Augen gelegt wurde. Ihr Herz blieb vor Schreck beinahe stehen, dann wirbelte sie herum und schnappte sich die Teekanne, um damit zuzuschlagen.
»He!« rief Eric und hob die Hand, um ihre Attacke abzuwehren. »Ich bin zwar ein vom Gesetz Verfolgter, aber habe ich diese Begrüßung wirklich verdient?«
Er war da! Ihr völlig durchnäßter, liebster Bruder, der ihrem Herzen so nahestand. Erst in diesem Augenblick merkte sie, wie angespannt ihre Nerven waren. Tränen schnürten ihr die Kehle zu, und sie warf sich in Erics Arme.
Er hielt sie eine Weile fest und schob sie dann von sich. »Was ist denn los? Mein tapferes Mädchen weint? Ich bin doch hier, sei ganz ruhig. Ich bin den Häschern entflohen, und alles ist gut, na ja, wenigstens für eine Weile …«
»Aber … nichts ist gut«, stammelte Marietta und fuhr sich wütend mit der Hand über die Augen. »Wir sind von sch-

schrecklichen Männern überfallen worden, die wissen wollten, wo di-dieser blöde Schatz versteckt ist ... Vaughan haben sie den Schädel eingeschlagen und Papa n-niedergestoßen und ...«

»*Was?* Wo ist er?«

»Weggefahren, um Anzeige zu erstatten, bei Constable Davis oder beim Militärposten ...«

Eric versteifte sich. »Beim Militärposten?«

»Ja. Und Arthur ist wieder verschwunden. Er ist schon vor dem Frühstück bei diesem Regen und Sturm ... Ach, was schwatze ich da. Eric, du hast mit nicht die Wahrheit gesagt, über ... über deine Auftraggeber!«

»Ich weiß. Aber ich habe dir doch geschrieben. Hast du meinen Brief nicht bekommen?«

»Doch. Aber dann ist ein General gekommen und hat Papa erzählt, du seist in den Verkauf von *militärischen* Geheimnissen verwickelt, nicht ... nicht in Industriespionage, wie ...«

Eric war blaß geworden und unterbrach Marietta wieder. »Ein *General?* Wer? Doch nicht Smollet?«

»Doch. Und er hat Papa geraten, auf der Hut zu sein und Ausschau nach ...«

»Zum Teufel!« Er schob Marietta beiseite, ging schnell ins Eßzimmer und nahm das Ingwerglas vom Regal. »Du mußt mir Geld leihen, Etta. Es tut mir leid, aber ich zahl's dir zurück. Ich muß so schnell wie möglich aus England verschwinden, und ...«

Zutiefst verzweifelt schluchzte Marietta: »Es ist also wahr? Du bist wirklich ein ... ein Verräter! Oh, Eric!«

»Setz doch keine so tragische Miene auf, um Himmels willen!« Er stopfte das Geld in seine Geldbörse und sagte

schroff: »An wem begehe ich denn Verrat? An einem dummen, fetten Prinzen, der sich zu Tode frißt und von Verschwendern und Säufern umgeben ist? Dem schulde ich keine Loyalität.«
»Aber England! Möchtest du etwa, daß wir von Frankreich regiert werden? Oder von Spanien! Wie konntest du ...«
»Schweig! Ich habe keine Zeit, mir diesen Unsinn anzuhören!« Er drängte sich an ihr vorbei und stakste steifbeinig über den Flur in die Küche. Dabei sagte er mit einer Stimme, die Marietta völlig fremd war: »Mein Vater hat meine Zukunft verspielt. Was habe ich denn noch für Aussichten, es sei denn, ich gehe ein paar Risiken ein. Nein, halte mir keine Predigt, Etta! Mit etwas Glück hätte ich unser Vermögen zurückgewinnen können. Du hast mein unrechtmäßig erworbenes Geld doch gern genommen. Aber jetzt, wo ich in der Klemme stecke, wird mir schön gedankt für meine Bemühungen!«
Marietta lief hinter ihm her und zupfte ihn am Ärmel. »Warte! Eric, du weißt, daß wir alle dich lieben. Bitte, hör mir zu! Du darfst nicht ...«
Er stand schon auf der Hintertreppe, warf einen Blick den Hügel hinauf und rief: »Eine Kutsche! In vollem Galopp. Verdammt, die sind mir aber dicht auf den Fersen!« Er gab Marietta schnell einen Kuß auf die Wange. »Es tut mir leid, Etta. Du warst immer ein gutes Mädchen ...«
»Warte! Du *mußt* mir zuhören. Geh nicht ...«
Aber er lief schon durch den Regen und schwang sich in den Sattel eines müde aussehenden Pferdes, das im Windschatten der Scheune angebunden war. »Mach dir keine Sorgen um Arthur. Der kommt schon wieder nach Hause. Grüß alle von mir.«

Verzweifelt lief Marietta hinter ihm her und schrie: »Geh nicht nach *Lanterns!* Diccon ist ein ...«
Aber Eric galoppierte schon mit wehendem Umhang den Hügel hinunter. Pferd und Reiter zeichneten sich als verschwommene Silhouette vor den dunklen Wolken ab, durch die gelegentlich Blitze zuckten. Im Regen stehend sah Marietta dem Fliehenden nach und dachte, daß Tante Dova sicher gesagt hätte, dieser fürchterliche Sturm sei ein böses Omen. Da fiel ihr die Nachricht wieder ein. Tante Dova war in *Lanterns.* Wenn sie Eric vor Diccon sah, konnte sie ihn vielleicht warnen. »Bitte, lieber Gott!« flehte Marietta inbrünstig und ging niedergeschlagen zum Haus zurück.
Der Sturm hatte das Poltern der herannahenden Kutsche und das Hufgetrappel übertönt. Schlamm spritzte auf, und sie wich schnell auf die Treppenstufen aus. Bridger saß mit grimmigem Gesicht und bis auf die Knochen durchnäßt auf dem Kutschbock und starrte zu ihr herunter. Die Kutschentür wurde aufgestoßen, ihr Vater sprang heraus und war mit ein paar Schritten bei ihr.
»Ist Eric gekommen?« fragte er und folgte ihr in die Küche. Seine Stimme klang brüchig, sein Gesicht war angespannt, und in seinen Augen lag ein Ausdruck gequälter Verwirrung. Er weiß es, dachte Marietta. »Er ist gerade fortgeritten, Papa. Er dachte, du seist ...«
»... daß Bow Street hinter ihm her sei?« Er warf seinen Hut auf den Tisch, setzte sich und fuhr sich müde mit der Hand über die Augen. »Er ist ein Verräter. Mein Sohn – ein Verräter! Ich konnte es zuerst nicht glauben, doch ... Wie gut, daß deine liebe Mama das nicht mehr erleben muß. Es hätte ihr das Herz gebrochen.«
»Ja, Papa. Aber ...«

»Du hast es also gewußt. Bin ich der letzte, der es erfährt? Wo haben wir bei Eric versagt, Etta? Ich habe uns in dieses hübsche Haus gebracht. Ich habe es geschafft, die Familie zusammenzuhalten. Er hatte ein besseres Leben als die meisten anderen Kerle. Wie konnte er unsere Ehre beschmutzen und zum Verräter am eigenen Land werden? Sicherlich ... aber lassen wir das. Hat er eine Nachricht für mich hinterlassen?«

»Er läßt dich grüßen, Papa. Er war nur ein paar Minuten hier.«

»Wäre ich nur dagewesen! Ich hätte ihn meine Peitsche spüren lassen! Dieser Narr! Zieht unseren Namen in den Dreck! Sie sind ihm dicht auf den Fersen, und er hätte es verdient ...« Sir Lionels Stimme brach. Rauh fügte er hinzu: »Wir können nur hoffen, daß ihm die Flucht nach Frankreich gelingt, damit uns die Schande einer ... einer öffentlichen Hinrichtung erspart bleibt.«

»Ja, Papa. Ich habe versucht, ihn zu warnen, aber er hat mir nicht zugehört, und ...«

»Wovor warnen? Daß dein Freund Diccon ein As des Geheimdienstes ist?«

Ihr »Freund« Diccon. Wohl eher ihr »Liebster«. Sie war bei den Worten ihres Vaters zusammengezuckt, sagte jedoch mit ruhiger Stimme: »Ja. Und daß Major Diccon den Befehl bekommen hat, einen Mann, der des Verrats verdächtigt wird, festzunehmen, sollte er hier auftauchen. In meinen schlimmsten Träumen hätte ich mir nicht vorstellen können, daß dieser Mann ... mein geliebter Bruder ist. Papa, ich fürchte, Eric ist nach *Lanterns* geritten, weil er glaubt, daß ihm Diccon meinetwegen helfen wird, das Land zu verlassen.«

Sir Lionel sprang entsetzt auf. »Er läuft direkt in die Falle! Du mußt sofort nach *Lanterns* gehen, Etta! Hol deinen Umhang. Schnell! Schnell! Ich würde dich begleiten, halte es aber für besser, hier auf die Berittene Polizei zu warten. Warum hast du mir verschwiegen, wer Diccon wirklich ist? Wenn ich daran denke, wie sich dieser verlogene, betrügerische Schuft bei uns eingeschlichen hat, um uns auszuspionieren … Dabei hat er dauernd so getan … na ja, das ist jetzt egal. Er liebt dich – das steht außer Zweifel. Er wird alles tun, worum du ihn bittest! Geh zu ihm, Etta. Flehe ihn an, das Leben deines Bruders zu retten! Die Kutsche kannst du nicht nehmen. Ihr Fehlen würde den Berittenen auffallen. Du mußt zu Fuß gehen. Hier, nimm meine Pistole mit. Notfalls jagst du diesem Halunken eine Kugel in den Schädel!«

Das weitläufige Gelände, das einmal der Park von *Lanterns* gewesen war, war mit abgebrochenen Ästen übersät, und der große Baum am Südende des Hauses war umgestürzt und reckte seine mächtigen Wurzeln gen Himmel. Es machte ihr Mühe, gegen den böigen Wind anzukämpfen, und das Dröhnen der schaumgekrönten Wellen gegen die Klippen ließ den Boden unter ihren Füßen erbeben.
Der ehemalige Wassergraben war jetzt ein Schlammloch, und ein paarmal drohte sie auf den glitschigen Trittsteinen das Gleichgewicht zu verlieren. Die Hintertür war nicht abgesperrt. Schnell huschte sie in die Spülküche und lehnte sich, völlig außer Atem, gegen die Tür. Sie hatte eigentlich damit gerechnet, MacDougall in der Küche anzutreffen, aber niemand war zu sehen. Donner grollte, als sie über den Gang lief, und Blitze malten flüchtige Lichtflek-

ken auf die Steinplatten. Während sie Angst hatte, in diesem alten Gemäuer Eric anzutreffen, betete sie darum, Arthur hier zu finden. Bestimmt war Tante Dova irgendwo im Haus. In der großen Halle heulte der Sturm, und der Regen trommelte aufs Dach. Die schwere Tür zum Südflügel war nur angelehnt. Langsam und schweren Herzens ging sie die Treppe hinunter. Hier hatte sie mit dem Notenständer in der Hand auf Diccon gewartet. Wie lange das her war. Wer hätte sich damals träumen lassen, daß Diccon ihr Herz stehlen würde, um sich dann als hinterhältiger Spion zu entpuppen? Oder wer hätte gedacht, daß sie einmal hierherkommen würde, um ihn zu bitten, das Leben ihres Bruders zu retten?

Eine Bö ließ das Haus erzittern. Marietta schnappte keuchend nach Luft, als ihr etwas in die Augen flog. Staubfäden hingen von der Decke. Ein Teil des Wassergrabens und das südliche Ende der Zufahrt waren schon vor langer Zeit auf den Strand hinuntergestürzt. Es war durchaus möglich, daß die gewaltige Brandung die Klippen noch mehr unterspülen und das ganze Haus zum Einsturz bringen würde. Wie immer war es dunkel in dem fensterlosen Flügel, und sie eilte an Zimmertüren vorbei zur großen Halle. Dort entdeckte sie ein schwaches Licht, hörte eine vertraute Stimme, und ihr wurde schwer ums Herz.

Eric sagte wütend: »…informiere Ihre Vorgesetzten über Ihre Schmuggleraktivitäten! Was wird dann aus Ihnen?«

»Ich wäre nicht schlimmer dran, als ich es jetzt bin.« Das war Diccons leise, gedehnte Stimme. »Sie sollten wissen, Warrington, daß diese Schmuggelei ein Teil meines militärischen Auftrags war, um durchtriebenen Kerlen das Handwerk zu legen.«

»Bin ich das für Sie? Ein durchtriebener Kerl? War ich das auch schon, als Sie die Gastfreundschaft meines Vaters mißbraucht und meiner vertrauensseligen Schwester schöne Augen gemacht haben?«
Keine Antwort.
Im Getöse eines Donnerschlags schlich sich Marietta näher heran. Im Licht einer einzigen brennenden Kerze konnte sie jetzt Eric sehen, der mit Handschellen an das Treppengeländer gefesselt war, das zu der kleinen Galerie hinaufführte. Diccon stand neben einem mächtigen alten Tisch und zündete eine Laterne an, deren Schein auf sein angespanntes Gesicht fiel.
»Sollten Sie sich Hoffnungen darauf machen, ihre Zuneigung zu gewinnen«, hakte Eric nach, »müssen Sie mir eine Chance geben.«
»Wissen Sie, unter keinen Umständen kann ich hoffen, Ihre Schwester für mich zu gewinnen. Und selbst, wenn …«
Eric hatte seine Schwester gesehen, und seine Augen weiteten sich. Wachsam wie immer, drehte sich Diccon blitzschnell um. Marietta hörte, wie er nach Luft schnappte. Ihre Finger berührten den kalten Stahl in ihrer Tasche, der sich eisig wie die Furcht in ihrem Herzen anfühlte. Aber sie sagte sanft: »Unter *gar* keinen Umständen … mein Freund?«
Das traf. Die langen, feinfühligen Finger seiner Hand ballten sich zur Faust, aber ruhig entgegnete er: »Ja, Ma'am.«
Marietta ging zu ihm. »Diccon, ich flehe Sie an. Geben Sie meinem Bruder eine Chance. Ich bitte Sie nur um einen Vorsprung von fünf Minuten.«
»Ich kann Ihnen gar nicht sagen, wie leid es mir tut. Aber Sie verlangen Unmögliches von mir.«

Noch ein Schritt vorwärts. »Sie könnten behaupten, Eric habe Orpheus gestohlen. Es gibt kein schnelleres Pferd.«
Er schüttelte den Kopf, an seiner Schläfe pochte eine Ader, und die geballte Faust verriet seine Anspannung.
»Bedeute ich Ihnen denn gar nichts?« gurrte sie. »Ich hatte angefangen zu hoffen, zwischen uns wäre mehr als nur … Freundschaft. Diccon, lieber Diccon – er ist mein geliebter *Bruder.* Ich *beschwöre* Sie – schicken Sie ihn nicht in diesen schmachvollen Tod. Es würde meinem Vater das Herz brechen. Und Arthur vergöttert seinen Bruder. Zerstören Sie nicht meine Familie. Tun Sie mir nicht so entsetzlich weh, mein Lieber. Ich *flehe* Sie an.«
Diccon wand sich unter diesen Worten. Er war jetzt blasser als Eric. Schweiß stand ihm auf der Stirn, und er sagte mit vor Anspannung rauher Stimme: »Die Verantwortung liegt auf den Schultern Ihres Bruders, Marietta. Ich bin Offizier. Ich habe einen Eid abgelegt, bedingungslos meinem König und Vaterland zu dienen, und darin ist keine Klausel enthalten, daß ich diesen Eid brechen darf, wenn ich persönlich betroffen bin. Bitte … bitte, verlangen Sie das nicht von mir.«
Marietta blinzelte ihre Tränen weg, sank vor Diccon auf die Knie und streckte ihm ihre Hände entgegen, während ihr Bruder ergriffen und atemlos zusah.
Diccon stöhnte und wich zurück. »Nein! Stehen Sie auf! Um der Barmherzigkeit willen, Marietta. Stehen Sie auf!«
Mit gebrochener Stimme sagte sie: »Sie wissen doch, was ich für Sie empfinde. Und ich weiß, daß Sie Ihre erste Liebe verloren haben und vielleicht nicht mehr viel Liebe für mich übrig haben, aber …«
In qualvoller Verzweiflung beugte er sich über sie und

umfaßte ihre flehend erhobenen Hände. »Um Gottes willen! Hören Sie auf! Versuchen Sie doch, mich zu verstehen. Selbst wenn ich den Boden unter Ihren Füßen küssen würde. Selbst wenn ich Sie für die tapferste, reinste und schönste Frau hielte, die mir je begegnet ist. Selbst wenn Sie mein Herz und meine Seele in Ihren Händen hielten … ach, Liebste aller Liebsten … ich *kann* es nicht tun!«

Auf Knien, mit tränenüberströmten Wangen und zitternden Lippen flüsterte Marietta: »Kennen Sie denn keine Gnade, Diccon?«

Mit vor Schmerz dunklen Augen sagte er: »Ihr Bruder ist ein Verräter. Vor dieser Tatsache kann ich die Augen nicht verschließen, selbst wenn es mich das Glück meines Lebens kostet.«

»Das ist der Preis, Sie Narr!« schrie Eric. »Überlegen Sie es sich zweimal, ehe Sie die Liebe meiner Schwester mit Füßen treten. Ich weiß mit Sicherheit, daß sie noch nie zuvor geliebt hat!«

Diccon ließ Marietta nicht aus den Augen. Mit rauher Stimme sagte er: »Während des Kriegs arbeitete mein engster Freund hinter der Feindeslinie. Er war ein großartiger junger Kerl – klug und tapfer –, ein Mann mit einer brillanten Zukunft. Und er hatte eine Verlobte, die ihn vergötterte. Er wurde von einem Briten verraten. Franzosen haben ihn gefangengenommen, gefoltert …und ihm das Augenlicht genommen. Aber er hat den Namen des Mannes, mit dem er zusammenarbeitete, nicht verraten. Das war ich. Wegen eines gewissenlosen Verräters ist er auf qualvollste Weise gestorben. Und wegen der unerschütterlichen Loyalität und Tapferkeit dieses Mannes bin ich heute noch am Leben. Ich *kann nicht tun,* was Sie von mir verlangen, liebste Marietta. Verstehen Sie das denn nicht? Ich *kann es nicht!*«

Marietta verstand. Diccon hatte recht. Aber ganz gleich, was Eric getan hatte, sie liebte ihren Bruder noch immer. Sie schlug die Hände vors Gesicht und weinte.

Diccon beugte sich zu ihr hinunter. »Stehen Sie auf, liebstes Herz. Wenn Mac zurückkommt, bringe ich Sie nach Hause.«

»Er hat ihn in die Kaserne geschickt, um die Militärpolizei zu holen«, giftete Eric. »Dein Verehrer besitzt nicht das Rückgrat, mich selbst hinzubringen.«

Diccon sagte: »Mein Befehl lautet, den Fliehenden – sollte ich ihm begegnen – festzunehmen und unter Hausarrest zu stellen, bis Verstärkung kommt. Der General fürchtet einen Hinterhalt. Monteil und seine Schergen treiben hier ihr Unwesen. Und der General will die Männer, für die Ihr Bruder arbeitet.«

Marietta dachte dumpf: Er ist also allein hier!

Diccon half ihr auf. Sie klammerte sich an ihn, und er sah sie mit unsäglicher Zärtlichkeit, mit unsäglicher Trauer in den Augen an.

»Was starrst du ihn an?« schrie Eric hysterisch. »*Tu* was, Etta! Hilf mir!«

Natürlich mußte sie ihm helfen. Zumindest mußte sie es versuchen. Also sagte sie: »Ich hatte gehofft, ich müßte niemals darauf zurückgreifen. Aber … Sie lassen mir keine Wahl, Diccon. Sie haben mir einmal gesagt, Sie hätten nie einer Lady weh getan. Und vor allem nicht Ihrer Mutter.« Er wich ihrem Blick nicht aus, schwieg aber. Marietta holte tief Luft, und obwohl ihr übel war, fuhr sie fort: »Wir können beweisen, daß Sie Lady Pamela etwas angetan – sie vielleicht sogar getötet haben.«

Eric stieß einen triumphierenden Schrei aus. »Aha! Er hat selbst Dreck am Stecken!«

Diccon sagte ausdruckslos: »Es würde mich interessieren, wie Sie das beweisen wollen.«

»Sie sind dabei beobachtet worden«, sagte Marietta mit versagender Stimme. »Sie und MacDougall haben die … die …«

»… Leiche?« ergänzte Diccon ironisch.

»Ja«, flüsterte Marietta. »Sie war in eine Decke eingewickelt und wurde in eine Kutsche gelegt, mit der ein anderer Mann davonfuhr. Und Sie haben zu Mac gesagt, sie dürfe nie gefunden werden. Dafür gibt es einen Zeugen.«

Diccon starrte sie an und sagte dann, mehr zu sich selbst: »Arthur! Dieser kleine Halunke hat zu mir gesagt, ich sei ein Mörder! *Deshalb* hat er mich angegriffen!«

Eric jubelte: »Wir haben ihn! Verdammt, wir haben ihn! Nimm mir die Handschellen ab, du verfluchter Heuchler! Versteckst dich hinter deiner Arroganz und schimpfst mich einen Verräter! Dabei hast du deine eigene Mutter umgebracht! Herrgott noch mal. Ist das zu fassen!«

Diccon ignorierte ihn und sagte sanft zu Marietta: »Mein armes Mädchen. Da ich Ihre hohen Moralvorstellungen kenne, weiß ich, wie schwer es Ihnen fällt, das zu tun. Aber … es nützt nichts.«

»O doch!« schrie Eric. »Wenn Sie mich gehen lassen, sind Sie frei. Ich gebe Ihnen mein Wort, daß Arthur niemals gegen Sie aussagen wird.«

Diccon warf ihm einen verächtlichen Blick zu. »Und ich soll mich auf *Ihr* Wort verlassen? Nein, lieber nicht. Au-

ßerdem wird Arthur sowieso nicht gegen mich aussagen.«
»Wie wollen Sie das wissen?« Eric musterte ihn argwöhnisch. »Der Junge ist verschwunden … Mein Gott, Etta! Der kleine Kerl ist in seiner Gewalt.«
»Machen Sie sich nicht lächerlich«, sagte Diccon. »Arthur ist zu jung, um gegen mich aussagen zu können.«
»Stimmt nicht! Stimmt nicht!« Erics Stimme überschlug sich. »Hör nicht auf ihn, Etta! Er hat seine Mutter umgebracht. Wie könnte er dann davor zurückschrecken, ein Kind zu töten, das ihn als Mörder entlarven könnte? Bring ihn dazu, mir die Fesseln abzunehmen, damit wir unseren armen kleinen Bruder suchen können. Hör nicht …«
Marietta brachte ihren Bruder mit einer Handbewegung zum Schweigen. »Nein, Eric. Diccon mag Arthur, er würde ihm nie etwas antun.«
»Aber er will mir etwas antun! Ist dir das egal? Willst du etwa zulassen, daß er mich aufs Schafott bringt? Diese Schande würde Papa nicht überleben. Das *weißt* du! Tu endlich was!«
Müde lächelnd sagte sie: »Ja, ich fürchte, es bleibt mir nichts anders übrig.« Sie nahm die Pistole aus ihrer Tasche und zielte damit auf den Mann, den sie liebte. »Ich bin im Umgang mit Waffen geübt und kann schießen«, sagte sie. »Nehmen Sie meinem Bruder die Handschellen ab, Diccon.«
Er sah zuerst die Waffe an und dann in ihre Augen. Wie traurig sie war. Er sagte: »Können Sie das mit Ihrem Gewissen vereinbaren, meine Liebe? Dadurch werden Sie zu einer Mitschuldigen und müssen das Land verlassen.«
»Was kümmert Etta dieses elende Land«, schrie Eric. »Ich

fliehe mit meiner Lieblingsschwester nach Frankreich. Dort wird Sie wie eine Königin leben. Nehmen Sie mir jetzt endlich diese verfluchten Handschellen ab!«

Marietta zielte weiterhin mit ruhiger Hand auf Diccon. »Bitte, tun Sie, was er sagt.«

Diccon nickte, nahm den Schlüssel aus seiner Tasche und ging auf Eric zu. Dann riß er den Arm hoch, etwas glänzte flüchtig im Kerzenlicht und fiel klirrend irgendwo in der dunklen Halle zu Boden.

Eric stimmte ein Wutgeheul an. »Du elender Bastard! Erschieß ihn, Etta. Und such dann den Schlüssel, ehe ...«

Seine Worte gingen im Heulen des Sturms unter. Das Haus erbebte unter der Wucht einer Bö, und die Treppe zur Galerie knarrte und wankte bedrohlich. Staub und Schutt regneten von der Decke, und oben fiel etwas donnernd zu Boden.

»Beeil dich«, schrie Eric, als das Getöse verebbte. »Willst du vielleicht warten, bis die Berittenen kommen? Oder bis diese gräßliche alte Ruine die Klippen runterrutscht? *Erschieß* ihn! Schieß doch endlich.«

Marietta krümmte den Finger um den Abzug.

Mrs. Cordova saß hustend und spuckend mitten im Geröll und war sehr enttäuscht. Das Mystische Zeitfenster hatte sie vor einem bösen Ereignis gewarnt – womit der Überfall des gräßlichen blassen Mannes und seiner Komplizen gemeint gewesen war, hatte sie gedacht –, aber nicht vor Taifunen oder Hurrikanen oder wie diese Stürme hießen, und auch nicht vor einstürzenden Mauern, die unschuldigen Damen auf den Kopf fielen. Blinzelnd wischte sie sich den Staub aus den Augen und vom Gesicht. Ihr Haar war von

dem Zeug ganz verklebt, und ihr Kopf schmerzte. Vorsichtig tastend spürte sie eine große Beule und zuckte zusammen. Einer dieser gräßlichen Felsbrocken mußte sie getroffen haben.
Die dichte Staubwolke legte sich allmählich. Mrs. Cordova konnte jetzt sehen, daß ein Teil der Außenwand zusammengebrochen war und daß sie Glück gehabt hatte, denn manche Brocken waren wirklich sehr groß und hätten sie leicht erschlagen können. Ihr rechtes Schienbein tat auch weh. Sie schob den Stein, der ihr aufs Bein gefallen war, beiseite. Ihr Strumpf war zerrissen und die Haut aufgeschürft. Das wird ein schöner blauer Fleck, dachte sie. Wie unfair. Natürlich hatte sie *Lanterns* widerrechtlich betreten. Als Diccon angeritten kam, war sie die sehr baufällige Treppe hinaufgeschlichen. Dann war sie auf der Suche nach Arthur umhergeschlendert und hatte in kleine und große Zimmer geschaut. In einem großen Raum, der früher wohl mal das Musikzimmer gewesen war, hatte die in den Kaminsims eingemeißelte Abbildung einer Harfe ihre Aufmerksamkeit gefesselt. Wegen des heulenden Sturms hatte sie keine Angst, entdeckt zu werden, und sie war beleidigt, daß der Stein ihr Bein verletzt hatte, wo sie doch gar nichts Böses getan hatte.
»Gräßliches Ding!« schimpfte sie und trat wütend danach. Sie hatte nicht fest zugetreten, weil sie sich nicht auch noch einen Zeh brechen wollte, und sah verblüfft, daß der Stein wie eine Kanonenkugel quer durch den Raum schoß. Sie setzte sich auf und dachte nach. »Hmm.« Dann stand sie auf, um diesen Stein näher zu untersuchen. Vorsichtig stieß sie ihn mit dem Fuß an … er war weich! Neugierig geworden, hob sie ihn auf. Er wog nicht

mehr als fünf oder sechs Pfund und war aus irgendeinem Grund in ein Stück Stoff oder Sackleinen eingewickelt worden. Warum, um Himmels willen, sollte jemand einen Stein einwickeln? Als sie an der Umhüllung zupfte, zerfiel der mürbe Stoff zwischen ihren Fingern. In dem trüben Nachmittagslicht erkannte sie etwas Glänzendes. Ihre Augen wurden groß vor Aufregung, und sie riß die letzten Stoffetzen ab, ohne auf den durch das Loch in der Mauer hereinpeitschenden Regen oder die Staubwolke zu achten, die herabrieselte.

»O du meine Güte!« flüsterte sie und starrte auf den Gegenstand in ihrer Hand. »O gütiger Himmel!«

»Verdammt noch mal!« Eric Warringtons schrille Stimme übertönte den Donner. »Steh da nicht wie eine Statue! Es geht um sein Leben oder um meins, Mädchen!«

Diccon ging direkt auf sie zu. »Legen Sie die Pistole weg, Marietta.«

Sie mußte daran denken, wie Diccon trotz der auf ihn gerichteten Waffe auf Blake Coville zugegangen war. Er war nicht leicht einzuschüchtern. Sie würde schießen müssen! Voller Qual dachte sie: O großer Gott! Ich liebe ihn. Ich kann nicht auf ihn schießen! Um Eric und ihre Familie zu retten, könnte sie ihm vielleicht ins Bein oder in den Fuß …

»Nein! Schießen Sie nicht!«

Blake Coville war wegen des Sturms unbemerkt näher gekommen. Mit einer langläufigen Duellpistole zielte er auf Diccon und entriß Marietta die Waffe. »Entschuldigen Sie bitte«, sagte er. »Aber ich kann nicht zulassen, daß Sie meinen geliebten Stiefbruder erschießen.«

Eric stöhnte verzweifelt und legte den Kopf auf seine gefesselten Hände.
Diccon verfluchte sich wegen seiner Unachtsamkeit und sagte gedehnt: »Dieses Privileg nimmst du für dich in Anspruch, wie?«
Coville grinste. »Nichts wäre mir lieber, als an deinem Begräbnis teilzunehmen, lieber Bruder. Da ich jedoch keine Lust habe, vor den Häschern deines Freundes Smollet aus diesem schönen, grünen Land zu fliehen, versage ich mir das Vergnügen.«
»Narr«, knurrte Eric.
Marietta sagte: »Blake ... helfen Sie meinem Bruder. Ich flehe Sie an.«
Coville warf Eric einen Blick zu. »Vielleicht tue ich das sogar. Aber zuerst muß ich meinen Handel abschließen.« Er stellte sich vor seinen Stiefbruder. »Ich könnte dir ohne Bedenken eine Kugel ins Knie jagen, Paisley. Du weißt, daß ich ein guter Schütze bin, also enthalte dich jeglicher heldenhafter Impulse.«
Diccon seufzte. »Es geht mal wieder um diesen verfluchten Schatz, nicht wahr? Ich weiß nicht, wo das Versteck ist. Und wenn ich es wüßte, würde ich es dir nicht verraten. Außerdem glaube ich nicht, daß dieses Bild je existiert hat, aber ...«
»Doch, du glaubst daran! Hältst du mich für einen Vollidioten? Ich weiß, warum du hier bist. Ich habe deine Skizzen gesehen. Du willst diese alte Ruine wieder aufbauen. Da du aber keinen Louisdor in der Tasche hast, muß das Geld irgendwoher kommen.«
»Wenn ich je ...«
»Schweig! Ich bin nicht hier, um mit dir zu diskutieren, lie-

ber Bruder! Ich bin gekommen, um dir einen Handel vorzuschlagen. Ich besitze etwas, das für dich von großem Wert ist, und bin bereit, mit dir zu tauschen.«
Diccon kniff die Augen zusammen. »Du besitzt nichts, was auch nur von geringstem Interesse für mich wäre. Es sei denn, du meinst die Smaragde meiner Mutter, und ...«
»Dummkopf! Die habe ich mir schon vor Jahren genommen. Ich spreche von etwas, wofür deine so verehrte Lady ihr Leben geben würde.«
Marietta keuchte: »Arthur!«
Diccon sagte fassungslos: »Soll das heißen, du hast den Jungen entführt? Nein ... nicht einmal du könntest so weit sinken und einem Kind etwas antun!«
»Er ist in meiner Gewalt«, bestätigte Coville mit triumphierend glitzernden Augen. »Es geht ihm gut. Aber nicht mehr lange. Nein! Bleib stehen, Paisley, oder ich schieße dich zum Krüppel! Der Junge ist in einem Versteck, wo ihn niemand hören noch entdecken kann. Darauf gebe ich dir mein Wort. Und niemand ... *niemand* außer mir kennt dieses Versteck. Sollte ich also weggehen oder mir irgend etwas zustoßen, wird er dort langsam verhungern.«
»Das können Sie ihm nicht antun«, schrie Marietta. »Er ist doch ein kleiner Junge!«
Eric knurrte: »Lassen Sie mich frei, Paisley, damit ich dieses Aas fertigmachen kann!«
Diccon, der Coville nicht aus den Augen ließ, sagte: »Nur äußerste Verzweiflung kann dich zu dieser Tat getrieben haben. Was ist passiert, Blake? Hast du beim Pferderennen verloren? Oder am Spieltisch?«
Coville warf ihm einen mörderischen Blick zu, brach in ein kurzes, nervöses Gelächter aus und entgegnete: »Du hältst

dich wohl für verdammt clever, wie? Na, dann sieh zu, wie du aus dieser Klemme rauskommst, Major. Ich stehe bei einem skrupellosen Halsabschneider mit Zins und Zinseszins in der Kreide, und wenn ich meine Schulden nicht bezahlen kann, bin ich ruiniert. Du kennst meinen geliebten Vater – der wirft mich ohne Bedenken den Wölfen zum Fraß vor. Ich habe nichts mehr zu verlieren und nicht viel Zeit. Wie der liebe kleine Arthur! Entscheide dich also, Mylord! Der Junge – oder der Schatz!«

Achtzehntes Kapitel

»Ich sage dir, ich ...« Diccon mußte gegen das Heulen des Sturms anschreien. »... ich *weiß es nicht!*«

»*Doch,* du weißt es, verdammt!« Blake steckte Mariettas Pistole in seinen Gürtel und stellte sich dicht vor Diccon. Mit dem zerzausten Haar, dem hochroten Gesicht und dem haßerfüllten Blick sah er wild und verzweifelt aus. »Ich warne dich! Ich meine es ernst. Wenn ich hier mit leeren Händen rausgehe, bist du für den Tod der beiden Brüder dieser Lady verantwortlich.« Diese Worte brachten Diccons eiserne Selbstkontrolle ins Wanken, was Coville nicht entging. Hämisch fügte er hinzu: »Es scheint dir wohl zur Gewohnheit zu werden, Tod und Verderben über deine Damen zu bringen, Mylord.«

Mit schmalen Augen und geballten Fäusten duckte sich Diccon, und Blake, die Pistole im Anschlag, schrie: »Rühr dich nicht von der Stelle! Wenn ich schießen muß, sorge ich dafür, daß du langsam und elend krepieren wirst. So wie der Junge.«

Eric sagte: »Mein Gott, Coville, Sie sind ja noch ein größerer Schurke als Paisley! Wenn meinem Bruder etwas zustößt ...«

»Was dann? Wollen Sie mich noch vom Galgen herunter anklagen? Pah! Wer wird einem überführten Verräter wohl glauben? Außerdem kann mir ohne den Jungen

nichts nachgewiesen werden, und den wird man nie finden ...«
Ein greller Blitz, krachender Donner und dann ein bedrohliches Getöse. Kalk und Bauschutt rieselten von der Decke.
Eric heulte: »Diese verdammte Ruine stürzt ein und begräbt mich unter sich! Bringen Sie mich hier raus, Paisley ...«
Coville sagte: »Niemand verläßt diesen Saal, bevor ich nicht *Saladins Seufzer* in den Händen habe!«
Diccon sah aus den Augenwinkeln, daß sich Marietta vorsichtig rückwärts zum Tisch hin bewegte. Mit der eiskalten Verachtung, die seinen Stiefbruder immer in Wut versetzte, sagte er: »Was bist du doch für ein Narr, Blake. Seit Jahrhunderten suchen gierige Männer vergeblich nach dem Schatz. Und du erwartest von mir, daß ich ihn innerhalb von ein paar Minuten finde?«
»Ich *weiß*, daß du das Bild schon gefunden hast, du verlogener Halunke! Diese Zigeunerin hat Imre Monteil gesagt, sie habe es gesehen, und zwar hier in *Lanterns.* Ich habe keine Zeit zu vergeuden! Sag es mir, oder ...« Der Boden bebte, und er warf einen besorgten Blick zur Decke.
Marietta hatte die Kerze vom Tisch genommen und schob sich seitwärts hinter Blake. Er war wie immer elegant gekleidet und war wohl mit der Kutsche gekommen, denn er trug keinen Umhang, und seine Kleidung war trocken. Als Marietta die Flamme an seine Rockschöße hielt, fingen diese sofort Feuer.
»Du glaubst wohl, das Bild befände sich da oben, wie?« gurrte Diccon. »Ich muß zugeben, du bist nahe dran ... warm, immer wärmer ...«
Coville musterte ihn argwöhnisch, schnupperte plötz-

lich ... er roch Brandgeruch. Warrington brach in höhnisches Gelächter aus. Blake sah sich von Panik ergriffen um, entdeckte die Flamme, die an seinem Rücken emporzüngelte und schrie auf.

Diccon stürzte sich auf ihn und schlug ihm die Pistole aus der Hand.

Noch immer schreiend und wild nach seinen Rockschößen schlagend, floh Coville in den Regen hinaus.

»Gut gemacht, Mar...«, setzte Diccon an und taumelte dann, da der Boden unter ihm nachgab.

Ein dumpfes Grollen – ob vom Donner oder vom Sturm, konnte Marietta nicht sagen.

Auf der Treppe neben dem Balkon stand Mrs. Cordova, umklammerte etwas unter ihrem Umhang und rief: »Major! Ich muß Ihnen was erzählen ... Ach, du meine Güte! Ich glaube, das Haus stürzt ein!«

»Um Himmels willen, bringen Sie mich hier raus!« schrie Warrington.

Mit ohrenbetäubendem Getöse sackte die Südwest-Ecke der Halle ab, und der Sturm peitschte Regen herein.

Diccon lief blindlings durch die dicke Staubwolke und führte Mrs. Cordova die Treppe herunter. »Schnell, raus hier, Ma'am!« Er packte Mariettas Arm. »Beeilt euch! Schnell! Raus hier!«

Marietta stammelte: »Aber ... Eric ...«

»Ich kümmere mich um ihn. Geht, ehe das obere Stockwerk herunterstürzt.«

»Aber Sie haben keinen Schlüssel für die Handschellen.«

»*Raus!*«

Er schob die beiden Frauen zur Tür. Dieser Teil des alten Flügels drohte jeden Augenblick über die Klippen zu stürzen. Diccon hatte keine Zeit, nach dem Schlüssel zu suchen. Er lief zur Wand, an der uralte Waffen hingen. Erics Schreie dröhnten ihm in den Ohren, als er die schwere Streitaxt mühsam aus den Eisenklammern riß und unter ihrem Gewicht taumelnd durch den dichten Staub zur Treppe ging. Keuchend rief er: »Lehn dich ... so weit wie möglich ... zurück!«

Eric tat, wie ihm geheißen.

Diccon schwang mit aller Kraft die Axt. Das Geländer zersplitterte, aber der Pfosten blieb in seiner Verankerung.

Eric blickte auf und keuchte: »Oh ... mein Gott!«

Eine Hand griff über Diccons Schulter und packte die Axt. Er kannte nur ein Wesen, das die schwere Waffe so mühelos heben konnte. Er fuhr herum.

Die Axt in einer Hand, deutete Ti Chiu spöttisch eine Verneigung an. »Jetzt kämpfen zwei Krieger«, sagte er.

Eric zerrte verzweifelt am Geländer.

»Das ist Wahnsinn!« schrie Diccon. »Der Sturm hat ...«

Mit einem Sprung rettete er sich vor der herabsausenden Axt.

»Du tapferer Krieger!« rief Ti Chiu, und in seinen Augen lag ein fanatisches Glitzern. »Meine Ehre befleckt, weil ich vor bösen Geistern in Haus weggelaufen. Ich muß Ehre für meine Vorfahren wieder haben.«

»Noch so ein Idiot«, stöhnte Eric.

Diccon bückte sich nach Blakes Pistole. Er spürte einen Lufthauch, als die Axt haarscharf an seinem Ohr vorbeizischte. Ti Chiu stieß die Pistole beiseite. Diccon riß das zweischneidige Schwert von der Wand, drehte sich um und konnte gerade noch knapp vor seiner Brust die Axt blokkieren, die daraufhin, von ihrem Schwung fortgerissen, in den Stützbalkon des Balkons krachte. Ti Chiu riß sie heraus, fluchte auf chinesisch und schrie: »Du würdiger Feind, Major.« Er schwang die Axt über seinem Kopf, erstarrte jedoch mitten in der Bewegung, als eine Bö den Teil der noch stehenden Wand ins Wanken brachte. Mit bedrohlichem Knarren senkte sich die Galerie.

Diccon lief zu Eric und zerschmetterte mit einem Tritt das Geländer.

Eric befreite seine Hände und schrie: »Achtung!«

Diccon wirbelte herum und hob gleichzeitig das Schwert.

Da trat Eric zu, und Diccon stürzte zu Boden.

Ti Chiu grinste und holte zu dem Schlag aus, der seinen Feind töten und seine Ehre wiederherstellen würde.

Eric brachte sich mit einem Satz in Sicherheit.

Behende wie eine Katze, rollte sich Diccon ab und war wieder auf den Füßen, als die Axt an seiner Schulter vorbeisauste.

Ti Chiu stieß ein tierisches Gebrüll aus, als der Boden unter ihren Füßen schwankte. Holz splitterte, quietschend und knarrend sackte die Galerie nach unten.

Ti Chiu knurrte: »Erdbeben!«, ließ die Axt fallen und rannte zur Tür.

Diccon folgte ihm. Draußen peitschte ihm der Sturm Regen ins Gesicht. Blake Coville saß völlig durchnäßt in einer Pfütze und starrte haßerfüllt zu Marietta hoch, die ihm die Pistole abgenommen hatte und auf ihn zielte. Ti Chiu war nirgends zu sehen. Mrs. Cordova klammerte sich an Erics Arm und flehte ihn an, seiner Schwester zu helfen.

Marietta sagte: »...verraten Sie uns sofort, wo Arthur ist, sonst werden Sie wegen Entführung oder sogar – möge Gott es verhüten! – des Mordes angeklagt!«

»Ohne Beweise?« höhnte Coville. »Damit kommen Sie niemals durch.«
»Er hat recht«, sagte Diccon. »Er wird Ihnen das Versteck nicht verraten, aber wir können wenigstens dafür sorgen, daß er für sein Verbrechen bestraft wird.« Er zerrte Coville am Kragen hoch. »Ich habe noch ein paar Rechnungen mit dir offenstehen«, fügte er grimmig hinzu. »Und keine Zeit zu verlieren. Deshalb mache ich deinem Leben ein schnelleres Ende, als du es verdient hättest.« Blake versuchte verzweifelt, sich aus dem Griff zu befreien, doch Diccon drehte ihm den Arm auf den Rücken und schob ihn vor sich her zum Klippenrand.
»Was machst du mit mir?« schrie Blake mit vor Angst schriller Stimme.
»In Cornwall ist es alter Brauch, Verbrecher über die Klippen zu stürzen«, sagte Diccon ungerührt.
Coville schlug und trat um sich, aber der in solchen Kampfpraktiken geübtere Diccon stieß ihn gegen den vom Meer herantosenden Sturm vorwärts. Direkt vor Blake brach ein Fels ab und stürzte in die herandonnernde Brandung.
Coville kreischte: »Ich wäre beinahe abgestürzt! Du willst mich töten. Verflucht seist du!«
Da Diccon der Regen die Sicht genommen hatte, wäre er beinahe selbst mit dem abbröckelnden Gestein in die Tiefe gestürzt. Der Boden war von Rissen durchzogen und gab unter seinen Füßen nach. Deshalb wich er ein paar Schritte zurück.
Marietta schrie: »Diccon! Bleiben Sie von den Klippen weg. Sie werden abstürzen!«
»Dieses Aas hat Arthur umgebracht! Er hat den Tod verdient«, schrie er über die Schulter.

Der Wind war so stark, daß er mit aller Kraft dagegen ankämpfen mußte, aber er zwang Coville vorwärts, bis dessen Stiefelspitzen über den Klippenrand ragten. »Leb wohl, lieber Blake«, schrie Diccon und gab seinem Stiefbruder einen Stoß zwischen die Schulterblätter.
»Nein!« kreischte Blake. »Ich sag's. *Ich sag's!* Um Himmels willen, bring mich nicht um. *Schwöre*, daß du mich losläßt, wenn ...«
»Beeil dich, du Narr! Sonst ist es zu spät!«
Coville stammelte schluchzend: »Er ist in ... in der Höhle des Priesters.«
»Unter der Vorratskammer? Du lügst! Die ist leer.«
»Nein, nein!« schrie Coville in panischer Angst. »Es gibt noch eine Höhle. Eine kleinere. Unter der Treppe zur Galerie. Dort ist eine Falltür. Die geht auf, wenn du gegen die unterste Stufe drückst. Laß mich jetzt los!« Weinend fügte er hinzu: »Ich flehe dich an, B-Bruder! *Bitte*, laß mich los!«
Diccon sah die zusammenbrechende Treppe vor sich, und das Blut erstarrte ihm in den Adern. Mit knirschenden Zähnen stieß er einen Fluch aus, zerrte Coville vom Abgrund zurück und rannte zum Haus.
Marietta wollte ihn am Arm festhalten. »Wo! Wo ist Arthur?«
»In einem Hohlraum unter der Galerie. Verdammt noch mal! Ich brauche Hilfe!« Im Laufen rief er über die Schulter zurück: »He! Warrington!«
Eric trat zu seiner Schwester. »Hat Coville das Versteck verraten?«
»Ja.« Marietta klammerte sich an ihren Bruder, als eine Bö sie beinahe von den Beinen riß. »In einem Hohlraum unter der Galerie.«

»Dann ist der arme Racker so gut wie tot. Dieser Teil der Halle ist vor ein paar Minuten eingestürzt.«
Marietta strich ihr wehendes Haar zurück und sah, daß Diccon in den alten Flügel rannte. Die Südwest-Ecke war verschwunden. Es würde einem Wunder gleichkommen, wenn die Galerie an der gegenüberliegenden Wand nicht auch eingestürzt wäre. Sie zerrte an Erics Arm. »Hilf ihm, Eric. Um Himmels willen, rette Arthur!«
Er zögerte kurz und folgte dann Diccon.
Sturm peitschte den Regen über die Trümmer der zusammengestürzten Mauer in die große Halle, aber dadurch fiel auch Licht ins Dunkel. Diccon blieb entsetzt vor der Galerie stehen, die zur Seite gerutscht und teilweise auf die Treppe gestürzt war. Der Stützbalken war abgebrochen, und das obere Ende hing wie eine zersplitterte Lanze von der abgesackten Galerie.
Wie bizarre blaue Lichtpfeile erleuchteten Blitze flüchtig die schaurige Szene. Dem Donnerschlag folgte ein dröhnendes Getöse, und die Galerie sackte weiter ab.
Diccon fiel vor der Treppe zur Galerie auf die Knie und scharrte Geröll weg. Dann drückte er mit aller Kraft gegen die unterste Stufe. Das Brett gab nicht nach. Wahrscheinlich hatte das Gewicht der Treppe die Falltür blockiert. Er sah sich um. Warrington stand hinter ihm und starrte mit vor Schreck geweiteten Augen zu der über ihnen hängenden Galerie empor.
»Hilf mir!« schrie Diccon. »Dein Bruder ist da unten!«
Er sah, wie sich Eric auf die Unterlippe biß, und knurrte wütend: »Beweg dich, verdammt noch mal! Wir haben keine Sekunde zu verlieren. Ich kann die Stufe nicht allein eindrücken.«

Warrington schloß kurz die Augen und fiel dann neben Diccon auf die Knie. Gemeinsam stemmten sie sich gegen das Brett, und endlich gab es nach und fiel nach innen. Flach auf dem Bauch liegend konnte Diccon dahinter eine schwere Eisenkette sehen, aber keine Höhle. Er zerrte an der rostigen Kette und versuchte, das Knarren der herabsackenden Galerie zu ignorieren. Die Kette schien sich irgendwo verhakt zu haben, denn sie ließ sich nicht weiter bewegen. Diccon strömte der Schweiß in die Augen. »Siehst du irgendwo eine Tür?« schrie er.

Warrington, der neben ihm kniete, schaute voller Angst zur Galerie hoch und sagte mit totenbleichem Gesicht: »Sie kommt runter! Sie wird uns zerschmettern!«

»Nicht, wenn wir uns beeilen. Die Kette hat sich irgendwo verklemmt. Hilf mir!«

Warrington wich kopfschüttelnd zurück.

Diccon zerrte noch einmal fluchend mit aller Kraft an der Kette.

Krachend zersplitterte ein Geländerpfosten und hagelte auf die beiden herunter. Diccon duckte sich instinktiv, hörte einen unterdrücken Schrei und sah aus den Augenwinkeln Eric über das Geröll quer durch die Halle fliehen.

Da gab die Kette plötzlich nach. Unter Diccon öffnete sich der Boden. Die Höhle des Priesters lag also unter der Erde. Gott sei Dank! Denn wäre die Falltür seitlich angebracht gewesen, hätte das Gewicht der abgesackten Treppe sie wohl blockiert. Nach einem weiteren, heftigen Ruck an der Kette verbreiterte sich die Öffnung, ein Felsblock glitt zurück, und ein schwarzes Loch tat sich auf.

Eine heisere, zitternde Stimme kam aus der Finsternis. »Ich wußte, Ihr würdet kommen ... Sir Gawain! Ich *wußte* es!«

Diccon spähte in das schwarze Loch, konnte aber Arthur nicht entdecken. Mit zugeschnürter Kehle rief er rauh: »Nur Mut, Sir Lancelot! Könnt Ihr zu mir kommen?«
Er unterdrückter Schluchzer. »Er ... er hat mich angebunden. Er hat gesagt, es sei ein Spiel, aber ... es gefällt mir nicht. Bitte, holt mich hier raus!«
»Sofort! Ich komme ...«
Mit ohrenbetäubendem Rumpeln prasselte Gestein herab. Diccon schützte seinen Kopf mit den Armen und wartete, flach und hilflos auf dem Bauch liegend, daß die Galerie ihn zerschmetterte.
Ein gleißend greller Blitz. Er lebte noch!
Arthur stammelte: »D-Diccon ... ich habe schreckliche Angst. Muß ich sterben?«
»Nicht, wenn ich es verhindern kann«, knurrte Diccon mit zusammengebissenen Zähnen. Er sprang in das schwarze Loch und tastete umher. »Wo seid Ihr, Käpt'n Flint?«
»Hier! Hier bin ich. Oh, D-Diccon, danke ...«
Felsbrocken und Holz prasselten herunter. Ein grauer Schimmer durchbrach die Finsternis. Arthur schrie. Diccon rief verzweifelt: »Bist du verletzt, Junge?«
Nach einem Augenblick ertönte die zitternde, aber furchtlose Stimme: »Nicht sehr ... schlimm. Was ist denn passiert? Ich spüre Wind ... und ich ... ich werde naß.«
»Ich auch. Die Mauer ist eingestürzt.« Diccon konnte den Jungen jetzt sehen. Er lag, an Händen und Füßen gefesselt, auf einem eisernen Bettgestell. Armer kleiner Teufel, dachte er. Seinem Stiefbruder im stillen mörderische Rache schwörend, sagte er leichthin: »Wir sollten lieber von hier verschwinden.«
Mit einer Tapferkeit, die ihm schier das Herz zerriß, ver-

zog sich das kleine, blasse Gesicht zu einem Lächeln. Dann weiteten sich die großen Augen und starrten an Diccon vorbei. »Was … was ist *das?*«

Diccon riß den Kopf herum. Der Schreck fuhr ihm in die Glieder. Die Galerie hing jetzt direkt über ihm. Der zerbrochene Stützbalken schwebte wie ein Rammbock darüber.

Er packte den Jungen. »Mach dir keine Sorgen über den Schlamassel da hinten. Ich schieb dich jetzt durch die Lükke. Wart nicht auf mich, sondern roll einfach, so weit du kannst.«

Er hatte den Jungen gerade hochgehoben, als ihm der Boden entgegenkam und ihn von den Beinen riß. Arthur entglitt seinen Händen. Mit unaufhörlichem Getöse prasselte Gestein auf ihn herab, und mehrere Felsbrocken streiften ihn. Den Tod vor Augen, versuchte er noch verzweifelt, den Jungen zu ertasten. Er konnte nur noch den Oberkörper bewegen – etwas Schweres lag auf seinen Beinen. Durch die Höhle des Priesters pfiff der Wind und wehte Staub auf. Diccon blinzelte benommen und sah, daß die ganze Südwand verschwunden war. Ein Teil der Decke war weggerissen worden, und die Öffnung, wo die Falltür gewesen war, hatte sich vergrößert. Die Galerie hing noch immer in einem bizarren Winkel herab und wurde nur mehr von der Treppe gestützt. Der Spalt war breit genug, um den Jungen hindurchzuschieben, wenn er sich hätte bewegen können. Der zerbrochene Stützbalken hing noch immer wie eine Lanze über ihnen. Diccons Mund war ganz trocken. Er wußte, daß der Junge ihn beobachtete. Er fragte schreiend, wie es ihm ginge, und eine zitternde, kaum verständliche Stimme antwortete: »Mir … mir fehlt nichts.«

Diccon richtete sich mühsam auf und sah, daß eine Planke

quer über seinen Beinen lag. Er versuchte, sie anzuheben, aber sie gab keinen Zentimeter nach. Ein großer Felsblock lag auf dem einen Ende. Er zerrte wieder mit aller Kraft daran, bis ihm die Ohren dröhnten und ihm schwarz vor Augen wurde. Vergeblich. Keuchend ließ er sich zurückfallen und ruhte sich kurz aus.

»Oh, Diccon! Oh, *Diccon!* Das Brett bewegt sich nicht. Dieser ... dieser Balken ... wird er uns erschlagen?«

»*Diccon?* Wo sind Sie? Diccon?« Mariettas geliebte Stimme.

»Hier unten«, krächzte er. »Kommen Sie nicht näher.«

Er hörte knirschende Schritte und dann einen entsetzten Aufschrei.

»Arthur ist auch hier!« schrie er.

Marietta spähte durch den Spalt herein. In ihren Augen stand nacktes Entsetzen. Er rief: »Ich kann mich nicht bewegen. Holen Sie Hilfe!«

Ohne eine Sekunde zu vergeuden, verschwand sie. Diccon ließ den drohend über ihm baumelnden Balken nicht aus den Augen.

»Ich kenne einen Mann, der es immer wieder schafft, in lebensgefährliche Situationen zu geraten!« Jocelyn Vaughan, blaß und abgespannt, starrte zu ihm herunter.

Diccon sagte grinsend: »Bleib noch ein paar Minuten da stehen, dann kannst du mir hier unten Gesellschaft leisten, du Dummkopf!«

»Mac kommt gleich mit dem Polizeitrupp.«

Dann Geschrei und scharrende Geräusche. Daraufhin wütendes Gebrüll und Donnergrollen. Diccon dachte verzweifelt: »Warum ausgerechnet jetzt eine Schlägerei?«

»Sir Gawain ...«

»Ja, Käpt'n Flint?«

»Wenn ich in den Himmel komme … sehe ich dann Mama wieder?«
Er konnte nicht sofort antworten und sagte dann mit rauher Stimme: »Wenn dich deine Mama jetzt sieht, wird sie sehr stolz auf dich sein.« Er streckte die Hand aus und konnte mit den Fingerspitzen Arthurs kalte Wange berühren. »Nur Mut, Sir Lancelot!«
»Ich bin schrecklich froh, daß Sie bei mir sind, Sir …« Ein gellender Schrei.
Diccon riß den Kopf herum. Das zackige Ende des zerbrochenen Stützbalkens senkte sich langsam – nicht auf ihn, sondern auf Arthur.
Er brüllte: »Nein! Verdammt! *Nein!*« Die Wut verlieh ihm so viel Kraft, daß er sich auf die Seite wälzen konnte. Er legte den Arm über das verängstigte kleine Gesicht und packte das eiserne Bettgestell, das hinter dem Jungen auf der Seite lag. »Dreh den Kopf in die andere Richtung! Dreh den Kopf!«
Arthur riß ruckartig den Kopf zur Seite.
Diccon sah sich verzweifelt nach einer Stütze um. Da stürzte der Pfosten herunter, streifte sein Gesicht und krachte auf seinen ausgestreckten Arm. Nur mit äußerster Willenskraft gelang es ihm, einen Schmerzensschrei zu unterdrücken und den Bettrahmen festzuhalten.
Wie aus weiter Ferne hörte er Mariettas Stimme, die in panischer Angst schrie: »Der Pfosten ist runtergestürzt! O großer Gott! Wir müssen ihn festhalten, Joss. *Warum* kommt uns denn niemand zu Hilfe!«
Vaughan schrie atemlos: »Halt durch, Schmuggler! Wir halten den Pfosten fest … ziehen ihn hoch …«
Deshalb hatte ihm der Pfosten den Arm nicht zerschmet-

tert. Seine Liebste und sein Freund kämpften um ihrer beider Leben. Gebe Gott, daß bald Hilfe kam.

Ein tiefes und vertrautes Grollen. Diccon verließ das letzte Quentchen Mut. »Nicht jetzt, Ti Chiu! Sei vernünftig ... ich kann jetzt nicht mit dir kämpfen.«

Vaughan brüllte: »Zum Teufel, verschwinde, du riesiger ... Au!«

Der Druck auf seinen Arm verstärkte sich. Diccon klammerte sich mit letzter Kraft an das Bettgestell. Er war nahe daran, das Bewußtsein zu verlieren.

»Bist du da unten, Kleine Küchenschabe?«

»Willst du dich ... an meinem Elend weiden ...«, keuchte Diccon.

Arthur schluchzte: »Ja, mächtiger ... Krieger.«

Ein tiefes, vergnügtes Glucksen.

Mariettas Stimme klang schrill vor Angst und Hysterie, als sie schrie: »Du *gräßliche*, böse *Bestie*! Verschwinde! Wir müssen den Balken ...«

Der Pfosten bewegte sich wieder. Diccon hörte ein leises Knarren und stieß einen Angstschrei aus.

Arthur stammelte: »Ihr b-blutet, Sir Gawain! Oh, Etta! *Hilf* ihm! *Bitte*, Etta!«

»Warte nur, Küchenschabe«, grollte Ti Chiu.

Blitze erhellten die winzige Höhle, doch Diccon sah alles nur noch verschwommen. Er konnte diese entsetzlichen Schmerzen nicht länger aushalten ... Sein Arm war gebrochen, das fühlte er ... aber er durfte das Bettgestell nicht loslassen. Er mußte nur durchhalten, bis Mac mit dem Polizeitrupp ... Lange genug, daß der Junge nicht zerquetscht wurde. Bitte, lieber Gott ... ich darf ihn nicht im Stich lassen. Halt durch ... Ich muß durchhalten ...

»Mein Name ist Avebury.« Die Stimme klang kühl und sachlich, doch das Gesicht mit den geröteten Wangen und dem buschigen Backenbart paßte eher zu einem Landjunker als zu einem Arzt. Aber die Hand, die mit einem feuchten Tuch Diccons Gesicht betupfte, war sanft, und die grauen Augen blickten gütig. »Wie mir gesagt wurde, haben Sie sich großartig gehalten«, fuhr der Arzt fort. »Leider muß ich Ihnen noch einmal weh tun, aber ich glaube, Sie sind an schmerzhafte ärztliche Behandlungen gewöhnt.«
Diccon blinzelte und fragte sich, warum er wieder im Gästezimmer des Austragshauses lag und wie er hierher gekommen war. Er hatte eine vage Erinnerung daran, daß man ihn hochgehoben und Joss sich beklagt hatte, daß er so schwer sei. Mehr nicht. Sein linker Arm schmerzte entsetzlich, und dieser Schmerz brachte die Erinnerung zurück. Er fragte mit einer Stimme, die von weit her zu kommen schien: »Wie ...«
»Ein immens kräftiger Chinese hat den Balken festgehalten, damit ihre Freunde Sie darunter hervorziehen konnten.«
»Der Junge?«
»Hat ein paar Quetschungen und blaue Flecken abbekommen und ist ziemlich mitgenommen, der arme kleine Kerl. Aber er weicht nicht von ihrer Tür. Ihr Arm ... es tut mir leid, aber ...«
»... aber Sie müssen ihn amputieren.«
Avebury nickte ernst. »Der Knochen ist zerschmettert, Muskeln und Gewebe sind zerrissen. Ich dachte, Sie wollten vielleicht mit ... ähm ... jemandem reden, ehe wir anfangen.«
Diccon überlief ein eiskalter Angstschauder. »Sie meinen,

ich sollte Lebewohl sagen? Sagen Sie mir die Wahrheit, Avebury!«

Diese Bemerkung entlockte dem Arzt ein anerkennendes Lächeln. »Sie sind Soldat. Sie kennen die Regeln des Spiels. Ihr Gesundheitszustand ist hervorragend, aber Sie haben einen schlimmen Schock erlitten und eine Menge Blut verloren. Und jetzt ... jetzt muß ich Sie leider ...«

»Ja. Wie stehen meine Chancen?«

Der Arzt zögerte.

Diccon erschrak. »Steht es so schlimm um mich? Die Wahrheit, bitte.«

Avebury sagte widerstrebend: »Die Chancen stehen siebzig zu dreißig.«

»Dagegen? Ich verstehe.« Er holte tief Luft. »In dem Fall haben Sie recht, Sir, und ... ich danke Ihnen. Es gibt ein paar Dinge, die ich klären muß. Ich möchte gern mit Miss Warrington sprechen.«

Der Arzt nickte und verließ das Zimmer.

Diccon schloß müde die Augen. Siebzig zu dreißig. Arthur war gerettet, Gott sei Dank! Und er würde es auch diesmal schaffen, dem Tod von der Schippe zu springen, nahm er sich vor. Gleichzeitig fragte er sich seltsam abgeklärt, wie er mit einer Hand Geige spielen sollte.

Ein zarter Duft stieg ihm in die Nase. Er blickte auf. Marietta saß neben dem Bett und lächelte ihn an. Ihre Augen waren gerötet, und ihre Lippen zitterten. Sie sagte: »Können Sie sich vorstellen, wie sehr ...«

Er hob die rechte Hand, was ihn ziemlich anstrengte. »Ja, aber das ist nicht nötig. Sie wissen, wie ich empfinde ... für den Jungen. Was ist mit Eric?«

Marietta zuckte zusammen und blinzelte unter Tränen.

»Er … er ist geflohen. Ich bezweifle, daß wir ihn je wiedersehen. Und wie ich ihn kenne, wird er sich das nie verzeihen. Papa … Papa hat es schwer getroffen. Diccon …«
Er hob wieder die rechte Hand, sie griff schnell danach und hielt sie fest. Er sagte: »Ich muß Ihnen etwas erklären. Ich habe wirklich …« Ihm brach die Stimme, er holte tief Luft und betete.
Marietta kühlte sein bleiches, eingefallenes Gesicht mit dem feuchten Tuch und kämpfte gegen ihre Verzweiflung an. Als er die Augen wieder öffnete, war sein Blick getrübt. Marietta drückte einen Kuß auf seine rechte Hand. »Sie müssen mir weder jetzt – oder irgendwann – je etwas erklären«, sagte sie rauh. »Sie sind … der Tapferste der Tapferen, und ich werde Sie immer …«
»Ich muß es Ihnen sagen.«
Seine Stimme war schwächer geworden, und wieder durchbohrte sie die Lanze der Angst. »Wie Sie möchten, mein Lieber.«
»Sie sollen wissen, daß … daß ich meine Mutter … nicht getötet habe. Aber ich habe … sie entführt. Dafür kann man mich hängen … oder deportieren, verstehen Sie?«
Sanft tupfte sie sein Gesicht ab. »Ich habe immer gewußt, daß, was immer sie auch getan haben, es einen guten Grund dafür gegeben haben muß.«
Das Sprechen strengte ihn an, aber er gab nicht auf. »Sir Gavin hat die Unterschrift meiner Mutter gefälscht und … mir das Erbe … meiner Großmutter gestohlen. Das hat meine Mutter herausgefunden. Damit sie ihn nicht verraten konnte, hat er sie im Haus eingesperrt … und allen erzählt, sie sei wahnsinnig. Ärzte haben sie … behandelt. Entsetzliche Behandlungen, die sie beinahe umgebracht

hätten. Wir standen uns nie nah, aber ... sie ist meine Mutter. Es ist ihr gelungen, mir einen Brief zukommen zu lassen, in dem sie mich anflehte ... Ich habe sie gerettet und fortgebracht, aber ...« Er schloß die Augen.

Marietta sagte sanft: »Die arme Frau. Wie entsetzlich! Reden Sie jetzt bitte nicht weiter. Ich kann mir vorstellen, was dann passiert ist. Sir Gavin ist ihr Ehemann, der nächste Verwandte, also waren Ihnen – rechtlich gesehen – die Hände gebunden.«

»Er kann sich keinen Skandal leisten und wollte sie ... offiziell für verrückt erklären lassen.«

»Wie großherzig von Ihnen, daß Sie ein so hohes Risiko eingegangen sind. Bestimmt ist Ihre Mutter irgendwo in Sicherheit und erfreut sich ihres Lebens. Aber Sie sind erschöpft, mein Lieber ...«

»In Italien«, murmelte er. »Aber ich kann noch immer strafrechtlich verfolgt werden ... wenn er Anzeige erstattet. Ich wollte, daß Sie die Wahrheit ... für den Fall, daß ... ich möchte nicht, daß ... Sie schlecht von mir denken.«

Da kam Dr. Avebury zurück. »Ich muß Sie jetzt leider bitten, das Zimmer zu verlassen, Miss Warrington.«

Marietta blickte mit tränenüberströmtem und angstvollem Gesicht zu dem Arzt auf.

Er tätschelte ihr lächelnd die Schulter. »Im Flur wartet ein junger Gentleman, der Sie braucht.«

Marietta beugte sich über Diccon und küßte ihn auf den Mund. »Gott sei mit dir, mein tapferer Mann«, sagte sie.

Neunzehntes Kapitel

Aber … gestern sagten Sie doch, er habe die Operation gut überstanden.« Marietta saß neben Fanny auf dem Sofa im Wohnzimmer und umklammerte ängstlich die Hand ihrer Schwester. »Hat er einen Rückschlag erlitten? Wird er … oh, *bitte,* wird er es überleben?«

Dr. Avebury schürzte die Lippen. »Temple and Cloud – oder Major Diccon, wie Sie ihn nennen – hat eine Bärenkondition, aber er ist genauso sterblich wie wir alle, Ma'am. Zwei so große Operationen in relativ kurzer Zeit … hm … damit sind Risiken verbunden.«

Marietta fing zu zittern an, und Fanny legte ihr den Arm um die Schultern. »Versink jetzt nicht in Trübsal, Liebes. Dr. Avebury hat doch nicht gesagt, daß Diccon es nicht schaffen wird.«

»Nein«, flüsterte Marietta, den Tränen nahe. »Aber … oh, Fanny! Ich könnte es nicht ertragen, wenn er …«

»Und ich mag es nicht, wenn mir jemand Worte in den Mund legt«, schimpfte der Arzt sanft. »Wie ich schon Sir Lionel sagte, müssen wir damit rechnen, daß sich der Zustand des Majors zunächst verschlechtert, ehe eine Verbesserung eintritt. Ich will nichts beschönigen: eine Woche lang wird es ihm noch sehr schlechtgehen. Aber ich habe eine sehr tüchtige Krankenschwester kommen lassen, und wenn drei so charmante Ladies ihn verhätscheln, bleibt ihm doch gar nichts anderes übrig, als wieder gesund zu werden. Ich bitte jedoch um Geduld.« Er sah die Tränen in Mariettas Augen und stand auf. »Ich will Sie nicht länger mit meinem Geschwätz beunruhigen.« Er nahm Mariettas Hand. »Schließen Sie den Major in Ihre Gebete ein, Miss Warrington. Das ist die beste Arznei, die ich kenne, außer meiner.« Marietta krächzte ein paar unverständliche Worte. Der Arzt verabschiedete sich von Sir Lionel. »Sie müssen sehr dankbar sein, daß Ihnen Ihr kleiner Junge erhalten geblieben ist, Sir.«

»Ja.« Sir Lionel zwang sich zu einem matten Lächeln. »Das bin ich natürlich. Nur ... ich habe noch einen Sohn, wissen Sie.«

Marietta tauschte mit Fanny einen Blick, und Vaughan runzelte mißbilligend die Stirn. Der Arzt spürte die gespannte Atmosphäre und verabschiedete sich mit dem Versprechen, am nächsten Morgen wieder nach dem Patienten zu sehen.

Seine Prognose hätte nicht zutreffender sein können. Diccons Leben hing am seidenen Faden, und er mußte schrecklich leiden. Den entsetzlichen Schmerzen konnte er nur im Fieberwahn entfliehen, wenn er in eine dunkle Welt abtauchte, in der er die schlimmsten, alptraumhaften Episoden seines Lebens noch einmal erlebte. In den wenigen Augenblicken, wo er bei vollem Bewußtsein war, quälten ihn Ängste vor einer Zukunft mit nur einem Arm, und sein Geist gaukelte ihm beharrlich jede nur erdenkliche Schwierigkeit vor, mit der er konfrontiert werden würde. Er sehnte sich danach, Marietta zu sehen, hatte aber gleichzeitig entsetzliche Angst davor, Mitleid in ihrem Blick zu entdecken. Er liebte sie mit jedem Atemzug, schreckte je-

doch vor dem Gedanken zurück, sie könne nur aus Pflichtgefühl seine Frau werden. Er wußte aus Erfahrung, daß Ängste dem Genesungsprozeß hinderlich waren, war aber zu schwach, um gegen diese Gedanken anzukämpfen.
Nach einer langen und erschöpfenden Phase völliger Verwirrung wurde ihm allmählich bewußt, daß er wirklich sehr krank war. Doch wurde sein Lebenswille durch ein Gefühl tiefster Empörung gestärkt. Der Stummel, der von seinem linken Arm übriggeblieben war, schmerzte höllisch, sein Kopf drohte zu platzen, er hatte das Gefühl, innerlich zu verbrennen und, als würde er noch nicht genug leiden, kitzelte ihn auch noch etwas an der Nase. Er hatte nicht die Kraft, dieses irritierende Etwas wegzuwischen, öffnete aber die Augen. Bis auf ein gedämpftes Licht am Fußende des Bettes war das Zimmer dunkel. Dort saß jemand und las. Zwei große grüne Augen starrten ihn an.
Er krächzte: »Nimm deine Schnurrhaare aus meinem Gesicht ... Bruder Tuck!«
Zwei Hände griffen nach dem Kater, und Mrs. Cordova schalt: »Oh, du verflixtes Tier! Wie konntest du ...«
»Bitte«, seufzte Diccon. »Lassen Sie ihn hier.«
»Natürlich, mein Lieber«, sagte sie sanft und setzte den Störenfried wieder aufs Bett. »Wie Sie wünschen.«
Bruder Tuck, der auf der einen Seite keine Hand fand, kletterte über Diccons Brust und stupste die andere an. Da er nicht gleich die Streicheleinheiten bekam, die ihm zustanden, wand und krümmte er sich so lange, bis er unter den Fingern lag, die ihn zwar nicht streichelten, aber seinen Rücken umfaßten. Er beschloß, daß das genügen mußte, schmiegte sich an die Hand und fing an zu schnurren.
Diccon lächelte schwach und schlief ein.

Vaughan saß neben dem Bett seines Freundes. Die Tatsache, daß Diccon wieder soweit bei Kräften war, um Fragen zu stellen, machte ihm Mut. »Dienstag«, antwortete er. »Acht Tage sind vergangen, seit du beschlossen hast, den Helden zu spielen.«
Noch schwach, aber beleidigt, sagte Diccon: »Geh zum Teufel, Joss! Was für eine boshafte Bemerkung! Du hättest doch dasselbe getan.«
Diccons eingefallenes Gesicht hatte wieder etwas Farbe bekommen, und obwohl der arme Kerl noch in einem ziemlich elenden Zustand war, schien sein Widerspruchsgeist ungebrochen. Vaughan sagte bedächtig: »Wahrscheinlich. Aber *du* hast es getan, und glaub bloß nicht, daß das je in Vergessenheit gerät. Vor allem Miss Marietta ...«
Diccon schloß die Augen. Vaughan, der dachte, sein Freund sei wieder eingeschlafen, wollte sich leise davonstehlen. Da fragte Diccon: »Ist Ti Chiu gekommen, um mir zu helfen? Oder habe ich das nur geträumt?«
»Er hat dich und den Jungen gerettet. Soviel wir herauskriegen konnten, ist Monsieur Imre Monteils Gefolgsmann Arthur begegnet, als der Bruder Tuck suchte, und hat den Jungen ins Herz geschlossen. Ti Chiu hat Angst gezeigt, als er vor Mrs. Cordovas ›Freunden‹ davonlief und hat dadurch seine Ehre verloren. Um diese Schande wiedergutzumachen, mußte er einen würdigen Gegner besiegen. Seltsame Logik, finde ich. Aber die hat dir und dem Jungen letztendlich das Leben gerettet. Kein anderer Mann hätte den Pfosten so lange festhalten können, daß wir zu euch kriechen konnten.«
»Das heißt also, du hast deinen Hals riskiert, um uns rauszuholen. Und du besitzt die Frechheit ...« Diccon wollte

sich aufsetzen, sank jedoch stöhnend wieder in die Kissen zurück. »... die Frechheit, mich einen ...«

»Da, siehst du?« warf Vaughan ein. »Deine Wunde schmerzt. Und wenn du wieder Fieber kriegst, ist mein Leben keinen Pfifferling mehr wert. Verhalte dich also ruhig, sonst gehe ich.«

»Aye, aye, Sir! Aber ich danke dir trotzdem, Joss. Nein, geh nicht ... bitte!«

»Schon gut. Reg dich nicht auf. Zwei Fragen darfst du mir noch stellen, dann ist Schluß.«

»Was ist mit Ti Chiu? Irgendein Lebenszeichen von ihm?«

»Nein. Nachdem seine Ehre wiederhergestellt war, hat er sich getrollt. Smollets Männer durchkämmen die ganze Gegend und patrouillieren an der Küste. Monteil ist kein Narr und ist wohl mit einem Schiff aus irgendeinem kleinen Hafen im Westen nach Frankreich geflohen.«

»Wie hat Sir Lionel das alles aufgenommen?«

Vaughan zögerte und wurde glücklicherweise einer Antwort enthoben, weil Diccon einschlief.

Marietta schrak hoch, als Vaughan sie sanft schüttelte. Sie hatte sich kurz auf einen Stuhl in der Küche gesetzt und war eingenickt. Mit einem Schreckensruf sprang sie auf: »Was ist? Geht es ihm wieder schlechter? Ist ...«

Vaughan legte lächelnd den Zeigefinger an seinen Mund. »Avebury sagt, er mache erstaunliche Fortschritte. Smollet ist gekommen. Er sitzt mit Sir Lionel im Wohnzimmer. Ich dachte, Sie möchten vielleicht dabeisein.«

»Ja, ja, natürlich«, antwortete sie nervös. »Ich lauf' schnell nach oben und mache mich frisch. Geht es Diccon wirklich besser?«

»Ihre Tante und die Krankenschwester sind bei ihm.« Vaughans Augen funkelten, als er hinzufügte: »Mrs. Cordova hat mir eben erzählt, daß jemand kommen wird. Nein, machen Sie sich keine Sorgen. Kein böser Mensch.«
Marietta berührte spontan seinen Arm. »Joss, Sie waren für uns in dieser schrecklichen Zeit wie ein Fels in der Brandung. Ich weiß nicht, was ohne Sie aus uns geworden wäre.«
»Das freut mich«, sagte er und küßte ihr die Hand. »Und wagen Sie es ja nicht, in Zukunft ohne mich auskommen zu wollen.«
Marietta warf ihm lächelnd einen verschleierten Blick zu und eilte davon.
Fanny kam aus der Spülküche, ging zu Vaughan, und er legte den Arm um sie. »Es sind fast zwei Wochen vergangen. Hat er etwas gesagt?«
»Nein. Ich habe ein paar versteckte Andeutungen gemacht, aber dann tut er so, als ob er schliefe, oder wechselt das Thema. Ich fürchte ...« Er runzelte besorgt die Stirn.
Fanny meinte empört: »Ich nicht! Er vergöttert sie. Das weißt du doch.«
»O ja. Und ich kenne ihn. Er ist sehr stolz, Fanny. Coville hat ihn um sein Erbe betrogen, und selbst wenn das bewiesen werden könnte, wird der verlogene Schurke bestimmt behaupten, Lady Pamelas Behandlung habe das Vermögen aufgezehrt. Diccon bleibt nur der Anspruch auf sein rückständiges Gehalt und *Lanterns.* Und jetzt hat er auch noch einen Arm verloren.«
»Der arme liebe Mann. Er hat alles so tapfer ertragen. Keine Spur von Verzweiflung oder Selbstmitleid.«
»Nein. Aber er hält sich wohl für eine wenig begehrenswerte Partie.«

»So ein Unsinn! Er hat meinem Bruder das Leben gerettet! Marietta könnte sich keinen besseren Ehemann wünschen. Außerdem kann er doch nicht völlig mittellos sein, oder? Die Schmuggelei ist doch ein einträgliches Geschäft.«
»Von dem Gewinn hat er seiner Mutter ein kleines Haus in Italien gekauft, und er sorgt für ihren Unterhalt. Nur deshalb betätigt er sich wieder als Schmuggler.«
Mrs. Cordova tänzelte aus dem Eßzimmer herein. »Ihr müßt kommen! Ihr müßt kommen! General Smollet hat uns etwas zu sagen!« Singend tänzelte sie wieder hinaus: »Liebe verzaubert und ist niemals unschicklich. Sie macht die Alten jung und die Jungen glücklich.«
Vaughan und Fanny folgten ihr neugierig.
Der stämmige kleine General stand im Wohnzimmer mit dem Rücken zum Kamin, ein Glas Madeira in der Hand. Eine kleine, zarte Lady mit geröteten Wangen saß in einem Sessel und betrachtete neugierig die Puppen auf dem Sofa. Sir Lionel machte mit sehr würdevoller und stolzer Miene Vaughan und Fanny mit Miss Deerhurst bekannt, die noch stärker errötete und ein paar unzusammenhängende Sätze zwitscherte.
Smollet drückte Vaughans Hand. »Wie ich höre, haben Sie Major Paisley aus diesem Höllenloch gerettet. Gut gemacht, Lieutenant!«
»Danke, Sir. Ohne diesen schurkischen chinesischen Koloß hätte ich das allerdings nicht geschafft.«
»Wahrscheinlich nicht, aber das schmälert keineswegs Ihr heldenhaftes Verdienst.«
Da trat Marietta ein, und der General neigte sich über ihre Hand. »Wir sind uns schon einmal begegnet, Ma'am. Gehe ich recht in der Annahme, Paisleys Verlobte vor mir zu

haben? Sollte das der Fall sein, kann ich ihn nur beglückwünschen.«
Marietta sah aus den Augenwinkeln Sir Lionels finsteren Gesichtsausdruck. Ehe ihr Vater einen Kommentar abgeben konnte, reckte sie das Kinn und antwortete: »Ihre Frage kommt ein bißchen verfrüht, General. Aber ich hoffe, Ihre Annahme bald bestätigen zu können.«
Smollet blinzelte und wirkte ein bißchen verwirrt. Miss Deerhurst betupfte sich die Augen mit einem Taschentuch und murmelte: »Oh, wie rührend!«
Das Gesicht des Generals wurde sanft, als er Miss Deerhurst ansah, und sagte: »Ich nehme an, daß noch niemand von meiner besonderen Beziehung zu dieser Lady weiß. Ich bin sehr stolz darauf, Ihnen eröffnen zu dürfen, daß Miss Deerhurst bald meine Frau sein wird.«
Diese Neuigkeit wurde mit Erstaunen und dann mit herzlichen Glückwünschen begrüßt. Die Damen drängten sich um die noch einen Ton tiefer errötende Miss Deerhurst, die glückliche Dankesworte zwitscherte. Der General nickte Vaughan zu, und die beiden Männer verließen das Wohnzimmer.
Mrs. Cordova sagte strahlend: »Ist das nicht romantisch? Und ... *wir* haben das eingefädelt, meine Lieben.«
Marietta fragte: »Wie das, Tante?«
»Mein cleverer Bruder hier hatte dem General vorgeschlagen, in das *Beachy House* in Eastbourne zu ziehen. Der Besitzer ist ein Freund von Miss Deerhurst, und ...«
»Und wir sind uns in einem schrecklichen Gewitter am Gartentor begegnet«, ergänzte Miss Deerhurst aufgeregt. »In diesem Jahr hatten wir einen fürchterlich nassen Sommer, nicht wahr? Ich bin auf einem Blatt ausgerutscht, und

der General war so freundlich und hat mich ins Haus getragen. Dann hat ihn mein Onkel zum Dinner eingeladen.«
»Miss Deerhurst ist eine exzellente Köchin«, warf Mrs. Cordova fröhlich ein.
»Ja, das bin ich, wenn ich das sagen darf …«, stimmte die Frischverlobte zu und fragte dann verblüfft: »Wie können Sie das wissen, Ma'am?«
Fanny fragte mit schelmisch funkelnden Augen: »Ja. Wieso weißt du das, Tante?«
Mrs. Cordova antwortete unverfroren: »Das hat mir Madame Olympia verraten.«
»Oh! Lassen Sie sich auch von dieser wundervollen Lady beraten?« fragte Miss Deerhurst mit leuchtenden Augen. »Madame Olympia hat mir prophezeit, daß ein Gentleman in mein Leben treten und es völlig verändern werde. Und es ist geschehen! Wie konnte Madame Olympia das nur wissen? Sie hat in ihr Zauberfenster …«
»Mystisches Zeitfenster«, korrigierte Mrs. Cordova geistesabwesend.
»Ja, richtig. Ihr Mystisches Zeitfenster geschaut und … hat es *gesehen*! Ist das nicht wundervoll? Sie ist wirklich eine begnadete Hellseherin.«
Voll staunender Bewunderung für Madame Olympia war Miss Deerhurst ziemlich beleidigt, als Sir Lionel auf diese Worte hin in schallendes Gelächter ausbrach.

Man hatte Diccon erlaubt, an diesem Nachmittag im Spätherbst aufzustehen und in einem bequemen Sessel am Fenster zu sitzen. Sanftes Sonnenlicht strömte durchs Fenster herein und fiel auf den Scheck, den er in der Hand hielt. Sprachlos blinzelte er ein paarmal.

General Smollet, der ihn amüsiert beobachtete, sagte: »Vertragen Sie das helle Licht nicht?«
Diccon sah ihn unsicher an. »Wenn ich Ihnen verwirrt vorkomme, General, dann nur, weil ich glaube, daß es sich hierbei um einen Irrtum handelt. Ich bin mehr als dankbar, daß ich endlich mein rückständiges Gehalt bekommen, aber ... großer Gott! Diese Summe ist doch viel zu hoch.«
»Zinsen«, meinte der General lächelnd und stellte einen Sessel neben Diccon. »Sie haben sich diese Vergütung in Anerkennung Ihrer Dienste für England redlich verdient. Der Prinz weiß, wie oft Sie Ihr Leben riskiert haben, weil Ihre Warnungen von der Regierung in den Wind geschlagen wurden. Das ist sein Dank für Ihr vorbildliches Verhalten.«
»Wozu Sie natürlich nicht beigetragen haben, wie, Sir? Worte des Dankes kommen mir unzulänglich vor.«
»Ich akzeptiere sie trotzdem. Wollen Sie mir nicht endlich Glück wünschen? Das alte Schlachtroß setzt sich endlich zur Ruhe, denken Sie doch, oder? Sie haben recht. Um mich hat sich noch nie eine Lady gekümmert. Wer hat schon einen Pfifferling darum gegeben, ob ich lebe oder sterbe? Ob meine Halstücher sauber waren oder ob mich meine Köchin gut verpflegt? Oh, ich mußte etliche Köchinnen und ihr schlechtes Essen ertragen.« Er tätschelte seine füllige Leibesmitte. »Ein Wunder, daß ich nicht Hungers gestorben bin. Und jetzt habe ich eine Lady gefunden, die die beste Köchin der Welt ist! Und obendrein ein liebes, sanftes Geschöpf. Sie ist zwar keine Schönheit, aber das bin ich ja auch nicht.«
Diccon streckte die Hand aus, die Smollet mit festem Griff umfaßte, und sagte: »Ich gratuliere Ihnen von ganzem Herzen, Sir.«

»Danke. Ich glaube, wir werden gut miteinander auskommen. Und was ist mit Ihnen? Wenn mich nicht alles täuscht, gibt es in diesem Haus ein atemberaubend schönes Mädchen, das es kaum noch erwarten kann, endlich Ihre Frau zu werden. Warum sind Sie so unschlüssig? Mögen Sie die Lady nicht?«
Diccon starrte blicklos auf den Scheck in seiner Hand. »Sie ist mir dankbar, Sir, weil ich Ihren kleinen Bruder gerettet habe.«
»Welche Rolle spielen denn Miss Mariettas Motive? Sie ist ein lupenreiner Diamant. An Ihrer Stelle würde ich das Eisen schmieden, solange es heiß ist und bevor sie Zeit hat, es sich anders zu überlegen. Warum nicht?«
Diccon sagte langsam: »Vielleicht, weil ... sie ein lupenreiner Diamant *ist*, Sir.«
Ein paar Minuten später stapfte Smollet die Treppe hinunter, blieb stehen und starrte gedankenverloren die Haustür an, bis Marietta ihn aus seiner Versunkenheit riß.
Lächelnd sagte sie: »Ich mag Ihre zukünftige Frau, Sir.«
»Er ist einfach zu stolz«, murmelte er.
Marietta fragte verwirrt: »Wer, Sir? Diccon?«
»Aye, Diccon.« Er griff nach ihrer Hand und erklärte mit leidenschaftlichem Pathos: »Aber England braucht solche stolzen Dummköpfe. Ich habe ihn zur Beförderung zum Lieutenant Colonel vorgeschlagen. Er ist ein sehr wertvoller Mensch, wie man nur selten einen trifft. Und stur wie sein Esel!«

Ende Oktober kam eine Schönwetterperiode, als sollten die Menschen für die stürmischen und regnerischen Wochen entschädigt werden, mit warmen und sonnigen Tagen,

atemberaubenden Sonnenuntergängen und klaren und frischen Abenden. Diccon lag an einem der goldenen Nachmittage, von vielen Kissen gestützt, auf der Liege, auf der er sich schon einmal von Verletzungen erholt hatte. Träge beobachtete er die anmutigen Bewegungen, mit denen Marietta, die neben ihm saß, nähte.
Lächelnd sagte sie: »Wie schön, daß es Ihnen endlich bessergeht. Sie machen einen zufriedenen Eindruck. Hat Yves gute Nachrichten gebracht?«
»Er hat mir einen Brief von meiner Mutter gebracht.«
»Ist sie glücklich in ihrem neuen Heim?«
»Sehr glücklich. Und, Gott sei Dank, hat sich auch ihr Geisteszustand wesentlich gebessert.«
»Die arme Lady. Wie dankbar sie Ihnen sein muß.«
»Das hat sie mir geschrieben.«
Marietta nähte weiter. »Dankbarkeit«, sagte sie und warf ihm einen schiefen Blick zu, »ist gut für die Menschen. Ich meine, es ist völlig richtig, dankbar zu sein für … gute Taten. So wie Ihre, zum Beispiel.«
Eine Pause. Dann sagte er: »Sie haben einen Knoten in den Faden gemacht.«
»Ja.« Marietta steckte die Nadel in das Hemd, das sie flickte, und faltete die Hände im Schoß. »Wie gesagt, Dankbarkeit ist …«
»… gut für die Menschen«, ergänzte er gedehnt. »Aber ein kümmerlicher Ersatz für Liebe.«
»Es ist unhöflich, jemanden beim Sprechen zu unterbrechen«, sagte sie streng. »Und jeder, der eines mit dem anderen verwechselt, muß mit Blindheit geschlagen sein.«
»Ich stimme völlig mit Ihnen überein. Das wäre beinahe so schlimm, wie … wie Mitleid mit Liebe zu verwechseln.«

Marietta knirschte mit den Zähnen. »Mallory Diccon Paisley ...«
»Lord Temple and Cloud«, ergänzte er schmunzelnd.
»... wechseln Sie nicht das Thema.«
»Ich dachte, das wäre erschöpft. Mögen Sie die zukünftige Lady Smollet?«
»Sie ist lieb und sanftmütig und wird dem General eine gute Frau sein, und wie Sie sehr gut wissen ...«
»Nein, Ma'am. Entschuldigen Sie bitte, aber ich bin der Lady noch nie begegnet.«
»... wie Sie sehr gut wissen«, wiederholte Marietta und sah ihm in die Augen, »sind wir alle Ihnen dankbar. Und tun Sie nicht so, als würden Sie gleich einschlafen, denn ich habe den Eindruck, daß es Ihnen so gut geht, als ob Sie gleich mit Orpheus davongaloppieren könnten.«
Er sagte lächelnd: »Ich bedanke mich bei Ihnen allen für Ihre Dankbarkeit. Sie sagten doch *alle*, nicht wahr?«
Damit meint er natürlich Papa, dachte Marietta, der Diccon, dem er so viel zu verdanken hatte, mit erdrückender Höflichkeit behandelte. Mit einem stummen Seufzer nahm Marietta ihre Näharbeit wieder auf. »Es hätte meinem Vater das Herz gebrochen, hätte er Arthur verloren. Und Eric ist ... ist in Sicherheit.«
»Was er nicht mir zu verdanken hat. Wäre ich bereit gewesen, meine Prinzipien aufzugeben, müßte er nicht außer Landes leben.«
Dieses Thema war noch immer schmerzlich. Marietta stach die Nadel ins Hemd und sagte bedächtig: »Eric hat sich selbst in diese Lage gebracht und wäre wohl früher oder später sowieso verhaftet worden.«
»Hmm. Und Sir Lionel teilt diese Meinung?«

»Sie sind ein gräßlicher Mensch!« Wieder begegneten sich ihre Blicke, und Marietta sagte sanft: »Und ich bin vierundzwanzig, Diccon, und habe Ihnen schon einmal gesagt, wie ich fühle, was …«

Er unterbrach sie hastig. »Sie müssen mich tatsächlich für einen gräßlichen Menschen halten, wenn Sie glauben, ich wäre so taktlos, eine Dame nach ihrem Alter zu fragen! Habe ich Ihnen übrigens schon erzählt, daß Ihr Vater mir angeboten hat, ein paar Geräte zu erfinden, die es mir ermöglichen werden, leichter ohne die Hilfe meiner, ähm … meiner Freunde zurechtzukommen? Ein Gestell, zum Beispiel, auf das ich ein Buch legen kann, wenn ich im Bett lesen will. Und kleine Räder für meinen Stuhl, damit ich ihn leichter an den Tisch rollen kann. Er arbeitet auch an einem Halstuch, das schon gebunden ist, das …«

»… das sehr nützlich ist, um Sie zu erwürgen?« Marietta sprang auf, ihre Augen blitzten, und sie beugte sich so wütend über ihn, daß er abwehrend die Hand hob.

»Schlagen Sie mich nicht! Ich bin ein gebrechlicher Invalide, und …«

»Wollen Sie mir einreden, daß jemand, der Sie liebt, Ihnen nicht gern bei kleinen Handreichungen helfen würde? Gefällt es Ihnen, sich als so hilflos und gebrechlich darzustellen, daß ich vor Entsetzen am liebsten davonlaufen würde, nur weil Sie Ihren Unterarm verloren haben, als Sie auf heldenhafte Weise meinem Bruder das Leben gerettet haben? Müssen Sie unbedingt so verdammt stolz sein und alles zurückweisen …«

»*Marietta!*« Mrs. Cordova kam mit einem großen Tablett mit einem bestickten Deckchen, auf dem mehrere Gläser standen, zu den beiden. »Du hast *geflucht!* Wie ungehörig!«

»Ja, sie flucht auf einen hilflosen Invaliden«, bestätigte Diccon vorwurfsvoll. »Und jetzt, sehen Sie nur, fletscht sie die Zähne!«
»Tatsächlich! Du meine Güte, Kind, in deinem Schneidezahn ist ein Sprung!«
Marietta stieß einen Schrei aus und wollte auf der Suche nach einem Spiegel ins Haus laufen. Da brachen die beiden in schallendes Gelächter aus. »Tante, du Spaßvogel! Hättest du ihn gehört, hättest du auch mit den Zähnen geknirscht.«
»Dazu würde ich mich nie hinreißen lassen!« entgegnete Mrs. Cordova würdevoll. »Ich habe Limonade gebracht«, fügte sie hinzu und reichte Gläser herum. »Setz dich, Etta. Deine unanständigen Ausdrücke kann ich ja gerade noch ertragen, aber ich möchte nicht, daß du umfällst. Ich setze mich in deinen Sessel, und Diccon macht dir sicher auf seiner Liege Platz, nicht wahr, mein Lieber?«
Er stimmte bereitwillig zu, und Marietta setzte sich auf das Fußende der Liege. »Warum sollte ich denn aus dem Gleichgewicht geraten, Tante Dova ...«
»Hör auf zu schwatzen, Kind. Diccon, ich muß Ihnen etwas erzählen. Ich habe damit gewartet, bis es Ihnen bessergeht. Vielleicht erinnern Sie sich, daß ich Sie davor gewarnt habe, die Ruine könne einstürzen, als wir während dieses entsetzlichen Sturms in Ihrem Haus waren? Das tat sie ja auch, also hatte ich recht. Zumindest das südliche Ende davon. Sie müssen dafür sorgen, daß die Klippen gestützt werden ...« Ihre Stimme verlor sich.
»Tantchen«, warf Marietta ein, »was willst du uns eigentlich erzählen?«
»Wie auch immer, jedenfalls ist mir Ihr Haus auf den Kopf

gefallen, während ich im ersten Stock war, was ich nicht sehr nett fand. Ein Teil der Mauer ist eingestürzt und hat mich umgeworfen.«

»Großer Gott, Ma'am! Davon hatte ich ja keine Ahnung. Das tut mir sehr leid. Wurden Sie verletzt? Avebury muß ...«

»Pscht! Machen Sie Ihren hübschen Mund zu! *Warum* läßt mich denn niemand ausreden, wo ich doch so lange geduldig gewartet habe! Na, endlich! Wie gewöhnlich hatte ich recht. Weil ich gesagt habe, es hätte etwas mit Musik zu tun. Mein Mystisches Zeitfenster enttäuscht mich nie. Oder nur selten. Natürlich, damals, als Mr. Becks Stute mit Lord Dales schwarzem Hengst ... na ja ... Was war das für ein Aufruhr! Erinnerst du dich, Etta? Und was Mr. Beck danach über Madame ... Egal! Es geht darum, Diccon, daß ...«, sie reichte ihm das flache Päckchen, das unter dem Deckchen auf dem Tablett gelegen hatte, »...dieses Ding ist auch auf mich gefallen.«

Diccon stellte sein Glas ab und wickelte das Päckchen aus. Er machte das so langsam und unbeholfen, daß Marietta ihm am liebsten dabei geholfen hätte, was sie aber klugerweise unterließ.

Dann wich plötzlich alle Farbe aus seinem Gesicht, seine Hand zitterte heftig, und er flüsterte: »Oh ... beim Jupiter!«

Das Sonnenlicht entflammte tausend tanzende Lichter auf der kleinen, aber exquisiten orientalischen Lady, die zwischen zwei Bäumen stand, ganz mit Juwelen besetzt und von einem prächtigen Goldrahmen umgeben.

Marietta fiel das Glas aus der Hand. Von Ehrfurcht ergriffen, murmelte sie: »Es ... es existiert also tatsächlich. Oh, es ist *wunderschön!*«

Mrs. Cordova verkündete triumphierend: »*Saladins Seufzer!* Ihre Sorgen haben ein Ende, Diccon. Sie halten ein Vermögen in den Händen!«
Diccon, der von dem Funkeln der Juwelen wie geblendet war, starrte auf das jahrhundertealte Kunstwerk und dachte: Sie hat recht.

Am nächsten Abend wurde im Austragshaus ein kleines Fest gefeiert. Samuel South war zum Küchendienst abgestellt worden, und Mrs. Gillespie erschien zur Abwechslung einmal ordentlich gekleidet und nüchtern, wenn auch in höchster Aufregung, weil sie MacDougall beim Servieren bei Tisch helfen sollte.
Zu den Gästen zählten Lord und Lady Dale und ein sehr steifer Innes Williard mit Schwester. General Sir Nevin Smollet kam in Begleitung seiner zukünftigen Frau, die jedesmal errötete, wenn sie als solche vorgestellt wurde, aber in ihrem hellblauen, modischen Brokatkleid überraschend attraktiv aussah. Jocelyn Vaughan trug seine schneidige Uniform, und Diccon, der ebenfalls Uniform trug, an der der linke Ärmel hochgesteckt war, wurde als Held gefeiert, was ihm viel Aufmerksamkeit und bewundernde Blicke einbrachte. Als die Geschichte von Arthurs heldenhafter Rettung erzählt wurde, geriet er wieder in Panik und griff nach Mariettas Hand, die neben ihm saß. Diese Geste zeigte allen Anwesenden eindeutig, wie es um die beiden stand.
Saladins Seufzer stand auf dem Kaminsims, und Sir Lionel führte es in strahlender Laune jedem neuankommenden Gast vor und erzählte überschwenglich die Geschichte des Gemäldes.

Als sich die Gentlemen nach dem Dinner wieder zu den Ladies gesellten, flüsterte Vaughan Diccon zu: »Ich glaube, du hast die Gunst des alten Knaben gewonnen, Major.«
Diccon verdrängte seine zynischen Gedanken zu diesem Thema und sagte: »Ich hatte dir doch gesagt, daß das Bild heute abend nicht zur Schau gestellt werden soll.«
»Deinen Wunsch habe ich Sir Lionel übermittelt, aber er hat gesagt, ich solle kein Spielverderber sein, und wir müßten unsere Nachbarn an unserem Glück teilhaben lassen.«
»Er hätte lieber den Mund halten sollen! Morgen wird es die ganze Grafschaft wissen, und wir haben keine Wachen, die diese Kostbarkeit schützen können.«
»Mein Gott, du hast recht! Ich hole sofort meine Pistole.«
Die Gäste zeigten sich gebührend beeindruckt von dem Kunstwerk, und bis auf Mr. Williard und Mrs. Maitland drückten alle ihre Freude über Diccons Glück aus.
»Diese Belohnung haben Sie sich verdammt noch mal verdient«, polterte Dale jovial.
General Smollet lachte, zwinkerte Marietta zu und sagte, Major Paisley stünde eine noch viel größere Belohnung bevor.
Diccon tat so, als habe er diese Bemerkung nicht gehört.
Marietta fand in dieser Nacht lange keinen Schlaf und sah den Schatten zu, die die Äste im Mondlicht auf ihre Vorhänge warfen. Sie dachte an die Liebe, die in ihr Leben getreten war und wie mächtig und wundervoll dieses Gefühl war. Ihr war ein Gentleman begegnet, den sie nicht nur lieben, sondern auch ehren und respektieren konnte – ein Mann, der ihren Kindern ein Vorbild sein würde.
Aber es würde keine Kinder geben, wenn sie seinen albernen Stolz nicht überwinden konnte. Sie hatte ihm weiß

Gott genügend Andeutungen gemacht. Und jetzt, wo er plötzlich reich geworden war, wie konnte sie ihn da zu einem Antrag bewegen, ohne den Eindruck zu erwecken, eine dieser aufdringlichen Damen zu sein, die es nur auf sein Vermögen abgesehen hatten?
Du meine Güte, und außerdem hatte er noch einen Titel! Er wird denken, ich sei nicht anders als die Witwe Maitland! dachte sie verzweifelt.

»Ich muß dich was fragen«, sagte Arthur, der neben Mariettas Bett stand. Bruder Tuck hing schlaff über seinem Arm und spielte »tote Katze«.
Marietta gähnte, öffnete ein Auge und fragte: »Wie spät ist es denn?«
Arthur trottete um das Bett herum und schaute auf die Uhr auf dem Nachttisch. »Schon neun vorbei«, verkündete er stolz.
»Also gut, Schatz.« Marietta setzte sich auf und reckte sich. »Komm aufs Bett und stell deine Fragen.«
Die beiden kletterten aufs Bett, und Arthur fragte ohne Umschweife: »Wann wird Diccon mein Schwager?«
»Wer hat dir gesagt, daß er das wird?«
»Er hat gesagt, er möchte, daß du seine Frau wirst, und ich wünschte mir, du würdest dich beeilen, Etta. Mrs. Maitland hat gesagt, er stehe voll im Saft und könne jede Frau haben.«
Gräßliche Ziege! dachte Marietta.
»Und Lem sagt, das heißt, Diccon ist reich und viele Ladies wollten ihn haben. Du bist zwar nett, aber es gibt nicht viele Männer wie Sir Gawain, weißt du. Diccon ist nicht so *hübsch* wie Mr. Blake, aber er sieht aus, wie ein Mann aus-

sehen sollte. Und ich mag ihn sehr. Und ich will, daß er mein Schwager wird, also mach Tempo, Etta.«

»Na, so was!« sagte sie erstaunt. »Wo hast du denn diese Ausdrücke her?«

»Ooch ... irgendwo aufgeschnappt«, sagte er lässig. »Wann wirst du ihm sagen, daß du ihn heiraten willst?«

Marietta seufzte. »Wenn er mich darum bittet, Schatz. Aber das hat er bisher nicht getan.«

»Ach, das macht doch nichts. Dann bittest du ihn eben.«

Sie lächelte wehmütig. »Das geht nicht. Ladies machen Gentlemen keinen Antrag.«

»Mußt du denn unbedingt eine Lady sein? Ich wette, die Witwe Maitland würde es tun!«

Marietta lachte. »Da magst du wohl recht haben. Aber ... tja, da gibt es ein paar Gründe, warum ich es nicht tun kann.«

»Oh! Dann bring ihn doch dazu, dir einen Antrag zu machen.«

»Wie denn, du kleiner Schelm?«

Arthur runzelte die Stirn, dachte nach und sagte es ihr dann.

Zwanzigstes Kapitel

Der Regent hat erlaubt, daß der Literatur-Fonds sein Emblem mit der Krone schmückt«, verkündete Marietta, die neben Diccon im sonnigen Garten saß und den *Spectator* las.

Arthur, der damit beschäftigt war, Bruder Tuck mit einer langen Pfauenfeder zu ärgern, fragte: »Was ist das?«

»Wahrscheinlich ein Verein, der sich dafür einsetzt, daß alle Menschen Lesen und Schreiben lernen«, meinte Diccon schläfrig. »Das wird den armen Byron freuen.«

Marietta sagte: »Ganz bestimmt. Aber ich glaube, der Literatur-Fonds wurde gegründet, um mittellose Schriftsteller zu unterstützen. Der Prinz hat diesen Fonds immer unterstützt und jetzt mit einer Charta ...«

»Ich sage Ihnen, er möchte Sie nicht empfangen! Und daß Sie es wagen, einen Fuß hierherzusetzen, Sir, ist unglaublich!« Sir Lionels wütende Stimme unterbrach Mariettas Lektüre, und sie blickte beunruhigt auf.

Diccon schirmte seine Augen vor der Sonne ab, warf einen Blick in die Richtung, aus der die Stimme kam, und fluchte leise.

Sein Stiefvater – wie immer elegant gekleidet – marschierte über den Rasen und tat mit einer ungehaltenen Handbewegung Sir Lionels Einwände ab. Er war in Begleitung eines hochgewachsenen Orientalen, der einen prunkvoll

bestickten, knielangen Rock, Satinhosen, Reitstiefel und einen wehenden Burnus trug. Drei weitere, schlichter gekleidete Araber, die mit den unter ihren Umhängen hervorlugenden Krummsäbeln einen furchterregenden Anblick boten, folgten den beiden.
»Oh!« rief Marietta empört und sprang auf.
Sir Gavin blieb neben Diccons Liege stehen und sagte wichtigtuerisch: »Wie Sie sehen, wurde mein Stiefsohn schwer verletzt und kann sich deshalb nicht erheben ...«
Der Araber brachte Coville mit einer Handbewegung zum Schweigen, grüßte dann mit einem anmutigen *Salam aleikum* und sagte in perfektem Englisch und mit sonorer Stimme: »Habe ich die Ehre, mit Lord Temple and Cloud sprechen zu dürfen? Mein Titel ist lang und ohne Bedeutung. Sie können mich Ibrahim nennen.«
Diccon musterte das stolze, feingeschnittene Gesicht, die leicht gebogene Nase, die stechenden Augen, den schmalen Mund und erhob sich. Er verbeugte sich, leicht, aber respektvoll. »Major Paisley, Mylord.«
Der Araber fragte lächelnd: »Sie kennen mich?«
»Ja, Sheikh al-Balad. Bitte, nehmen Sie Platz.«
Coville griff nach Mariettas Sessel.
Der Scheich sagte: »Ich möchte dieser wunderschönen Lady nicht ihren Platz wegnehmen. Es sei denn, sie möchte sich zurückziehen?« Die schmalen Lippen lächelten, doch die harten, dunklen Augen ließen keinen Zweifel an der Bedeutung dieser Worte aufkommen.
Marietta spürte einen Anflug von Angst, entgegnete jedoch herausfordernd: »Die Lady bleibt, Mylord. Nehmen Sie bitte meinen Sessel. Ich setze mich neben Major Paisley.«

Sir Gavin murmelte mißbilligend: »Das ist eine Angelegenheit nur für Gentlemen, Paisley.«
Diccon entgegnete scharf: »Dann solltest du dich entfernen.«
Coville lief rot an.
Im Gesicht des Scheichs blitzten kurz weiße Zähne auf.
»Darf ich Ihnen Miss Warrington vorstellen, und …« Diccon schaute sich um, aber Arthur und Bruder Tuck waren geflohen.
Marietta wurde ebenfalls mit einem höflichen *Salam aleikum* bedacht. Dann setzte sich der Scheich. Seine Gefolgsleute bezogen hinter seinem Sessel Stellung.
Kaum hatte der Scheich Platz genommen, sagte Sir Gavin: »Sheikh Ibrahim ist gekommen, um …«
Der Scheich warf ihm nur einen Blick zu, und Sir Gavin verstummte.
»Ich habe erfahren, daß Sie einen Gegenstand gefunden haben, der meiner Familie gestohlen wurde«, sagte der Scheich in keinem Widerspruch duldenden Ton.
»Solche Gegenstände nennt man Kriegsbeute«, konterte Diccon.
Die Mundwinkel des Arabers zuckten, als er sagte: »Unter gewissen Umständen nicht, Major. Aber … zweifelsohne kennen Sie die Umstände?«
Sir Lionel warf entrüstet ein: »Das geschah vor über sechshundert Jahren! Wie soll da noch jemand die Umstände kennen?«
Der Scheich musterte ihn wie ein seltsames Insekt und wandte dann seine Aufmerksamkeit wieder Diccon zu. »Vielleicht wissen Sie, Major, daß Ihr Vorfahr, Simon Lord Cloud, in einer Schlacht verwundet, in das Haus von Salah

ud-Din, des Sultans von Ägypten, gebracht und dort gesund gepflegt wurde.«

»Ich weiß nur, daß Lord Cloud mit dem Bild *Saladins Seufzer* nach England zurückgekehrt ist«, entgegnete Diccon kühl.

»Das er seinem Gastgeber gestohlen hat!«

»Wie sollen wir das wissen?« schnaubte Sir Lionel. »Hm? Wie? Und was macht das nach dieser langen Zeit noch für einen Unterschied? Dummes Zeug!«

Der Scheich ignorierte Sir Lionel und ließ Diccon nicht aus den Augen. »*Saladins Seufzer* hat nicht meinem Vorfahr gehört, sondern dem Land. Es war für die Bevölkerung ein Heiligtum. Während der Kämpfe wurde es in Salah ud-Dins Obhut gegeben. Natürlich hat er nicht damit gerechnet, daß ein Mann, dem er das Leben gerettet hat, ihn berauben würde. Darüber war er zutiefst bekümmert. Und er hatte das Gefühl, das Vertrauen seines Volkes enttäuscht zu haben. Bis zu seinem Tod hat er um den Verlust dieses Schatzes getrauert.«

»Krieg ist Krieg, Sir«, meinte Coville schulterzuckend. »Aber ich bin mir sicher, wenn Major Paisley Ihr Angebot hört ...«

»Sie wollen mir also ein Angebot machen?« fragte Diccon.

»Natürlich«, bestätigte Sheikh Ibrahim mit einem leicht verächtlichen Lächeln. »Wir kennen die Gewohnheiten der westlichen Welt. Im Namen Gottes wird überfallen, gemetzelt und zerstört und aus Habgier geraubt. Also ...« Er breitete die Hände aus. »Da es sich um einen nationalen Schatz handelt ... was bleibt mir anderes übrig? Ich bin bereit, Ihnen ein Angebot zu machen.«

»Ein äußerst großzügiges Angebot ...«, mischte sich Sir Gavin wieder ein.

Diccon schnitt ihm das Wort ab. »Dann sollten wir diesen Gegenstand herholen, damit Sie ihn inspizieren können, Mylord. Und sich vergewissern können, daß Ihnen die gierigen Abendländer keine Fälschung andrehen wollen.« Zu Marietta sagte er: »Wären Sie so freundlich, Miss Warrington?«

»Ich begleite dich«, erbot sich Sir Lionel hastig und ging neben Marietta her, wobei er eindringlich auf sie einredete. Satzfestzen wie »... heidnische Barbaren ...« und »... ein Haufen durchtriebener Pferdehändler ...« flogen über den Rasen.

»Ich habe Ihren Besitz gesehen, Major«, sagte der Scheich, der anscheinend die Worte, die Diccon vor Verlegenheit hatte erröten lassen, nicht gehört hatte. »Wollen Sie die Ruine wirklich wieder aufbauen? Ein kostspieliges Unterfangen, nehme ich an.«

Diccon nickte. »Zu kostspielig für meinen Geldbeutel, Mylord.«

»Aha. Und Sie hoffen auch, sich einen langgehegten Traum erfüllen zu können. Ist das ...« Dem Scheich verschlug es die Sprache. Er starrte an Diccon vorbei.

Rasselnd näherte sich Sir Lancelot – Helm auf dem Kopf, Lanze in einer und Schwert in der anderen Hand. Bruder Tuck stürzte sich auf die Lanzenspitze, und der Ritter stolperte. Einer der Gefolgsleute des Scheichs lachte glucksend und wurde von seinem Herrn mit einem bösen Blick bedacht.

Arthur marschierte zu Diccon, bezog hinter ihm Stellung und starrte den Feind mit grimmiger Entschlossenheit an.

Diccon sagte: »Mylord, das ist Master Arthur Warrington. Arthur, verbeuge dich vor Sheikh Ibrahim.«
Arthur bewegte ruckartig den Kopf.
Der Scheich stand auf und grüßte mit einem anmutigen *Salam aleikum.* »Einen Augenblick lang dachte ich«, sagte er, »der legendäre Sir Lancelot würde uns die Ehre erweisen.«
Arthur strahlte. »Ganz recht, Sir! Er hat mich erkannt, Diccon!«
Der Scheich setzte sich wieder und fragte: »Ist das der Junge, dem Sie Ihren Arm geopfert haben, Major?«
»Ich … in dem Augenblick hatte ich eigentlich nicht die Absicht, Sir.«
»Mir scheint, Sie haben etwas mit meinem Vorfahr gemein. Wahrscheinlich wissen Sie es nicht, aber …«
»… Saladin hat Kinder sehr geliebt«, warf Diccon ein. Er sah den erstaunten Ausdruck auf dem habichtartigen Gesicht und fügte grinsend hinzu: »Ich weiß eine ganze Menge über ihn. Er war ein äußerst bemerkenswerter Gentleman.«
Sheikh Ibrahim entfuhr im besten Oxforder Akzent ein: »Hol's der Teufel!« Dann stand er auf, denn Marietta näherte sich ihnen. Ihr Vater redete noch immer auf sie ein. Marietta warf Diccon einen fragenden Blick zu. Er bedeutete ihr mit einer Handbewegung – ohne auf Sir Lionels gestenreichen Protest zu achten –, dem Scheich das Bild zu geben. »Bitte, unterziehen Sie den Schatz einer genauen Prüfung, Mylord.«
Der Scheich entfernte mit zitternden Händen das Tuch und hielt das Gemälde ehrfürchtig hoch, worauf seine Gefolgsleute auf die Knie fielen. Die Edelsteine glitzerten in der

Sonne. Der Scheich war zutiefst gerührt und betrachtete ehrfurchtsvoll das Bild.
Sir Gavin fand schnell seine Sprache wieder. »Sie sehen, Mylord. Es ist den Preis wert!«
»Es ist unbezahlbar!« murmelte Diccon.
Sir Gavin lachte. »Du hast sein Angebot noch nicht gehört, mein lieber Junge.«
»Wenn ich plötzlich ›dein lieber Junge‹ bin«, sagte Diccon ironisch, »rechnest du doch sicherlich mit einem Anteil an dem Erlös.«
Daraufhin warf Sir Gavin ihm einen haßerfüllten Blick zu. Sichtlich erschüttert gab der Araber Marietta das Bild zurück. »Im Namen meines Volkes zahle ich Ihnen für *Saladins Seufzer* die Summe von fünfhunderttausend Pfund, Major Paisley.«
»Eine halbe *Million* – Pfund?« keuchte Sir Lionel mit hervorquellenden Augen.
Diccon war wie benommen. Er dachte an *Lanterns*, sah ein stolzes, schön hergerichtetes Herrenhaus inmitten eines gepflegten Parks vor sich. Er dachte auch an andere Dinge, ignorierte den kaum verhohlenen Jubel im Gesicht seines Stiefvaters, und er sah Marietta an, die ihn mit ernster Miene beobachtete. Er fragte: »Nun, Ma'am? Was meinen Sie? Soll ich das Angebot Seiner Lordschaft annehmen?«
Marietta zögerte nur kurz und schüttelte dann den Kopf.
»Richtig!« bekräftigte Sir Lionel von Herzen. »Braves Mädchen! Akzeptiere nie das erste Angebot, habe ich ihr gesagt. Dieses schöne Bild ist eine kostbare Antiquität und ein Vermögen wert. Habe ich nicht recht, Diccon?«
Der Scheich sagte mit kaltem und verschlossenem Gesicht: »Es verstößt gegen meine Ehre, um dieses Heiligtum zu

schachern. Darf ich Sie darauf hinweisen, daß Sie mit diesem Preis ein neues Herrenhaus errichten können? Und ein neues ...«, er warf Marietta einen Blick zu, »... und ein herrliches Leben beginnen können?«
»Wie wahr«, sagte Diccon. »Ich lehne trotzdem ab.«
Ärgerliches Gemurr war von den arabischen Gefolgsleuten zu hören.
Der Scheich knirschte mit den Zähnen. »Na gut«, sagte er widerstrebend. »Hier ist mein äußerstes und letztes Angebot: Eine Million Pfund.«
Sir Lionel und Coville stöhnten auf.
Diccon sah Marietta lange an, und Sheikh Ibrahim glaubte, in den blauen Augen des Majors eine silberne Flamme aufleuchten zu sehen.
Diccon wiederholte leise: »Wie schon gesagt, *Saladins Seufzer* ist unbezahlbar. Das Bild steht nicht zum Verkauf, Mylord.«
Der Scheich fletschte die Zähne. Drei Hände griffen nach mörderischen Krummsäbeln.
Sir Lionel rief entsetzt: »Nicht zum Verkauf! Aber ... mein lieber Junge ...«
Sir Gavin blaffte: »Du bist verrückt. Sogar Mr. Ibrahims Großzügigkeit kennt Grenzen!«
Der Scheich fragte barsch: »Gibt es für Ihr Verhalten eine Erklärung, Sir?«
Diccon nahm Marietta das Bild aus der Hand, hielt es in die Sonne und bewunderte seine Schönheit. »Ich zweifle nicht daran«, sagte er, »daß mein Vorfahr diesen Schatz als Kriegsbeute betrachtet hat. Aber meiner Meinung nach gehören heilige Gegenstände dem Volk und der Nation des Ursprungslandes.« Nicht daran gewöhnt, große Reden zu

halten, drückte Diccon dem Scheich das Bild in die Hand. »Es gehört Ihnen. Aber nicht, weil ich glaube, daß mein Vorfahr unehrenhaft gehandelt hat.«

Kurz herrschte verblüfftes Schweigen. Dann gellten fünf Schreie durch den Garten. Zwei Wutschreie von Sir Lionel und Sir Gavin; drei Freudenschreie von den Gefolgsleuten des Scheichs.

»Eine Million Pfund – ein Vermögen – werfen Sie einfach weg?« brüllte Sir Lionel. »Sie sind wahnsinnig, Mann!«

»Ginge es nach mir, würde ich dich ins Irrenhaus bringen lassen!« wütete Sir Gavin.

Diccon, der nicht wagte, Marietta anzusehen, wußte, daß die beiden Männer wahrscheinlich recht hatten. Aber in seinem Alter war es wohl zu spät, sich noch zu ändern. Er würde sein Leben lang ein Narr bleiben.

Arthur kniete auf dem Teppich in Mariettas Schlafkammer und sah ihr zu, wie sie einen Schal um ihre Schultern drapierte. »Warum war Papa gestern böse auf Sir Gawain, nachdem die Männern in den Kostümen gegangen sind? Ist er deshalb nach *Lanterns* zurückgekehrt?«

»Das waren keine Kostüme, Schatz, sondern es ist die Kleidung, die im Orient getragen wird. Und Papa war nur mit einer Entscheidung, die Diccon getroffen hat, nicht einverstanden.«

»Aha! Du bindest die Schleife an deinem Hut jetzt schon zum drittenmal, Etta. Diccon ist gestern fortgegangen, und jetzt ist schon heute nachmittag.«

»Ich weiß. Aber Diccon ist noch immer ziemlich schwach und bleibt bestimmt in *Lanterns.* Und außerdem ...« Marietta zupfte noch einmal an der Schleife, seufzte und warf

einen Blick in den Spiegel. »Oje! Ich glaube, ich bin ein Feigling, Arthur. So etwas habe ich noch nie getan.«
Ladies sind seltsame Geschöpfte, dachte er. Wovor hatte sie Angst? Sie mußte doch nur mit Diccon reden. »Wenn du Angst hast«, riet er ihr, »gittere die Löwen.«
Marietta drehte sich um und starrte ihn an. »Was soll ich tun, Schatz?«
»Gittere die Löwen. Das hat Lem zu mir gesagt, als mich Sir Strut angezischt hat. Er sagte, das stehe in der Bibel.«
Marietta dämmerte ein Licht. »Ach so! Wahrscheinlich hat Lem undeutlich gesprochen, und du hast das Zitat mißverstanden. Es heißt: ›Gürte nun deine Lenden und mache dich auf.‹« Arthur sah sie mit offenem Mund an, und sie fügte hastig hinzu: »Das bedeutet soviel wie: Nimm deinen ganzen Mut zusammen.«
»Aha. Und warum sagt man das nicht so?«
»Tja, weil heutzutage die Dinge ein bißchen anders sind.«
»Warum?«
»Weil sich die Zeiten ändern. Und die Zeiten änderten sich sehr schnell, also sollte ich mich beeilen, nicht wahr?« Sie griff nach der Reisetasche, die auf ihrem Bett lag. »Warum ist die so schwer? Sie ist doch leer.« Marietta stellte die Tasche wieder hin und hob Bruder Tuck heraus. »Du wolltest wohl mitkommen und mir moralischen Beistand leisten, wie?«
»Wir kommen beide mit«, sagte Arthur.
»Nein, Schatz. Ich glaube nicht ...«
»Wir müssen mitkommen, Etta! Du könntest sonst unterwegs vergessen, deine Lenden zu gittern.«
Das, dachte sie innerlich bebend, könnte durchaus möglich sein.

Nach einer langen und herzlichen Begrüßung mit Orpheus und Mr. Fox verließ Diccon die Koppel und schlenderte über die Wiese hinter dem Herrenhaus. Es ärgerte ihn, daß er noch immer so schnell müde wurde.
Vaughan gesellte sich zu ihm. Da er noch immer Gast in Sir Lionels Haus war, hatte er versprochen, heute morgen nach *Lanterns* zu kommen, um sich den Schaden anzusehen, der im alten Flügel entstanden war. Diccon hatte es noch nicht über sich gebracht, diesen Teil des Hauses zu betreten.
»Ein wunderschöner Morgen, Major«, sagte Vaughan und musterte seinen Freund kritisch.
»Ja«, stimmte Diccon zu. »Nun, wie lautet dein Urteil? Zähle ich noch zu den Lebenden?«
Vaughan lachte. »Du ähnelst jeden Tag weniger einer Leiche. Ich glaube wirklich, daß du's überleben wirst.«
»Im Haus der Warringtons bin ich wohl noch immer *persona non grata*, wie?«
»Der alte Knabe findet, du bist reif fürs Irrenhaus.«
»Hinzu kommt mein schändliches Verhalten seinem Sohn und Erben gegenüber.«
»Das Verhalten des Erben war verabscheuungswürdig – nicht deins. Ich habe Sir Lionel gesagt, jeder ehrenvolle Offizier hätte dasselbe getan. Ich auch.«
»Das freut mich, Joss. Und, was die Sache mit dem Scheich betrifft ...hältst du mich auch reif fürs Irrenhaus?«
»Oh, absolut. Aber ... ich ... ähm, ich meine ...« Vaughan sprudelte den Rest des Satzes heraus: »Ich bin sehr stolz darauf, dein Freund zu sein, lieber alter Dummkopf.« Hochrot im Gesicht murmelte er etwas, das wie: »...muß Mac helfen«, klang, machte auf dem Absatz kehrt und blieb wie erstarrt stehen.

Sieben Reiter kamen im Galopp herangeprescht. Sieben Gefolgsleute von Sheikh Ibrahim auf prächtigen Araberhengsten ritten nebeneinander mit wehenden Burnussen und in der Sonne blitzenden Krummsäbeln über die Wiese.

»Beim Jupiter«, murmelte Diccon.

Vaughan stellte sich neben ihn. »Und ich habe meine Pistole im Sattel gelassen«, sagte er grimmig. »Der Teufel soll den Kerl holen! Er rächt seinen verfluchten Vorfahr!«

Mit donnernden Hufen und gellendem Kriegsgeschrei griffen die Araber an. Die beiden konnten weder fliehen noch sich verteidigen. Blaß, aber ohne mit der Wimper zu zucken, stellten sich Diccon und Vaughan der Übermacht. Im letzten Augenblick teilten sich die Araber und umkreisten die beiden Männer, noch immer schrill schreiend. Dann reihten sie ihre Pferde in einer Linie vor den Engländern auf und verstummten.

Der Reiter in der Mitte trieb sein Pferd nach vorn und zügelte es dann dicht vor Diccon. Die Klinge seines Krummsäbels blitzte auf. Diccon gelang es nur mit Mühe, nicht zurückzuweichen, doch dann entdeckte er an der Spitze des Säbels einen Samtbeutel. Er streckte die Hand danach aus und nahm den Beutel ab.

Sofort ertönte wieder ohrenbetäubendes Geschrei. Die Reiter, die starr wie Statuen in ihren Sätteln gesessen hatten, trieben ihre Pferde an, umkreisten noch einmal in wildem Galopp die beiden Männer und preschten davon.

»Puh!« keuchte Vaughan. »Hier ist das Leben wirklich nie langweilig, alter Knabe! Ich nehme an, dein allmächtiger Scheich verlangt Genugtuung. Mit dieser bombastischen Vorführung wollte er dir das wohl ankündigen.«

Diccon nahm ein Dokument aus dem Beutel, warf einen Blick darauf und reichte es Vaughan mit zitternder Hand. Vaughan war nicht weniger erschüttert, und es dauerte eine Weile, bis er krächzen konnte: »Oh … o Gott!«

MacDougall glättete den Rücken von Diccons Rock und sagte anerkennend: »Prächtig sehen Sie aus!« Dann zog er einen Stuhl unter dem Tisch hervor. »Setzen Sie sich, Sir, und trinken Sie einen Schluck Brandy, während ich die Pferde anspanne.«

Diccon griff nach dem Glas, starrte es an und stellte es dann wieder auf den Tisch.

Er starrte die offene Tür an, lächelte dümmlich und fragte sich, was Marietta an diesem strahlenden Nachmittag wohl machte und was sie davon halten würde … Da hielt eine Kutsche vor dem Haus. Er nahm den Helm und ging zur Tür. Mac hat sich aber beeilt, dachte er.

Was sich als Irrtum herausstellte. Vor dem Haus stand nicht seine, sondern Warringtons Kutsche. Auf dem Dach türmte sich Gepäck, und Lem Bridger half Marietta beim Aussteigen. Sie trug Hut und Reisemantel. Wie immer klopfte ihm bei ihrem Anblick das Herz in der Kehle. Er ging schnell zu ihr. Als sie sich umdrehte und ihn sah, rief sie: »Du meine Güte! In vollem Regimentsornat? Sie sehen großartig aus, Major. Hat man Sie nach Whitehall beordert?«

»Ja. Aber reden wir jetzt nicht davon. Wo wollen Sie denn hin?«

»Weg von hier«, sagte sie mit einem Seufzer und ging neben ihm zum Haus.

»Weg? Was soll das heißen … weg? Wohin denn?«

Schulterzuckend antwortete sie: »Es muß etwas geschehen. Eric hat meine – unsere – Ersparnisse mitgenommen. Wir stecken in der Klemme. Also habe ich beschlossen, die Stelle einer Gouvernante anzunehmen.«

Er blieb abrupt stehen und starrte sie fassungslos an. »Das ist der größte Blödsinn, den ich je gehört habe! Als Gouvernante verdienen Sie doch nichts. Und außerdem wird Vaughan für Ihre Familie sorgen.«

»Aber erst, wenn er offiziell mit Fanny verlobt ist. Er will jedoch, daß meine Schwester zuerst in die Gesellschaft eingeführt wird.«

»Ja, aber ...«

»Er hat uns natürlich seine Hilfe angeboten, aber Papa sagt, wir können von einem Fremden keine Wohltaten annehmen. Er hat auch seinen Stolz, Diccon.«

»Ach, tatsächlich! Warum hat er dann ...« Er verkniff sich die ärgerlichen Worte und fragte: »Wo wollen Sie sich denn eine Anstellung suchen? Und was wollen Sie tun, bis Sie eine gefunden haben?«

Mit tapferer, aber pathetischer Resignation sagte sie: »Ach, ich werde es schon irgendwie schaffen. Außerdem habe ich schon ein Angebot akzeptiert ...«

»*Was?* Wann haben Sie das alles in die Wege geleitet? Und wo bietet sich Ihnen diese fabelhafte Gelegenheit?«

»Letzten Monat habe ich meine Bewerbung losgeschickt. Niemand wußte davon. Und heute habe ich die Antwort bekommen, und da Papa völlig verzweifelt ist und meine ... meine letzte Hoffnung ... sich nicht erfüllt ...« Sie warf ihm unter den Wimpern hervor einen Blick zu. »So kann ich meiner Familie wenigstens den Unterhalt für eine alte Jungfer ersparen. Also fahre ich nach Edinburgh, und ...«

»*Edinburgh? Alte Jungfer?* Ach, das kann doch nicht Ihr Ernst … Ich meine …«

»Ist schon gut«, sagte Marietta wehmütig. »Ich verstehe Sie, Diccon. Aber Sie waren so gut zu uns … da mußte ich … ich mußte …« Sie wandte das Gesicht ab, betupfte sich die Augen und fügte schluchzend hinzu: »… Ihnen Lebewohl sagen.«

Mit schmalen Augen hakte er nach: »Was verstehen Sie?«

»Daß ich kein Erbteil habe …«

»Sie meinen eine Mitgift.«

»Ja. Und Sie brauchen … oder wollen sich eine … reiche Lady von Stand suchen.«

Er blickte auf ihren sittsam gesenkten Kopf hinunter und sagte gedehnt: »Wie … Mrs. Maitland, vielleicht?«

»Sie ist sehr reich und sehnt sich nach einem adeligen Mann.«

»Ach, tatsächlich?«

»Viele halten Mrs. Maitland zwar für kratzbürstig, aber mit ihrer Hilfe können Sie *Lanterns* wiederaufbauen.«

»Wie gütig von Ihnen, für mich eine so erfreuliche Zukunft zu planen. Und ich könnte hierbleiben und jeden Tag mit Arthur zusammensein und an Sie in Glasgow denken …«

»Edinburgh.«

»… Edinburgh. Und endlich ein ruhiges und zufriedenes Leben führen.« Er schnaubte wütend und fügte hinzu: »Ach! Hätte ich nur zwei Hände!«

Marietta sah ihn vorsichtig an und entdeckte das amüsierte Funkeln in seinen Augen. »Wozu, lieber Diccon?«

»Um Ihnen den Hintern zu versohlen!« Er ließ den Helm fallen, packte ihren Arm und zog sie an sich. »Und zwar ordentlich! Gouvernante, in der Tat! Wer hat Sie dazu gebracht, mich mit dieser idiotischen Idee in Rage zu versetzen?«

»Arthur«, gestand Marietta freimütig. »Er hat Angst, ich lasse Sie mir entgehen, und will, daß Sie sein Schwager werden, auch wenn Sie mich nicht für die geeignete Frau für Sie halten, so …«

Diccon verlor die Geduld, knurrte wütend und schnitt ihr auf höchst effiziente Weise das Wort ab.

»Und … außerdem«, keuchte Marietta, als sie wieder sprechen konnte, »… liebt er Mr. Fox. Also mußte ich tun, worum er mich gebeten hat, ohne Rücksicht auf meine …«

Nach einer weiteren wonnigen Unterbrechung stellten die beiden überrascht fest, daß sie auf der Treppe saßen und Mariettas Kopf – hutlos – an Diccons rechter Schulter ruhte.

»Bist du dir sicher, meine Liebste?« fragte er und küßte ihr Ohr. »Ich bin keiner deiner galanten Londoner Beaus, deren Zeitvertreib aus Parties, Abendgesellschaften, Musicals und oberflächlichen Zerstreuungen besteht.«

»Daran bin ich auch nicht interessiert«, sagte sie. »Selbst wenn wir uns dieses gesellschaftliche Leben leisten könnten.«

»Und ich bin kein brillanter Unterhalter, sondern neige eher dazu, wie ein sprachgehemmter Dummkopf rumzustehen. Hinzu kommen meine antiquierten Prinzipien … die dir ja bekannt sind.«

»Ja, allerdings«, sagte sie und berührte mit dem Finger sanft den leeren Ärmel.

»Außerdem … das mußt du dir vor Augen halten, Marietta … du bist eine so schöne, liebenswerte junge Frau, während ich … oft ein Quälgeist und eine Nervensäge sein kann. Darüber magst du jetzt vielleicht hinwegsehen, aber nach einer Weile kann das ganz schön ermüdend werden.«

Sie nickte. »Das glaube ich auch. Also wäre es doch klüger, wenn ich deinen wundervollen Antrag ablehnen …«

»Den ich dir noch nicht gemacht habe.«

»Den du so gut wie gemacht hast, Sir! Aber ich habe ein Problem: Selbst wenn ich die große weite Welt absuchen würde, wie könnte ich die Hoffnung haben, einen Beinahe-Edelmann zu finden, der einen Vergleich mit dem Mann aushält, den ich so sehr liebe und ehre und ohne den ich einfach nicht mehr weiterleben kann …«

Wieder eine längere Unterbrechung. Dann flüsterte er an ihrem Mund: »Du bist also hergekommen, um mich in die Falle zu locken, du freche Intrigantin. Ich nehme an, diese Koffer und Hutschachteln auf der Kutsche sind leer?«

»Ja. Ich wäre schon früher gekommen, aber wie hätte ich den Besitzer eines Kunstobjekts, das eine Million Pfund wert ist, in die Falle locken können?«

»Aber einen Mann ohne einen Penny willst du dir schon ködern, wie?«

»Ohne *einen* Penny?« Sie kicherte. »Nagst du etwa schon am Hungertuch, mein Liebster?«

»Nein, so schlimm steht es nicht um mich.« Er nahm den Arm von ihren Schultern und holte aus seiner Tasche das Dokument, das ihm auf so dramatische Weise von dem prächtigen arabischen Reitertrupp überbracht worden war.

Marietta warf einen Blick darauf und schnappte nach Luft. »Oh! … Oh, Diccon! Der Scheich?«

»Er bezeichnet diesen Wechsel als Finderlohn, und die Summe sei nur halb so hoch, wie er ursprünglich bereit gewesen sei, zu zahlen.« Diccon schürzte die Lippen.

»Trotzdem ist es ein enormer Betrag. Was meinst du – soll ich ihn zurückgeben?«

»*Nein!* Ach, du meine Güte! Was für ein wundervolles Geschenk! Damit können wir *Lanterns* wieder so aufbauen, wie du es dir so sehnlichst wünschst. Dann haben wir Platz für alle, und ...«

»O nein! Kommt nicht in Frage. Auf dem Besitz rundherum – ja. Aber in *Lanterns* werden nur wir zwei und unsere Dienstboten leben ... ähm, für eine Weile jedenfalls.« Marietta errötete, er lachte leise und küßte ihre Schläfe. »Jetzt bringe ich dich in meiner Kutsche nach Hause, und Lem folgt uns.«

Marietta zuckte erschreckt zusammen und fragte: »Fährst du etwa heute nach Whitehall?«

»Nein. Vielleicht erst in einem Monat.«

»Du hinterlistiger Schurke! Warum trägst du dann deine Regimentsuniform?«

»Weil ich deinem Vater einen Besuch abstatten muß und formell um die Hand meiner Lady anhalten will. Und in der Uniform sehe ich ein bißchen ... ähm, beeindruckender aus, wie ich hoffe.«

»Du bist immer beeindruckend, Major. Außerdem«, fügte sie kichernd hinzu, »wird meinen Vater das, was du in der Tasche hast, ganz enorm beeindrucken.«

Die beiden gingen zur Kutsche. Bridger war nirgends zu entdecken. Aus der offenen Tür kam ein schriller Pfiff. Bruder Tuck gähnte und reckte sich auf dem Sitz.

»Arthur!« keuchte Marietta. »Ach, du meine Güte! Dich habe ich ja ganz vergessen.«

»Wußt ich's doch!« Der Junge blinzelte ihr zu. »Ich hätte nicht einschlafen dürfen. Hast du deine Lenden gegittert?«

»Hat sie ... *was?*« fragte Diccon neugierig.
»Ach, nichts!« sagte Marietta schnell.
Diccon grinste und küßte wieder ihr Ohr.
Hoch erfreut über diese zärtliche Geste, fragte Arthur: »Hat sie's gut gemacht, Sir Gawain?«
Diccon legte den Arm um seine Liebste und sagte lächelnd: »Ja. Sie hat es ganz richtig gemacht.« Er wußte, daß seine einsamen Jahre jetzt vorbei waren.
»Prima«, sagte Arthur. »Dann gehe ich jetzt und schaue mal ... Ich sagte ...« Er verstummte. Die beiden hörten ihm gar nicht zu, aber das machte nichts, denn jetzt gab es keinen Zweifel mehr, daß Diccon sein Schwager werden würde.
Zusammen mit Bruder Tuck hüpfte er glücklich davon und machte sich auf die Suche nach dem Herrn der Speisekammer.